Sept minutes plus tard

Titre original : *The Cage*

First edition : Harper, Londres

Pour la traduction française :

92, avenue de France
75013 Paris
www.plon.fr – www.lisez.com

Dépôt légal : mars 2024
ISBN : 978-2-259-31690-3
Mise en pages : PCA

Bonnie Kistler

Sept minutes plus tard

Traduit de l'anglais par Maxime DesGranges

PLON
www.plon.fr

Prologue

Là-haut, au-dessus de la ville, des nappes de brume éclairées par la lueur urbaine s'étendaient dans le ciel nocturne. Le bâtiment qu'elles enveloppaient était la récente Marketplace Tower, dont la flèche, recouverte d'une couche de givre, scintillait. Si l'on avait pu la voir d'en bas, on aurait pensé à un château en sucre glace tout droit sorti d'un conte de fées ; mais dans la brume et l'obscurité de la nuit, aucun regard ne pouvait atteindre ces hauteurs.

Une camionnette s'arrêta au pied de la tour, devant l'entrée. Trois hommes en descendirent. Pendant qu'ils déchargeaient leurs machines et les poussaient jusqu'aux portes tournantes, l'un d'eux, le nouveau, s'arrêta un instant sur le trottoir, leva les yeux vers la paroi de l'immeuble, et pencha la tête en arrière. Les trente étages qui donnaient sur la rue étaient plongés dans le noir à l'exception du dernier, où l'on discernait deux petites sources de lumière. Celles-ci brillaient de part et d'autre du bâtiment et leur intensité, à mesure que le brouillard se déplaçait devant elles, faiblissait puis augmentait comme des phares avertissant de deux dangers.

Dans le hall de l'immeuble, derrière les portes tournantes de l'entrée, un agent de sécurité était assis devant la console de surveillance. Quatre des écrans placés devant lui diffusaient les images des caméras ; sur le cinquième, il regardait le match en direct. Derrière lui se trouvait une rangée d'ascenseurs : cinq cabines de chaque côté, séparées par des boutons d'appel. Les portes gravées de bandes noires rappelaient les grilles métalliques des vieux ascenseurs de l'époque édouardienne.

Les trois hommes sonnèrent. L'agent de sécurité leva les yeux et leur ouvrit en appuyant sur un bouton. Ils signèrent le registre, puis déposèrent leurs manteaux dans un bureau du hall. Jetant un coup d'œil à la télévision, ils demandèrent le score du match. Vingt-deux à zéro. Après avoir lâché un sifflement impressionné, ils activèrent leurs machines et mirent leurs écouteurs pour suivre le match en même temps qu'ils travaillaient. Le sol du hall était en marbre de Sienne et les polisseurs glissaient dessus comme sur une patinoire toute neuve.

Trente étages plus haut, une femme se tenait immobile, debout à côté de la fenêtre de son bureau. Quand il faisait beau, elle apercevait la *skyline* de Manhattan. Cette nuit-là cependant, elle ne voyait que son reflet. Elle avait la quarantaine, était mince et petite, avec une peau très pâle et des cheveux blonds décolorés coupés avec soin. C'était un dimanche soir mais elle était impeccablement maquillée et habillée comme pour une journée de travail classique, avec un chemisier en soie, un pantalon tailleur et des talons aiguilles aux célèbres semelles rouges coûtant une somme à trois chiffres. Elle regarda son image floue dans la pénombre, le visage toujours impassible, puis se retourna, attrapa son manteau et referma la porte de son bureau derrière elle. Le *bip* de la serrure électronique retentit, puis elle s'enfonça dans le couloir.

À l'autre extrémité de l'étage, du côté de l'immeuble qui, lui, n'offrait jamais aucune vue, la seconde lumière provenait d'une lampe de bureau. Le poste de travail était recouvert de feuilles volantes, avec des index multicolores et des Post-it dessus. Dans l'ombre, à deux mètres en retrait, se tenait une autre femme, plus grande de quinze centimètres que la première et de dix ans plus jeune. Sa queue-de-cheval négligée et son visage pâle, sans maquillage, la rajeunissaient encore davantage. Elle aussi était habillée comme un jour de la semaine, sans être chic pour autant, et fixait son reflet dans la vitre. Sa silhouette était immobile à l'exception d'un muscle qui tressautait au coin de son œil morne, qui clignait comme un sémaphore. Elle était assise à son bureau depuis plus de quatorze heures. Lasse, elle se détourna de la vitre, glissa quelques papiers dans un sac de toile élimé, prit son manteau et quitta la pièce en laissant la porte grande ouverte.

Dans le couloir qui menait aux ascenseurs, on entendait seulement le bourdonnement continu des machineries du bâtiment, qui créait une impression de pesanteur silencieuse.

Lorsqu'elle arriva devant la rangée de cabines, l'autre femme s'y trouvait déjà. Elle lui adressa quelques mots mais n'eut aucune réponse. Les portes de l'ascenseur central s'ouvrirent. Les deux femmes y montèrent ; les portes se refermèrent.

*

— 911. Quel est l'objet de votre appel ?

— Nous sommes coincées dans un ascenseur. Il n'y a plus de courant.

— D'accord. Pouvez-vous me donner votre nom ?

— Shay Lambert.

— À quelle adresse vous trouvez-vous ?

— Marketplace Tower. Nous sommes coincées dans l'ascenseur. Le courant est complètement coupé. J'ai appuyé sur le bouton d'alarme mais il ne s'est rien passé. L'interphone ne fonctionne pas non plus, je crois. Nous sommes dans le noir complet.

— Il y a quelqu'un d'autre avec vous ?

— Oui, une seule personne. Lucy Barton-Jones. J'appelle de son téléphone.

— Est-ce qu'elle va bien ?

— Je n'en suis pas sûre. Elle a l'air assez bouleversée.

— Passez-la-moi.

— D'accord. Une seconde, je dois allumer la lampe du téléphone. OK, c'est bon. Tenez, ils veulent vous parler. [Pause.] Je tiens le téléphone près de son oreille.

— Allô ? C'est l'opérateur du 911. Pouvez-vous me donner votre nom ?

— [Pas de réponse.]

— Allô ? Est-ce que tout va bien ?

— [Pas de réponse.]

— Bon, c'est encore moi. Lucy n'a pas l'air bien du tout. Elle ne dit pas un mot. Il faut vraiment la sortir d'ici.

— Les pompiers ont été alertés. Veuillez rester en ligne.

— Je ne peux pas. Le téléphone va s'éteindre. Il ne reste que un pour cent de batterie.

— Restez en ligne. Les secouristes vont bientôt arriver.

— Je ferais mieux de garder de la batterie. J'aurai peut-être encore besoin de la lampe torche.

— Madame, il vaut mieux que vous restiez en ligne.

— Non, je ne peux pas. Mais merci.

— Allô ? Allô ? !

Partie 1

1

2 Février 2014
23 h 16

Les rouages du moteur, en redémarrant, émirent un grognement semblable à un grincement de dents. Les lumières se rallumèrent. Je me relevai et me précipitai vers les portes. L'ascenseur se mit soudain à plonger sous mes pieds, si précipitamment qu'il semblait être en chute libre. Je m'en fichais, je voulais descendre à tout prix, sortir au plus vite. En quelques secondes, nous fûmes au niveau du hall. Les portes s'ouvrirent. Je me retrouvai au milieu d'un groupe d'hommes qui attendaient là, en demi-cercle, vêtus d'uniformes de toutes sortes : policiers, pompiers, agents de sécurité, hommes en combinaison avec des écussons ovales sur la poitrine… Je m'arrêtai et les regardai, mais tous avaient les yeux fixés derrière moi.

En me retournant, je vis Lucy Barton-Jones étendue dans un coin de la cabine. Son fard à paupières s'était étalé autour de ses yeux grands ouverts, et elle avait un trou dans la joue gauche, si net qu'on aurait dit que quelqu'un lui avait perforé le visage. Sur la paroi au-dessus d'elle, il y avait des éclaboussures de sang, et, au sol, une arme à feu de petite taille, noire et mate. Je fus aussitôt prise d'une violente nausée, et me pliai en deux pour déverser un flot de bile jaunâtre sur le marbre luisant.

Deux hommes se précipitèrent vers moi pour me soutenir par les coudes et les poignets. Mes pieds glissaient sur le sol tandis qu'ils me portaient jusqu'à un bureau vide aux portes vitrées. À l'intérieur, il n'y avait qu'une table en métal, une chaise et un portemanteau où pendaient des vêtements d'hiver. Je cherchai du regard mon propre manteau et me rappelai qu'il était resté dans l'ascenseur, à côté de l'arme.

Baissant les yeux, je vis que ma veste de tailleur beige était tachetée d'un motif léopard, guépard, ou n'importe quel autre prédateur éclaboussé du sang de sa victime. Cette vision d'horreur me redonna envie de vomir. Comme j'essayais frénétiquement de défaire les boutons de ma veste, les deux hommes comprirent que je voulais l'enlever. Ils m'aidèrent à la retirer, et l'un d'eux l'emporta pendant que l'autre me faisait asseoir sur la chaise.

— Mon manteau, murmurai-je. Mes affaires…

J'essayai de me rappeler toutes les choses que j'avais laissées dans la cabine. Ma mallette. Mon sac à main.

— Tout est en lieu sûr.

Le second policier revint et me tendit un verre d'eau. Il portait un uniforme. L'autre aussi. Dans ma main, le gobelet en plastique tremblait tellement que l'eau tanguait. Je pris une gorgée et, après l'avoir fait tourbillonner dans ma bouche, la recrachai dans la tasse. Mes mains aussi tremblaient. Je les regardai fixement, puis vis mes ongles, déchirés et élimés. Je me souvins avoir essayé d'enfoncer mes doigts dans l'interstice des portes. J'avais tiré et forcé pour les ouvrir. Elles n'avaient jamais cédé.

— Que s'est-il passé ? m'interrogea l'un des policiers.

Tandis que l'autre me demandait au même instant :

— Quel est votre nom ?

Un nouvel homme en uniforme, un pompier me sembla-t-il, entra dans la pièce, leur fit un signe de tête puis repartit.

L'un des policiers sortit. Je me tournai pour le regarder à travers la porte vitrée tandis qu'il parlait dans le talkie accroché à son épaule. Mon cerveau n'arrivait pas à fonctionner correctement. Je compris alors ce que signifiait le signe de tête du pompier. Je me penchai vers le policier resté avec moi et soufflai :

— Elle est morte ?

Il me regarda attentivement, et son silence répondit à ma question.

— Oh mon Dieu…

Mon visage tomba dans mes mains.

— J'aurais dû essayer… Je ne sais pas… Si j'avais pu la sauver…

Ma voix était étouffée par mes paumes. Je relevai les yeux.

— Il faisait sombre, dis-je, je ne pouvais pas voir où elle était blessée, ni même si elle l'était d'ailleurs. Je ne sais pas ce que j'aurais pu faire… Qu'est-ce que j'aurais dû faire ?

Il murmura à nouveau :

— Que s'est-il passé ?

Je pris une longue inspiration pour me calmer.

— Quand l'ascenseur s'est arrêté et que les lumières se sont éteintes, elle a fait une crise de panique – en tout cas je pense que c'était ça. Elle faisait des bruits, comment dire… comme un chien qui haletait. J'ai essayé de la calmer. Je lui ai dit que la sécurité du bâtiment avait certainement été alertée, qu'on sortirait bientôt de là et que tout irait bien. Mais c'était comme si elle ne m'entendait pas. L'interphone ne fonctionnait pas, le bouton d'alarme non plus, alors j'ai appelé le 911. Après, je lui ai dit que les secours étaient en route, mais elle ne m'a pas répondu. Elle respirait très fort à ce moment-là. J'avais peur qu'elle s'évanouisse. Alors j'ai allumé la lumière du téléphone pour vérifier son état. C'est là que j'ai vu l'arme dans sa main.

Je fermai les yeux et pris de nouveau une profonde inspiration.

— Je n'en revenais pas. Et je ne comprenais pas ce qu'elle voulait faire avec cette arme… Tirer sur les portes ? Puis elle l'a tourné vers elle, l'a pointé sous son menton, et j'ai compris qu'elle voulait se tirer dessus. J'ai crié « Non ! » et j'ai essayé d'attraper le pistolet, mais elle s'est débattue. Très violemment. Et puis – et puis…

Je fis une pause, pris une nouvelle gorgée d'eau, mais un goût de vomi envahit ma bouche et je la recrachai aussitôt.

— Elle s'est suicidée, c'est ce que vous me dites ?

Je le regardai avec incompréhension en plissant les yeux. N'était-ce pas évident ?

— Oui !

Il sortit un carnet.

— Connaissez-vous son nom ?

— Oui. Elle s'appelle Lucy Barton-Jones.

— Lucy Jones, répéta-t-il en prenant des notes.

— Non, Barton-Jones. Avec un trait d'union. C'est un de ces noms composés, à l'anglaise, vous voyez ?

Il leva les yeux, le visage impassible.

— C'est une amie ?

— C'est la DRH de notre entreprise.

— Quelle entreprise ?

— CDMI.

Comme il ne semblait pas réagir, j'expliquai :

— Claudine de Martineau International, le géant de la mode ? Ça ne vous dit rien ? CDMI possède la plupart des grandes marques internationales. Le département design est en ville, mais notre siège administratif est ici.

Je pointai le doigt vers le haut.

— CDMI occupe les cinq derniers étages du bâtiment.

— Quel est votre nom ?

— Shay Lambert. Je travaille au service juridique.

Il me regarda avec méfiance.

— Vous êtes avocate ?

J'acquiesçai. L'autre policier revint.

— La Criminelle a été alertée.

Son collègue me montra du doigt.

— Elle est avocate.

Les deux hommes échangèrent un regard, puis l'un d'eux sortit de sa poche une carte plastifiée et commença à lire :

— Vous avez le droit de garder le sil...

— Attendez !

Mes yeux passaient de l'un à l'autre.

— Vous ne pensez quand même pas que... ? Elle s'est suicidée devant moi !

Il continua d'une voix monocorde :

— ... le silence. Tout ce que vous direz pourra et sera utilisé...

— J'ai essayé de l'en empêcher !

Son collègue sortit à nouveau pour aller discuter avec deux autres agents en uniforme qui venaient d'arriver. Ils prirent les portes tournantes en direction de la rue.

— Je connais mes droits, dis-je quand il eut fini de lire. Mais je ne vais pas garder le silence. Je vais tout vous dire. J'ai essayé de l'arrêter.

— Attendez ici.

Il quitta la pièce et se posta devant la porte. Il montait la garde. Pour m'empêcher de fuir.

2

La résidence principale de J. Ingram Barrett, Jr. se trouvait à Rye, dans l'État de New York. C'était une maison de style colonial, blanche et à deux étages comme tant d'autres, mais sa façade, éclairée par une douzaine de spots lumineux, en faisait la star de la rue. La fontaine posée au milieu de l'allée, qui formait une boucle jusqu'à l'entrée principale, était illuminée par le même mécanisme. Grâce à un chauffage submersible, l'eau y tombait en cascade, y compris l'hiver.

Barrett dormait dans la suite du premier étage, allongé dans un grand lit deux places, son téléphone sous l'oreiller. L'appareil était équipé d'un système d'alarme particulier, avec un réveil à vibrations comme ceux qu'utilisent les malentendants. Il pouvait ainsi recevoir des appels en plein milieu de la nuit sans réveiller Mélanie, endormie à côté de lui. Comme les infrastructures de son entreprise étaient situées en Asie du Sud-Est, il recevait régulièrement des coups de fil tardifs dont Mélanie se plaignait. Si sa femme appréciait les revenus confortables que lui assurait ce poste de premier vice-président et directeur juridique de CDMI, elle n'aimait pas avoir à se rappeler qu'il travaillait pour les obtenir.

Les vibrations du téléphone le tirèrent de son sommeil, et il releva la couverture sur sa tête avant de regarder l'écran. Cette fois, l'appel ne venait pas de l'autre bout de la planète. C'était Jack Culligan. Et si le responsable de la sécurité de CDMI l'appelait au beau milieu de la nuit, c'était forcément qu'une situation de crise se profilait.

Barrett se glissa hors du lit, se faufila jusqu'à la salle de bains, puis traversa son dressing avant de répondre.

— Je te rappelle, chuchota-t-il, et il raccrocha.

Il sortit dans le couloir et passa devant les quatre chambres vides que ses enfants, dont les noms étaient affichés sur chacune des portes, n'occupaient plus que rarement. Il descendit l'escalier en colimaçon puis manqua de glisser en posant son pied sur le sol mouillé.

— Nom de… grogna-t-il en se rattrapant à la rampe.

Quelques mètres plus loin, à quatre pattes, la domestique frottait le carrelage en travertin de l'entrée.

— Désolée, monsieur ! Vraiment désolée !

Elle s'accroupit et se recroquevilla derrière ses bras levés.

— Mais bon sang… grommela Barrett.

Il aurait préféré que le nettoyage soit fait pendant ses heures de bureau, mais Mélanie exigeait qu'il soit effectué au petit matin pour ne pas la gêner pendant sa journée.

— Ça va, tout va bien, dit-il à la domestique.

Il reprit sa marche sur le sol humide et entra dans son bureau, en prenant soin de fermer la porte avant de rappeler Culligan.

— Quoi ? maugréa-t-il quand l'autre décrocha.

— Barry. C'est à propos de Lucy.

— Merde.

Il contourna son bureau.

— Qu'est-ce qu'elle a fait ?

— Rien. Elle est morte.

— Mon Dieu…

Il se laissa tomber sur sa chaise.

— Où ça ?

— Au bureau. Dans l'ascenseur. Une balle dans la tête.

— C'est pas possible !

Aussitôt, Barrett commença à réfléchir à d'éventuels signes avant-coureurs que personne n'aurait remarqués, comme souvent dans ce genre de circonstances. Certes, Lucy avait ces derniers temps un léger penchant pour la destruction, mais il avait pensé qu'elle en voulait à l'entreprise. Pas à elle-même. « Je pourrais tout brûler ! » l'avait-elle menacé un jour, obligeant Barrett à la ramener à la raison.

— Elle a dit quelque chose ? demanda-t-il à Culligan. Avant de…

— Non. Quand elles ont été secourues, elle était déjà morte.

— Une seconde. *Elles ont* ? Secourues de quoi ?

— Elle était coincée dans l'ascenseur avec une de vos employées. Shay Lambert.

Barrett se leva brusquement.

— Et elle, on peut la voir ?

— Trop tard. Les flics l'ont mise à l'écart. Et elle a fait une première déclaration.

— Qu'est-ce qu'elle a dit ?

— Claustrophobie, crise de panique…

— OK.

Il digéra l'information.

— D'où tu tiens tout ça ?

— Le veilleur de nuit a discuté avec l'un des agents de police. D'ailleurs, ils m'ont laissé un message vocal pour me demander l'accès au bureau de Lucy, pour la fouille. Et à celui de Shay.

Barrett réfléchit un moment.

— Gagne du temps. Toi, va dans le bureau de Lucy. Cherche un mot, une note, quelque chose sur son ordinateur, n'importe quoi. Moi je vais chez elle, pour tâter le terrain avec son mari. Dis à Lester de me rejoindre sur place. Il faudra aussi fouiller là-bas.

— Entendu.

— Jack ?

— Oui ?

— Elle ne t'a rien dit qui aurait pu laisser penser que… ?

— Non. En tout cas rien de plus qu'à vous.

Barrett se crispa.

— Mais je n'en savais rien, moi !

— Alors moi non plus.

L'air de rien, Culligan protégeait ses arrières en lâchant ce genre de remarques, mais Barrett ne releva pas : ce n'était pas le moment.

— Tiens-moi au courant quand tu auras fini de fouiller son bureau.

Il raccrocha et s'habilla avec les vêtements qu'il gardait dans le placard de son bureau pour les situations de crise comme celle-ci. C'était d'ailleurs la première. « Je pourrais tout brûler ! » lui avait lancé Lucy. Peut-être qu'en mourant, elle venait effectivement d'allumer la première flamme. Auquel cas le feu ne s'arrêterait pas à l'entreprise. Lui aussi finirait en cendres.

Il se dirigea vers le garage mais fit demi-tour avant d'atteindre la buanderie. Il retourna dans son bureau. À l'intérieur d'un coffre mural, en dessous de son passeport, de liasses de billets et de quelques bijoux, se trouvait un paquet de cigarettes neuf. Il avait arrêté de fumer un an plus tôt mais gardait ce paquet pour mettre sa volonté à l'épreuve. L'homme de contrôle qu'il était tenait à se savoir maître de lui-même. Mais cette nuit-là, il ne l'était pas.

Il déchira la pellicule de cellophane et sortit une cigarette, puis deux, avant de glisser le paquet dans sa poche et de refermer le coffre.

Il en alluma une dès qu'il atteignit le garage.

3

J'essayais de me calmer. Une femme était morte. Évidemment, la police allait poser des questions et, étant l'unique témoin, je serais la seule à pouvoir y répondre. La lecture de mes droits mécaniquement récitée par l'agent de police n'était qu'une précaution qu'ils prenaient pour se couvrir en attendant l'arrivée des enquêteurs. Sans doute parce que je lui avais dit que j'étais avocate. J'avais été stupide de le mentionner. Les flics se tenaient toujours sur leurs gardes quand ils avaient affaire à des avocats.

J'observai à travers la porte vitrée les procédures qui se déroulaient dans le hall. Deux policiers avaient disposé des panneaux pour former un écran juste devant les portes ouvertes de la cabine n° 3. L'écran d'une scène de crime. Ils considéraient donc l'ascenseur comme tel. Le suicide n'est pas un crime dans l'État de New York. L'homicide, si.

Un autre policier conduisait trois agents d'entretien à travers le hall. Il les fit asseoir par terre, les sépara les uns des autres d'une demi-douzaine de mètres. Il isolait les témoins.

Un dernier policier se tenait toujours en faction devant ma porte. Comme s'il surveillait un suspect en détention ?

Non, bien sûr que non. Je n'étais qu'un témoin, pas un suspect. J'étais mise à l'écart, pas détenue. Ils ne faisaient que suivre la procédure.

Mais mon cerveau d'avocate était trop analytique pour nier l'évidence. Il n'y avait que deux personnes dans cet ascenseur, donc deux possibilités : suicide ou homicide. Les policiers n'accepteraient la première qu'après avoir complètement éliminé la seconde. C'était à moi de les convaincre de mon innocence. En leur fournissant des preuves.

En attendant j'observais, et tout le monde semblait faire comme moi. Dans le silence prolongé du bureau, je m'aperçus que mes oreilles bourdonnaient, sans que je puisse dire si c'était arrivé d'un coup ou si je ne le remarquais que maintenant. Je me souvins de la détonation, tout près de mon oreille. L'explosion assourdissante avait envahi tout l'espace de la cabine.

Pourquoi les appelaient-ils des « cabines » d'ascenseur ? Les ascenseurs n'étaient pas des cabines. Dans une cabine, on était libre de ses mouvements, on pouvait sortir, marcher librement. Non, ce n'étaient pas des cabines, ils devraient les appeler par leur vrai nom : des « cages ». Quand j'avais été piégée dans le noir, je m'étais retrouvée en cage.

Je ne tremblais plus des mains mais de la mâchoire. Il n'y avait qu'en serrant les dents que je parvenais à garder mes lèvres immobiles. Le bourdonnement dans mes oreilles s'intensifiait. Je me demandais si mon ouïe pouvait être endommagée définitivement, puis me surpris à m'inquiéter de choses comme ça alors que j'avais encore la chance d'être en vie. La lutte pour récupérer l'arme avait été violente et j'aurais pu me prendre une balle !

Mes mains recommencèrent à trembler. Je les tenais serrées et posées sur le bureau comme une écolière, comme la première de classe que j'avais toujours été, attentive, bras levé, prête à donner la bonne réponse. À l'époque, c'était suffisant pour réussir.

Une image traversa mon esprit. Je revis les yeux de Lucy pendant qu'on luttait, dans la lumière de son téléphone posé à terre. Des yeux d'animal sauvage. Habituellement, Lucy avait un visage de porcelaine, lisse et parfaitement impassible. Mais dans ces derniers moments d'horreur, il m'avait fait l'impression d'être brisé en mille morceaux.

Des voix inconnues résonnèrent dans le hall. Je jetai un coup d'œil : deux hommes venaient de franchir les portes tournantes de l'immeuble. L'un, l'air jeune et de petite taille, portait un pardessus et une casquette. L'autre, plus vieux et plus grand, était vêtu d'une parka et arborait une paire de vieilles chaussures en caoutchouc. À leur arrivée, tous les individus présents dans le hall eurent un regain de concentration. Les nouveaux venus étaient certainement les enquêteurs. Mon jury, ceux que je devrais convaincre et desquels mon sort dépendait.

Ils s'arrêtèrent à côté des agents en uniforme et discutèrent avec eux. Leurs regards se tournèrent aussitôt vers moi. Le plus jeune avait l'air latino ; l'ancien, lui, avait le teint rougeaud d'un Irlandais. Ou d'un ivrogne. Ou les deux.

Puis ils passèrent derrière l'écran de la scène de crime pour entrer dans la cabine n° 3, où ils restèrent un long moment. Quand ils en ressortirent, ils se dirigèrent vers l'agent de sécurité, à la réception, pour parler avec lui. Le plus jeune prenait des notes ; le plus âgé se contentait d'écouter, les mains dans les poches.

Ils se rendirent ensuite auprès de l'équipe de travailleurs, toujours assis par terre. Le premier d'entre eux se leva à leur approche. Le jeune enquêteur s'occupa de poser les questions, en grande partie en espagnol, tout en continuant d'écrire. Puis ils passèrent au travailleur suivant, et enfin au dernier : chaque fois, le plus jeune était à l'initiative. Quand ils en eurent terminé, ils dirent un mot au policier qui montait la garde devant la pièce où je me trouvais. Celui-ci ouvrit la porte, entra et retira les manteaux du portemanteau, puis, sans m'adresser la parole ni un regard, il ressortit et les distribua à l'équipe des travailleurs, qui les enfilèrent, débranchèrent leurs machines et rapportèrent l'ensemble dans la fourgonnette garée sur le trottoir.

Au même moment, un autre van déchargeait son équipage. Deux femmes et deux hommes. Les quatre individus poussèrent les portes tournantes avec de grandes caisses en aluminium remplies de matériel dans les bras. Ils enfilèrent des combinaisons Tyvek, des surchaussures puis, après avoir été briefés rapidement par les enquêteurs, ils disparurent à leur tour derrière l'écran. J'en déduisis qu'il s'agissait de l'équipe médico-légale, ou bien des TIC[1]. Les enquêteurs échangèrent à voix basse, se rendirent auprès du policier en uniforme qui montait la garde devant ma porte, puis entrèrent dans le bureau.

Ils commencèrent par décliner leur identité. Le plus grand était l'officier de police Riley ; l'autre, le plus jeune, était l'officier Cruz. Je me penchai vers eux pour examiner les plaques qu'ils me présentaient. Les lettres flottaient

1. Techniciens en identification criminelle.

bizarrement et je dus cligner des yeux pour déchiffrer les noms qui y étaient gravés. Riley s'appelait Joseph ; Cruz, Carl. *DÉPARTEMENT DES ENQUÊTES CRIMINELLES (DEC)* était écrit en lettres d'or.

— Mlle Lambert, c'est bien ça ?

Ce fut le plus jeune, Cruz, qui prit la parole en premier. Il avait la trentaine, une barbiche taillée avec soin et de grands yeux brillants comme ceux des tableaux de Margaret Keane.

— Oui.

— Avez-vous besoin de soins médicaux ? On peut faire venir une ambulance ou vous emmener à l'hôpital, si c'est le cas.

— Non, non, tout va bien. Enfin… je n'ai pas besoin de soins médicaux.

— Est-ce qu'on peut vous apporter quelque chose à boire ou à manger ?

Quelques heures plus tôt, la faim et l'épuisement m'avaient conduite au bord du malaise et du délire, mais à présent il était impossible que je dorme ou que j'avale quoi que ce soit. Je secouai la tête pour dire « non ».

— Y a-t-il quelqu'un que nous puissions appeler pour vous ?

Même réponse.

— Votre mari, peut-être ?

Cruz regardait mon alliance.

— Non.

Je joignis les mains sur mes genoux.

— Il… Il n'est pas joignable.

— On peut envoyer une équipe, s'il le faut.

— Non, non. En fait, il travaille de nuit. Mais merci.

— Des amis ?

— Non plus. Je ne voudrais pas les déranger. Pas à cette heure-là.

— Et un membre de votre famille ?

— Non.

Comme il gardait le silence et semblait attendre que je développe, j'ajoutai :

— Ma mère est morte. Je n'ai jamais connu mon père. Et je suis fille unique.

Il hocha la tête d'un air compatissant. Il semblait ne me traiter ni comme un suspect ni même comme un témoin, mais presque comme une victime. D'une certaine manière, je l'étais.

Riley s'assit sur le bord du bureau. De près, je pus clairement constater leur différence d'âge. La peau sous ses yeux retombait comme des sachets de thé humides. Il avait les cheveux gris, comme les petites touffes qui poussaient dans ses oreilles et dans son nez ; mais ses sourcils, eux, ressemblaient à deux chenilles rampant sur son front, et étaient bizarrement restés noirs.

— Pouvez-vous nous dire ce qu'il s'est passé ?

Sa voix était plus basse d'une octave que celle de Cruz et sonnait comme une vieille barque traînée sur une plage de cailloux.

J'avais eu une bonne heure – peut-être une heure et demie, je n'avais pas de montre – pour me calmer, organiser mes pensées et ne pas tout balancer sans réfléchir comme je l'avais fait auparavant. Ma voix tremblait un peu, mais je parvins à raconter les événements de manière cohérente, depuis mon arrivée devant la rangée d'ascenseurs, au trentième étage, jusqu'au moment où les portes s'étaient enfin ouvertes, au rez-de-chaussée.

Cruz caressait distraitement sa barbe en m'écoutant.

— Ça a dû être affreux, me dit-il une fois mon récit terminé. Vous êtes vraiment sûre qu'on ne peut pas appeler quelqu'un pour vous ?

— Non. Mais merci encore.

Il montra du doigt les deux femmes en combinaison qui attendaient à l'extérieur.

— Ces deux personnes dehors doivent entrer pour vous donner des vêtements de rechange et prendre des photos. Si ça ne vous dérange pas, bien sûr.

J'hésitai. Une victime n'aurait eu aucune raison de refuser. Un témoin non plus. Seul un suspect s'y serait opposé, ce qui me forçait à accepter.

— Bien sûr. Aucun problème.

Les enquêteurs quittèrent la pièce et les deux femmes entrèrent. Elles portaient des bonnets et des masques couvraient leur nez et leur bouche. Leurs combinaisons ressemblaient à celles qu'on porte pour se protéger des substances toxiques et j'eus l'impression d'être contagieuse ou contaminée. L'une d'elles avait un appareil photo, et l'autre tenait de petits contenants en plastique dans ses mains.

— Pourriez-vous mettre vos mains sur le bureau, s'il vous plaît ? me demanda la première.

Je m'exécutai. Elle photographia mes mains, paumes tournées vers le haut puis vers le bas. Ensuite, l'autre femme ouvrit l'un des contenants en plastique et en sortit un disque adhésif qu'elle pressa contre ma main droite. Je compris que c'était un moyen de recueillir d'éventuels résidus de poudre.

Le moment précis du coup de feu rejaillit alors dans ma mémoire. J'entendis la détonation, sentis l'odeur qui s'en était dégagée, et revis les yeux devenus fous de Lucy. Je pouvais aussi ressentir la chaleur du métal brûlant que le canon avait diffusé sur mes mains. Je savais que le test du relevé serait positif.

La technicienne remit le disque dans le contenant, qu'elle scella et étiqueta, puis elle répéta la procédure avec mon autre main.

— Mettez-vous debout contre le mur, s'il vous plaît, dit la femme avec l'appareil photo.

Je poussai le bureau en tremblant et me tins là où elle me l'avait indiqué. J'essayai de ne pas cligner des yeux tandis qu'elle me photographiait en pied, de face puis de dos.

— Si vous voulez bien retirer votre jupe et votre chemisier, ainsi que vos chaussures.

— Pardon ?

— Si vous pouviez faire ça, s'il vous plaît.

Coopérer, me rappelai-je. Montrer ma bonne volonté était dans mon intérêt.

Elles occultèrent la vue de la porte pendant que je me déshabillais, ne gardant sur moi que mes sous-vêtements, puis elles me remirent ce qui devait être leur ensemble standard, un sweat-shirt et un pantalon de survêtement gris, dont la taille unique était censée convenir à tous ceux qui n'avaient pas de vêtements de rechange. Apparemment, elles n'avaient pas de chaussures. À la place, elles me donnèrent une paire de surchaussures Tyvek semblables à celles qu'elles portaient. Puis elles mirent mes vêtements et mes chaussures dans un sac et les étiquetèrent à leur tour.

— Ouvrez la bouche, s'il vous plaît.

Un écouvillon effleura l'intérieur de ma joue et le contour de mes gencives. Enfin, elles prirent mes empreintes digitales, rangèrent leurs trousses et quittèrent la pièce.

Je me rassis derrière le bureau. Les vêtements étaient trop grands pour moi et la capuche pendait dans mon dos comme la robe d'un moine. Les chaussons de protection en papier, destinés à être portés sur des chaussures, étaient également trop grands et m'irritaient les pieds.

En revanche, je ne tremblais plus. L'adrénaline se dissipait enfin et la fatigue prenait le relais. J'étais debout depuis 4 h 30 ce matin, arrivée au bureau à 6 h 30, et maintenant il était… Je cherchai une horloge. Je ne savais même pas si nous avions changé de jour.

D'un coup, je ressentis une immense envie de poser ma tête sur le bureau et de fermer les yeux, juste une minute. Mais je ne pouvais pas. Je devais rester en alerte. Je ne pouvais plus nier l'évidence : on me traitait comme un suspect. Malgré la sympathie apparente des enquêteurs, à moins qu'ils n'aient été absolument convaincus par mes propos, ils en reviendraient à l'hypothèse du meurtre.

Je les apercevais dans le hall, se concertant avec les techniciens de la scène de crime. Ils jetaient des regards vers moi pendant qu'ils parlaient. Dès qu'ils eurent fini, ils revinrent dans la pièce.

— Les analyses médico-légales ne vous serviront à rien, leur dis-je quand ils passèrent la porte. Nous avions toutes les deux les mains sur l'arme quand elle a tiré. Donc j'ai probablement des résidus sur mes doigts, et l'arme aura aussi mes empreintes et mon ADN.

Riley haussa les épaules.

— C'est la procédure.

— Nous devons maintenant informer la famille de la défunte, dit Cruz. Mais nous aimerions poursuivre cette conversation avec vous à notre retour. Si ça vous convient.

— Bien sûr. Je ferai tout ce que je peux pour vous aider.

— Le mieux serait que nous discutions au DEC, dit-il. Si ça ne vous dérange pas de monter là-bas et de nous attendre.

— Monter ?

— Dans un véhicule de police. Mes collègues vous emmèneront au DEC et vous y installeront en attendant.

— D'accord.

— Ça ne devrait pas prendre plus d'une heure ou deux.

— OK, pas de problème.

J'en avais donc pour deux heures d'attente supplémentaires, en plus de celles que j'avais arrêté de compter. Au moins, j'aurais le temps de récupérer. Avec un peu de chance, mes acouphènes finiraient par s'atténuer, et les flashs du visage de Lucy par disparaître. Cela me permettrait de rassembler mes pensées et de préparer ma défense, ma présentation des preuves et ma plaidoirie finale pour convaincre mes deux jurés. D'ici là, je serais prête à les recevoir.

4

La cuisine de Lucy était impeccable. Tout y brillait d'un éclat immaculé. Pas une tache sur l'acier inoxydable, ni aucune miette sur le granit. Bien sûr, elle avait une femme de ménage, mais Barrett reconnaissait là son côté maniaque. Au travail, elle ne laissait jamais plus d'un dossier sur son bureau, parfois aucun. Ici non plus, rien ne traînait. Les épices étaient classées par ordre alphabétique, les conserves rangées selon la date de péremption, les couteaux alignés comme des petits katanas sur le portant magnétique.

Le téléphone de Barrett vibra. C'était l'appel qu'il attendait.

— Rien de nouveau ? murmura-t-il.

Le mari était dans la pièce à côté et les enfants dormaient à l'étage.

— Rien dans son bureau, rapporta Jack Culligan. Rien sur son ordinateur. Rien d'inhabituel sur la vidéo surveillance.

Lester Willard descendit les marches de l'escalier de service en baissant la tête pour ne pas heurter le plafond. Sa peau sombre se confondait avec ses vêtements et ses gants en latex noirs. Barrett lui posa la même question :

— Rien de nouveau ?

— Non, rien du tout.

— T'as bien tout vérifié ?

— Oui, monsieur. La maison et la voiture.

Barrett mit Culligan en haut-parleur pour que Lester puisse entendre. Maintenant que Lucy n'était plus là, ils formaient à eux trois l'équipe de gestion de crise. Phil Duvall, le P-DG, aurait dû en faire partie, mais il avait indiqué clairement qu'il ne voulait être ni consulté, ni informé, ni même mis en copie de leurs e-mails. Faire l'autruche était sa stratégie de défense.

— On ne pourra pas récupérer sa mallette ni son sac à main, dit Culligan. Mais notre gars à la réception a vu les flics les fouiller sur place, et selon lui, ils n'auraient rien trouvé à l'intérieur : ni lettre ni quoi que ce soit d'autre.

— OK, répondit Barrett sans grande conviction.

Que Lucy n'ait laissé aucun message nulle part ne réglait pas le problème. Ça n'empêcherait pas les curieux de poser les questions qui fâchent. Une femme sans antécédents psychiatriques, à la carrière accomplie, heureuse dans sa vie de famille ne se suicide pas sans raison. Les gens chercheraient à comprendre, s'interrogeraient, se souviendraient subitement de détails troublants, comme la façon dont Lucy avait semblé perturbée après son dernier séjour au Myanmar, ou son comportement étrange lors d'un séminaire un mois plus tôt. Quelqu'un finirait par faire le lien entre tous ces éléments. Barrett essayait de contrôler tous les risques possibles, mais il sentait que ce serait insuffisant. Il tira une cigarette de sa poche, alluma son briquet, et alors que la flamme en jaillissait, il imagina la sensation de brûlure sur ses doigts. *Je pourrais tout brûler !*

— Une dernière chose, dit Culligan. Notre gars sur place a entendu une conversation entre les policiers. L'arme est un *ghost gun*.

— Qu'est-ce que c'est que ça ?

— Une arme non répertoriée, faite maison. Il y a des kits de fabrication vendus sur Internet. N'importe quel abruti avec des compétences basiques en assemblage peut en monter une.

— Mon Dieu… Et c'est légal, ça ? demanda Barrett qui, en bon avocat, aimait se tenir informé.

— C'est légal de les fabriquer et de les posséder. Mais c'est illégal d'en vendre. Le problème, surtout, c'est qu'il n'y a pas de numéro de série, pas d'enregistrement.

— Donc ces armes sont intraçables ?

— Presque toujours.

Barrett cligna des yeux. Soudain, de nouvelles hypothèses surgirent dans son esprit.

— Attends une minute, que je réfléchisse.

Il leva une main vers Lester comme pour lui ordonner de s'arrêter, alors que celui-ci n'avait pas bougé d'un iota. Si Barrett bénéficiait d'un superpouvoir, c'était bien celui-là : figer une scène et tous ses acteurs d'un seul geste. Il prenait alors le temps de réfléchir, d'élaborer une stratégie, en jetant parfois un œil dans les dossiers, et, quand il était fin prêt, il lui suffisait de claquer des doigts pour ramener ses interlocuteurs à la vie.

Mais il n'avait besoin d'aucun superpouvoir particulier avec ces gars-là. Ils travaillaient pour lui. Lester resta figé sur place et Culligan se tint silencieux au téléphone.

— Jack, écoute-moi, dit finalement Barrett. Et si ce n'était pas un suicide ?

— Comment ça ? dit la voix grésillante de Culligan dans l'appareil.

— Lucy n'a laissé aucune lettre nulle part et ce n'était pas son arme. Surtout, elle n'était pas seule dans cet ascenseur.

— Mmh…

— Lester ? lança brusquement Barrett, et le grand type se redressa. Doit-on s'inquiéter de Lambert ? Est-ce qu'elle pourrait dire ou faire quoi que ce soit ?

— Non, monsieur. Elle n'a jamais enfreint le protocole. Pas une seule fois.

— Mais quel serait son mobile ? demanda Culligan.

— Ça, je m'en occupe.

Pour Barrett, le secret d'un bon avocat résidait dans sa capacité à définir lui-même le problème, puis d'orienter l'enquête dans la direction qui lui était le plus favorable. Au lieu de chercher pourquoi Lucy s'était suicidée, les gens devraient se demander pourquoi Lambert l'avait tuée. En les menant vers une fausse piste, Barrett pourrait garder plus facilement le contrôle de la situation.

— Bien. Voilà pour la marche à suivre. Tout le monde a compris ?

Il n'attendait pas de réponse.

— Jack, vers quelle heure les flics arriveront ici ?

— Ils sont partis il y a dix minutes.

— D'accord. Lester y retourne.

Barrett lui désigna la porte de derrière.

— Rassemble tout ce que tu peux sur Shay Lambert, dit-il à Culligan. Et récupère la vidéo. Je te rejoins au service tech dans une heure.

Quand il raccrocha, Lester se tenait toujours dans la cuisine, manifestement tracassé par quelque chose.

Barrett rangea le téléphone dans sa poche.

— Un problème ?

— Monsieur…

Lester se racla la gorge.

— C'est une fille bien. Elle n'a rien à voir avec tout ça.

— Je sais.

Barrett poussa un soupir.

— C'est vraiment dommage. Elle était au mauvais endroit au mauvais moment.

Lester baissa la tête puis, après un bref instant, se dirigea sans bruit vers la porte arrière.

Elliott Gutman était affalé dans le canapé du salon. Il était vêtu d'un peignoir turquoise brodé que Lucy lui avait probablement rapporté d'un voyage en Asie – beaucoup trop flamboyant pour un gars comme lui, plus habitué aux vestes en tweed avec des patchs aux coudes. Il avait l'apparence typique d'un universitaire – les épaules voûtées, la poitrine rentrée, des cheveux épais et grisonnants à la Dershowitz[1], et des lunettes à monture en acier qui nécessitaient un nettoyage urgent.

Barrett toussa en entrant dans la pièce. Gutman leva vers lui ses yeux rouges et humides derrière ses verres sales.

— La police est en route. Vous êtes prêt, Elliott ?

— Je ne sais pas… Qu'est-ce que je dois faire ?

— Dites simplement la vérité.

1. Alan Dershowitz est un célèbre avocat pénaliste américain, connu pour avoir défendu des clients renommés dans des affaires notoirement difficiles : O. J. Simpson, Harvey Weinstein, Jeffrey Epstein et d'autres. *(NdT)*

Barrett s'assit sur une chaise à motifs asiatiques. La décoration de la maison de Lucy n'avait rien du style anglais et rustique auquel on se serait attendu. Au lieu de tissus fleuris, il y avait des soies brodées aux couleurs vives ; au lieu d'un plancher en cerisier, du teck ; au lieu de meubles en acajou, une laque rouge. Si Barrett n'avait pas déjà su qu'elle avait renié son héritage britannique, il l'aurait deviné en scrutant cette pièce. Sur la cheminée, entre des bibelots en porcelaine bleue et blanche, étaient exposées des photos de leurs deux fils.

— Et la vérité, dit Barrett en posant les coudes sur les accoudoirs en bambou, c'est que Lucy n'aurait jamais voulu vous abandonner, les garçons et vous.

— Non, c'est vrai. Jamais elle n'aurait fait ça.

— Elle vous aimait profondément, vous étiez tous les trois ce qu'elle chérissait le plus au monde.

— Oui…

— Elle avait une vie heureuse. Rien ne la préoccupait. Ni à la maison ni au travail.

— Eh bien…

— Rien d'extraordinaire. Elle avait un travail stressant, mais elle faisait face. Comme elle l'a toujours fait.

— Oui, mais Barry…

— Je vais vous expliquer, Elliott.

Barrett se leva, alla s'asseoir à côté de lui et posa une main sur son épaule.

— La police va chercher la solution de facilité. Tout ce qu'ils veulent, c'est résoudre une affaire de plus et clore le dossier. Alors ils se rabattront sur la thèse du suicide, c'est sûr et certain.

— Oh.

— Je me dois d'insister. Pour Lucy. Il ne faut pas les laisser classer l'affaire comme un suicide. Parce que pour vous, ça ne résoudrait rien. Tout le monde va chercher des réponses. « Qu'est-ce qui l'a poussée à faire ça ? » « Avait-elle des problèmes psychologiques ? » « Est-ce que son mari la trompait ? »

— Ah ça, non !

— Mais les gens vont s'imaginer des choses. Ils poseront des questions. Et dans dix ans, vos garçons vous poseront les mêmes.

Gutman se crispa.

— Si la police estime que l'arme appartient vraiment à Lucy, pour eux l'affaire sera réglée. Ils goberont cette histoire insensée de crise de panique et boucleront le dossier. Et vos garçons et vous devrez vivre le restant de vos jours avec des questions sans réponse.

— Non, je ne peux pas laisser faire ça…

— Protégez vos enfants, Elliott. Ils ont déjà perdu leur mère. Ne laissez personne gâcher en plus leurs souvenirs d'elle.

— Non. Mais…

— Et sans vouloir m'immiscer dans votre vie, vous êtes leur seul soutien désormais, y compris financier. Pensez-y. En tant que directeur juridique, je sais de quoi je parle. L'assurance de CDMI ne prévoit aucune indemnité en cas de suicide. Ce sont dix millions de dollars que vous ne verriez jamais.

Les yeux rouges de Gutman s'écarquillèrent.

À ce moment-là, la sonnette retentit. Barrett donna une tape rassurante dans le dos d'Elliott et se leva.

— Vous pouvez le faire, Elliott. Faites-le pour les garçons. Faites-le pour Lucy.

Barrett alla ouvrir. Deux policiers en civil se tenaient sous le porche, un pauvre type blanc à moitié dépressif et un jeune Portoricain tout fringant. Barrett les jaugea d'un seul coup d'œil. Deux ratés : l'un avéré, l'autre en puissance. Ils brandirent leurs plaques et déclinèrent leurs noms.

— Nous sommes bien chez Lucy Barton-Jones ? demanda le plus jeune.

— Oui. Entrez, je vous en prie.

— Vous êtes son mari ?

— Non, un ami de la famille.

Il s'effaça pour les laisser pénétrer dans le vestibule.

— Le mari de Lucy est juste là.

Il les conduisit dans le salon et les présenta.

— Elliott, voici les officiers de police Riley et Cruz. Messieurs, Elliott Gutman, le mari de Lucy. Enfin, le veuf…

Un bruit s'échappa de la bouche de Gutman et il enfouit son visage dans ses mains.

Cruz regarda Barrett.

— Je suppose qu'il a déjà été prévenu ?

Barrett acquiesça.

— Par… ?

— La sécurité du bâtiment. C'est bien ça, Elliott ?

Gutman s'éclaircit la voix.

— C'est ça.

— Je vous en prie, asseyez-vous, dit Barrett.

Ils s'assirent avec précaution sur une chaise face à Gutman. Barrett resta debout, prêt à intervenir en cas de besoin.

C'était un week-end tranquille et ordinaire, raconta Gutman. Les garçons avaient une compétition de natation au club dans l'après-midi, et ensuite ils étaient sortis tous ensemble manger une pizza chez Vinnie's, à Greenwich.

Après le dîner, Lucy s'était rendue au bureau pour une réunion en visio. Non, elle ne possédait pas d'arme à feu. Lui non plus. Elle n'en avait jamais utilisé de sa vie. Non, elle ne souffrait pas de crises de panique et n'était pas claustrophobe. Aucun antécédent d'épisodes dépressifs, de toxicomanie ou d'autres troubles mentaux à signaler. Elle avait un mariage heureux et deux jeunes enfants ; il était impossible d'envisager qu'elle ait pu mettre fin à ses jours.

Sur ces mots, il fondit en larmes, dans un timing que Barrett jugea parfait.

— Je suis vraiment navré, monsieur, dit Cruz. Vous étiez mariés depuis combien de temps, si je peux me permettre ?

Gutman déglutit avec difficulté.

— Douze ans.

— Elle était britannique, c'est bien ça ?

Il hocha la tête.

— Oui. Mais elle est née en Malaisie. Sa famille avait des propriétés là-bas. Elle a fait ses études en Angleterre, où elle a commencé sa carrière.

— Vous vous êtes rencontrés comment, tous les deux ?

— Je donnais une conférence à la LSE et…

— L'université de Louisiane ?

C'est le plus âgé, Riley, qui l'avait interrompu.

— La London School of Economics, répondit Gutman, vexé. Lucy est venue me voir à la fin pour me poser quelques questions, puis nous avons continué la conversation autour d'un dîner, et après ça, nous sommes restés en contact malgré la distance. J'enseignais à Princeton à l'époque, et elle était au bureau de CDMI à Londres. Nous avons commencé à nous fréquenter après sa promotion au siège, ici à New York.

— Vous parliez de quoi ? demanda Riley.

Gutman lui jeta un regard perplexe.

— Des choses habituelles dont on parle quand on sort ensemble.

— Je veux dire, à la conférence. C'était quoi le sujet de votre exposé ?

— Oh. « Monétiser le capital humain dans une économie mondialisée ».

— Qu'est-ce que ça veut dire, au juste ? Comment fixer un prix sur un salarié ?

— Non, non, non, bafouilla Gutman, indigné. Le « capital humain » désigne les compétences de la main-d'œuvre par rapport à leur valeur ou leur coût. J'ai développé des métriques pour établir une évaluation comparative dans différentes parties du monde. Mais en quoi est-ce que ça concerne le meurtre de Lucy ?

Les deux enquêteurs échangèrent un regard, se levèrent, rangèrent leurs carnets et lui présentèrent leurs condoléances.

— Ça vous dérange si on fait un petit tour dans la maison ? dit Cruz, comme s'il venait tout juste d'y penser.

Barrett les y aurait autorisés, mais avant qu'il ait pu intervenir, Gutman se leva brusquement, montrant soudain un air mauvais dans sa robe de chambre turquoise.

— Évidemment que ça me dérange, et puis quoi encore ! Les enfants dorment, ils viennent de perdre leur mère, un peu de respect, merde !

Les enquêteurs murmurèrent des excuses et Barrett les reconduisit jusqu'à la porte. Mais Gutman les interpella :

— Vous la tenez, j'espère ? La femme qui a fait ça ? Ne la laissez pas s'en sortir !

Ils ne répondirent pas, se contentèrent de marmonner un « bonsoir » et s'en allèrent.

Barrett referma la porte derrière eux et se tourna vers Gutman, lui adressant un signe de tête approbateur.

— Vous êtes un bon père, Elliott.

5

Ils me firent installer dans une salle nommée « Entretien A ». Moi qui avais passé ma vie à m'efforcer d'en obtenir, des « A » – au lycée, à l'université, en licence, à l'examen du barreau puis aux évaluations des employés –, voilà où toutes ces bonnes notes m'avaient conduite : dans cette pièce étroite et sans fenêtre où je serais bientôt interrogée comme une meurtrière.

J'étais assise sur un banc froid rattaché à une table en inox. Face à moi, incrustée au mur, une vitre sans tain qui permettait certainement à quelqu'un de m'observer en ce moment même. Une caméra pointée sur moi était fixée au-dessus. Je ne savais pas si elle enregistrait, ni s'il y avait quelqu'un de l'autre côté du miroir. Peut-être les deux. « Conduis-toi toujours comme si des gens te regardaient », disait Mme Casco, ma conseillère d'orientation depuis la cinquième. Cette fois, c'était le cas.

Alors que l'on me menait dans la salle, je demandai une tasse de café noir. Je la bus d'un trait, puis posai ma tête sur la table avant de m'assoupir pour une sieste caféinée. Je me réveillai quinze minutes plus tard, comme à mon habitude, mais à peine régénérée. Cette technique fonctionnait très bien à l'époque où je travaillais chez Jackson Rieders : je prolongeais mes journées au bureau si tard que je prévoyais une tenue de rechange en cas de nuit blanche. Mais cela faisait cinq ans. Ma vieille astuce ne marchait plus.

Sur le mur du fond se trouvait un grand écran, et au-dessus une horloge numérique. Les chiffres lumineux indiquaient que deux heures s'étaient écoulées. On était déjà le lendemain.

En face se trouvait la porte menant aux bureaux de la Crim. Je ne savais pas si elle était verrouillée, et j'avais peur d'actionner la poignée. Si quelqu'un m'observait derrière le miroir, il prendrait ce geste comme le signe d'un refus de coopérer.

Après deux heures d'attente, je finis par me demander si l'on ne m'avait pas oubliée. Quelque chose d'autre se passait ici. À mon arrivée, l'endroit était en ébullition. Dans un brouhaha de voix entremêlées, des policiers en uniforme escortaient des jeunes femmes dans les bureaux pour les interroger, tandis que d'autres tiraient des hommes louches par leurs menottes.

Ce devait être lié à une histoire que j'avais lue au bureau le matin même – ou plutôt la veille. L'article en ligne racontait que la police et les fédéraux avaient effectué des descentes dans des dizaines de motels et de salons de massage – en réalité des maisons de passe éphémères – de la *Tri-State Area*, cette zone de conjonction entre le New Jersey, le Connecticut et l'État de New York. Ils avaient appelé ça « l'opération "Super Bowl" » en raison de la proximité du stade et du profil des clients. Les femmes arrêtées étaient qualifiées de « prostituées » ou de « victimes exploitées », selon les médias. Ça expliquait sans doute pourquoi elles semblaient à la fois effrayées et combatives pendant les interrogatoires :

elles-mêmes ne savaient pas si on les retenait en tant que victimes, témoins ou suspects.

Je compatissais. Moi non plus, je ne savais pas. Si j'étais une victime, les policiers auraient pris ma déposition sur les lieux et m'auraient ramenée chez moi. Si j'étais un témoin, ils m'auraient laissée partir après ma déposition, comme ils l'avaient fait pour les employés de nettoyage, dont on n'avait pris ni la photo ni l'ADN d'ailleurs. Contrairement à moi.

« C'est à toi de décider de la personne que tu veux être, me disait Mme Casco, puis d'être cette personne. » Elle appelait ça la « visualisation ». « Visualise-toi comme la personne que tu veux être. Quand tu te vois de cette façon, les autres finissent par le voir aussi. » En classe de cinquième, je savais seulement que je ne voulais pas être celle que j'étais – l'enfant tardive et non désirée d'une fumeuse alcoolique, qui ne pensait qu'à s'envoyer en l'air dans ses tenues moulantes. Mais grâce à Mme Casco, j'avais vite compris ce que je voulais être vraiment. Je me voyais comme une superstar, intelligente, sportive, populaire, la fille que tout le monde désirait connaître. À mon arrivée en classe de troisième, ils me voyaient tous comme ça.

Et maintenant ? Je voulais être un témoin, et rien d'autre. C'était donc ce que je serais.

Non seulement un témoin, mais le seul. Moi seule pouvais dire aux policiers ce qui s'était passé dans cet ascenseur. Je n'étais ici qu'une honnête citoyenne voulant les aider bénévolement à y voir plus clair et à obtenir la vérité. Je ne serais ni sur la défensive ni évasive. Je ne serais pas non plus larmoyante ou ébranlée, même si c'était ce que je ressentais réellement. Mon témoignage était le seul qu'ils avaient. Tant que je restais claire et calme, ils devraient me croire. On dit bien que l'histoire est écrite par les vainqueurs. Je me voyais plutôt comme une survivante, mais cela ferait l'affaire : il me revenait d'écrire moi-même le récit de ce qui s'était réellement passé.

L'image des yeux enragés de Lucy quelques secondes avant sa mort resurgit de ma mémoire. Sous la lampe du téléphone, on aurait dit ceux d'un animal pris au piège. Sa carapace sociale sans aspérités venait d'éclater en morceaux.

Je me sentis de nouveau nauséeuse, et dus retenir des remontées de bile et cligner plusieurs fois des yeux pour éloigner cette vision d'horreur. Ce n'était pas le moment d'être malade ni de flancher. Je devais garder intacte ma propre armure jusqu'au bout.

À 2 h 35, on frappa enfin à la porte et, bêtement, je répondis « Entrez ! » comme une vieille dame recevant des visiteurs dans son petit salon.

Les deux enquêteurs entrèrent. Ils avaient enlevé leurs manteaux. Riley portait un costume brun au tissu froissé et distendu. Celui de Cruz, gris et élégant, était trop serré pour son corps trapu qu'il ne semblait pas gêné d'exhiber.

— Désolé de vous avoir fait attendre, dit Cruz alors qu'ils prenaient place en face de moi.

— Tout va bien. Je suis là pour aider.

Riley s'étendit sur sa chaise tandis que Cruz s'avançait et ouvrait un dossier. Il parcourut les documents tout en lissant sa barbe entre le pouce et l'index, une manie que j'avais déjà remarquée ; il devait l'avoir laissé pousser depuis peu et la trouver encore peu familière au toucher. Il sortit quelques feuilles du dossier et les glissa sur la table avec un stylo.

— Quelques formalités, si ça ne vous dérange pas.

Je saisis les formulaires et pris le temps de les lire. Le premier comportait le texte complet des droits Miranda[1], suivi d'une renonciation à mon droit de garder le silence, à mon droit d'avoir un avocat, puis des lignes vierges où je posai ma signature. Le deuxième formulaire était un consentement à tous les tests déjà effectués par la médecine légale à la Marketplace Tower.

— Simple formalité, répéta Cruz.

Un consentement rétroactif n'avait rien d'une formalité. Ils prenaient soin d'éviter tout vice de procédure, et je ne savais pas s'ils faisaient preuve d'autant de prudence parce que j'étais avocate ou parce que j'étais suspecte. Mais je signai ce document aussi.

Le troisième les autorisait à perquisitionner mon domicile. Sur celui-là, j'hésitai. Je pensai à l'état de mon appartement quand je l'avais quitté. Je pensai aussi à David, me demandant s'il s'y trouvait, et ce qu'il pourrait dire ou faire si c'était le cas.

— Qu'est-ce que vous iriez y chercher au juste ? demandai-je.

— C'est une simple formalité, répéta Cruz.

— Mais quoi exactement ?

Il haussa les épaules.

— Tout ce qui pourrait vous relier à la défunte. Votre téléphone, votre ordinateur… Et puis tout ce qui pourrait vous relier à l'arme. Des munitions, un coffre. Ce n'est qu'un banal travail d'élimination de certaines pistes, rien de plus.

— L'arme appartenait à Lucy, dis-je. Vous n'avez pas vérifié l'enregistrement ?

1. Les « droits Miranda » désignent l'obligation pour un policier américain de signifier les droits d'une personne mise en détention. *(NdT)*

— Elle n'est pas enregistrée. C'est un *ghost gun*.

Je m'approchai pour le regarder de près.

— Un *gosse gun* ?

— *Ghost*, répéta-t-il en exagérant la prononciation. Une « arme fantôme », non répertoriée et fabriquée à la main.

— Wow. Vous plaisantez ?

— Pour l'instant, on ne peut pas dire à qui elle appartenait.

— Dites au labo de vérifier les empreintes sur les balles restant dans le chargeur. Vous saurez qui l'a chargée, et donc à qui elle appartenait.

Cruz jeta un coup d'œil à Riley, qui leva un sourcil.

— On dirait que vous vous y connaissez en armes, dit-il.

Je vis le piège et l'évitai.

— Non, mais je lis beaucoup de polars. On finit par apprendre des choses.

— Eh oui, évidemment, ironisa Riley. Entre ça, *NCIS* et *New York, police judiciaire*, tout le monde devient expert.

— Bref.

Cruz avait l'air d'être gêné par le ton sarcastique de Riley, et semblait vouloir s'en excuser.

— Il s'avère que le chargeur était vide. Et il n'y a pas d'empreintes utilisables sur la douille, ni sur la détente.

— Ah.

Je réfléchis. Pas d'enregistrement. Pas d'empreintes digitales. Rien qui laissait penser que j'étais la propriétaire de cette arme ni que j'avais tiré avec.

— Eh bien, ce n'était pas mon arme. Vous ne trouverez rien dans mon appartement qui me relie à elle. Ni quoi que ce soit qui me relie à Lucy, en dehors du fait qu'on travaillait pour la même boîte.

Je signai d'un geste vif en bas du dernier formulaire.

— Mais vous regarderez vous-mêmes. Mes clés sont dans mon sac à main. Vous l'avez, non ?

— Merci.

Cruz rangea les formulaires dans le dossier qu'il referma.

— Besoin de quelque chose avant de commencer ? À boire ? Un passage aux toilettes ?

— Ça ira.

Il passa la main sous la table et une lumière verte s'alluma sur la caméra au-dessus du miroir. L'enregistrement commençait. La caméra filmait dans leur dos, de sorte que leurs visages soient hors-champ. Ils veilleraient à garder une voix parfaitement neutre, tandis que chacune de mes expressions faciales, même les tics à peine visibles, serait scrutée. Je devais montrer aux enquêteurs mon meilleur visage : coopératif, accommodant, et surtout innocent.

Cruz s'occupa de l'introduction – heure et lieu, personnes présentes, formulaire de consentement lu et signé. Il faisait tout le boulot tandis que Riley restait en retrait tout en ayant l'air de s'ennuyer profondément. On voyait bien la nature de leur binôme : Cruz était le jeune ambitieux, enthousiaste et discipliné, tandis que Riley se contentait de pointer tous les matins au boulot avant de partir enfin à la retraite.

Cruz me demanda de décliner mon identité, puis mon adresse. Je vis son étonnement quand je citai le Bronx. Il s'attendait à ce que je vive dans un quartier plus huppé. Moi aussi, à vrai dire. Mariée ? Oui, à David Lambert, et je constatai sa surprise de nouveau : les femmes carriéristes de ma génération utilisaient généralement leur propre nom.

— Quel est votre nom de jeune fille ? demanda-t-il.

« Mon nom de naissance », le corrigeai-je en pensée, mais ce n'était pas le moment de le contredire.

— Chance.

— « Chance » ? Comme aux jeux ?

« Comme une possibilité », aimais-je habituellement répliquer, mais pas cette fois. Je hochai la tête.

Il m'interrogea ensuite sur mon emploi. Je lui confirmai que je travaillais au service juridique de CDMI et que j'étais avocate.

— Où avez-vous fait vos études de droit ?

— À New York. Columbia.

— Quand avez-vous obtenu votre diplôme ?

— En 2006.

— Attendez.

Il feuilleta quelques pages.

— Vous avez trente ans, c'est bien ça ?

— Exact.

— La plupart des gens ne finissent pas leurs études de droit avant d'avoir vingt-cinq ans. Et vous en aviez vingt-trois ?

Je haussai les épaules.

— J'ai sauté quelques classes.

— Où avez-vous fait vos études de premier cycle ?

— Brown. C'est dans le Rhode Island.

Je commençais à me demander s'il n'allait pas réclamer mon CV et deux lettres de recommandation.

— Avez-vous déjà travaillé dans un atelier de mécanique ?

— Pardon ? répondis-je, perplexe.

Au tribunal, j'aurais dit : « Objection. Pertinence ? » Mais je devais coopérer.

— Non.

— Avez-vous de l'expérience dans l'usinage ?

— Non. Je ne sais même pas vraiment ce que c'est.

— Travailler avec des pièces métalliques. Découper, percer, assembler.

— Alors non, absolument aucune.

— Et votre mari ?

— David ?

Je ne pus retenir un petit rire.

— Non plus.

— Vous êtes allée au bureau ce matin – ou plutôt hier matin – à quelle heure environ ? 6 h 30 ?

— À peu près, oui.

— Et vous êtes restée jusqu'à 21 heures.

— Oui.

— Ça fait long.

— En effet.

— Surtout un dimanche de Super Bowl.

— Je ne m'intéresse pas au sport.

— Quelle situation de crise pouvait justifier que vous restiez au travail – pendant quoi, quatorze heures ? – le dimanche du Super Bowl ?

— Ce n'était pas une crise. Juste un dossier important. Et je suis encore nouvelle dans l'entreprise. Je veux faire bonne impression.

— Quel dossier ?

— Palmer contre Duvall. C'est un recours collectif d'actionnaires contre les dirigeants. Ils se plaignent de pertes financières et d'une mauvaise gestion de nos usines à l'étranger. Le service juridique de l'entreprise ne s'occupe pas de la défense, les dirigeants ont leurs propres avocats. Mais nous – je veux dire, la boîte – devons répondre aux demandes de communication de pièces. Ma mission consiste à passer en revue tous les documents des usines en Asie du Sud-Est et à sélectionner ceux qui doivent être remis à l'avocat des plaignants. C'est un travail énorme.

Cruz ne demandait pas tant d'explications. Il se lissait la barbe tout en parcourant ses notes.

— Quand avez-vous commencé à travailler chez CDMI ?

— Le mois dernier. Le 2 janvier.

— Avez-vous exercé quelque part avant ?

— Oui, chez Jackson Rieders LLP.

— C'est le grand cabinet d'avocats de Wall Street ?

« Grand cabinet d'avocats » tout court. Il comptait parmi ses clients des entreprises du « Fortune 500[1] » et avait des bureaux partout dans le monde.

— Oui, dis-je.

— Quand avez-vous commencé là-bas ?

— Le 5 septembre 2006.

— Jusqu'en… ?

— Jusqu'au 19 décembre…

Ma voix s'éteignit.

— 2013, finit-il à ma place.

— Non, 2008.

— Il y a cinq ans ?

— Oui.

— Où êtes-vous allée après ça ?

— J'ai pris un peu de temps libre.

Cruz fit une pause et éparpilla quelques papiers.

— À quelle heure êtes-vous arrivée au bureau hier ?

« Déjà répondu », aurais-je répliqué au tribunal. Mais je dis :

— Environ 6 h 30 du matin.

— Qui d'autre était présent dans votre bureau ?

— Personne.

1. Le « Fortune 500 » est une liste annuelle établie par le magazine américain *Fortune*, qui classe les cinq cents plus grandes entreprises cotées en Bourse aux États-Unis.

— Aviez-vous prévu de voir quelqu'un ?

— Non.

Cruz ne reviendrait donc pas sur l'interruption de cinq années dans mon parcours. Il ne lui était pas venu à l'esprit qu'aucune avocate diplômée de l'Ivy League, embauchée par l'un des plus grands cabinets d'avocats au monde, ne prenait cinq années de congé en début de carrière. Il n'y avait pas d'arrêt possible sur la route du succès. Je jetai un coup d'œil vers Riley, mais il n'avait rien relevé non plus. Aucun d'eux ne pensa à me demander : « Que s'est-il passé ce 19 décembre ? »

6

19 Décembre 2013

— Ne sois pas nerveuse, dit David.

L'avait-il vraiment dit ? Impossible. Pourtant, c'était comme si je l'avais entendu. Comme si je sentais encore ses lèvres frôler mon oreille et ses bras autour de ma taille, debout devant notre baie vitrée. Je souriais et voyais le soleil se lever au-dessus des gratte-ciel étincelants. Tout brillait, tout scintillait – la lumière de l'aube, le parquet verni de notre nouvel appartement, l'inox immaculé de la cuisine ouverte, le sapin de Noël conçu par un décorateur dans le salon, les anneaux de platine à nos doigts de jeunes mariés.

Chaque matin, nous prenions conscience de notre chance. Le premier soir, nous avions fait l'amour sur le sol du salon puis dormi par terre, nos membres entrelacés. Nous nous étions levés à l'aube, encore nus, et avions contemplé la vue paradisiaque de New York, main dans la main. Nous étions Adam et Ève jouissant du jardin d'Éden. Je ne l'avais pas exprimé à voix haute car David aurait trouvé ça stupide. En réalité, c'était pire que ça. C'était un mauvais sort, et je le comprenais aujourd'hui. Car Adam et Ève n'avaient-ils pas été déchus, avant de tout perdre ?

— Ne sois pas nerveuse. Tu es une star.

Je pouvais l'entendre et pourtant c'était impossible : David était profondément endormi dans le fauteuil, affaissé, les jambes écartées au point que je dus les enjamber pour quitter le lit.

Il faisait si froid. Je cognai sur le radiateur et un sifflement s'en échappa avant de retomber dans le silence, comme le dernier râle d'un cadavre. Je fis trois pas de plus jusqu'à la cuisine où j'allumai le four et ouvris la porte, attendant qu'un peu de chaleur se diffuse avant de me diriger vers la baignoire. Au moins la chaudière fonctionnait. L'eau chaude rencontra l'air froid et un nuage de vapeur envahit le studio minuscule.

David leva un bras au-dessus de sa tête et poussa un ronflement avant de retomber lui aussi dans un silence de mort.

« Ne sois pas nerveuse. » Ce n'était pas aujourd'hui qu'il l'avait dit, c'était il y a cinq ans. Un 19 décembre aussi. Ce matin j'avais mon premier entretien depuis plus d'un an et comme par hasard il tombait à cette date. Comment ne pas croire à un mauvais sort ?

« Ne sois pas nerveuse », avait-il dit en cet autre 19 décembre. Mais je ne l'étais pas, à l'époque. Aucune raison de l'être. « Tu es une star », répétait-il, et ça je le savais. Ce matin d'hiver 2008, je m'étais réveillée tôt, en pleine forme. J'étais l'étoile montante qui s'apprêtait à recevoir les félicitations à son entretien annuel. Chacun de mes superviseurs m'avait prise à part pour me l'annoncer à l'avance. Ils m'avaient même montré les évaluations élogieuses qu'ils avaient soumises à la direction. Leurs avis équivalaient à une note de 4,0 – la meilleure, disaient-ils, la plus haute jamais donnée. Ils voulaient flatter mon ego, me montrer combien ils appréciaient mon travail. Entre collègues, on se battait les uns contre les autres pour avoir de bonnes évaluations, mais les firmes étaient elles aussi engagées dans une compétition pour attirer les meilleurs éléments. La valeur d'un avocat dépendait d'abord de celle de son équipe. Le droit était un domaine ayant peu de prix en termes d'actifs. Tout reposait sur le capital humain, et parmi la promo des associés de troisième année chez Jackson Rieders LLP, j'étais le capital qu'il fallait posséder.

Je m'allongeai dans la baignoire et m'immergeai pour me rincer les cheveux, puis je sortis dans le froid et me blottis sous une serviette devant le four.

Si seulement l'entretien n'avait pas été aujourd'hui. Il avait fallu que ça tombe ce jour-là.

« Ne sois pas nerveuse. » À l'époque, contrairement à moi, David avait des raisons de l'être. Six mois qu'il était nerveux et trois mois qu'il était carrément au bord de la panique, depuis l'effondrement de Lehman Brothers, la plus grande faillite de l'histoire du pays. Le 15 septembre 2008. Une date gravée dans les mémoires. Wall Street l'appelait le « jour de la fin du monde ». Le Dow Jones avait chuté. Le marché immobilier plongé. Le chômage explosé. Les marchés de crédit s'étaient taris, entraînant la mort de la banque d'investissement de David, qui prospérait sur les fusions et acquisitions. Son bonus n'avait pas été faramineux cette année-là. La promotion qu'on lui avait promise, le faisant passer d'associé à vice-président, allait être retardée. Il n'avait jamais eu à se soucier d'argent auparavant, mais maintenant sa crainte était permanente. Il se lamentait en disant que nous avions surpayé l'appartement ; notre dette étudiante et nos charges financières étaient écrasantes.

Mais je restais pleine d'entrain. J'étais avocate après tout, et mon travail ne serait menacé par aucune récession, si grave soit-elle. Tout le monde trouvait quelqu'un à poursuivre en justice, peut-être même plus encore pendant les périodes difficiles. Les contentieux étaient aussi inévitables que la mort ou les impôts. Mon bonus de fin d'année compenserait sûrement celui de David, et si on se serrait un peu la ceinture, l'augmentation de mon salaire nous permettrait de tenir jusqu'à ce qu'il soit promu vice-président l'année suivante.

C'était ça, le mariage, après tout. Partager les ressources comme les fardeaux. Aucun de nous deux n'aurait pu se permettre d'acheter l'appartement seul, mais la banque avait été bien contente de nous accorder l'emprunt quand nous l'avions demandé ensemble. Et nous avions obtenu un refinancement très avantageux de nos prêts étudiants : en nous portant caution l'un pour l'autre, nous avions réduit le taux d'intérêt de deux points, ce qui faisait une énorme différence sur une dette d'un demi-million de dollars. L'« obligation solidaire » était le terme juridique. Nous devions chacun la totalité du montant individuellement, mais nous le devions aussi ensemble. C'était le principe du mariage.

Conséquence imprévisible à ce moment-là : cinq ans plus tard, notre dette était tout ce que nous avions en commun, et la seule chose qui nous rassemblait encore.

Mon tailleur beige, nettoyé et repassé la nuit précédente, pendait à côté du radiateur froid. J'évitai avec précaution les jambes de David pour l'attraper. Je l'avais porté avec une chemise noire pour mon premier entretien chez CDMI. Aujourd'hui je le porterais donc avec une chemise blanche et j'espérais que personne ne remarquerait que c'était le même.

Avant, j'avais une armoire pleine de vêtements de créateurs, que j'avais dû vendre sur eBay et dans des dépôts-ventes, comme une princesse désargentée vend ses bijoux de famille un par un. Je n'en avais quasiment rien tiré. Les vêtements de créateurs sont comme les voitures neuves : ils perdent la moitié de leur valeur dès l'instant où vous les sortez du magasin.

J'éteignis le four et pris la couverture du lit pour l'étendre sur David jusqu'au menton. J'aurais aimé qu'il se réveille et me le dise encore. « Ne sois pas nerveuse. Tu es une star. » C'était la première fois qu'on me rappelait depuis plus d'un an pour un vrai travail d'avocate. Je me débattais avec moi-même pour ne pas nourrir de faux espoirs, pour me blinder contre la douleur d'une nouvelle déception. Mais l'espoir s'était insinué malgré tout et plus j'espérais, plus je devenais nerveuse.

— Dis-le, chuchotai-je.

Mais il ne se réveilla pas.

Nous nous étions rencontrés lors d'une fusion d'entreprises. Deux cabinets d'avocats de taille moyenne voulaient augmenter leur prestige et leurs bénéfices en regroupant leur personnel. J'étais dans l'équipe des contentieux pour le cabinet A ; David dans l'équipe financière pour le cabinet B. La clôture de l'accord mobilisait une trentaine d'avocats, de comptables et de banquiers d'affaires, et la salle de réunion grouillait de conversations et de coups de téléphone.

David était occupé à manier des chiffres sur son ordinateur portable, pendant que je planchais sur l'inventaire de clôture. Mais j'avais remarqué sa présence dans la pièce bondée. Mon regard avait été attiré par sa touffe de cheveux blonds, sa mâchoire carrée, ses biceps arrondis sous les manches de sa chemise. Ce n'était pas dans mes habitudes de flasher sur les beaux garçons – « Sois la plus jolie, me répétait Mme Casco, et trouve-toi plutôt quelqu'un d'intelligent ». Mais je voyais bien qu'il était intelligent en plus d'être mignon, à la façon dont les autres hommes de son équipe l'écoutaient parler, ou acquiesçaient quand il les reprenait.

Mais ce que j'avais surtout remarqué, c'est que lui aussi m'avait dans son viseur. Mieux que ça : nous nous étions reconnus mutuellement. Nous pouvions voir la lueur de l'ambition brûler dans le regard de l'autre. Deux vainqueurs dans la lutte méritocratique. Aucun héritage, aucun piston, aucune discrimination positive. Nous partions de rien mais avions la certitude qu'un jour nous posséderions tout. L'un comme l'autre, nous nous étions faits seuls. C'était l'histoire d'un golden boy et d'une golden girl.

La clôture de la fusion fut suivie d'un dîner de célébration, et les mêmes trente personnes quittèrent la table de réunion pour se retrouver à celle d'un banquet dans une *steakhouse* du centre-ville. Nous étions placés aléatoirement mais, une fois l'entrée terminée, David réussit à s'asseoir à côté de moi, l'air de rien. Les conversations bruyantes et avinées résonnaient autour de nous. Nous avions passé la soirée à discuter pendant que nos entrecôtes refroidissaient dans nos assiettes.

Nous avions échangé sur nos parcours, étrangement identiques. Tous deux élevés par des mères célibataires au bord de la pauvreté. Envoyés à l'école publique où nous avions non seulement survécu, mais triomphé : nous étions capitaines d'équipe, avions remporté des concours de popularité, finissions premiers de la classe. Ensuite l'université, Brown pour moi, Harvard pour David, toutes deux financées en petite partie par des bourses au mérite, et en grande partie par des prêts étudiants. Puis Columbia Law pour moi et

Harvard Business School pour David, avec de nouveaux prêts étudiants ajoutés aux premiers. Et voilà où nous en étions, un cabinet d'avocats de premier plan pour moi, une grande banque d'investissement pour David. « Pas mal pour des pauvres petits prolos blancs », avait-il dit, et j'avais éclaté de rire car c'était vrai, et ce n'était que le début.

Nous nous étions retrouvés dans les toilettes avant le dessert, son pantalon baissé et ma jupe relevée, nos corps s'emboîtant parfaitement.

Nous n'étions pas retournés à table. Au lieu de ça, nous avions récupéré nos manteaux à la consigne et nous étions précipités dans la rue en riant. Une légère bruine perlait sur nos visages comme des gouttes de rosée. David avait levé le bras et un taxi s'était arrêté au bord du trottoir.

— Chez toi ou chez moi ? avait-il demandé.

Je m'étais retournée et avais regardé l'avenue. Les lampadaires, les feux, les vitrines illuminées, la flèche scintillante du Chrysler Building, tout brillait dans les nappes de brume.

— Ni l'un ni l'autre, avais-je dit, et j'avais levé les bras comme pour embrasser toute la beauté de la ville. Chez nous.

Il m'avait comprise. D'un sourire, il avait fait signe au taxi de partir, avait pris ma main, et nous avions plongé ensemble dans la nuit.

Notre errance dans les rues désertes avait duré des heures. On parlait, on riait, on chantait même parfois, traversant aux feux rouges en courant, éclaboussés par les flaques, puis nous nous arrêtions pour nous embrasser à chaque endroit touristique. Manhattan était à nous, et nous étions à lui. Ensuite nous nous étions dirigés vers le sud comme des oiseaux migrateurs, jusqu'au quartier d'affaires. Il m'avait montré son immeuble et je lui avais montré le mien, puis nous avions marché entre les deux et remarqué que nous étions presque voisins. La nuit touchait à sa fin quand nous avions atteint Battery Park. Nous flânions le long de l'esplanade sous un ciel qui passait du noir au gris. Au loin les bateaux glissaient dans le port comme des fantômes. Quand les premiers rayons de soleil s'étaient posés sur la surface de l'eau, j'avais sauté sur le socle d'un lampadaire et commencé à tournoyer en déclamant une ode à ce nouveau jour.

Je m'attendais à ce que David se mette à rire, qu'il se joigne à moi, mais non. Je m'étais sentie soudainement ridicule. J'avais baissé la garde trop vite. Il en avait trop vu de moi. J'étais descendue de mon piédestal.

— Huit millions de personnes dans cette ville, avait-il dit lentement. Je n'aurais jamais pensé te trouver. Et te voilà.

J'avais tout faux : ce qu'il avait vu chez moi, c'était lui-même. Son âme sœur. Et moi, la mienne.

— C'est toi, n'est-ce pas ? avait-il murmuré avec des yeux émerveillés. Celle que j'ai cherchée…

— … toute ma vie, avais-je dit à sa place, et il s'était mis à rire jusqu'à ce que je couvre sa bouche d'un long baiser.

Nous n'étions pas rentrés cette nuit-là, ni chez lui ni chez moi. À 9 heures précises, nous étions tous les deux à notre poste. Mais en moins d'un mois, sa maison était devenue la mienne. Et en moins d'un an, nous étions mariés.

J'enfilai mon manteau et jetai un coup d'œil par la lucarne. Les jambes des passants défilaient sous mes yeux. C'était comme ça que je vérifiais la météo du jour, essayant de jauger la température extérieure par le nombre de mollets dénudés, et la pluie en fonction des éclaboussures que projetaient les pieds sur la fenêtre. Nous n'avions pas de télévision, pas de connexion Internet, pas même de téléphone fixe. Avec des dettes de plusieurs millions de dollars, il était devenu difficile de se les payer.

« On ressemble à deux Amish », avais-je plaisanté le jour où nous avions emménagé dans ce studio en sous-sol, mais David n'avait pas ri. Il ne me trouvait plus drôle. Il ne me trouvait plus grand-chose.

Ça n'aurait pas dû être si difficile d'être pauvres à nouveau, surtout que nous n'avions été riches qu'une fraction infime de nos vies. Sur le plan comptable, nous n'avions jamais été riches du tout, ni même solvables. Mais la pauvreté était plus dure à vivre la deuxième fois. Plus cruelle. Posséder des choses, puis devoir s'en séparer. Être admiré, puis ignoré. Être plein d'ambition, puis vide de tout sauf de regrets.

Je regardai passer les pieds des gens. Des hommes et des femmes marchaient avec détermination vers leur travail, leur formation, leurs boutiques, leur prospérité. À part nous, tout le monde s'était remis de la Grande Récession. Ils avaient été requalifiés, avaient trouvé un nouveau boulot, leurs dettes avaient été effacées. Les banques, les compagnies d'assurances et les constructeurs automobiles avaient été renfloués à hauteur de sept cents milliards de dollars. *Too big to fail*, « trop gros pour faire faillite », comme on disait.

Mais moi je n'étais pas grosse, pas assez en tout cas pour éviter la chute, et celle-ci avait été spectaculaire.

Dehors, les gens piétinaient dans les flaques. Je saisis mon parapluie et partis.

19 décembre 2008. Nous sortions main dans la main de notre immeuble par une matinée froide et lumineuse. Les commerçants et les concierges nous saluaient en souriant

quand nous marchions dans le quartier. Nous étions le couple phare de Chelsea, parfaitement assorti, David avec ses cheveux éclaircis par le soleil, moi avec mes mèches à deux cents dollars, lui dans son manteau Hugo Boss, moi dans mon alpaga de chez Barneys. Au coin de la rue, nous avions arrêté un taxi pour qu'il nous conduise à Wall Street. Il nous attendait sur le bord du trottoir comme un carrosse royal. Nous étions restés au téléphone pendant tout le trajet, David envoyant des messages, moi en pleine conversation, et nos mains libres enlacées sur le siège entre nous. J'étais descendue la première. Un baiser rapide, puis il avait prononcé la formule.

J'aurais dû me douter de quelque chose à ce moment-là, mais tout s'était finalement éclairci à l'heure de rentrer chez nous en milieu d'après-midi. J'avais tourné la clé dans la serrure, ouvert la porte et m'étais arrêtée net en entendant de la musique dans le salon. Des sacs de courses étaient posés sur le comptoir de la cuisine, avec un magnum de champagne, du fromage, une douzaine de roses rouges.

— Il y a quelqu'un ? avais-je appelé d'une voix rauque, les larmes coincées dans ma gorge.

J'avais traversé le couloir et trouvé David sur un escabeau, accrochant une banderole sur la paroi vitrée. *Félicitations, Shay !* était-il écrit. *Tu es une superstar !*

Des larmes s'étaient mises à couler aussitôt sur mes joues. Il avait sauté de l'escabeau et m'avait serrée fort. Je lui avais raconté la mauvaise nouvelle en sanglotant.

— Je suis désolé, ma chérie. Tellement désolé, avait-il dit d'une voix éteinte.

C'est au moment où j'avais senti ses bras trembler autour de moi que j'avais pensé à lui demander :

— Qu'est-ce que tu fais à la maison à cette heure-ci ?

Lui aussi avait été licencié, depuis le mois d'octobre : nous étions tous les deux perdus. Pour Wall Street, le monde avait peut-être pris fin le 15 septembre, mais pour nous, il s'était écroulé le 19 décembre.

7

— Je me demandais si vous pouviez nous aider avec la chronologie, dit Cruz.

Je hochai la tête.

— Si je peux, bien sûr.

Les enquêteurs s'étaient absentés une vingtaine de minutes. Quand ils étaient revenus, Cruz tenait une tablette tactile qu'il avait posée sur la table devant lui.

— L'immeuble où vous travaillez est équipé de caméras de surveillance, vous le saviez ?

J'acquiesçai de nouveau.

— Oui, il y a des caméras dans le hall d'entrée et devant les rangées d'ascenseurs de chaque étage. Dans les ascenseurs aussi. Je crois qu'elles sont activées par des détecteurs de mouvement.

— Exact. Eh bien, la sécurité de l'immeuble nous a donné les images du trentième étage.

— OK.

Il toucha l'écran de la tablette et celui du mur s'alluma aussitôt. Une vidéo se lança. Je reconnus la rangée d'ascenseurs du trentième étage où se trouvait mon bureau. Une femme blonde entra dans le champ, le dos tourné à la caméra, et appuya sur le bouton d'appel de l'ascenseur. La date et l'heure s'affichaient en haut à droite de l'image.

Cruz toucha de nouveau l'écran pour mettre la vidéo en pause.

— Vous pouvez identifier cette personne ?

— Oui. C'est Lucy Barton-Jones.

— Arrivée à l'ascenseur du trentième étage à 21 heures et deux minutes hier soir…

— Et trente secondes, si le chronomètre est exact.

— Y a-t-il une raison pour qu'il ne le soit pas ?

— Pas que je sache.

Il relança la vidéo et je me vis entrer dans le champ. J'avais une démarche un peu instable, qui montrait à quel point je me sentais faible et fatiguée. À l'écran, je jetai un coup d'œil à Lucy puis je me tournai face aux portes. Cruz remit la vidéo en pause.

— Pouvez-vous identifier la seconde personne ?

— C'est moi.

— Vous êtes arrivée à 21 h 04 ?

— C'est ce que l'heure indique. Ça me semble exact.

— Mme Barton-Jones était déjà là quand vous êtes arrivée.

— Oui.

— Que lui avez-vous dit ?

— Rien.

— Rien ? Regardez bien.

Il rembobina les images.

— Juste avant que vous vous tourniez. Vous voyez ? Vous la regardez et vos lèvres bougent.

Je regardai l'écran.

— Ah. Eh bien, j'ai dû dire « Bonsoir », je suppose.

— Ça ressemble plutôt à « Je sais ».

— Vraiment ?

Je me penchai alors qu'il remettait la vidéo en lecture.

— Pour moi, ça ressemble tout simplement à « Bonsoir ».

— Qu'est-ce qu'elle vous a dit ?

— Rien.

— Même après que vous lui avez dit « Bonsoir » ?

— Je ne suis pas sûre qu'elle savait qui j'étais.

— C'était la DRH. Ce n'est pas elle qui vous a embauchée ?

— Eh bien, elle m'a fait la proposition salariale et s'est occupée des formalités. Mais je ne l'ai rencontrée qu'à cette occasion. Ah, il me semble l'avoir croisée aussi entre deux portes il y a quelques semaines. C'est une grande entreprise. Elle a pu m'oublier. En tout cas, elle avait l'air préoccupée, alors je l'ai laissée tranquille.

Cruz ferma ce fichier vidéo et en ouvrit un autre.

— C'est l'enregistrement de la caméra à l'intérieur de l'ascenseur.

On nous voyait toutes les deux monter dans l'ascenseur et nous tourner face aux portes, chacune dans son coin. Cruz arrêta l'image. Mon expression était impassible. Mais le visage de Lucy était étrange : elle avait la bouche ouverte, les yeux hagards, les traits figés. Elle avait l'air terrifiée.

— Laissez-moi vous reposer la question, dit-il. Que lui avez-vous dit ?

— Je vous le répète : « Bonsoir » ou « Comment allez-vous ? ». Une politesse banale.

— Politesse ?

Riley avait pris la parole.

— Et elle aurait eu cette réaction ?

— Elle ne réagissait pas à ce que je lui ai dit, ou même à ma présence. Je ne crois même pas qu'elle m'ait remarquée. Elle était ailleurs, c'est évident.

— Évident pourquoi ? demanda Cruz.

— Parce qu'elle pensait à se suicider.

Il leva un sourcil.

— Avant, vous nous disiez qu'elle s'était suicidée à cause de la crise de panique provoquée par la panne de courant… qui n'avait pas encore eu lieu.

— Mais elle devait y penser. Elle avait un pistolet dans son sac.

— Si elle l'avait, reprit Riley.

— Elle l'avait.

J'avais envie de hurler. Mais je ne devais pas donner l'impression de m'opposer à eux. J'étais là pour coopérer.

Cruz reprit la lecture de la vidéo. Les images nous montraient face aux portes jusqu'à ce que la cage devienne sombre et que la caméra s'éteigne. L'heure de la dernière image affichée était 21 h 04 et 55 secondes.

— L'appel au 911 a été reçu à 21 h 12.

— OK.

— Presque sept minutes plus tard.

— OK.

— Décrivez-nous ce qui s'est passé pendant ces sept minutes.

Je leur racontai tout. J'avais cherché le bouton d'appel d'urgence et appuyé dessus. Puis j'avais dit quelque chose à Lucy – « On dirait qu'on est coincées » – mais elle n'avait rien répondu. Je m'étais acharnée sur le bouton d'urgence. Personne n'avait décroché à l'interphone. Alors j'avais tambouriné sur les portes et crié à l'aide. J'avais même essayé de les ouvrir de mes propres mains.

— Que faisait Mme Barton-Jones pendant ce temps ?

— On était dans le noir. Je ne la voyais pas. Mais je pouvais entendre sa respiration, qui semblait… difficile. Je lui ai demandé si elle se sentait bien. Pas de réponse. J'ai essayé une dernière fois le bouton d'urgence et cogné sur les portes. Quand j'ai compris que personne ne répondrait, j'ai appelé le 911.

— Avec le téléphone de Mme Barton-Jones.

— Oui.

— Que vous aviez pris dans son sac, ajouta Riley.

Je me tournai vers lui.

— Non. C'est elle qui l'a sorti. On était dans le noir complet, et puis d'un coup il y a eu une petite lumière derrière moi. Je me suis retournée et j'ai vu qu'elle fixait l'écran du smartphone. Je lui ai dit : « Bonne idée, appelez le 911. » Mais elle continuait de regarder l'écran. Sa bouche était ouverte, comme si elle perdait son souffle. Alors j'ai dit « Bon, je vais le faire », et je lui ai pris le téléphone des mains. Et j'ai appelé le 911.

Cruz reprit la parole :

— Combien de temps s'est-il écoulé entre l'appel au 911 et le coup de feu ?

— Je ne sais pas. Difficile à dire. Il me semblait qu'on était enfermées depuis des heures.

Cette impression que le temps s'allongeait avait été encore pire après le coup de feu. Quand je m'étais retrouvée piégée dans cette cage saturée d'une odeur de poudre et de sang.

— Vous aviez son téléphone. Vous n'avez pas regardé l'heure ?

— Non. Je l'ai éteint. La batterie était presque épuisée.

Je réfléchis quelques secondes.

— L'agent de sécurité, les hommes dans le hall, ils ne vous ont pas dit quand ils ont entendu le coup de feu ? dis-je.

— Malheureusement, non. Les agents de nettoyage faisaient tourner leurs machines à polir, et ils avaient des écouteurs. Le gardien regardait le match. Personne n'a rien entendu.

— Oh.

Je n'avais pas pensé à ça.

— Donc nous ne savons pas quand le coup de feu a été tiré, ajouta Riley, combien de temps après l'appel au 911. Si c'était bien *après* l'appel au 911.

— Quoi ? Vous pensez vraiment… ?

Je n'en revenais pas.

— Non ! Évidemment qu'elle était encore en vie quand j'ai passé l'appel. On peut l'entendre en arrière-plan !

— Nous avons écouté l'enregistrement du 911, dit Cruz. Elle ne parle à aucun moment.

— Non, mais… enfin, j'ai mis le téléphone devant sa bouche. Elle devait… Elle faisait de l'hyperventilation. Vous avez bien entendu ça !

— Nous avons entendu quelqu'un.

— C'était Lucy ! Elle était en vie quand j'ai appelé. J'ai essayé de la faire parler à l'opérateur, mais elle était déjà en pleine crise.

— D'accord. Donc vous avez passé l'appel. Et ensuite ?

— J'ai éteint le téléphone pour économiser la batterie. J'ai dit à Lucy que de l'aide était en route, mais à ce moment-là elle faisait clairement une crise de panique. J'ai essayé de la calmer. « Respirez lentement, inspirez et expirez, doucement et profondément. » Je lui répétais ce genre de phrases pour l'apaiser, mais elle n'avait pas l'air de m'entendre. J'ai tendu la main vers elle, je voulais lui caresser le bras ou le dos, faire quelque chose. Je lui ai dit : « Les secours sont en route. On va nous sortir d'ici en un rien de temps. Tout va bien se passer. » Des paroles comme ça. Mais son hyperventilation semblait s'aggraver, et j'ai eu l'impression qu'elle commençait à suffoquer. Alors j'ai rallumé le téléphone pour utiliser la lampe et voir comment elle allait. Elle cherchait dans son sac. Je pensais qu'elle avait peut-être un inhalateur. Peut-être qu'elle était asthmatique. Mais c'était un pistolet.

— Elle avait une arme dans son sac.

Je hochai la tête.

— J'ai reculé un peu. Elle le tenait dans la main en le fixant des yeux. J'ai dit : « Oh, non », ou « Rangez ça », ou quelque chose dans le genre. Mais elle l'a collée sous son menton.

— Montrez-moi.

— Comme ça.

Je mimai un pistolet avec les doigts, puis plaçai mon index tendu sous le menton.

— J'ai crié : « Non ! » Et j'ai lâché le téléphone et foncé sur elle. J'ai attrapé ses mains et je suis parvenue à retirer le pistolet de sous son menton. Mais elle s'est débattue. Elle se débattait de toutes ses forces. À un moment, elle a réussi à replier ses bras et les miens avec, et ensuite, c'est comme si tout l'ascenseur venait d'exploser.

— Le coup est parti.

— Pendant une seconde, je n'ai pas compris ce qui s'était passé. Le téléphone était toujours allumé par terre, elle était à terre elle aussi, les yeux grands ouverts et un trou dans le visage, et derrière elle tout était éclaboussé de sang. Je crois que j'ai crié. Ensuite la batterie est morte et je me suis retrouvée dans le noir.

Je fermai les yeux. Toute la scène se rejouait dans ma tête. Le combat terrifiant, le regard de bête féroce de Lucy, et je me retrouvai de nouveau plongée dans l'obscurité, seule dans la cage avec elle, et la détonation assourdissante qui résonnait encore dans mon crâne.

— Et ensuite, vous avez fait quoi ?

— Je ne sais plus. Rien. J'aurais dû vérifier son pouls, j'imagine, ou lui faire du bouche-à-bouche. Je ne sais pas. J'étais en état de choc. Je me suis mise dans un coin et j'y suis restée jusqu'à ce que l'ascenseur redémarre. Et que les portes s'ouvrent.

Voilà. J'avais raconté toute l'histoire. Je pris une profonde inspiration et expirai lentement. Cruz éteignit la tablette et l'écran au mur redevint noir. Je m'étais efforcée de garder le dos droit pendant tout l'interrogatoire, et je pouvais enfin me relâcher un peu. Nous avions terminé.

— J'ai une question à vous poser, ajouta Riley.

Je me redressai d'un coup, étonnée.

— Pourquoi ne pas avoir appelé le 911 vous-même ? Avec votre propre téléphone ? Celui que nous avons trouvé dans votre sac.

— Oh, eh bien, j'utilise des cartes prépayées. Je n'avais plus de crédits et j'ai oublié de le recharger.

— Pourquoi ne l'avez-vous pas rechargé à ce moment-là ? Vous aviez du réseau. Tout ce que vous aviez à faire était d'ajouter de l'argent, et vous auriez pu maintenir la communication jusqu'à l'arrivée des secours.

— J'imagine que je n'y ai pas pensé…

— Et d'ailleurs pourquoi avez-vous un téléphone jetable ?

— Un… quoi ?

— Vous savez ce qu'est un téléphone jetable. À usage unique. Anonyme. Intraçable.

— Ça n'a rien à voir…

— Ah, alors vous l'utilisez peut-être pour cette application de rencontres, là – comment ça s'appelle – *Timber* ?

— Tinder, corrigea Cruz d'une voix calme.

Je me sentis rougir. L'interrogatoire de Cruz avait été neutre, presque doux. Il jouait le rôle du bon flic, et maintenant Riley intervenait pour faire le méchant.

— Je ne me suis jamais inscrite sur une appli de rencontres, dis-je. Je suis mariée.

— Alors à quoi sert ce téléphone jetable ? Pour la drogue ?

— Non !

— Et où est votre vrai téléphone ?

— Je n'ai pas…

Je dus me ressaisir pour ne pas crier.

— Écoutez…

Je continuai de me retenir. Pendant cinq ans, la honte m'avait empêchée de parler de ma situation financière à qui que ce soit, mais cette fois je prenais conscience qu'il fallait que je le fasse, pour mon bien. Et de toute façon, s'ils n'avaient pas encore lancé de recherches sur mes avoirs bancaires, ils le feraient bientôt.

— On ne peut pas acheter de vrai téléphone sans être créditeur, dis-je enfin. Et je suis dans le rouge. Alors j'utilise un téléphone prépayé. C'est tout.

Les deux enquêteurs se penchèrent en avant.

— Vous voulez dire que vous êtes fauchée ? demanda Cruz.

— Pire que ça. Je suis noyée sous les dettes. Des prêts étudiants, une saisie immobilière, des dettes sur mes cartes de crédit. Donc, oui, je suis dans une situation financière difficile. En tout cas, je l'étais jusqu'à ce que j'obtienne ce nouveau job.

— Donc ce travail, dit Cruz lentement en se grattant la barbe, doit être très important pour vous.

Je levai le menton.

— C'est la chose la plus importante de ma vie. Je ne ferais jamais rien qui puisse le compromettre. Et je serai éternellement reconnaissante envers les personnes qui m'ont embauchée. Et ça inclut Lucy Barton-Jones.

J'étais plutôt contente de ma dernière réplique. Quand les flics quittèrent la pièce juste après, je pensais avoir marqué un point. Ils étaient probablement déjà à leur bureau, en train d'effectuer des recherches sur les saisies et les jugements exécutoires prononcés contre moi. Ils auraient la confirmation que j'étais endettée et que je n'avais aucune raison de tuer Lucy. Je m'étais simplement retrouvée au mauvais endroit au mauvais moment.

Trois éléments déterminants faisaient de moi un suspect potentiel : le mobile, les moyens et l'occasion de commettre le crime. Les enquêteurs devaient les vérifier un par un. Dans cette affaire, l'occasion était évidente – j'étais juste à côté de la victime, c'était incontestable –, mais il n'y avait aucun risque qu'ils me relient au moyen – c'est-à-dire à l'arme –, et je venais de leur prouver que je n'avais aucune raison de tuer Lucy.

Quelle ironie. J'avais dû leur révéler ma pauvreté et mon désespoir financier pour leur montrer que je n'étais pas un suspect potentiel. Des éléments que je cachais à tout prix. Et non seulement ma défense était crédible, mais surtout elle avait l'avantage d'être vraie. J'avais *vraiment* voulu ce boulot désespérément. J'étais *vraiment* reconnaissante de l'avoir obtenu. Il n'y avait guère que le « éternellement » dans ma réponse qui n'était pas tout à fait juste.

Il s'écoula moins de vingt minutes avant que Cruz ne revienne dans la pièce, cette fois sans Riley. Il ne prit pas la peine de s'asseoir.

— Merci de votre patience, madame Lambert.

Tout à l'heure, son ton était cordial. Il était maintenant chaleureux. Cruz ne jouait pas seulement le rôle du bon flic, celui des séries télé qui cherchait à piéger leur suspect. Je sentais qu'il m'appréciait, sans arrière-pensée, comme le gentil garçon apprécie la fille sage et sérieuse de la classe, veut lui porter ses livres et la présenter à sa mère.

— Nous vous contacterons si nous avons d'autres questions, dit-il. Vous êtes libre de partir.

— Oh !

Je me levai, exaltée. Enfin. Je les avais convaincus. Mais avant d'aller célébrer ma victoire, je devais régler certains détails pratiques.

— Je peux récupérer mes vêtements ? Et mon sac ?

Je n'avais ni voiture ni argent pour payer un taxi, et je portais un survêtement trop grand et de faux chaussons à mes pieds.

— Et ma mallette !

Il fallait absolument que je la récupère.

— Désolé, nous devons garder toutes les preuves tant que l'enquête n'est pas terminée.

Je le regardai.

— Ce n'est pas fini ?

— Eh bien… non.

Il paraissait navré.

— On doit encore faire les perquisitions, retrouver le fabricant du kit d'arme, interroger la famille et les amis…

Il s'interrompit. Il en avait déjà trop dit sur la suite de l'enquête.

Et moi, j'avais crié victoire trop vite. Je n'avais pas encore réussi à les convaincre, je n'étais pas hors de cause et l'affaire n'était pas close. Elle était simplement en suspens.

Je devais retourner au travail dans quelques heures. Tout le monde apprendrait bientôt que Lucy était morte, et que j'étais seule avec elle au moment de sa mort. Si, en plus de ça, ils n'entendaient pas les mots « suicide » et « affaire classée », j'allais devoir passer la journée dans un état d'incertitude pesant. Et si les enquêteurs changeaient d'avis ? Ils viendraient m'arrêter au bureau, en plein rush, quand tous les collègues seraient là pour les voir me passer les menottes. On ne me laisserait même pas vider mon bureau cette fois-ci. Ce serait mille fois pire que l'humiliation que j'avais subie le jour où l'on m'avait escortée jusqu'à la sortie de Jackson Rieders, cinq ans plus tôt. Non, « libre de partir » n'était pas suffisant. Je ne pouvais pas m'en aller tant qu'on ne m'avait pas spécifié : « hors de cause », « pas suspectée », « simple témoin d'un suicide tragique » – n'importe laquelle de ces formules suffirait.

— Vous savez quoi ?

Je me rassis sur le banc.

— Je crois que je vais rester.

Cruz me regarda d'un air perplexe.

— Vous pourriez penser à d'autres questions, ajoutai-je. Ou je pourrais me rappeler d'autres faits. Dans tous les cas, je serai là.

Il pencha la tête sur le côté.

— Dites-moi. Pourquoi êtes-vous si accommodante ?

— Parce que je n'ai rien à cacher.

Il ne semblait pas convaincu.

— Les témoins lambda n'ont rien à cacher non plus, mais ils sont pressés de partir d'ici. Après ce que vous avez vécu, je pensais que vous seriez impatiente de rentrer chez vous. Donc pourquoi ?

Sa curiosité semblait sincère, alors je lui répondis sincèrement :

— Parce que c'est un jeu à somme nulle, non ? Nous étions deux dans cet ascenseur. Si elle ne l'a pas fait, c'est moi. Dès que le coup de feu est parti, c'est devenu ma mission de vous convaincre que je ne l'ai pas fait.

Il secoua la tête.

— C'est à nous que revient la charge de la preuve, toujours. Vous êtes avocate, vous le savez très bien.

— Pas cette fois. Là, toute la charge repose sur moi.

Je croisai mes mains sur la table comme si je faisais une déclaration solennelle.

— Tant que votre enquête se poursuivra, peu importe le temps que ça prendra, je resterai ici.

Il grimaça.

— La nuit pourrait être longue.

— J'ai l'habitude.

8

19 Décembre 2013

Tout compte fait, mieux valait être nerveuse. Cette tension me permettait de tenir debout. La veille, j'avais fait le service au Cubby's Bar et n'étais rentrée chez moi qu'à 4 heures du matin. Je m'étais tournée et retournée dans le lit pendant une heure, attendant que David rentre et que je puisse m'endormir enfin. J'aurais dû me sentir épuisée après cette longue journée derrière le comptoir, mais l'adrénaline gardait mes yeux grands ouverts et poussait mes jambes vers la sortie du bar puis en haut de l'escalier jusqu'à la rue. J'avais dix minutes de marche jusqu'à la station Metro-North et un trajet de quarante-cinq minutes en train jusqu'à White Plains.

Le Bronx sous la pluie défilait derrière la vitre. Des barres d'immeuble et des devantures sans enseigne. Des murs de béton couverts de graffitis montrant des tourbillons de couleurs, des effets 3D, des portraits aussi grands que les visages sculptés du mont Rushmore. Je m'émerveillais de leur créativité. Ça devait être génial d'avoir un talent comme celui-là, un talent qu'on pouvait exercer seul, n'ayant besoin que d'un mur vierge et d'une bombe de peinture : aucun bureau, pas d'informatique, pas de salles de réunion ni de cartes de visite ni de service des ressources humaines. Mon talent à moi ne valait rien sans mes clients et mon équipe.

Après les graffitis, le cimetière. Il semblait s'étendre sur des kilomètres. Des cadavres étaient rassemblés ici depuis cent cinquante ans, beaucoup d'entre eux enterrés sous des mausolées qui avaient dû coûter une fortune. On n'emporte pas ses biens avec soi, disait-on, mais d'une certaine manière les riches y parvenaient quand même. Les riches pensaient à tout.

Le train arriva à la gare de White Plains. Il pleuvait fort. Je descendis et cherchai l'horloge du regard. J'étais très en avance. Cette précaution m'avait forcée à payer le tarif de l'heure de pointe.

Je restai sous l'abri de la gare et lus les gros titres des journaux du kiosque jusqu'à ce qu'il soit temps de partir. Je relevai la capuche de ma parka, passai à toute vitesse devant la file de taxis et traversai la rue. Les nappes de pluie ondulaient à chaque coup de vent comme des draps sur une corde à linge. Au moins, ce n'était pas de la neige, pensai-je avant que la voix de David ne se fasse entendre aussitôt dans ma tête : « Arrête de faire ta putain d'optimiste fanatique. »

Je n'étais pas une optimiste fanatique. Je savais bien à quel point les choses pouvaient être difficiles : je n'étais pas naïve, mais contrairement à moi, David sombrait rapidement. Pour ralentir sa chute, j'avais pris le réflexe de voir les choses du bon côté en toutes circonstances, et m'efforçais de lui rappeler qu'après la pluie venait toujours le beau temps. Ce qui avait fini par se retourner contre moi : David croyait non seulement que sa vie était un échec, mais qu'en plus il avait épousé une idiote.

Il avait bien raison. Quelle bêtise de gaspiller de l'argent dans un billet de train pour un job que je n'aurais jamais ; de me geler dans le froid et sous la pluie pour rien ; de risquer une nouvelle bronchite sans avoir ni assurance maladie ni ordonnance ; de rater mon rendez-vous hebdomadaire pour le don de plasma – vingt-cinq dollars de perdus ; de manquer tout un service au bar cet après-midi qui m'aurait rapporté assez de pourboires pour payer la facture d'électricité du mois. Tout ça pour un entretien qu'on m'avait accordé par simple courtoisie, dans le meilleur des cas. Dans le pire, ce n'était qu'une façade pour les ressources humaines qui savaient très bien que le poste était déjà promis à quelqu'un de pistonné. J'aurais dû abandonner depuis des mois, des années même. Comme David. Mais moi je n'y arrivais pas, c'était comme ça. Peut-être qu'il avait raison, après tout. Peut-être que j'étais une optimiste fanatique.

Mon premier entretien chez CDMI remontait au mois de novembre et s'était résumé à vingt minutes de réunion avec un second couteau nommé Seth Salway, avocat comme moi. Il s'était montré brusque et antipathique du début à la fin, et au bout d'un mois sans retour de sa part, j'avais supposé que c'était un refus. Plus personne ne perdait son temps à rédiger des courriers. Ni ne se fatiguait non plus à accuser réception d'un CV, même par un simple e-mail. À moins d'envoyer un recommandé, je ne savais jamais si ma candidature avait été reçue. C'était comme lancer une bouteille à la mer et espérer que quelqu'un finirait par la trouver quelque part malgré les tempêtes et l'immensité de l'océan.

Mais cette fois, on m'avait rappelée. On me donnait enfin une chance. Mes mains tremblaient dans mes poches pendant que j'attendais à l'angle de la rue que le feu change de couleur. Une voiture qui roulait trop vite tourna devant moi et faillit m'éclabousser. Je m'écartai de justesse et pressai le pas.

Les trente étages de verre, d'acier et de béton de la Marketplace Tower se dressaient sous mes yeux. Je franchis les portes tournantes. Un sapin haut comme deux étages s'élevait dans le hall, et, posés à ses pieds comme des paquets cadeaux, quatre choristes vêtus à la mode victorienne entonnaient des chants de Noël pour donner le sourire aux salariés. J'enlevai mon manteau en passant devant eux et présentai ma carte d'identité à l'agent de sécurité. Il repéra mon nom sur la liste des visiteurs et me tendit un stylo pour signer le registre.

— J'ai ramassé ça par terre, là-bas, dis-je en lui remettant mon manteau. Pouvez-vous le mettre dans vos objets trouvés ?

Il me regarderait sûrement d'un œil suspicieux quand je viendrais le récupérer plus tard, mais mon nom était à l'intérieur ; il serait bien obligé de me le rendre. Et en attendant, je ne subirais pas la honte de me présenter en parka usée dans une entreprise où défilaient chaque jour les marques de créateurs les plus connues au monde.

L'intérieur du bâtiment était un hommage clinquant à l'Art déco. Le mur derrière les ascenseurs arborait une fresque en mosaïque si grande que je dus lever la tête pour la voir entièrement. Elle représentait des hommes et des femmes en train de semer des graines, tournant des roues, soulevant des poutres, emballant des caisses – une allégorie des travailleurs-de-tous-les-pays-unissez-vous, fracturée en milliers de morceaux de verre scintillants. Si je n'avais pas été aussi nerveuse, j'aurais peut-être trouvé ironique de contempler une œuvre pareille dans un endroit qui incarnait l'essence du capitalisme.

Un panneau tactile séparait les ascenseurs. J'appuyai sur l'étage de l'entreprise. Une sorte d'algorithme calcula lequel des dix ascenseurs s'ouvrirait pour moi.

Une voix de synthèse indiqua : « Cabine n° 3, s'il vous plaît. »

Les parois de la cabine étaient lambrissées en acajou, et l'intérieur des portes était recouvert d'un miroir. Sur le côté, le panneau de commande ne comportait aucun bouton d'étage, seulement des alarmes d'urgence. Au-dessus des portes, un bandeau numérique faisait défiler les actualités du jour : *Les stocks mondiaux bondissent après la réduction des rachats d'obligations par la Fed. Quatre-vingts blessés dans l'effondrement du plafond du théâtre Apollo de Londres.* Des chants de Noël résonnaient également dans l'ascenseur, diffusés par des haut-parleurs invisibles. Il y avait sans doute des caméras quelque part. Je redressai les épaules, relevai le menton et pris mon air déterminé. Je voulais paraître concernée, combative, confiante sans être arrogante. Il fallait que je sois le genre de personne que tout capitaine voudrait avoir dans son équipe. Je me murmurai des encouragements. Mme Casco m'avait appris à faire ça au collège, pour mieux affronter chaque nouveau défi : « Dis-toi que tu peux le faire, parce que tu le peux. Dis-toi que tu es la meilleure, parce que tu l'es. Dis-toi que tu as le contrôle de la situation, parce que tu l'as. » Elle pensait que je pouvais tout faire, et à l'époque je le pensais aussi.

J'avais arrêté de répondre à ses e-mails il y a quatre ans.

Mais ce jour-là, je m'adressais ce discours d'encouragement. C'était mon mantra pré-entretien : « Tu es toujours une star ; tu peux le faire ; ils auront de la chance de t'avoir. » Je n'y croyais même pas, mais c'était comme réciter

« Now I Lay Me Down to Sleep » avant de se coucher[1] : la cadence à elle seule produisait son effet, et quand les portes s'ouvrirent sur le trentième étage, je me sentais décidée et imperturbable.

Un autre sapin de Noël se dressait dans le hall d'accueil de CDMI, celui-ci décoré de deux guirlandes en forme de fausses colombes blanches. La colombe était le logo de CDMI, et on la retrouvait aussi bien sur les vêtements de luxe de la marque que sur ses articles de sport. Il y avait même des colombes, vivantes celles-là, dans une volière en verre derrière la réception. Perchées sur leurs fausses branches, elles avaient l'air aussi blasées que la jeune femme derrière son bureau de marbre et d'onyx. Elle était encadrée de deux jeunes mannequins, l'une habillée tout en blanc, l'autre en noir. La réceptionniste était un mélange des deux, en noir et blanc. Elle devait être coréenne ou japonaise ; en tout cas, elle ressemblait à une publicité ambulante pour les cosmétiques K-Beauty, et aurait fait un mannequin idéal pour les grandes marques de CDMI : mince comme un roseau, avec des lèvres rouges pulpeuses et une peau lisse comme du verre.

Je n'avais pas retenu le nom de l'assistante qui m'avait appelée pour planifier l'entretien. Alors, en arrivant à la réception, je demandai à voir le même jeune avocat qui m'avait fait passer l'entretien le mois précédent :

— J'ai rendez-vous avec Seth Salway.

Les longs cils noirs de la réceptionniste se recourbèrent comme la queue d'un akita et se mirent à clignoter.

---

1. « Now I Lay Me Down to Sleep » (« Et maintenant je m'allonge pour dormir ») est une prière populaire américaine qu'on fait réciter aux enfants avant qu'ils aillent se coucher. *(NdT)*

— Je crains que M. Salway ne soit plus parmi nous, dit-elle tristement.

Je clignai des yeux à mon tour. « Plus parmi nous. » Quelle ironie du sort. La cruauté du destin me privait donc de mon unique espoir d'avoir un job.

— Oh, dis-je. Eh bien, je suis Shay Lambert…

— Oh, mademoiselle Lambert.

Elle s'anima.

— Bien sûr. Asseyez-vous, je vous prie. Quelqu'un va venir vous chercher tout de suite.

Je m'efforçai de contenir mon soulagement. Je ne devais pas me laisser dominer par mes espoirs. Je longeai les banquettes en cuir blanc jusqu'aux fenêtres et fis semblant d'admirer la vue. Manhattan devait s'étendre derrière le mur de brouillard. Avant, c'était le seul endroit où j'envisageais de travailler – Wall Street, le centre du monde juridique –, et jamais pour autre chose qu'un cabinet de premier plan, avec des succursales dans tout le pays et des bureaux à l'international. Et voilà maintenant à quoi j'en étais réduite : quémander un poste en banlieue dans le service juridique d'une entreprise que j'aurais méprisée autrefois.

L'hubris. Je m'y étais brûlé les ailes.

J'aurais pu toucher le chômage, mais j'étais tellement sûre de ne pas rester longtemps sans emploi que je n'avais même pas pris la peine de faire la demande. Et puis les aides sociales étaient pour les perdants, les toxicos et les paresseux obèses qui regardaient la télé toute la journée. J'avais une réputation à préserver. Je ne m'étais pas non plus abaissée à postuler dans des cabinets de seconde zone, puisque j'étais persuadée d'être de nouveau recrutée par une firme réputée. Là encore, question d'image. Mais cette année-là et la suivante, les meilleurs cabinets n'embauchaient que des avocats sortis d'école, de brillants diplômés sans aucune ombre sur leur CV. Mes années d'expérience et mes évaluations élogieuses ne pesaient rien face à cette dure réalité : un jour, un employeur avait estimé qu'on pouvait très bien se passer de moi.

J'avais fini par trouver un boulot alimentaire, en tout cas rien que je puisse faire valoir sur mon CV. Il consistait à superviser des documents pour un cabinet de contentieux, qui défendait une grosse boîte de l'industrie pharmaceutique contre des milliers de plaintes sur les effets de différents médicaments. Un singe savant aurait pu le faire. J'étais assise dans un sous-sol à Newark avec des dizaines d'autres jeunes avocats au chômage, tous en train de scanner des dossiers médicaux. Il y avait des millions de documents, et chaque nouveau lot était apporté par un chariot élévateur. Nous étions assis derrière de longues tables et devions pointer comme à l'usine. « Je n'arrive pas à croire que j'aie eu un diplôme de droit pour faire ça », se plaignaient mes collègues à voix basse. Ils auraient mieux fait de se taire. Un peu plus tard cette année-là, le travail avait été externalisé en Inde et nous nous étions tous fait licencier. L'année suivante, les Indiens s'étaient fait virer à leur tour, remplacés par des robots.

À ce moment-là, mon hubris avait disparu. J'avais pris n'importe quel boulot qui se présentait. J'avais menti sur mon niveau d'études et mon expérience, prétendu être une jeune mère revenant sur le marché du travail. Ça m'avait permis d'occuper des postes de secrétariat, puis des jobs dans la vente ou dans des entrepôts. Mais mes créanciers me suivaient comme des vautours. Quelques semaines après mon embauche, une ordonnance de saisie sur salaire était envoyée à mon nouvel employeur, lui demandant de reverser dix pour cent de mon traitement brut. Ça n'arrangeait pas les choses.

Personne n'aimait employer un mauvais payeur, et gérer la paperasse des saisies était une vraie galère. Peu de temps après, mon patron venait me dire qu'il se passerait de mes services.

La seule solution était de travailler au noir. C'est ce que je faisais depuis un an. Il n'y avait pas que mon hubris qui s'était évaporée. Ma fierté aussi. Maintenant, je travaillais pour encaisser des pourboires, servant des bières en me faisant peloter nuit après nuit dans un bar miteux. Heureusement, Mme Casco n'était pas là pour voir ça.

— Mademoiselle Lambert ?

Une autre femme apparut à la réception. Elle était plus âgée mais tout aussi élégante que les trois mannequins de l'accueil. Ses cheveux argentés étaient coupés en un carré lisse, et elle portait ce qui ressemblait à un tailleur Chanel, sans doute une adaptation de CDMI. Elle se présenta comme l'assistante de M. Barrett, Marcia Post. Elle m'expliqua avec une absolue sérénité que M. Barrett était en train de terminer son appel quotidien avec Paris, et qu'il me rejoindrait bientôt dans la salle de réunion, si ça ne me dérangeait pas de patienter.

J. Ingram Barrett, Jr. était le premier vice-président et le directeur juridique de CDMI. Je ne m'attendais pas à avoir rendez-vous avec lui. Une vague d'espoir me saisit de nouveau, jusqu'à me donner la nausée.

— Pas du tout, lui dis-je avec un grand sourire.

À chaque entretien d'embauche, je me sentais comme une actrice de théâtre jouant toujours le même rôle. Je devais sans cesse réciter les mêmes répliques avec le même enthousiasme. Malgré ma nervosité en coulisse, il fallait que j'éblouisse mon public quoi qu'il arrive dès que le rideau se lèverait et que les lumières s'allumeraient.

La femme me conduisit à la salle de réunion, s'excusa encore pour le retard et ferma la porte derrière elle en partant. Je m'assis et ne pus arrêter de sourire.

Ingram Barrett. J'avais rendez-vous avec Ingram Barrett. Je ne devais surtout pas tout gâcher. Je devais mobiliser tout ce que je savais sur lui et en déduire la meilleure approche à adopter.

Il fallait être maligne et, à vrai dire, je ne l'avais pas toujours été. David non plus. Lui en finance, moi en droit, nous devions connaître à nous deux toutes les subtilités de l'endettement ; nous aurions donc dû être assez malins pour trouver comment résoudre nos problèmes. Ou du moins pour ne pas prendre de mauvaises décisions qui aggraveraient notre situation. Nous aurions dû savoir nous refréner. Au lieu de ça, on s'était autorisé tout et n'importe quoi l'un et l'autre, trouvant des justifications à nos pires impulsions.

L'automne de notre licenciement, nous avions réservé des vacances d'hiver à Bali et, après que la sentence était tombée, nous avions décidé d'y aller quand même. « On va perdre notre acompte si on annule », avais-je dit. « Et puis on doit garder le moral », avait ajouté David. Chercher du travail exigeait de la confiance en soi, qui nécessitait de veiller à son bien-être. Ce qui avait justifié de garder nos abonnements à la salle de sport et mes rendez-vous mensuels au salon de coiffure. Sous prétexte de faire jouer notre réseau pour retrouver du travail, nous allions au restaurant pour déjeuner, dîner et boire des verres.

Notre découvert avait explosé. On ne payait plus les frais de copropriété, notre prêt hypothécaire ni nos prêts étudiants. Il avait fallu admettre que nos dettes étaient insurmontables. Mais plutôt que de contacter nos créanciers et de négocier des échéances, nous nous étions convaincus que la meilleure solution était de tout abandonner et de disparaître. Nous avions déménagé en pleine nuit sans laisser d'adresse.

Évidemment, les banques avaient fini par nous retrouver. Et elles semblaient avoir fait de notre fuite une affaire personnelle ; elles ne s'étaient pas contentées de saisir l'appartement pour solder l'histoire, comme elles le faisaient dans tout le pays pour les emprunteurs en défaut de paiement. Non, elles nous avaient poursuivis en justice et nous avaient fait condamner. Des jugements qui pèseraient sur nos têtes pendant des décennies.

Mes mains tremblaient. Je les serrai, pris une profonde inspiration et me levai pour observer la salle. La baie vitrée montrait le même brouillard que celui que j'avais vu depuis la réception. Les trois autres murs étaient équipés d'écrans géants où passaient les défilés de mode des dernières collections des grandes marques de la société. Sur l'écran du milieu était diffusé un diaporama de Claudine de Martineau.

Photo après photo, on voyait Mme de Martineau défiler à l'époque de sa carrière de top model, avant qu'elle devienne l'une des créatrices de mode les plus iconiques de la fin du xxe siècle, puis fonde CDMI. Les images montraient une jeune fille aux grands yeux avec des cils recourbés et des coiffures élaborées. Aujourd'hui, son âge était un secret bien gardé, mais les vêtements et le maquillage qu'elle portait sur les photos étaient typiques des années 1960. Elle devait donc avoir dans les soixante-dix ans. D'après mes recherches, je savais que Mme de Martineau vivait dans un isolement quasi complet quelque part dans la vallée de la Loire, mais elle régnait toujours sur CDMI en tant que présidente du conseil d'administration. Tout le monde l'appelait « Madame » alors que personne n'aurait su dire si elle avait été mariée un jour.

Le diaporama s'arrêtait sur sa photo la plus célèbre, celle qui avait fini en posters sur les murs de milliers de chambres d'adolescents. Elle était nue, bras repliés devant sa poitrine, une colombe blanche perchée sur l'épaule. J'étudiai son visage de près. Sur chaque photo, elle incarnait une personnalité différente : une jeune fille fragile, une séductrice, une guerrière… Dans la vie réelle aussi elle s'était réinventée. Elle était passée du statut de mannequin à celui de créatrice respectée, puis de patronne de multinationale. Chaque fois qu'elle avait senti le vent tourner, elle avait été assez intelligente pour s'adapter et se frayer un chemin vers le succès.

Je n'avais pas toujours été aussi intelligente qu'elle, mais pour me frayer un chemin vers ce job, j'avais besoin de l'être plus que jamais. J'essayai de rassembler toutes mes connaissances sur Ingram Barrett. Sa photo dans le rapport annuel de l'entreprise montrait qu'il était chauve et portait des lunettes à la Clark Kent. J'avais étudié son parcours dans *Martindale* et savais qu'il était diplômé de Harvard. Il incarnait le cliché de l'avocat guindé et propre sur lui qu'on trouvait dans tous les grands cabinets de Wall Street. Puis il avait quitté son statut confortable pour devenir directeur juridique chez CDMI. Il gagnait encore beaucoup d'argent. Selon un rapport officiel, sa rémunération totale affichait un nombre à huit chiffres. Mais malgré tout, peu d'avocats de son envergure auraient abandonné le pouvoir et le prestige du petit cercle où il évoluait, lui qui figurait probablement dans les numéros d'urgence de plusieurs dizaines de P-DG de Forbes. Pourquoi avait-il tout quitté pour ne plus dépendre que d'un seul conseil d'administration et d'actionnaires notoirement sulfureux ?

La réponse à cette question pouvait me servir. Si j'arrivais à comprendre pourquoi il avait pris ce poste, il me suffirait de donner les mêmes raisons que lui. S'il pouvait se reconnaître en moi, ce serait gagné.

Je me détournai des écrans et regardai par les fenêtres. Le brouillard commençait à se dissiper sur Manhattan. Je me revoyais dans mon ancien cabinet, à mon bureau du soixante-septième étage, avec les chariots remplis de dossiers le long des murs et les petites lumières du standard téléphonique, dont la demi-douzaine de lignes clignotait en permanence. Si je voulais retrouver tout ça, il n'y aurait qu'une stratégie gagnante : je devais formuler clairement mon objectif.

La porte s'ouvrit enfin et Ingram Barrett entra dans la pièce. Je me retournai et lui adressai un grand sourire.

— Monsieur Barrett, dis-je en lui tendant la main. C'est un plaisir.

Il était plus séduisant en personne. Sûrement l'effet du pouvoir. Il portait un costume et une chemise noirs, sans cravate. Il avait sans doute jugé préférable de mettre de côté ses costumes rayés et ses cravates à motifs au moment d'intégrer une entreprise de mode.

Il me serra la main, souriant lui aussi.

— S'il vous plaît, appelez-moi « Barry ». Tout le monde le fait.

Il me fit signe de m'asseoir et prit la chaise en bout de table.

— Je dois m'excuser de ne pas vous avoir répondu plus tôt. Nous avons eu récemment quelques changements de personnel, et votre CV s'était égaré.

« Changements de personnel. » Un bel euphémisme pour dire qu'on virait les gens comme des malpropres. Ce qui expliquait peut-être le départ de Seth Salway.

— Et c'est en croisant Joël Edders par hasard à une soirée la semaine dernière que ça m'est revenu.

Il se mit une tape sur le front pour montrer comme il était tête en l'air.

Joël Edders était l'un de mes superviseurs chez Jackson Rieders. Il m'avait attribué les meilleures notes qu'il ait jamais décernées à un collaborateur, d'après lui. C'était le seul à être passé dans mon bureau, cet autre 19 décembre. On m'avait donné une heure pour vider les lieux. Un agent de sécurité rôdait pour empêcher le vol ou le sabotage. Le matin même, j'étais en charge des secrets de nos clients à plusieurs millions de dollars ; et d'un trait de plume, j'étais devenue une voleuse à surveiller.

Joël était venu me voir pour me donner des explications. Il m'avait dit d'un air désolé qu'AT&T, qui représentait dix pour cent de nos facturations, avait retiré son activité. Si le cabinet ne réduisait pas drastiquement ses dépenses, les associés pourraient subir des pertes de revenus. Ils avaient déjà fait des promesses d'embauche à dix stagiaires pour l'été, et s'ils essayaient de les annuler, l'histoire finirait dans la presse. La boîte devait donc licencier parmi les collaborateurs actuels, et ceux qui ne comptaient que trois ans d'ancienneté étaient des cibles faciles.

Et pourquoi ils me choisissaient moi, avec mes évaluations exemplaires et mes deux mille cinq cents heures facturées ? Eh bien, ils ne pouvaient pas se débarrasser de Matt ou de Jeremy : leurs pères siégeaient aux conseils d'administration de deux gros clients. Ni de Justin, qui attendait un bébé ; ils n'étaient quand même pas des monstres ! Et s'ils viraient leurs collaborateurs issus de la diversité, au moins trois autres clients se retireraient en raison du non-respect des quotas. « Toi, ma chère, m'avait confié Joël, haussant les épaules en signe d'impuissance, tu es une victime de la discrimination positive. » Je n'avais jamais su si Joël disait la vérité ou s'il était simplement raciste. Peut-être les deux. « On reste en contact », avait-il dit, mais des mois plus tard, quand je m'étais fait violence pour l'appeler, il n'avait pas décroché.

— Joël, dis-je à Barrett d'un ton chaleureux.

— Il m'a dit que vous aviez un peu travaillé sur le procès Rand.

— Un peu travaillé ?

Je souris.

— J'ai rédigé les conclusions qui ont fait rejeter le dossier et gagner l'affaire.

Barrett éclata de rire.

— C'est ce qu'il a dit. J'ai lu le dossier moi-même. Il montrait une érudition impressionnante, mais évidemment je m'y attendais, venant de quelqu'un de chez vous. Cela dit il avait quelque chose en plus, je ne sais pas comment dire…

Il agita une main comme pour attraper le mot qui lui manquait.

— De la *conviction ?* proposai-je.

— C'est ça !

— On ne peut pas espérer persuader la cour sans être persuadé soi-même d'abord.

— Ça veut dire que vous aviez confiance dans la position de Rand.

— Je crois toujours en ce qui fera gagner mon client à la fin.

Barrett s'appuya contre le dossier de sa chaise et montra un sourire satisfait.

— Si ma mémoire est bonne, vous étiez opposée à Mark Ivins dans cette affaire ?

— C'est exact.

— Vous l'avez déjà rencontré ?

— Oui, plusieurs fois.

— Des conseils à me donner ? Nous sommes en procès avec lui en ce moment.

Mark Ivins était célèbre – voire tristement célèbre dans certains milieux – pour mener des actions en justice collectives pour des actionnaires. On racontait qu'il avait toute une écurie de plaignants potentiels à portée de main, des amis, des voisins et peut-être même de simples passants. Ensemble, ils possédaient des participations dans pratiquement toutes les sociétés publiques du pays. Dès qu'une affaire de malversation éclatait, Ivins pouvait déposer plainte contre l'entreprise dans la foulée, et gagner la course de vitesse vers le tribunal.

Il était marié à une blonde filiforme aux cheveux tirés en arrière, comme la peau de son visage d'ailleurs. Le couple figurait souvent dans les pages de la bonne société new-yorkaise. Ivins, avec sa belle chevelure grise et son sourire éblouissant, était l'un de ces quinquas séducteurs qui se permettaient de flirter avec des femmes beaucoup plus jeunes. J'avais moi-même été la cible de ses approches plusieurs fois.

— Mark aime croire qu'il vous manipule, dis-je. Il est toujours très fier de ses propres ruses. C'est son talon d'Achille. Il ne se rend jamais compte que c'est vous qui le manipulez en réalité. Il le comprend toujours trop tard.

Barrett rit de nouveau.

— Comme au jiu-jitsu.

— Exactement. Utilisez contre lui ce qu'il considère comme sa plus grande force.

— Ce que je ne comprends pas, dit-il d'un air sérieux cette fois, c'est ce qui vous a poussée à quitter Jackson Rieders.

Je me penchai en avant pour montrer mon empressement à répondre. Même si j'étais prête à lui raconter n'importe quoi, juste pour l'emporter.

— J'ai fait du *pro bono* pour le Projet Innocence quand j'étais chez eux. Et un cas en particulier m'a vraiment intéressée. Une affaire de condamnation à mort en Géorgie. Les preuves m'ont convaincue que l'accusé était innocent, mais aucun des avocats du cabinet n'était d'accord, du moins pas suffisamment pour décider de prendre en charge le dossier. Donc je me suis dit que je n'avais pas le choix : je devais rejoindre le Projet Innocence à plein temps, et m'en occuper moi-même.

— Que s'est-il passé ?

Je relevai le menton pour montrer ma fierté.

— Eh bien, ça a pris cinq ans, mais aujourd'hui M. Gibbons est un homme libre.

— Bravo, bien joué. Mais alors je me demande : après un succès pareil, pourquoi ne pas être restée pour recommencer ?

— Pour être honnête, je m'étais dévouée entièrement à ce dossier, mais le travail en lui-même n'était pas très stimulant. Je ressentais le besoin de retrouver la complexité du droit des sociétés.

— Alors pourquoi ne pas être retournée chez Jackson Rieders ?

— Ça a toujours été mon intention. Mais quand le moment est venu, j'ai pris conscience de quelque chose. Tout ce temps à travailler pour un seul client, à pouvoir me concentrer totalement au dossier, m'a fait apprécier la valeur de ces privilèges. Aucun conflit d'intérêts, ni de loyauté, ni de compétitions parasites. Pendant mon passage chez Jackson Rieders, j'ai travaillé sur cent quarante dossiers de clients différents. Parfois jusqu'à vingt en même temps, tous exigeant mon attention totale. Je devais en permanence jongler pour tout gérer. Au point que j'ai fini par programmer moi-même un logiciel pour m'aider à prioriser mon travail, en tenant compte des délais pour chaque dossier, du temps nécessaire pour réaliser les tâches, de l'importance des clients hiérarchisée selon les facturations, et ainsi de suite. Je saisissais toutes les données, et le programme me disait sur quoi je devais travailler en premier, en deuxième, en troisième, etc.

Barrett leva les sourcils.

— Une idée de génie ! Je signe où ?

— Désolée.

Je souris.

— Je l'ai codé pendant mes heures de travail, donc c'est la propriété de Jackson Rieders. Il paraît qu'ils l'utilisent toujours aujourd'hui. Mais ce que je voulais dire par là, c'est qu'avoir travaillé exclusivement pour M. Gibbons m'a convaincue que je veux être complètement dévouée à mon client, et à lui seul. Donc un poste dans le service juridique d'une entreprise cochait toutes les cases pour moi : défi intellectuel et dévouement total.

— Ce genre de loyauté a beaucoup de valeur ici, dit-il. Nous sommes en plein milieu d'un procès important.

— L'affaire Palmer ? Oui, j'ai lu des choses à ce sujet. Une action collective des actionnaires, comme l'affaire Rand.

— C'est bien ça, et également portée par Mark Ivins. Mais celle-ci se rapproche dangereusement de chez nous.

— Bien sûr, puisqu'ils contestent les rémunérations des dirigeants. Et personne ne veut se retrouver à devoir justifier son propre salaire. Ce serait comme faire son propre éloge.

Je ris.

— Comme à un entretien d'embauche, finalement.

Il rit avec moi de bon cœur, puis claqua ses mains sur ses cuisses avant de se lever de sa chaise.

— Shay, restez ici un instant, vous voulez bien ? Je dois passer un coup de fil.

Il quitta la pièce et pendant quinze minutes, je pensai qu'il cherchait son assistante pour me montrer la sortie. Ma petite plaisanterie n'était pas passée. Ou alors était-ce à cause du Projet Innocence ? Quelle entreprise voudrait embaucher une avocate qui n'avait fait que du droit pénal pendant les cinq dernières années ? C'était pourtant inscrit sur mon CV ; ils le savaient avant même que Barrett ait décidé de me rencontrer.

Non, ça devait être une chose que j'avais dite ou la façon dont j'étais habillée. Mon tailleur n'était pas assez à la mode pour eux. Voire carrément ringard. Avant que je la revende, ma garde-robe était à la pointe. C'était l'époque où je croyais encore éviter la faillite à condition de réunir chaque mois l'argent pour payer l'hypothèque. Mais de toute façon, ces anciens vêtements auraient eu plus de cinq ans, donc ils auraient été démodés eux aussi. Ça n'aurait rien changé.

On frappa à la porte. C'était Marcia Post, l'assistante de Barrett, venue me reconduire dehors.

— Si vous voulez bien me suivre, s'il vous plaît.

Au moins, cette fois, ce n'était pas un agent de sécurité.

Elle m'accompagna jusqu'à la réception, mais elle n'emprunta pas le couloir menant à l'ascenseur ; à la place elle se dirigea vers l'autre côté du bâtiment. Je lançai un regard désorienté derrière moi et vis la réceptionniste afficher un petit sourire.

— Nous y sommes, dit Marcia, qui s'arrêta devant une porte fermée. Je vais juste voir si elle est au téléphone.

Elle tapa une fois et se pencha dans le bureau.

Je fixai la plaque à côté de la porte : *Lucy Barton-Jones. Vice-présidente et directrice des ressources humaines.* La porte s'ouvrit en grand, et une belle blonde entre deux âges se leva derrière un bureau impeccable.

Sept minutes plus tard

En entrant pour lui serrer la main, je sentis en moi une vague de soulagement me submerger. C'était bien réel. J'avais décroché le poste. Nous allions avoir une vraie rentrée d'argent pour la première fois en cinq ans. Nous pourrions déménager de notre sous-sol pour un appartement plus grand ; engager un avocat spécialisé en faillites personnelles et faire annuler le jugement sur le défaut hypothécaire ; mettre en place un échéancier pour tout le reste ; je pourrais obtenir de l'aide pour David ; nous reprendrions nos vies d'avant ; nous serions à nouveau ceux que nous avions été.

— Bonjour, ravie de vous rencontrer, dis-je.

9

Le lundi matin, une équipe de techniciens était à l'œuvre pour installer un détecteur de métaux dans le hall. Trop peu, trop tard, pensa Ingram Barrett en les contournant à la sortie de l'ascenseur. La cabine n° 3 était toujours barricadée derrière de la rubalise jaune, et les employés qui entraient par la rue s'arrêtaient pour observer ces deux nouveautés. Certains sortaient immédiatement leur téléphone pour vérifier les infos sur Google et lire ce qui s'était passé.

Barrett allait devoir publier un communiqué de presse. Le service communication avait préparé une première version pendant la nuit, mais elle était beaucoup trop équivoque à son goût. Après la réunion du matin, une fois les choses réglées, il s'attaquerait lui-même à sa rédaction.

La limousine de la société venait de se garer sur le trottoir. Barrett aurait préféré rencontrer les enquêteurs dans son bureau, comme il l'avait déjà fait avec le directeur du bâtiment et le représentant de la compagnie d'ascenseurs. Mais Jack Culligan lui avait affirmé que ça aurait plus d'impact s'ils allaient directement à la police. Culligan était un ancien du FBI à la retraite : il valait mieux suivre ses recommandations dans ce genre de situation.

Lester Willard était au volant de la limousine. Faire le chauffeur ne faisait pas partie de ses fonctions habituelles, mais Barrett souhaitait mener cette opération en équipe réduite. Les seuls qui devaient savoir étaient ceux qui étaient déjà au courant. Eux trois, et Phil Duvall. Les précautions insistantes de Duvall pour ne jamais se salir les mains contrariaient beaucoup Barrett. Duvall était capable d'inventer d'ingénieux tours de passe-passe quand il s'agissait de maquiller les chiffres, mais son rôle se limitait à modifier les colonnes d'un tableau Excel. C'était toujours à Barrett et à Culligan de faire le sale boulot. Et à Lucy, bien sûr.

Culligan quitta la place passager pour ouvrir la portière à Barrett. Comme d'habitude, il portait un costume tout droit sorti du magasin. Il gagnait beaucoup d'argent chez CDMI mais s'habillait toujours comme un agent fédéral. Barrett aimait ça chez lui.

— Tu as la vidéo ? demanda-t-il en s'installant à l'arrière.

— Je l'ai.

La cité administrative était seulement à quelques pâtés de maisons. Ils auraient pu s'y rendre à pied si les trottoirs n'avaient pas été couverts de plaques de verglas et de boue noircie. Lester s'arrêta à l'entrée de l'hôtel de ville, puis recula et se glissa le long d'une bande de trottoir sèche.

— Ne t'éloigne pas, lui dit Culligan en sortant de la voiture avec Barrett.

Lester hocha la tête, le regard fixé droit devant lui.

Ici, les détecteurs de métaux étaient déjà installés, en plus d'un tapis roulant pour scanner les sacs. Ils prirent l'ascenseur et montèrent à l'étage des enquêtes criminelles. L'espace, morne et purement fonctionnel, était fait de murs en parpaings et d'une moquette industrielle, dans le même gris terne. CDMI payait à la Ville un montant astronomique de taxes mais de toute évidence celles-ci n'étaient pas dépensées en décoration intérieure. Elles devaient plutôt être détournées pour remplir quelques poches.

Culligan connaissait les lieux. Il déclina leur identité au policier derrière une vitre, lui tendit leurs cartes, et demanda à voir les enquêteurs chargés de l'homicide de Barton-Jones. Le policier passa un appel, et après une longue attente qui fit s'impatienter Barrett, il leur ouvrit le passage.

Une petite femme énergique se précipita pour les accueillir. Elle avait la cinquantaine passée, les cheveux permanentés, d'une teinte rouge artificielle.

— Linda Mayes, assistante de police, dit-elle d'un ton neutre. Les agents Riley et Cruz sont occupés pour l'instant, mais si vous voulez bien les attendre…

— Nous allons attendre, dit Culligan.

— Un petit peu, précisa Barrett.

Elle les conduisit dans une pièce marquée *Entretien B*. Une fois qu'elle fut partie, Barrett pointa du doigt le miroir sur le mur.

— C'est bien ce que je pense ?

Culligan hocha la tête et montra la caméra au-dessus. Ils s'assirent et sortirent leur téléphone sans se parler.

Au bout de quinze minutes, les enquêteurs arrivèrent. C'était le même duo qui avait rendu visite à Elliott Gutman la veille au soir. Ils avaient dû accumuler les heures supplémentaires. Culligan leur serra la main et leur indiqua son nom et sa fonction, et Barrett commençait à faire de même quand il fut interrompu par Riley :

— On s'est déjà rencontrés, M. Barrett, dit-il en mettant les mains dans ses poches. C'est drôle que vous n'ayez pas mentionné à ce moment-là que vous étiez le patron de Mme Barton-Jones. Vous avez simplement dit que vous étiez un « ami de la famille ».

Barrett ne fut pas ébranlé par la pique et s'amusa du refus de l'enquêteur de lui serrer la main.

— Parce que, sur le coup, le travail ne m'est même pas venu à l'esprit. Lucy n'était pas qu'une simple collègue, c'était une amie chère. Ce drame m'a vraiment bouleversé.

— Bien sûr, dit Riley en affichant une moue compatissante. Depuis combien de temps était-elle en dépression ?

Barrett réprima un rire devant cette faible tentative de le déstabiliser, venant d'un vieux flic comme lui.

— Ce n'était pas un suicide, dit-il. Shay Lambert l'a tuée. Et nous pouvons vous le prouver. Messieurs, s'il vous plaît.

Il leur fit signe de prendre place en face de lui.

— Asseyez-vous.

Riley et Cruz échangèrent un regard étonné, mais ils tirèrent leurs chaises et s'assirent.

— Vous avez déjà visionné les vidéos de surveillance du gestionnaire du bâtiment ? demanda Culligan.

Les policiers acquiescèrent comme si ça exigeait d'eux un effort pénible.

« Vous êtes à mon service, abrutis », eut envie de leur dire Barrett. Mais il laissa plutôt Culligan ouvrir son ordinateur portable et l'allumer.

— CDMI dispose de son propre système de surveillance dans toutes les parties communes de nos locaux, expliqua Culligan tandis qu'une image s'affichait à l'écran. Voici le couloir qui mène au bureau de Lucy.

Cruz s'approcha pour lire l'heure d'enregistrement : *02.02.14 / 20.36.48.*

— Vers 20 h 30 hier soir ?

— C'est ça. Regardez.

Culligan appuya sur une autre touche et lança la vidéo. Les enquêteurs se penchèrent en avant.

— La caméra est activée par un détecteur de mouvement, expliqua Culligan alors qu'on voyait s'ouvrir une porte de bureau.

À l'écran, Shay Lambert sortait du bureau dans le couloir et fermait la porte derrière elle. Puis elle s'effondrait contre le mur, le visage dans les mains. La résolution de l'image était assez faible, mais quand elle enlevait ses mains, on voyait des larmes sur ses joues. Elle prenait une grande inspiration, séchait ses larmes avec ses poings, puis elle se précipitait dans le couloir et disparaissait après avoir tourné à l'angle.

Culligan arrêta la vidéo.

— Lucy venait tout juste de mettre fin à son contrat, dit Barrett.

Les enquêteurs s'enfoncèrent dans leurs chaises. Cruz croisa les bras.

— Comment savez-vous ça ?

— Parce que je lui ai dit de le faire.

— Et pourquoi ?

— J'ai découvert que Shay avait menti sur son CV. Nous avions de nombreux candidats hautement qualifiés pour ce poste. J'ai embauché Shay pour une seule raison : son CV indiquait qu'elle avait été greffière du juge Wendell Arnold à la cour d'appel. Le juge Arnold avait un don inégalé pour repérer les meilleurs et les former correctement. Tous ses greffiers ont fait de brillantes carrières. Je le sais, j'en ai fait partie.

— Mais elle, non, c'est bien ça ?

Barrett secoua la tête avec dégoût.

— Le juge est mort l'année dernière, et nous avons organisé un hommage en sa mémoire samedi soir, en ville. Cinquante d'entre nous, ses anciens greffiers, ont fait le déplacement des quatre coins du pays. J'ai demandé à Shay si elle y allait, mais elle a dit qu'elle avait déjà quelque chose de prévu. À la fête, il y avait un diaporama de tous les greffiers du juge Arnold au fil des décennies et comme Shay n'y figurait pas, j'ai fait des recherches. Il s'avère qu'elle n'a jamais été greffière pour Arnold. Personne n'a jamais entendu parler d'elle. Elle a inventé cette histoire pour avoir un rendez-vous avec moi. Alors j'ai appelé Lucy chez elle hier. Je voulais que cette menteuse soit mise dehors avant lundi.

— Grâce au badge de Shay, nous savions qu'elle était dans les bureaux hier, dit Culligan. Mme Barton-Jones a accepté d'aller là-bas pour s'occuper de son cas.

Cruz le regarda.

— Vous êtes le chef de la sécurité, c'est bien ça ?

— C'est ça.

— Et vous vous impliquez dans les questions de personnel ?

— C'est le protocole en cas de licenciement. J'avais une équipe prête à intervenir.

— Pas assez prête, visiblement, dit Riley.

Culligan eut l'air gêné.

— Elle devait m'appeler en cas de problème.

— Nous aurons besoin d'une copie de cette vidéo, dit Cruz.

Culligan sortit la clé USB et la fit glisser sur la table. Au même moment, Barrett tira un document de sa serviette.

— Des affidavits établissant son authenticité et sa traçabilité, dit-il.

Riley regarda Cruz d'un air dubitatif pendant que celui-ci prenait les documents.

— Eh bien, vous nous avez vraiment facilité la tâche, dit-il.

— Nous voulons que justice soit rendue pour Lucy. Nous ferons tout ce qui est en notre pouvoir pour y parvenir.

— Nous aurons aussi besoin de voir le reste de votre vidéosurveillance de la nuit dernière, dit Cruz. Où Shay est allée ensuite, ce qu'elle a fait, où est allée Barton-Jones. Leurs déplacements à toutes les deux depuis 20 h 36 jusqu'à ce qu'elles montent dans l'ascenseur.

Barrett regarda Culligan, qui hocha la tête.

— Comme je l'ai dit, c'est un système à détecteur de mouvement et ça ne fonctionne que dans les espaces communs, donc ce sera fragmenté. Mais nous allons rassembler les enregistrements que nous avons.

Barrett acquiesça puis se leva, indiquant que la réunion était terminée. Mais Cruz le regardait d'un air sceptique.

— Il faudrait quand même être idiot, dit-il. Pour choisir ce moment-là pour commettre un meurtre. Coincée dans un ascenseur sans issue de secours.

— Ou un génie, répondit Barrett, si elle voulait faire croire à un suicide.

— Un génie assez intelligent pour saboter l'ascenseur ?

Barrett haussa les épaules.

— Parlez à la société d'ascenseurs. Leurs ingénieurs m'ont dit que le courant a été coupé parce qu'un disjoncteur a sauté. Ça peut arriver. Mais le système de secours a planté aussi, et ça, ce n'est pas normal. Les gars m'ont dit que c'était un dysfonctionnement du logiciel. Et Shay est une experte en programmation.

— Tiens donc, dit Cruz avec une pointe d'ironie. Elle aurait piraté le système ?

— Peut-être bien. Elle a codé elle-même un programme informatique pour son ancienne firme, et ils l'utilisent encore aujourd'hui. C'est une fille intelligente. Avec elle, tout est possible.

10

2 Janvier 2014

Ce boulot n'était pas juste un job que je voulais désespérément, c'était un vrai challenge : remettre mon cerveau en route, lâcher le frein à main et appuyer à fond sur l'accélérateur de ma carrière. Mme Casco faisait cette comparaison : « Ton cerveau est un moteur haute performance, disait-elle. Tu dois le faire tourner à son maximum et le laisser rugir. » Ces dernières années, j'avais plutôt été comme une tondeuse à gazon. Au travail, mes seuls dilemmes revenaient à demander « papier » ou « plastique » ou à décider si un paiement se ferait sans contact ou en insérant la carte. Aujourd'hui j'étais impatiente de foncer à pleine vitesse pour voir jusqu'où je pourrais aller.

Mais je devais patienter encore un peu. Le jour de ma prise de fonctions, le 2 janvier aux aurores, le hall de réception de CDMI était sans lumière. Personne à l'accueil. Derrière la vitre de la volière, les colombes perchées enfonçaient le bec dans leur poitrine, les yeux fermés. Je fis les cent pas à côté du mannequin blanc. Après dix minutes, l'ascenseur sonna et deux hommes en costume en sortirent. Je leur adressai un « Bonjour » souriant. L'un d'eux marmonna « B'jour », l'autre se contenta d'un signe de tête et les deux disparurent dans les couloirs.

J'attendis debout un moment, puis je finis par m'asseoir sur la banquette en cuir. Mon précontrat indiquait le 2 janvier comme date de prise de poste, mais il ne mentionnait l'heure nulle part. J'avais dû arriver trop tôt. L'ascenseur sonna à nouveau et cette fois trois personnes en sortirent. Je me levai en souriant, mais elles passèrent devant moi sans me remarquer et je me rassis.

À 10 heures, la réceptionniste de K-Beauty arriva enfin. Elle ne marchait pas droit. Je pensai d'abord que ses talons aiguilles trop fins la faisaient vaciller, mais quand elle se retourna, je pus apercevoir la rougeur de ses yeux cachés sous ses longs cils recourbés. Sa fête du Nouvel An avait dû se prolonger un peu trop. Elle s'assit derrière le bureau en gémissant et fixa son ordinateur comme si elle s'attendait à ce qu'il s'allume tout seul.

— Bonjour. Je suis Shay Lambert, dis-je en me levant. Je commence aujourd'hui.

La fille cligna lentement des yeux en me regardant par en dessous.

— Euh… Commencer quoi ?

— Mon travail. Je viens d'être embauchée au service juridique.

Elle me fixa.

— Oh. Vous devez aller où ?

— Je ne sais pas trop, dis-je poliment.

Je ne tenais pas à paraître antipathique en étant trop impatiente dès mon premier jour.

— Peut-être pourriez-vous le demander à l'assistante de M. Barrett ?

— Ah oui. Bien sûr.

La fille prit le téléphone et eut un moment de flottement avant de taper un numéro.

— J'ai quelqu'un à l'accueil, dit-elle. Elle me dit qu'elle est nouvelle.

Elle raccrocha et dit avec l'aplomb d'une actrice récitant sa réplique :

— Veuillez vous asseoir, je vous prie. Quelqu'un viendra vous voir dans un instant.

Je restai debout. L'assistante de Barrett finit par arriver en trombe à la réception. C'était Marcia Post. La dernière fois, elle m'avait paru particulièrement élégante. Aujourd'hui, elle avait l'air contrariée. Ses cheveux argentés avaient frisé et sa veste de tailleur mal boutonnée était de travers.

— Mme Lambert – Shay –, je suis vraiment navrée ! M. Barrett a dû se rendre en urgence à Kuala Lumpur pendant les vacances, et j'ai bien peur – enfin, tout s'est passé si soudainement –, j'ai bien peur qu'il n'ait laissé aucune instruction concernant… concernant…

Un rire nerveux lui échappa.

— … enfin, concernant ce que nous devons faire de vous.

— Oh.

Elle regarda sa montre.

— Et bien sûr, il ne peut pas être joint à KL à cette heure-ci, donc je suis navrée mais…

Elle ouvrit les mains en signe d'impuissance.

— Oh, dis-je de nouveau.

Devais-je rentrer chez moi ? Me paierait-on quand même ma journée ?

— Ici, il est écrit…

Derrière Marcia Post, la réceptionniste avait du mal à se concentrer sur son écran.

— … qu'elle sera au bureau 3018.

— Ah ! s'exclama Marcia Post avec soulagement, comme si tout était enfin résolu. Votre bureau ! Bien sûr. Laissez-moi vous y emmener.

Elle me conduisit du côté est du bâtiment par un long circuit à travers l'étage. Les portes étaient plus rapprochées dans le dernier couloir, et on entendait un léger bourdonnement derrière certaines d'entre elles. Des abeilles ouvrières dans leurs alvéoles, pensai-je, toutes dévouées à la même ruche. Mais au moins, elles avaient des endroits rien qu'à elles. Et du travail.

Marcia Post s'arrêta à côté d'une porte fermée. Le support d'une plaque nominative vacante était fixé au mur.

— Et voilà, votre nouveau chez-vous, dit-elle avec un large sourire avant d'ouvrir la porte.

Celle-ci buta sur une résistance à mi-chemin. Une pile de cartons remplis de dossiers empêchait son ouverture complète.

Le bureau était grand comme une cellule de prison, et tout l'espace était recouvert de monticules de cartons, du sol jusqu'à la table de travail en passant par le rebord de la fenêtre.

— Oh non…

Son sourire s'effaça d'un coup.

— Ça n'a pas été aménagé. Ni nettoyé, ajouta-t-elle avec dégoût devant la couche de poussière qui s'étendait partout.

Sa voix s'éteignit.

— Je vais devoir appeler quelqu'un…

Avant, j'aurais été déçue moi aussi. Mais je voyais au-delà du désordre, du stock de cartons et de la saleté. Mon regard survolait tout ça et se dirigeait vers la fenêtre. Les vitres étaient encrassées, mais au travers je pouvais voir la ville depuis la hauteur du trentième étage. C'était ma fenêtre. C'était mon bureau. Et on allait me payer pour venir travailler ici tous les jours, et je l'aimais autant que j'avais aimé autrefois notre bel appartement de Chelsea.

— Ne vous inquiétez pas, dis-je en passant la porte. Je m'en occupe. Je m'occupe de tout.

Je trouvai les produits de nettoyage dans le placard où l'on rangeait les fournitures, et dénichai un bureau vide à proximité où je pouvais déplacer les cartons. Ils portaient tous des étiquettes d'expédition à l'international, en provenance de destinations exotiques comme Kuala Lumpur, Yangon ou Chiang Mai. Après les avoir transférés dans la pièce voisine, j'en ouvris un au hasard et jetai un œil aux dossiers qu'il contenait : factures, bons de commande, feuilles d'inventaires… de banals documents commerciaux venant d'usines à l'étranger rédigés majoritairement en anglais. Le tout sentait une odeur moite et épicée, comme du thaï ranci ou un parfum périmé qui me fit froncer le nez.

J'astiquai mon bureau et dépoussiérai le rebord de la fenêtre, puis fouillai dans le placard à fournitures pour trouver des stylos, des blocs-notes, une agrafeuse et un rouleau de scotch. La pièce n'était pas encore équipée d'un ordinateur ni même d'un téléphone, mais en moins d'une heure, elle commença à ressembler à quelque chose. Je réglai la hauteur du siège et l'essayai. Comme il grinçait quand je reculais, je repartis pour le placard et trouvai une bombe de WD-40, puis je renversai la chaise sur une couche de serviettes en papier. J'étais à genoux derrière le bureau quand Marcia Post réapparut à la porte.

— Oh, dit-elle en s'arrêtant d'un coup. Ça alors.

Je levai les yeux vers elle.

— Oui ?

Sa veste de tailleur était maintenant boutonnée correctement, et ses cheveux étaient lisses. Elle s'était ressaisie.

— J'ai eu des nouvelles de M. Barrett. Il s'excuse pour la confusion, mais il a pu organiser votre arrivée, bien qu'il soit minuit à KL, dit-elle avec un ton d'admiration dans la voix pour celui qui accomplissait tant de choses à une heure pareille. Le personnel informatique viendra installer votre téléphone et votre ordinateur demain, et voici votre manuel des employés – elle posa un classeur à anneaux sur le bureau. En attendant, vous avez un emploi du temps complet d'activités d'intégration à venir.

Elle plaça une note sur le dessus du classeur. Je parcourus rapidement son contenu.

— Dès demain, c'est bien ça ?

— Tout à fait. Il n'est donc pas nécessaire que vous restiez ici aujourd'hui.

— Je me demandais... dis-je en me relevant. Peut-être que je pourrais aller rencontrer quelques personnes du service juridique ?

J'avais déjà identifié une petite douzaine d'avocats, spécialisés dans les transactions immobilières, la conformité des valeurs mobilières, l'application des marques commerciales et le droit du travail. C'était comme un mini-cabinet intégré à l'entreprise.

— Oh, pas besoin, puisque vous travaillerez directement avec M. Barrett sur l'affaire Palmer. Alors n'hésitez pas à rentrer chez vous. Nouveau départ demain.

Après m'avoir adressé un sourire de salutations, elle s'éloigna dans le couloir.

Je restai à mon bureau. Je n'aimais pas l'idée d'un faux départ. Ça me rendait nerveuse, comme si le travail allait disparaître si je ne m'y accrochais pas solidement dès maintenant. Je lus le manuel des employés de la première à la dernière page, puis je cherchai quelque chose de productif à faire. Je me souvenais d'avoir vu des exemplaires des rapports annuels à la réception, et même si j'avais déjà étudié toutes les données publiques disponibles sur Internet, je sortis les chercher sur la table basse et les rapportai dans mon bureau pour les relire tranquillement.

Je déjeunai d'une pomme tranchée et tartinée de beurre de cacahuètes que j'avais apportée dans un Tupperware. La couverture du dernier rapport montrait une colombe survolant la planète. À l'intérieur, une photo de la présidente du CA, Claudine de Martineau. Elle ne datait pas de ses années de mannequinat mais n'était pas récente non plus. Ses cheveux étaient noirs, ses lèvres rondes et rouges, et elle se tenait à côté d'un buste de couturière, un mètre ruban autour du cou.

Des photos sur papier glacé montraient page après page des gravures de mode habillées par les plus grandes marques. D'autres photos mettaient en valeur des usines modernes et propres. Puis venaient les pages mates et sans illustration, où des lignes de chiffres et des courbes de graphiques descendaient dangereusement. Dans sa lettre aux actionnaires, le conseil d'administration reconnaissait quelques pertes au cours des derniers trimestres, mais des mesures importantes avaient été prises pour réduire les coûts. La direction restait confiante dans sa capacité à enrayer la chute. L'une des principales mesures d'économie était la fermeture récente de Paradis sur Terre[1], l'usine de fabrication au Myanmar. Non

1. En français dans le texte.

seulement les dépenses seraient considérablement réduites, mais la direction avait été particulièrement habile dans la vente des équipements, de l'inventaire et d'autres éléments à la découpe. L'opération avait même rapporté un gros bénéfice. Un communiqué de presse de Mme de Martineau disait d'ailleurs : « Nous avons transformé un tas de boue en gisement d'or, comme dit le proverbe. Ce qui paraît bien naturel de la part d'un géant de la mode comme CDMI. »

Paradis sur Terre était couvert d'éloges dans les trois rapports annuels précédents. Le modèle économique standard de l'industrie du prêt-à-porter était de sous-traiter la production à des entrepreneurs indépendants, de petites usines de couture en Asie du Sud-Est pour la plupart. Beaucoup d'entre elles étaient des ateliers clandestins notoires. CDMI était déterminé à mettre fin à ce fonctionnement détestable en regroupant progressivement toute la production sous son pavillon.

Paradis sur Terre était la première étape. On ouvrait une usine d'envergure mondiale en pleine jungle du Myanmar, avec des équipements technologiques dernier cri. On avait aussi voulu en faire un modèle en matière de bien-être des salariés. Comme l'usine était installée loin des villes et des villages des travailleurs, l'entreprise avait construit sur place des réfectoires et des dortoirs climatisés, si confortables qu'on aurait pu croire à des hôtels balnéaires de la région. Quand les offres d'emploi avaient été publiées, l'entreprise avait été inondée de candidatures. Elle avait embauché deux mille ouvriers qualifiés, qui avaient tous emménagé avec joie à Paradis sur Terre. Ils avaient même emmené leur famille : de nombreuses photos montraient de jeunes enfants assis avec leurs parents aux longues tables communes de la salle à manger.

Cette expérience me paraissait merveilleuse. Ce modèle industriel ambitieux aurait pu constituer un exemple pour l'avenir. Si on lui avait donné le temps de se pérenniser, il serait peut-être devenu rentable. Mais les actionnaires voyaient toujours à court terme. Dans le dossier Palmer, beaucoup de leurs plaintes se concentraient sur les pertes de Paradis sur Terre. Ils avaient attaqué la direction pour avoir donné le feu vert à la création de l'usine, un gouffre financier. Ils critiquaient la folie des grandeurs de Mme de Martineau. Eux voulaient des retours sur investissement rapides. Le long terme n'était pas leur problème, et leur cupidité avait fini par condamner ce petit paradis.

Je me mis à rire intérieurement. J'étais encore dans le même état d'esprit que pendant mon entretien d'embauche, prête à me convaincre de n'importe quoi tant que c'était dans l'intérêt de mon client. Mais ça m'allait très bien. Si ça voulait dire que je travaillerais à nouveau, j'étais plus qu'heureuse de gober tous les boniments de CDMI sans me poser plus de questions.

Certains des cartons remplis de dossiers que j'avais remisés dans la pièce voisine avaient été expédiés depuis le Myanmar et étaient étiquetés *PsT* (certainement l'abréviation de « Paradis sur Terre »). Dans ce cas, ces dossiers pouvaient être pertinents pour mon travail sur l'affaire Palmer. Je pouvais commencer à m'y plonger dès maintenant.

Je me rendis dans ma pièce de stockage et j'ouvris les boîtes. À l'intérieur des premières se trouvaient des rapports de dépenses : avis de paiement, bulletins de salaire, factures, etc. Un autre groupe de cartons contenait la documentation des coûts d'investissement pour l'achat et l'installation des équipements de l'usine tels que des machines de repassage, des machines de découpe robotisées et des centaines de machines à coudre industrielles ; mais aussi des équipements lourds : systèmes de convoyeurs et racks de stockage, générateurs, chariots élévateurs, camions. Il y avait aussi d'épaisses liasses de documents sur un certain nombre de transactions immobilières. Il semblait que CDMI avait acheté les terrains du site de PsT auprès de la junte militaire locale.

Un troisième lot de cartons contenait des rapports intitulés *Produits de liquidation 2013*. À l'intérieur : des actes de vente pour les équipements de l'usine et d'autres documents pour différents lots de biens immobiliers, comprenant tous les aménagements et installations associés. Les papiers d'une autre boîte étaient liés à la vente de matières premières et d'inventaires, finis et non finis.

Dans cette boîte se trouvaient surtout des contrats de location d'une compagnie aérienne, APU Transport. Je vis tout de suite qu'ils étaient mal classés. Ces documents n'avaient rien à voir avec la vente d'actifs de l'entreprise. Ils montraient les dépenses de la société pour le transport de passagers depuis PsT vers différents points d'Asie du Sud-Est pendant plusieurs semaines au dernier trimestre de 2013. Apparemment, la société avait affrété des jets privés à six reprises pour des allers simples depuis sa piste d'atterrissage de PsT vers Songkhla et Chiang Mai en Thaïlande, et vers Pontianak en Indonésie. Attachée à chaque contrat de location se trouvait une liste de passagers avec des dizaines de noms asiatiques.

Après avoir commencé à replacer ces contrats là où ils auraient dû être, c'est-à-dire avec les dépenses dans le premier lot de cartons, je m'arrêtai soudain pour réfléchir. S'ils étaient classés comme ça, il devait certainement y avoir une raison qui m'échappait. Je les remis alors dans la boîte *Produits de liquidation* mais, par acquit de conscience, j'en fis des copies et les rangeai dans un tiroir de mon bureau pour y accéder facilement, dans l'éventualité où quelqu'un demanderait un jour pourquoi ils avaient effectivement été mal classés.

Je craignis tout à coup d'avoir déjà désorganisé leur système de classement. Si les cartons semblaient avoir été empilés n'importe comment, peut-être que celui qui les avait mis là avait sa propre logique. Par précaution, je fis un inventaire complet du contenu de chaque carton. S'ils avaient bien quelque chose à voir avec l'affaire Palmer, mon effort ne serait pas inutile. Et la tâche avait de quoi occuper le reste de ma journée.

À 19 heures, j'éteignis les lumières, fermai la porte du bureau et me dirigeai vers l'ascenseur. C'était la fin de mon premier jour de travail, un vrai cette fois, et après être montée dans la cabine, j'esquissai dans le miroir un sourire fier et heureux.

Le lendemain, mon programme d'intégration commençait par une formation en informatique au service tech, au vingt-septième étage. Une perte de temps. Je savais déjà comment faire. Du moins, c'est ce que je pensais. Il s'avéra que, pendant que ma carrière était à l'arrêt ces cinq dernières années, la technologie, elle, avait continué d'avancer à grande vitesse, et je devais rattraper mon retard.

Un jeune informaticien nommé Jason était mon instructeur pour la journée. Vingt-cinq ans à peine et il commençait déjà à perdre ses cheveux. Je trouvais que son front ovale et dégarni lui donnait l'air intelligent, avant de me demander si c'était de là que venait l'expression « crâne d'œuf ».

Il m'expliqua tout ce qui était advenu depuis 2008 : les pare-feu réseau, les réunions en visio, les outils collaboratifs pour créer et modifier des documents en ligne, les pratiques à respecter sur les réseaux sociaux.

— Et voici notre *plat de résistance*[1], dit-il avec emphase en faisant apparaître une espèce de boîte électronique. C'est votre assistante virtuelle. En l'honneur de notre fondatrice, nous l'appelons « Ma Belle ».

Il esquissa un demi-sourire.

— Vous l'avez ?

Je souris sans chercher. La boîte était noire et argentée, à peu près de la taille d'un gros grille-pain. Sur la face extérieure se trouvaient un écran, un micro et un haut-parleur. Jason expliqua qu'un dispositif d'intelligence artificielle était installé à l'intérieur : il gérait le téléphone et le calendrier numérique, pouvait passer un appel et régler des alarmes ou des rappels par simple commande orale, prenait en charge les dictées vocales, corrigeait automatiquement le texte et l'envoyait à l'imprimante la plus proche. Pour lui faire faire toutes ces choses, je devais d'abord prononcer son nom afin qu'elle s'active. Jason était catégorique : la machine était une femme.

— Allez-y, essayez, dit-il.

Je me sentais un peu ridicule.

— Ma Belle, connectez-moi à M. Barrett, dis-je.

Et ce fut la voix de Marcia Post qui répondit :

— Le bureau de M. Barrett.

Jason prit le relais.

— Salut, Marcia. C'est Jason du service tech. Je teste juste le système.

— Très bien, dit-elle avant de raccrocher.

— Alors, elle se réveille quand je prononce son nom, dis-je. Mais pour pouvoir m'entendre dire son nom, ne doit-elle pas déjà être réveillée ?

1. En français dans le texte.

Il hocha son crâne d'œuf.

— Elle est toujours à l'écoute. Toujours en train d'enregistrer aussi. C'est comme ça qu'elle apprend. Elle intègre ce qu'elle entend et l'utilise pour être plus réactive. Par exemple, si vous réclamez régulièrement des informations sur, je sais pas, la météo à Springfield, les premières fois elle vous demandera si vous voulez dire Springfield, Massachusetts, ou Springfield, Illinois. Mais si vous voulez toujours dire Massachusetts, après quelques essais, elle ne demandera plus de préciser. C'est parce qu'elle apprend, 'voyez ?

— Génial, dis-je. Mais si elle est toujours en train d'écouter, ça ne pose pas de problèmes en termes de vie privée ?

— Absolument pas, me rassura-t-il. Les enregistrements sont automatiquement transférés vers des serveurs en Virginie. Ils ne sont pas consultables par un être humain. Personne n'a accès au cloud. Ils sont simplement là-bas le temps que le système les analyse et les intègre à son apprentissage. Et une fois que c'est fait, ils sont tous écrasés.

Ensuite, il me parla de l'application mobile Ma Belle, qui me permettait d'emmener mon assistante partout avec moi. Il proposa de me télécharger l'application directement sur mon téléphone.

— Désolée, je l'ai laissé à la maison, dis-je.

Je n'avais évidemment pas de smartphone, mais même si j'en avais eu un, j'aurais refusé. Je pouvais toujours contrôler ce que l'appareil entendait au travail. Pas chez moi.

De retour à mon bureau en fin de journée, je découvris que quelqu'un y avait installé un clavier ergonomique, un écran d'ordinateur et mon nouveau boîtier Ma Belle. Je m'enfonçai dans ma chaise avec un soupir de contentement et posai mes doigts sur le clavier comme une pianiste de concert. Quand j'ouvris une session sur le réseau local, j'eus l'impression qu'on m'avait donné les clés du royaume des cieux. Après cinq ans de marginalité, j'étais enfin de retour dans le monde. En son cœur même.

Mon excitation dura pendant tout le trajet en train jusqu'au Bronx, puis à pied jusqu'à notre immeuble, et dans l'escalier sordide qui donnait sur notre appartement.

David était là.

Nous n'avions pas passé le moindre moment ensemble depuis des semaines. Soit je le retrouvais en train de dormir, soit il n'était pas à la maison. Je n'avais eu aucune nouvelle de sa part à Noël. *Idem* pour le jour de l'An.

Mais il était bien là aujourd'hui, affalé dans le fauteuil mou, les jambes écartées et les mains repliées sur le ventre. Ou du moins ce qui lui avait servi de ventre avant qu'il ne devienne si maigre.

— C'est quand, le jour de paie ? dit-il dès que j'eus franchi le seuil.

Je fermai la porte et accrochai mon manteau.

— Les salariés sont payés tous les mois.

— Tu vas travailler un mois entier sans toucher le moindre putain de centime avant le 1er février ?

— En fait, le 10.

Je tapai sur le radiateur et attendis le sifflement de la vapeur avant de retirer ma veste de tailleur.

— Sans déconner…

Il se leva difficilement.

— Six semaines de travail sans salaire ? Avec quel argent on est censés vivre jusqu'au 10 février, hein ?

Je savais depuis mon embauche que ce délai de paiement serait un problème, et j'avais anticipé au mieux. J'avais enchaîné les services au Cubby's tous les jours depuis le 20 décembre jusqu'au Nouvel An. Les clients dépensaient toujours plus facilement pendant les vacances, et j'avais pu mettre mes gros pourboires de côté. Évidemment, je ne l'avais pas dit à David. Avec lui, mieux valait toujours garder l'argent en lieu sûr, et j'avais estimé qu'une planque dans un bar miteux était plus sécurisée que ma propre maison. Voilà qui en disait long sur ce qu'était devenue ma vie.

— Je pensais vendre mon ordi portable et mon imprimante pour nous dépanner.

Je descendis la fermeture Éclair de ma jupe, que j'accrochai avec ma veste sur un crochet au-dessus du radiateur.

— Je n'en aurai plus besoin maintenant que j'ai du matériel de bureau.

— Ah, et je suis censé me servir de quoi, moi ?

Je ne répondis pas. Il n'avait pas utilisé d'ordinateur depuis je ne sais combien de temps.

Il attrapa son blazer et l'enfila. Il avait gardé tous ses beaux costumes et continuait de les porter chaque jour. Au début je trouvais ça charmant, la façon dont il assortissait un costume hors de prix à une chemise à col ouvert ou à un simple tee-shirt comme une sorte de dandy décadent, un petit bourge débraillé pendant son année sabbatique. Mais cinq ans, c'était trop. Les coutures de ses vestes étaient effilochées et les épaules étaient devenues trop larges pour lui. Ses pantalons étaient froissés à la taille et serrés avec une ceinture dont les trous étaient percés à la main. Aujourd'hui, il ressemblait à un sans-abri. Il prenait à peine le temps de se raser, et ses cheveux de surfeur étaient devenus secs comme de la paille.

— Mais pourquoi avoir accepté ce boulot de merde ? s'emporta-t-il tout à coup. La banque va nous envoyer les huissiers d'ici à la fin du mois. Tu seras virée avant d'avoir encaissé ton premier chèque.

— J'en ai déjà parlé aux gestionnaires de paie. Ils ont dit que c'était pas très grave, ils ont toute une procédure exprès pour ça. Apparemment, ils ont beaucoup de gens en défaut de remboursement de leurs emprunts étudiants, comme nous.

Un type de la compta m'avait confié que les mauvais payeurs étaient les « Créatifs », et qu'ils semblaient toujours tout étonnés de devoir rembourser leurs prêts pour de vrai.

— Ah, super, fit David en râlant. Donc en gros, tu travailleras pour la banque.

— Ils ne prennent que dix pour cent, dis-je en détachant mon soutien-gorge. Ils me paient suffisamment pour qu'on le remarque à peine.

J'avais déjà calculé mon salaire net au centime près, en déduisant même les frais d'encaissement du chèque[1]. Je n'avais plus de compte en banque. Je ne pouvais pas en avoir un. Pas avec nos créanciers qui faisaient la queue pour piocher dedans. Mais le net réel restait une somme importante. Nous pouvions nous en sortir.

Il mit son manteau d'hiver qui lui arrivait en dessous des genoux. D'une certaine manière il avait perdu son envergure en même temps que tout le reste.

— Tu fais comme si tout allait plutôt bien s'arranger pour toi, dit-il d'un ton sarcastique.

— Pour nous, David.

1. Aux États-Unis, il existe des entreprises dédiées à l'encaissement des chèques, notamment pour les personnes sans compte bancaire. Elles permettent par exemple de changer sans délai un chèque contre de l'argent liquide.

Je me retrouvai nue. Avant, il aurait traversé la pièce en courant pour me serrer dans ses bras. Mais il ne m'adressa même pas un regard.

— Ouais, c'est ça, dit-il simplement, puis il partit en claquant la porte.

11

« Vous êtes libre », m'avait dit Cruz cinq heures plus tôt. J'aurais dû profiter de l'occasion. J'avais commis une erreur en insistant pour rester, et je ne le comprenais que maintenant. J'étais quasiment sûre que la police avait plutôt envie de me disculper, mais il n'y avait aucune chance qu'elle le fasse au milieu de la nuit. Ils voudraient connaître les résultats des analyses médico-légales, et il était peu probable que le labo travaille à des heures pareilles. Et puis les flics attendaient sans doute l'aube pour perquisitionner l'appartement. Ils iraient ensuite fouiller mon bureau et celui de Lucy pendant les horaires d'ouverture. Quand bien même ils étaient prêts à accepter ma version des faits, ils ne clôtureraient pas leur enquête avant d'en avoir vérifié chaque élément.

Bien sûr, j'espérais qu'en restant sur place, je témoignerais de ma volonté de coopérer et que cela me ferait gagner des points. Mais là aussi j'avais peut-être fait un mauvais calcul. La petite dame qui me surveillait depuis le début de son service ce matin-là semblait plus ennuyée qu'autre chose par ma présence. « Vous n'en avez pas marre de rester assise ici ? »

m'avait-elle lancé d'un air agacé la dernière fois qu'elle était venue me voir.

Maintenant qu'il était 9 h 45, on approchait forcément du dénouement. À cette heure, la police avait dû perquisitionner chez moi, et je savais qu'il n'y avait rien là-bas qui me reliait au pistolet ni aucun élément établissant que j'aurais voulu tuer Lucy. Ils avaient peut-être aussi eu le temps de fouiller nos bureaux. Je ne m'attendais pas non plus à ce qu'ils trouvent une lettre d'adieu sur le bureau ou l'ordinateur de Lucy, mais je savais au moins qu'ils ne trouveraient rien d'incriminant dans mes affaires.

Quand ils reviendraient ici les mains vides, j'utiliserais toute ma force de persuasion pour leur faire comprendre que, sans preuve ni mobile sérieux contre moi, il n'y avait aucune raison d'affirmer que la mort de Lucy puisse être autre chose qu'un suicide.

Je m'étais préparée. J'avais mis de l'ordre dans mes pensées et répété mes répliques. Quand la petite dame autoritaire m'escorta aux toilettes, j'éclaboussai mon visage d'eau froide. J'acceptai également une tasse de café et un beignet glacé. J'étais caféinée et mon taux de glycémie était rétabli – je me sentais prête à liquider cette affaire pour de bon.

Cruz et Riley entrèrent. Quelque chose avait changé, je le vis tout de suite. Cruz ne m'adressa pas un regard. La mâchoire serrée, il lâcha sa tablette tactile sur la table en s'asseyant. Riley ressemblait à un marathonien à bout de souffle qui apercevait la ligne d'arrivée au loin. Quelque chose avait dû se passer. Ils avaient trouvé un élément à charge. Tout était possible.

Cruz lança l'enregistrement et s'occupa de nouveau des formalités : heure, lieu, personnes présentes, énoncé des droits et signatures authentifiées.

Puis il me regarda. Il ne me faisait plus les yeux doux comme tout à l'heure.

— Quand j'ai entendu le nom « Shay Lambert » pour la première fois, j'ai pensé que vous veniez d'un milieu de bourges.

— Ouais, et « Shay Chance » sonne comme un nom de restaurant français snob, plaisanta Riley.

Ce ton sarcastique était nouveau. Il n'y avait plus de « Aidez-nous à y voir plus clair » qui tienne. Maintenant ils me provoquaient, essayaient de me déstabiliser.

— Ensuite, j'ai entendu « Brown », « Columbia », « Wall Street », dit Cruz, et je n'avais aucun doute là-dessus. Mais tout ça, c'était pour vous donner un genre, c'est bien ça ?

— Je ne vois pas bien où vous voulez en venir, dis-je lentement. Tout est vrai.

— Mais ça ne dit pas qui vous êtes vraiment.

— Je vous ai dit que j'ai été élevée par une mère célibataire. Je vous ai dit que j'étais très endettée.

— Mais pas à quel point, reprit Cruz. Un million et demi ?

— À ce stade ce n'est plus avoir la tête sous l'eau, c'est être bel et bien noyée, dit Riley.

— Bien sûr que je vous l'ai dit. C'est pour ça que j'étais si reconnaissante d'avoir ce nouveau travail.

— Reconnaissante ? demanda Cruz. Ou désespérée ?

Son ton indiquait clairement qu'il ne m'aimait plus.

— Extrêmement reconnaissante.

Il ricana et changea de sujet :

— Vous nous avez dit que votre mari travaillait de nuit.

— Oui, et… ?

— J'ai rencontré une fille, un jour. Elle m'avait dit que son père travaillait de nuit. Je l'imaginais en train de remplir les étagères dans le boui-boui du coin. En fait il jouait du violoncelle pour le New York Philharmonic.

J'esquissai un petit sourire.

— Pas David, ça c'est sûr.

— Non ? Il fait quoi ?

— Des petits boulots. Tout ce qu'il peut trouver.

— Marrant, ça. Il nous a dit qu'il était au chômage.

— Oh.

Je me raclai la gorge.

— Il était là ?

— Allez, ne vous en faites pas pour ça. Vous ne pouviez pas savoir. Ce n'est pas comme si vous communiquiez tous les deux, après tout.

Je le regardai.

— Ouais, il nous a raconté un peu. Votre mariage est terminé. Vous êtes seulement des colocataires jusqu'à ce que l'un de vous ait assez d'argent pour déménager.

Je ne comprenais pas leur attitude hostile. D'accord, ils savaient maintenant que ma dette était abyssale, ils connaissaient nos problèmes conjugaux, mais pourquoi s'en prendre à moi comme ça ? Je me demandai si c'était une simple technique d'interrogatoire. Pour changer de l'habituel gentil flic-méchant flic, peut-être qu'ils faisaient une session gentille-session odieuse.

Cruz toucha la tablette et l'écran sur le mur s'alluma.

— Votre société dispose de son propre système de vidéosurveillance. Vous le saviez ?

— J'ai remarqué quelques caméras. Je ne me suis jamais trop posé la question.

— Avec détecteur de mouvement, c'est bien ça ?

— Peut-être. Si vous le dites.

— Regardez.

Une vidéo se lança. C'était moi, sortant d'un bureau dans le couloir. Je fermais la porte derrière moi, puis mettais mes mains sur mon visage et m'effondrais contre le mur. Quand je baissais les mains, des larmes coulaient sur mes joues. Puis je prenais une grande inspiration, essuyais mes yeux et partais dans le couloir.

— Ça vous dit quelque chose ? demanda Cruz.

— Oui, bien sûr.

Je ne savais pas que ma joie avait été si démonstrative ce jour-là, mais je me souvenais parfaitement de ce moment. Je venais d'accepter l'offre de Lucy et de signer mon contrat. J'éprouvais un énorme soulagement.

— C'est bien vous, n'est-ce pas ? Sortant du bureau de Mme Barton-Jones.

J'acquiesçai.

— Mais pourquoi vous me montrez ça ? C'était il y a longtemps.

— Il y a longtemps ? La nuit dernière à 20 h 30 ?

— Non, ça date d'il y a un mois. Le 19 décembre, pour être précise.

Il remit la vidéo au début.

— Regardez l'horodatage.

Je plissai les yeux devant l'écran. Dans un coin, les chiffres indiquaient *02.02.14 / 20 : 36 : 48.*

— Attendez, dis-je. C'est faux.

Je regardai Riley, puis de nouveau Cruz.

— Où est-ce que vous avez trouvé ça ?

— Hier soir, vous avez eu une réunion avec Lucy Barton-Jones qui vous a tellement bouleversée que vous êtes partie en pleurant.

Cruz posa l'index sur la tablette et une image de moi se figea sur l'écran.

— Et trente minutes plus tard, vous êtes montée dans l'ascenseur avec elle.

Je n'en revenais pas. Quelqu'un avait modifié l'heure et la date. Quelqu'un avait fabriqué des preuves pour m'inculper du meurtre de Lucy. Je comprenais pourquoi leur attitude avait changé si radicalement : quelqu'un essayait de me piéger, et ils y croyaient.

J'explosai.

— Non, ce n'était pas hier soir ! C'était le jour de l'officialisation de mon embauche. Lucy m'avait fait venir dans son bureau pour remplir les papiers, et j'étais tellement heureuse quand je suis partie…

— Regardez ce que vous portez, dit Cruz. Les mêmes vêtements que vous portiez hier soir. Exactement les mêmes.

Je me sentis rougir.

— Je n'ai qu'un seul tailleur.

— C'est aussi la même chemise.

— J'en ai que trois. Je fais un roulement.

— Ce serait donc une simple coïncidence.

— Oui ! Je ne suis pas allée dans le bureau de Lucy hier soir. Je n'avais aucune raison de le faire.

— Sauf qu'elle vous a convoquée là-bas. Et vous a virée. Et c'est pour ça que vous pleuriez en partant.

— Quoi ? Non ! Pourquoi elle m'aurait virée ? Je fais du bon boulot. C'est le moins qu'on puisse dire ! J'ai bossé quatre-vingts heures par semaine. Mon travail est irréprochable.

Je pointai l'écran du doigt.

— Quelqu'un a trafiqué la vidéo. Ce n'est pas la bonne date. Quelqu'un essaie de me piéger !

À la seconde où le coup de feu était parti, j'avais su que je devrais me battre pour faire accepter ma version des faits.

Mais jamais je n'aurais imaginé qu'on essaierait de monter de toutes pièces une version opposée. Quelqu'un avait récupéré les archives de la vidéosurveillance pour retrouver cette séquence et la modifier à sa façon.

Cruz consulta ses notes. L'image de moi en pleurs était toujours à l'écran. Il avait manifestement l'intention de la laisser affichée.

— Quel a été votre premier poste après l'école de droit ? demanda-t-il.

Le changement de sujet me prit de court.

— Chez Jackson Rieders. Je vous l'ai dit.

— Vous n'avez pas été greffière pour le juge Wendell Arnold ?

— Quoi ? Non…

— Alors pourquoi l'avez-vous indiqué sur votre CV ?

Il fit glisser une liasse de papiers plastifiés sur la table.

Je me penchai dessus. Le texte était flou à travers la couverture plastique.

— Je… quoi ?

Il tendit la main et tapota une ligne sur la page.

Je clignai des yeux et les mots devinrent nets : *Greffière auprès de l'Honorable Wendell Arnold, juge à la Cour d'appel des États-Unis, Second Circuit.*

— Qu'est-ce que c'est que ça ? dis-je. Ce n'est pas mon CV. Je n'ai jamais été greffière pour Arnold.

— Vous non, dit Cruz. Mais votre patron l'a été, lui, et vous saviez que ça vous ouvrirait des portes si vous disiez l'avoir été aussi.

Le deuxième coup frappa aussi fort que le premier. Voilà qui essayait de me piéger : mon boss. Je repoussai le paquet de CV sur le côté.

— C'est donc Ingram Barrett qui vous a donné ces documents, c'est ça ?

Je commençais à comprendre. Avec cette vidéo et les CV trafiqués, Barrett leur offrait un mobile sur un plateau.

— Non, dit Cruz. Nous les avons trouvés pendant la perquisition de votre appartement ce matin.

Je le regardai.

— C'est impossible.

— Toute une pile, juste là, dans le tiroir de votre commode. Votre mari – ou votre ex, peu importe – était très coopératif. Il nous a montré où vous gardiez vos papiers.

Mes mains tremblaient et les néons faisaient briller mon alliance. Je les retirai de la table et les glissai entre mes genoux.

— Il nous a dit que vous vous êtes débarrassée de votre ordinateur portable. Mais on dirait bien que vous avez oublié de jeter les impressions.

— Mon ordinateur portable ? Je ne me suis pas débarrassée de…

— Le juge est mort. Vous pensiez que personne ne verrait rien, mais votre patron a découvert que vous aviez bluffé.

— Non, Barrett vous ment…

— Il a dit à Mme Barton-Jones de vous virer. C'est pour ça qu'elle est venue au bureau hier soir.

— Non…

— C'est pour ça que vous pleuriez devant son bureau. Vous étiez anéantie. Après tout ce que vous aviez traversé. Après avoir tout essayé pour réussir. En bossant quatre-vingts heures par semaine. Et avec ça, votre mariage qui s'effondre, et la vie dans cet horrible appartement, et plus d'un million de dollars de dettes. Ce travail, c'était tout pour vous. C'était la seule chose qui pouvait sauver votre mariage. Qui pouvait vous sauver.

— Ça aurait pu marcher, reprit Riley, si Barrett n'avait pas découvert la vérité sur le juge Arnold.

— Donc vous avez été virée, continua Cruz.

— Ça a dû être terrible, dit Riley.

— Et ça n'a fait qu'empirer quand vous vous êtes retrouvée coincée dans un ascenseur avec la femme qui vous a virée.

J'encaissais leur tir groupé en les regardant tour à tour, niant de la tête chacune de leurs affirmations mensongères.

— Et vous l'avez tuée.

— Non, c'est faux ! Je n'ai pas menti sur mon CV et je n'ai pas été virée. Je n'avais absolument rien contre Lucy. Et même si c'était le cas… ça aurait été stupide de la tuer dans un ascenseur en panne.

— Ou un coup de génie, dit Cruz. Si vous pouviez nous convaincre que c'était un suicide.

— La tuer dans son bureau aurait renforcé les soupçons de meurtre, et vous le saviez, dit Riley. Mais dans un ascenseur en panne ? Vous pouviez échafauder l'histoire de la crise de panique.

— Je ne pouvais pas deviner que l'ascenseur allait tomber en panne !

— Non ? dit Cruz en souriant d'un air bizarre.

Je plissai les yeux.

— Non. Comment l'aurais-je su ?

— Parce que c'est vous qui l'avez saboté. Grâce à vos compétences technologiques de geek.

— Mes… quoi ? Je ne suis pas une geek du tout.

— Vous avez programmé un logiciel pour votre ancien cabinet d'avocats ; il est tellement efficace qu'ils l'utilisent encore aujourd'hui.

Je me figeai. Mes propres mots me revenaient en pleine figure. Il n'y avait plus de doute possible. Ingram Barrett était le seul à qui j'avais parlé de ça. Personne d'autre n'avait pu monter toute cette histoire pour tromper les enquêteurs. C'était même impressionnant. En quelques heures, il avait façonné un scénario totalement plausible. À tel point que certaines parties étaient vraies. C'était le risque avec le baratin. J'étais prise dans la toile que j'avais moi-même tissée. Je me concentrai pour trouver comment me tirer de cette situation.

— Ce n'est pas vrai, dis-je simplement.

— Vous dites que votre patron a menti ?

— Non, répondis-je en soupirant. C'est moi qui ai menti. À mon entretien. J'ai inventé ça pour avoir le poste.

— De la même manière que vous avez menti sur votre stage auprès du juge Arnold.

J'avais pris un risque en avouant un seul mensonge. D'un coup, tout le reste du récit devenait douteux.

— Non, je n'ai pas menti là-dessus…

— De la même manière que vous avez menti sur ces cinq années manquantes.

Il me prenait de court une nouvelle fois.

— Comment ça ?

— Vous nous avez dit que vous aviez pris cinq ans de congé, vous vous souvenez ? Plutôt que d'admettre que vous êtes avocate en droit pénal.

— Je ne suis pas…

Cruz m'arracha les CV des mains et pointa du doigt une ligne en bas de la page : *2009-2014. Avocate de la défense, Projet Innocence.*

— Vous avez travaillé pendant cinq ans là-bas.

Il était en colère.

— Retourner les accusations sur les autres, utiliser toutes les techniques pour balader les flics et les procureurs… Exactement comme vous le faites ici en ce moment.

Je fermai les yeux. Voilà la vraie raison pour laquelle il était devenu hostile. Ça n'avait rien à voir avec la vidéo. Ce n'était pas le stage chez le juge ni le piratage. C'était le Projet Innocence sur mon CV. Pour des flics comme Cruz, les avocats étaient vus comme des ennemis mortels. C'est ce que j'étais maintenant à ses yeux. Je ne voyais pas comment détourner cette accusation. Admettre un nouveau mensonge serait désastreux. Et puis une idée me vint à l'esprit. J'ouvris les yeux.

— Une seconde. Je veux être sûre de bien comprendre votre théorie.

Je me penchai en avant, les coudes sur la table et les mains jointes.

— Vous pensez que Lucy m'a virée à 20 h 30 hier soir, et que j'ai passé la demi-heure suivante à monter un plan pour la tuer, y compris en cherchant comment pirater le système d'ascenseurs. Tout ça prémédité avec soin, c'est bien ça ? C'est ça, votre théorie ?

Cruz serrait les dents, les bras croisés sur sa poitrine.

— Et ça m'aurait apporté quoi exactement ? J'aurais quand même été virée, non ? À moins que vous ne pensiez que j'ai aussi piraté ses fichiers pour me réembaucher moi-même ? Mais à quoi ça m'aurait servi si Barrett était celui qui avait ordonné de me virer ? J'imagine que j'aurais dû le tuer aussi, n'est-ce pas ?

— Vous étiez au fond du trou. Vous n'aviez pas les idées claires.

— Mais assez claires pour savoir comment arrêter un ascenseur haute technologie ?

— Ça semble un peu tiré par les cheveux, admit Riley.

Il ignora le regard furieux que Cruz lui lança.

— Mais votre théorie aussi. Barrett mentirait au sujet de votre CV. Mentirait sur votre licenciement. Et aurait fait trafiquer l'horodatage de la vidéosurveillance. Tout ça juste pour faire croire que vous avez tué Mme Barton-Jones.

— Oui, répondis-je. Voilà comment ça a dû se passer.

— Oh, mais je vois très bien le *comment*. Ce que je trouve dur à comprendre, c'est le *pourquoi*. Pourquoi un ponte comme Barrett se donnerait tout ce mal – en enfreignant la loi au passage – juste pour couvrir un suicide ? Pourquoi ? Pour ménager la peine du mari ?

Cruz acquiesça.

— Ça n'aurait aucun sens qu'il fasse un truc pareil.

— Je ne sais pas quel était son mobile, dis-je. Mais je peux réfuter celui qu'on me prête. Toute votre théorie repose sur l'idée que j'aurais été virée pour fraude sur mon CV. Cela…

Je frappai la liasse de papiers de la paume.

— … n'est pas mon CV. Et je n'ai pas été virée. Et je peux vous prouver chacun de ces deux points.

Cruz renifla un grand coup et jeta son crayon sur la table. Je saisis son crayon qui rebondissait vers moi et le brandis comme la baguette d'un chef d'orchestre.

— Vous pensez que j'ai inventé un stage pour impressionner Barrett, on est d'accord ? Mais si le CV était rédigé sur mesure pour lui, pourquoi en aurais-je imprimé toute une liasse avec le même mensonge dessus ? Un seul aurait suffi. Et d'ailleurs je n'en avais même plus besoin, puisque j'avais eu le job.

— Oh, donc quelqu'un les aurait mis là, c'est bien ça ?

Je ne fis pas attention à la pointe de sarcasme dans sa voix.

— Oui. Vous n'avez qu'à faire un relevé d'empreintes sur les pages. Vous n'y trouverez pas les miennes. Parce que je n'ai jamais touché à ces feuilles. Je ne les ai même jamais vues de ma vie.

Les yeux de Cruz se tournèrent légèrement vers Riley.

— Je peux aussi prouver que je n'ai pas été virée. Quelle est la première chose qu'ils font quand ils vous virent ? Tout est précisé dans leur manuel de l'employé, ils ont tout un protocole. Ils prennent votre carte d'accès et vous font escorter par la sécurité jusqu'à votre bureau pour le vider. On est d'accord ? Ils veulent s'assurer qu'on ne saccage pas les lieux quand on part et qu'on ne pourra pas revenir. Vous voyez un agent de sécurité dans cette vidéo ? Non, parce que personne ne m'a escortée nulle part. Et devinez quoi ? J'ai toujours ma carte d'accès. Enfin, c'est vous qui l'avez. Elle était dans mon sac à main quand vous l'avez mis sous scellés hier soir. Allez vérifier.

Je lançai le crayon sur la table comme un missile et me redressai en croisant les bras.

— J'attends ici.

Riley me regarda avec un air amusé et curieux. Mais Cruz serra les dents encore plus fort. Ils se levèrent tous les deux et partirent sans dire un mot.

Après leur départ, je pus tomber le masque. Je n'avais rien vu venir. J'aurais pu trouver toutes les excuses du monde à mon fiasco : le choc du coup de feu, le sifflement persistant dans mes oreilles, ou mon état d'épuisement… Mais la vérité était qu'on m'avait surclassée.

Quelle ironie. Il y a deux mois, Barrett avait été mon sauveur. Maintenant, il devenait mon pire ennemi.

Je regardai l'horloge sur le mur. Cruz et Riley étaient partis depuis une minute. Ils étaient peut-être dans la salle derrière le miroir, en train de scruter ma réaction après leurs révélations. Je croisai les bras sur la table, enfouis mon visage dedans et me mis à réfléchir à cet autre scénario que je n'avais pas prévu.

— David… murmurai-je dans le cocon de mes bras. Qu'est-ce que tu as fait ?

12

4 Janvier 2014

Mon troisième jour de travail coïncidait avec une session de formation obligatoire sur le harcèlement sexuel pour l'ensemble de l'entreprise, et Barrett l'avait astucieusement inclus dans mon programme d'intégration. Tous les employés non-cadres étaient tenus d'y assister, y compris le personnel des bureaux de Manhattan acheminé en bus pour l'événement.

La session avait lieu dans l'auditorium au vingt-huitième étage. Comme cela durerait une journée complète, le déjeuner était fourni, une bonne nouvelle qui enchantait mon estomac affamé. Dans la prévision des quarante jours sans revenus en début de contrat, j'avais oublié de compter le budget nourriture. J'avais eu pour habitude de piocher dans les cuisines du Cubby's, mais dans le monde des grandes entreprises les déjeuners gratuits n'existaient pas. Aujourd'hui était donc une exception et j'espérais pouvoir piquer discrètement quelques restes pour plus tard.

L'amphithéâtre ressemblait à l'auditorium d'une grande école, exigu mais avec des finitions haut de gamme. Je m'assis au fond de la salle et regardai arriver les employés venus depuis Manhattan. C'étaient eux que le service administratif appelait les « Créatifs » – des designers, des illustrateurs et des fabricants de motifs, bien sûr, mais aussi des attachées de presse, des rédacteurs et même des mannequins d'essayage. Ils étaient immédiatement reconnaissables à la longueur de leurs écharpes qu'ils déroulaient lentement, le temps de jauger du regard leur environnement. Leur diversité ethnique formait une sorte de bureau des Nations unies dont tous les membres portaient le même uniforme, pantalons étroits et lunettes larges, et affectaient un même air d'ennui suprême.

— Vous êtes la nouvelle avocate ?

Une femme s'assit à côté de moi. Elle était afro-américaine, autour de la quarantaine. Ses chaussures fonctionnelles trahissaient son appartenance aux Administratifs, et non aux Créatifs.

— Je suis Cheryl Fitts, gestion du travail et des employés.

— Shay Lambert.

Je souris et lui serrai la main. C'était ma toute première nouvelle amie du travail. En fait, ma première nouvelle amie tout court, car hormis le barman du Cubby's, je ne m'étais pas fait de nouvel ami depuis cinq ans. Je n'avais pas non plus gardé les anciens, d'ailleurs.

— C'est un plaisir, dis-je. Je m'attendais à rencontrer le reste du département juridique.

— Pour quoi faire ? dit Cheryl. Puisque Barry nous a dit de ne pas t'approcher.

— Il a dit ça ?

— Tu as tout l'air d'être sa prise de choix. Pas de partage autorisé.

— Hum.

— En tout cas, bienvenue, dit-elle alors que les lumières s'éteignaient dans l'auditorium.

Un écran géant descendit du plafond à l'avant de la salle. Une musique pompeuse retentit tandis qu'une colombe blanche voltigeait sur l'écran. Puis une voix désincarnée annonça :

— Veuillez accueillir notre premier vice-président et directeur juridique, J. Ingram Barrett, Jr., en direct avec nous depuis Kuala Lumpur !

Il y eut une brève salve d'applaudissements lorsque Barrett apparut à l'écran. Il était assis à un bureau avec une bibliothèque derrière lui, ses mains bien manucurées jointes sur le sous-main. Il y avait une grande baie vitrée à sa droite, et à travers celle-ci, on pouvait voir le ciel nocturne de Kuala Lumpur parsemé de centaines de points lumineux.

— Bonjour, dit Barrett avec un large sourire. Je suis désolé de ne pas pouvoir être avec vous en personne aujourd'hui comme prévu, mais *the show must go on*, comme on dit. Donc, depuis l'autre bout de la planète, laissez-moi souhaiter la bienvenue à tous les membres de la famille CDMI pour cette séance d'instruction importante.

Cheryl se pencha vers moi et murmura :

— Tous les membres de la famille sauf les plus concernés par la question. Je me demande bien comment les managers ont pu échapper à ça.

— Comme vous le savez tous, continuait Barrett, CDMI a une politique de tolérance zéro en matière de harcèlement sexuel. Notre lieu de travail doit être un endroit sûr pour chacun et chacune d'entre nous. Et cela inclut non seulement les avances non désirées, mais aussi un environnement de travail hostile, des blagues déplacées, ce qu'on appellerait des « propos de comptoir »...

— Oh oui ! s'esclaffa un homme de la rangée derrière nous.

— Et même les relations consenties, si elles portent atteinte à l'environnement de travail. Nous sommes là pour encourager nos talents à exprimer leur plein potentiel.

Il semblait lire un texte. Y avait-il un téléprompteur ou une personne hors champ faisant défiler des pancartes ?

— Nous n'accepterons aucune entrave à cet objectif crucial. Je tiens à vous assurer que chez CDMI, nous prenons le harcèlement sexuel très au sérieux.

— Je le prends aussi au sérieux, dit la même voix d'homme derrière moi. C'est bien pour ça que je le pratique tous les jours.

Une ondée de rires étouffés se répandit autour de nous.

— Tom Canto, chuchota Cheryl à mon oreille. Photographe du personnel et pervers fini.

Je jetai un coup d'œil derrière mon épaule et vis un homme avec une barbe de trois jours, l'air très content de lui. Il était entouré de garçons et de filles plus jeunes que lui, des stagiaires sans doute, qui le regardaient avec des sourires admiratifs et attendaient tous son signal pour ricaner. Il tenait un appareil photo sur ses cuisses, à hauteur de son entrejambe. Il me fit un sourire, et l'obturateur se déclencha avant que j'aie pu me retourner.

— Je ne sais même pas pourquoi je dois suivre une formation sur le sexe, dit-il à haute voix. Je suis déjà super doué.

Cheryl éleva la voix alors que les stagiaires gloussaient :

— Ignore-le. Il a peur que les gens pensent qu'il est gay. Surcompensation typique.

L'homme partit dans un grand éclat de rire.

À l'écran, Barrett concluait son discours :

— Je vais maintenant passer la parole à notre si précieuse directrice des ressources humaines. Nous avons une chance extraordinaire de l'avoir. Mesdames et messieurs, Lucy Barton-Jones.

— Tu as déjà rencontré Lucy ? chuchota Cheryl.

— Très brièvement.

— Je travaille avec elle sur nos dossiers EEOC. Elle est géniale. Un parcours fascinant, tu trouves pas ?

— Hmm ?

— Elle est issue d'une de ces vieilles familles anglaises huppées qui ont fait fortune dans la traite négrière. Bref, tu vois le genre. Quand ça a été interdit, ils sont allés faire la même chose mais en Asie, dans les plantations de thé…

L'écran vidéo se releva vers le plafond et Lucy Barton-Jones monta sur scène sous des applaudissements clairsemés. Quand je l'avais rencontrée le 19 décembre, j'étais trop émue pour prêter vraiment attention à elle, mais je pouvais maintenant apprécier son élégance. Elle était tirée à quatre épingles, sans un cheveu dépassant de sa coiffure parfaite. Elle se déplaça avec précaution vers le pupitre et resta immobile devant celui-ci, comme si elle avait peur de se briser un os. Mais je devinais qu'elle était simplement réservée, renfermée dans une coquille lisse mais incassable. C'était probablement un atout dans une boîte où les gens s'effondraient régulièrement dans son bureau ou essayaient de gagner ses faveurs.

— Bonjour, dit-elle dans le micro. Merci à tous d'être venus aujourd'hui.

Son accent était clairement britannique, avec des consonnes marquées et des voyelles de la BBC.

— Comme si on avait eu le choix, s'écria le photographe derrière moi.

Lucy n'y prêta pas attention et présenta les formateurs, un binôme mixte envoyé par une société spécialisée dans ce type de programmes.

— Sa famille est encore incroyablement riche aujourd'hui, murmura Cheryl. Mais Lucy voulait ne rien avoir à faire avec ça. Elle a coupé les ponts avec sa famille, a laissé l'argent, tout.

Lucy abandonna le pupitre aux formateurs et se retira sur une chaise à l'arrière de la scène.

— Maintenant, elle consacre sa vie à garantir à tout le monde des conditions de travail décentes.

Les yeux de Cheryl brillaient.

— C'est tellement inspirant.

Les formateurs commencèrent par un PowerPoint sur la définition du harcèlement sexuel et ses différentes manifestations en milieu professionnel. Ils expliquèrent qu'ils allaient projeter une série de courtes vidéos dans lesquelles des acteurs jouaient des employés de bureau et d'usine et reconstituaient diverses situations pour stimuler les échanges avec le public.

— Je suis déjà stimulé, ricana le photographe, encouragé par les gloussements idiots des stagiaires qui l'entouraient.

Cheryl lui lança un regard agacé.

— J'en ai marre de ce crétin, chuchota-t-elle.

Le grand écran descendit à nouveau, et dès que les lumières de l'auditorium s'estompèrent, chacun se mit à consulter sa tablette ou son téléphone. Je n'avais ni l'un ni l'autre, mais dans ma vieille mallette attendait une liasse de documents sur lesquels j'avais hâte de travailler. Je jetai un coup d'œil à droite et à gauche, et constatant que tout le monde ne suivait la projection que d'un œil, je m'autorisai à sortir les papiers.

Il s'agissait des demandes de communication dans l'affaire Palmer. J'avais dévoré toutes les déclarations publiques bien avant mon premier jour, mais les demandes de communication et les réponses n'étaient pas consultables au tribunal, si bien que je ne pus y accéder qu'en me connectant au réseau de l'entreprise la veille au soir. Lorsque Mark Ivins avait déposé sa plainte, il s'était contenté d'allégations générales sur des méfaits commis par la direction de CDMI. Ses demandes de communication devaient me donner une meilleure idée des griefs réels des actionnaires.

Tandis que les clips de prévention défilaient sur l'écran de l'auditorium, je feuilletai des pages et des pages d'interrogatoires et de requêtes de documents. La première salve de questions portait sur la rémunération des cadres et demandait des détails sur le package de bonus de chaque cadre supérieur et sur le processus de décision qui y conduisait. Ivins cherchait à connaître le nom des membres du conseil d'administration y ayant participé, probablement dans le but de les amener à faire une déposition, ce qui provoquerait la colère de la plupart des membres du conseil et accroîtrait la pression qu'ils mettraient sur la direction pour régler l'affaire.

— Oh, mec, elle a tellement envie de toi, gémit le photographe derrière moi.

Je jetai un coup d'œil à l'écran, où une petite Asiatique essayait de se libérer de l'emprise d'un collègue masculin.

Cheryl se retourna.

— Tu pourrais la fermer ? grogna-t-elle.

Les stagiaires semblaient gênés mais le photographe se mit à rire.

Je me replongeai dans ma lecture. Le deuxième lot de questions d'Ivins se concentrait sur les pertes d'exploitation dans certaines usines de CDMI, en particulier celles de Paradis sur Terre, au Myanmar. J'avais donc vu juste à propos de ces cartons remplis d'archives exotiques dont j'avais fait l'inventaire jeudi, et je me félicitai d'avoir pris une bonne longueur d'avance sur l'affaire.

— Oh, monsieur ! dit le photographe d'une voix aiguë dans une mauvaise imitation d'accent chinois. Toi si grand et si beau. Emmène-moi chez toi. Je donnerai à toi beaucoup de bon sexe. Je serai bonne esclave pour toi.

— Ça suffit maintenant !

Cheryl se leva d'un bond et se retourna vers le photographe. Celui-ci se renversa en arrière avec un sourire narquois et prit une nouvelle photo depuis son entrejambe.

— Pardon ? appela le modérateur depuis l'avant de la salle. Il y a un problème ?

— Oui, il y a un problème, hurla Cheryl. Je veux déposer un signalement contre ce… cette personne qui crée un environnement malsain depuis tout à l'heure !

Les lumières se rallumèrent dans l'auditorium, et les têtes se relevèrent des téléphones et des tablettes. Des murmures parcoururent l'assistance. Les formateurs se tournèrent vers Lucy Barton-Jones, toujours assise au fond de la scène, dans l'attente d'une réaction de sa part. Elle leur fit un signe discret de la tête. Ils se mirent de nouveau face au public.

— Peut-être pourriez-vous faire remonter le problème par les canaux appropriés à un autre moment… ?

— Je suis désolée mais non, je ne peux pas. Lucy ! appela Cheryl. Son comportement est scandaleux et franchement illégal !

Lucy se leva à contrecœur et prit le micro que les orateurs lui tendaient.

— Non seulement il fait des insinuations sexuelles grossières, dit Cheryl, mais il fait aussi des plaisanteries racistes !

— Peut-être qu'on pourrait aborder cela…

Cheryl lui coupa la parole :

— Sérieusement, Lucy, comment pouvez-vous rester là sans réagir alors qu'il fait des blagues sur l'esclavage ? Surtout vous...

Le visage de Lucy se figea, bouche ouverte.

— Je veux dire...

Cheryl eut une hésitation. La salle devint tout à coup très silencieuse.

— ... enfin, étant donné l'histoire tragique de votre propre pays par rapport à ça, quoi. C'est-à-dire...

Cheryl balbutiait... « votre pays d'origine », etc.

Le photographe affichait un grand sourire, se délectant du malaise visible de son accusatrice. Lucy quitta la scène brusquement et disparut dans le couloir. Cheryl mit sa main sur sa bouche, puis, tandis qu'une rumeur générale parcourait le public, se précipita vers la sortie à l'arrière de la salle.

Après un moment de flottement, les lumières s'atténuèrent à nouveau, la vidéo reprit, et tout le monde se remit au travail.

Je me replongeai dans ma lecture. Barrett serait de retour de Kuala Lumpur la semaine suivante et il était crucial que je fasse une bonne – une éblouissante – impression dès le départ. À partir du moment où j'aurais prouvé ma valeur et me serais rendue indispensable, j'aurais certainement plus de chance qu'on ferme les yeux sur mon CV légèrement embelli.

Quelques minutes plus tard, je vis que Cheryl était revenue dans l'auditorium et avait pris un siège à l'écart, seule au fond de la salle, la tête basse. Je craignais que ma nouvelle amie ne se soit déshonorée publiquement.

Mais en un instant, elle me sortit de l'esprit et je me réattelai à ma tâche. Inutile de se bercer d'illusions : jamais nous ne serions amies.

13

Sur le bureau de Barrett, l'assistante Ma Belle accumulait les appels entrants ; les noms s'affichaient les uns après les autres sur l'écran comme les sous-titres d'un film. Les appelants étaient en attente sur toutes les lignes : sa femme, Mélanie ; Jack Culligan, le responsable de la sécurité ; les avocats de Paris ; Graziella, la créatrice de la marque de luxe phare du groupe ; et enfin, l'agent de la star hollywoodienne Luke Rafferty. Chacun d'eux était bien plus important que la directrice de la communication à qui Barrett parlait à ce moment-là. Elle s'opposait frontalement à lui sur la réécriture du communiqué de presse et n'en démordait pas.

— Je trouve que c'est précipité de dire qu'un suspect est en garde à vue, dit-elle.

— Je ne suis pas d'accord, répliqua Barrett. Ils l'ont, et c'est elle que je soupçonne.

— Mais là, ça induit que la police la soupçonne. Et qu'elle est en état d'arrestation, et moi ce n'est pas ce que je comprends.

C'était une ancienne diplômée d'anglais du Sarah Lawrence College qui avait probablement rêvé de travailler dans une grande maison d'édition et de publier quelqu'un comme Margaret Atwood, mais qui, au lieu de ça, corrigeait des prospectus et des catalogues. Et, en l'espèce, un communiqué de presse sur la mort par balle de la directrice des ressources humaines.

— Mais on ne les connaît pas, les faits, dit-il.

— Raison de plus pour ne rien dire. Sauf que l'enquête suit son cours.

Mais ça ne lui suffisait pas. Il réfléchit une minute.

— « La police interroge une ancienne employée de CDMI en lien avec la mort de Lucy Barton-Jones » Voilà, c'est absolument factuel.

— D'accord. On va dire ça.

Elle semblait encore hésitante.

— Et vous comblez avec des formules sur l'importance de Lucy pour l'entreprise et à quel point nous la pleurons tous, blablabla. Compris ?

— Compris, dit-elle en soupirant.

Il raccrocha et répondit à l'appel de Paris.

— Je vous rappelle, dit-il en français aux avocats, et il raccrocha de nouveau.

Les appels manqués défilaient sur l'écran de Ma Belle, chacun demandant un rappel immédiat : son courtier le contactant pour l'appel de marge ; son banquier, de même ; Ingram troisième du nom, autrefois connu sous le nom de Trey, devenu désormais « Tripp » car c'était « plus stylé », plaidant sans doute sa cause pour obtenir encore un prêt et démarrer une autre start-up ; et sa fille Chloé, appelant depuis Saint-Moritz pour se plaindre de son autre fille Courtney, actuellement à Saint-Jean-Cap-Ferrat. Culligan avait déjà raccroché, ne laissant que Mélanie, Graziella et l'agent de Luke Rafferty en attente. Le choix de Barrett fut vite fait.

— Ma chérie ! Comment vas-tu ?

Il se leva, transféra l'appel sur son casque, puis sortit une cigarette et ouvrit la porte du balcon, laissant un vent froid s'engouffrer à l'intérieur.

— Je suis furieuse, voilà comment je vais, dit Mélanie. Je viens de licencier Lin.

— Vraiment ?

Une fine couche de neige immaculée recouvrait le sol du balcon et le mobilier en teck à l'extérieur. Barrett se pencha autant qu'il put par l'ouverture de la porte et alluma sa cigarette. S'il aimait s'en griller une de temps en temps, il ne supportait pas que l'odeur persiste dans son bureau. C'était comme l'odeur des parties intimes d'une femme : ça ne le dérangeait pas pendant, mais il avait hâte qu'elle se douche dès que c'était terminé.

— Qu'est-ce qu'elle a fait ?

— Elle a passé l'aspirateur pendant que j'étais au téléphone !

— Oh mon Dieu. C'était un appel important ?

— Bien sûr que c'était important. Je parlais avec Jan !

Il tira une longue bouffée sur sa cigarette. Jan était le dernier d'une série de coachs de vie qui formaient Mélanie au bien-être. Barrett n'aurait pas imaginé qu'elle ait besoin d'une aide particulière dans ce domaine. Ses journées étaient entièrement consacrées à des soins de beauté et de santé, au shopping, au tennis et à la natation, ainsi qu'à des séances avec son thérapeute, c'est-à-dire pour son bien-être. Tandis que ses propres journées étaient consacrées aux autres. Les femmes avaient toujours le choix pour tout, mais pour des hommes comme Barrett, le destin était tracé depuis le berceau. Pas le choix : il fallait travailler chaque jour de sa vie d'adulte pour subvenir aux besoins d'un foyer – ou de deux, comme c'était son cas –, de personnes qui pouvaient alors passer leur temps à s'amuser, à s'occuper de leur bien-être ou à faire ce qu'elles voulaient. Ou à ne rien faire du tout, comme son fainéant de fils, Christian. Cette charge correspondait aux attentes que les hommes de son âge, de sa race et de sa classe sociale se transmettaient de génération en génération. Si l'un d'eux ne réussissait pas mieux que son père et son grand-père avant lui, sa vie était un échec. Et Barrett était responsable non seulement de ses deux familles mais aussi de tous les employés de ces bureaux et de ceux de la 7e Avenue, ainsi que des studios à Tours et à Milan, sans parler des usines à l'autre bout du monde. C'était ça, d'après lui, le fardeau de l'homme blanc.

— Elle n'est même pas capable de suivre des instructions basiques.

— Je suis désolé que tu aies dû subir ça, ma chérie.

— Envoie quelqu'un pour venir la chercher, tu veux bien ? Et tu vas devoir me trouver une nouvelle femme de ménage, Barry. Aujourd'hui même ! Quelqu'un qui parle un minimum anglais cette fois.

— Je m'en occupe tout de suite. Je t'aime !

Puis ce fut Graziella, dont la collection automne-hiver serait dévoilée sur le podium du Lincoln Center dans quatre jours seulement. Toujours tendue, elle était à deux doigts de craquer sous la pression de la Fashion Week. Le problème du jour était l'interrogatoire de six de ses mannequins à l'aéroport JFK. Le service des douanes avait eu l'audace de mettre en question le but de leur visite. Les filles avaient pourtant suivi les instructions dispensées à tous les mannequins étrangers : prétendre être des touristes ou des étudiantes. Mais elles avaient eu la brillante idée de voyager ensemble et les douanes s'étaient évidemment méfiées de cette horde d'anorexiques qui arrivaient comme par hasard à New York la veille de la Fashion Week.

— Nous allons régler ça, la rassura-t-il.

C'était Lucy qui s'occupait habituellement des visas, mais il pouvait refiler ça à Cheryl Fitts, sa spécialiste en droit du travail et de l'emploi.

— Graziella, pendant que je t'ai sous la main…

Sa voix prit un ton mielleux.

— Y a-t-il eu des annulations ?

Mélanie crevait d'envie de participer au défilé, de préférence assise au premier rang. Barrett n'arrivait pas à lui faire comprendre que les défilés étaient destinés aux acheteurs et à la presse spécialisée, pas aux épouses de cadres supérieurs. Ni que l'équipe de création passait des mois à convaincre des célébrités d'occuper les sièges du premier rang.

— Certainement pas.

Graziella renifla et raccrocha.

Il soupira en expulsant un nuage de fumée.

— Marcia, appela-t-il par-dessus le bruit du vent. Vous avez une idée de ce que Mister Hollywood me veut ?

La voix guindée de son assistante retentit depuis le haut-parleur :

— Oh, mon Dieu, oui. C'était dans le journal ce matin. M. Rafferty a été arrêté dans le New Jersey hier et inculpé pour…

Elle hésita.

— … sollicitation de prostitution.

Barrett grogna. Luke Rafferty était l'égérie de Martineau pour Homme, la ligne de parfums haut de gamme de l'entreprise.

— Pendant l'opération « grand nettoyage du Super Bowl » ?

— Hmm. Il semblerait qu'il ait été filmé avec une jeune femme.

Barrett écrasa le mégot de sa cigarette qui grésilla dans la neige avant de s'éteindre. Rafferty pouvait avoir toutes les femmes qu'il voulait, et cela aboutissait apparemment à une fellation par une prostituée à vingt dollars. Barrett ferma la porte et, de retour à son bureau, appuya sur la touche 4.

— Sid.

— Barry ! Dieu merci ! Nous avons besoin de vous pour publier un communiqué. Quelque chose qui montre votre soutien à Luke et demande aux gens de respecter sa vie privée. Vous connaissez la chanson.

— Hmm. Je pensais à quelque chose de légèrement différent. Du genre : « Compte tenu du fait que M. Rafferty a adopté un comportement susceptible de choquer, insulter ou offenser le public, ou à choquer la morale ou la décence publiques, ses services ne sont plus requis. »

Il citait la clause de moralité du contrat de Rafferty.

— Barry, allons ! Vous n'allez pas faire ça.

— Je me souviens qu'il y avait aussi une clause de dommages et intérêts. « Restitution de toutes les sommes reçues au cours de l'année précédente », c'est bien ça ?

— Non, allez, soyons raisonnables. Luke vend beaucoup de parfums pour la boîte.

— Il sent beaucoup moins bon, maintenant.

— C'était un coup monté !

— Racontez ça aux tabloïds, Sid.

— Allons, allons. Tout ça sera oublié en un rien de temps. Ce sera de l'histoire ancienne et Luke restera la grande star de films d'action qu'il est.

Barrett réfléchit. L'agent avait probablement raison sur ce point. Cela dit, Rafferty était aujourd'hui en position de faiblesse, et c'était toujours le meilleur moment pour négocier un accord favorable.

— Je pourrais plaider votre cause auprès du conseil d'administration, dit-il enfin. Mais je ne peux pas y aller les mains vides. Si Luke accepte de réduire ses honoraires – disons de cinquante pour cent –, je pourrais peut-être les persuader de le soutenir dans cette histoire sordide.

— Vingt, dit l'agent d'un ton renfrogné.

— Quarante. À prendre ou à laisser. Et aucune déclaration à la presse.

L'accord fut conclu, et Barrett rappela enfin Culligan.

— Jack. Qu'est-ce qu'il y a ?

— La police interroge Elliott Gutman.

— Quoi ?

Barrett se leva brusquement de son siège.

— Quand ?

— En ce moment même. Il est là-bas depuis trente minutes.

— Nom de Dieu ! Comment avez-vous pu rater ça ?

— Ils ont envoyé une patrouille chez lui. On n'a rien intercepté sur l'écoute téléphonique ni le traceur de sa voiture.

— Personne ne surveillait sa maison ? hurla-t-il.

Culligan resta silencieux un instant.

— Nous en avons discuté, dit-il. Vous avez donné votre accord pour l'option électronique.

— Eh bien, apparemment c'était insuffisant. Jack, dans cette affaire, tu risques de perdre autant que moi, tu le sais très bien.

Ce n'était pas tout à fait vrai. La rémunération de Culligan était infime par rapport à celle de Barrett. Même si ça valait bien dix fois ce qu'il gagnait en tant qu'agent au FBI.

— Bien sûr, dit-il doucement. Je le sais très bien.

— Envoie quelqu'un là-bas, à la maison, au plus vite. Et trouve quelqu'un pour choper Gutman quand il sortira. Dis-lui que nous avons des papiers à lui faire signer, ou les affaires de Lucy à lui rendre. Peu importe, je m'en fiche. Amène-le-moi directement.

— Entendu.

— Oh, Jack. Une dernière chose.

— Oui ?

— Envoie quelqu'un chez moi. Mélanie refait le tour des femmes de ménage.

14

14 JANVIER 2014

Ingram Barrett était de retour de Kuala Lumpur – « KL », comme je devrais l'appeler – et il avait prévu une réunion à 10 heures ce jour-là dans mon calendrier électronique. Il m'avait aussi envoyé un e-mail. C'était le premier que je recevais qui n'était pas diffusé à l'ensemble de l'entreprise, et je ressentis un petit frisson en voyant affiché *À : lamberts@CDMI.com* en haut du message. « Je voudrais vous faire rattraper le retard sur le dossier Palmer. »

Le retard ? J'avais déjà trois longueurs d'avance : j'avais lu les plaidoiries de Palmer tellement de fois que je pouvais en réciter des passages par cœur. Je m'étais renseignée sur la loi concernant les actions collectives des actionnaires, la rémunération des cadres et la jurisprudence commerciale et sur tout ce qui concernait nos usines en Asie du Sud-Est. J'avais même repéré des motifs de rejet de l'une des revendications des demandeurs – quelque chose que le cabinet externe n'avait pas vu – et m'étais chargée de rédiger une requête en rejet.

J'arrivai dans le bureau de Barrett à 10 heures pile, les manches de ma chemise retroussées jusqu'aux coudes pour bien montrer que j'étais prête à me plonger dans le travail. Marcia Post faisait la sentinelle devant le vestibule du bureau de Barrett.

— Je crains qu'il ne soit en réunion pour le moment, dit-elle en me voyant entrer.

— Oh.

J'essayai de cacher ma déception. Cette plage horaire était la mienne ; j'en avais la preuve électronique.

— Voulez-vous me prévenir quand il sera disponible ?

Elle pinça les lèvres, et je sus immédiatement que j'avais dû commettre une sorte de faux pas.

— Il compte certainement sur votre présence ici dès la fin de son entretien, dit-elle.

— Oh. Bien sûr.

— Asseyez-vous, je vous en prie.

Je m'assis sur le canapé chesterfield et attendis. La porte donnant sur le sanctuaire de Barrett était fermée, mais j'entendais une voix sourde à l'intérieur, ponctuée de temps en temps par une interjection aiguë. Les paroles étaient indistinctes jusqu'à ce qu'une exclamation retentisse :

— Ils n'étaient pas censés mettre les pieds ici !

C'était la voix d'une femme. Une voix plus grave et rauque répondit :

— Il est trop tard maintenant.

C'était Barrett.

Marcia pencha la tête sur le côté comme un chien qu'on siffle, une posture qui me sembla étrange jusqu'à ce que je remarque ses écouteurs chromés, qui se fondaient parfaitement dans son élégant carré argenté.

— Bien sûr, monsieur Barrett, dit Marcia, et elle décrocha le téléphone. Très bien, dit-elle un instant plus tard avant de raccrocher.

Trente secondes après, la porte s'ouvrit. Lucy Barton-Jones en sortit en trombe, et je me levai précipitamment.

— Oh, bonjour, Lucy !

Elle s'arrêta et me regarda droit dans les yeux, le visage impassible. Je craignais d'avoir commis un nouveau faux pas en l'appelant par son prénom. Mais Barrett m'avait dit de l'appeler « Barry » alors qu'il était placé plus haut que la directrice des ressources humaines dans la hiérarchie. Peut-être Lucy avait-elle simplement oublié qui j'étais.

— Je suis Shay Lambert, la nouvelle recrue du service juridique.

— Oh.

Lucy cligna des yeux et son visage reprit vie.

— Oui, bien sûr. Tout va bien pour vous ?

— Très bien, merci.

Elle fit un signe de tête rapide et partit.

— Vous pouvez entrer, maintenant, me dit Marcia.

La porte du bureau de Barrett était encore entrouverte. Je pénétrai dans un espace tout en verre – des baies vitrées occupaient deux pans de mur, des étagères de verre les deux restants, et une table basse en verre séparait deux sofas placés face-à-face. L'ensemble me parut si vide qu'il me fallut un moment pour me rendre compte que même Ingram Barrett n'y était pas.

— Asseyez-vous. Je suis à vous dans une minute, dit-il, dissimulé par une autre porte. Voulez-vous quelque chose à boire ?

— Non, merci.

— Un café, un thé, de l'eau ? s'écria-t-il. Plate ou pétillante ?

— Rien du tout, merci.

Je pris un siège devant son bureau. Les chaises des visiteurs faisaient face aux baies vitrées, dont l'une ouvrait sur un balcon privatif en porte-à-faux, trente étages au-dessus de la ville. Là gisait un assortiment de cubes et de rectangles recouverts de neige – des chaises longues et des fauteuils de véranda qui ressemblaient au mobilier d'une résidence secondaire attendant d'être déballé pour la fête nationale.

Des photos encadrées étaient alignées sur son bureau, tournées vers l'extérieur pour que les visiteurs puissent les admirer. L'une d'elles était sa photo de mariage, plutôt récente à en juger par l'apparence de Barrett, au bras de qui se trouvait une blonde élégante. Je présumai qu'il s'agissait de la seconde Mme Barrett, car elle paraissait presque aussi jeune (trop en tout cas pour être leur mère) que les jeunes adultes que l'on voyait avec lui sur une demi-douzaine d'autres photos.

Un bruit se fit entendre de derrière la porte intérieure – une chasse d'eau suivie d'un clapotis contre de la porcelaine. Je compris que Barrett avait son propre cabinet de toilette. Un balcon et une salle de bains privatifs : même les plus anciens associés chez Jackson Rieders ne disposaient pas de tels privilèges. Cela devait compter parmi les avantages qui l'avaient fait quitter Wall Street.

Barrett sortit avec un sourire.

— Mettons-nous ici pour discuter, dit-il avant de s'installer confortablement sur l'un de ses canapés blancs.

Je me levai et me dépêchai de rejoindre celui d'en face.

— Alors, vous prenez vos marques ?

— Tout à fait. Et je suis impatiente de me mettre au travail.

— Bien, bien. Heureux de l'entendre. Commençons par le début.

D'un geste du menton, il désigna un document de plusieurs pages posé devant nous sur la table basse.

— J'ai besoin que vous signiez l'accord de confidentialité.

Je saisis le document. Son titre était *Accord de non-divulgation.*

— Je ne me souviens pas de l'avoir vu dans le dossier d'embauche, dis-je en le feuilletant.

— Non, ça ne vient pas des RH. C'est moi qui l'ai rédigé, pour mon équipe du service juridique. Ici nous traitons évidemment un grand nombre d'informations confidentielles et sensibles. Nous avons besoin de protections supplémentaires.

Les règles de déontologie des avocats concernant la confidentialité des clients auraient dû lui fournir toutes les protections dont il avait besoin. Mais en parcourant rapidement les pages du contrat, je vis que cela allait bien au-delà des règles de déontologie. Cet accord de confidentialité couvrait toute information, confidentielle ou privilégiée, sur l'entreprise ou ses employés que je pourrais acquérir au cours de mon contrat. La pénalité pour avoir divulgué de telles informations serait le lancement automatique d'une procédure contre moi pour tous les dommages causés par cette divulgation, évalués à un million de dollars minimum.

Il n'y avait aucune chance que cet accord de confidentialité tienne devant un tribunal. Je le savais, et Barrett le savait aussi. Il l'avait probablement rédigé juste pour son effet *in terrorem*. Mais ça ne m'effrayait pas. J'avais déjà une dette de plus d'un million de dollars, et tout autre débiteur passerait après elle. CDMI attendrait éternellement avant de pouvoir récupérer le moindre centime. Mais de toute façon, je n'avais pas l'intention de divulguer des informations sur l'entreprise. Je pris le stylo sur la table basse et signai d'un geste vif.

— Très bien. Merci, dit Barrett.

Il étendit les bras sur le dossier du canapé.

— Alors… L'affaire Palmer.

Il prit dix minutes pour m'en faire un résumé. Je savais déjà tout, maîtrisant même certains détails mieux que lui. Mais j'écoutais, hochant la tête et tentant d'intervenir de temps en temps : « Oui, j'ai vu ça dans le dossier » ou « Moi aussi, j'ai été frappée par cet élément en lisant l'opinion du juge ». Il ne s'interrompait même pas, couvrant ma voix d'un ton cordial mais qui laissait clairement entendre que mon seul rôle était de rester assise et d'écouter.

Selon Barrett, l'avocat de la partie adverse, Mark Ivins, était un frimeur vaniteux pour qui l'affaire Palmer n'était qu'un coup de pub. Ivins attaquait les compétences commerciales de la direction de l'entreprise et alléguait des actes répréhensibles dans la gestion de ses usines à l'étranger. Mais ce n'était qu'un écran de fumée pour dissimuler le véritable objet de sa plainte : la rémunération des dirigeants. Il avait attaqué des entreprises à travers tout le pays, les unes après les autres, en arguant que les dirigeants étaient largement surpayés, que le salaire moyen d'un P-DG était trois cents fois supérieur à celui d'un travailleur américain moyen. Il avait fait de la rémunération du patronat sa croisade personnelle, pensant que ça le rendrait populaire et que cette dévotion pour les travailleurs ferait oublier son propre style de vie fastueux.

Malheureusement, Paradis sur Terre était une cible facile. Ivins le qualifiait de « projet mégalo », de « gouffre financier ». J'avais déjà lu tout ce que je pouvais trouver dans les médias à propos de PsT, et j'avais également vu le documentaire intitulé *Miracle au Myanmar*. Mais je restai à ma place, et écoutai Barrett décrire avec lyrisme l'expérience grandiose de l'entreprise dans la jungle, et sa vision d'une industrie idéale. Il détaillait l'ingénierie de pointe de l'usine et les conditions de vie quasi utopiques des deux mille employés recrutés pour y travailler.

— Bien sûr, à court terme on a perdu de l'argent, dit-il. Si nous avions eu seulement quelques années de plus, nous aurions pu montrer au monde comment être à la fois rentable et humain.

Mais les actionnaires n'avaient aucune patience, et le conseil d'administration avait estimé qu'il n'avait pas d'autre choix que de fermer PsT.

Ensuite, un deuxième miracle s'était produit : la vente des actifs du Myanmar s'était révélée si incroyablement réussie que les pertes d'exploitation avaient été plus que compensées. La plus-value immobilière était énorme, car l'entreprise avait réalisé des améliorations significatives sur la propriété, en apportant l'électricité, l'eau et le Wi-Fi, et en construisant l'usine, les dortoirs, la salle à manger, sans parler des routes et de la piste d'atterrissage.

— Oui, cette piste d'atterrissage m'a interpellée, dis-je, me souvenant des contrats aériens mal classés.

Il ignora ma remarque.

— Il y a même eu une véritable guerre de surenchères pour notre équipement, notamment pour la rétro-ingénierie. C'est dire s'il était à la pointe de la technologie.

— Wow, murmurai-je.

— Alors…

Il se pencha en avant, les coudes sur les genoux, et se frotta les mains.

— Quelle peut être votre contribution au dossier ?

Je me redressai. Le moment de briller était enfin venu.

— J'y ai beaucoup réfléchi, dis-je. Je pense que la décision dans l'affaire Raul de l'année dernière au Delaware nous donne une base solide pour éliminer le troisième motif de la plainte. Je me suis permis de rédiger…

— Non, non.

Barrett écarta ma démonstration d'un geste de la main.

— Nos avocats externes peuvent s'occuper de tout ça.

— Mais ils n'ont pas inclus certaines choses dans leur…

— Ce qu'on attend de vous…

Je compris alors que sa question de départ n'était que rhétorique. Je me sentis rougir, et je m'enfonçai dans le canapé.

— … c'est que vous collectiez et consultiez tous les documents que nous avons produits. Ivins a demandé qu'on lui transmette tous les documents comptables de chacune de nos usines. Nous avons objecté, évidemment – c'était clairement une opération destinée à nous faire perdre du temps –, mais la juge est une imbécile finie, et elle a décidé que nous devions obtempérer.

Je manifestai ma compréhension d'un hochement de tête.

— Nous avons donc fait expédier ici tous les documents de nos usines, ainsi que ceux de nos différents cabinets d'avocats et courtiers asiatiques, etc. J'ai besoin que vous les passiez en revue, que vous sépariez ce qui est pertinent de ce qui ne l'est pas, et que vous les transmettiez à nos avocats externes pour les remettre à Ivins.

— D'accord.

J'essayai de ne pas montrer à quel point j'étais déçue.

— Même si… eh bien, généralement, c'est plutôt le rôle d'un assistant juridique, non ?

— Oui, c'est tout à fait ça.

Barrett pencha la tête en arrière et parla au plafond.

— Marcia, faites monter Lester.

— Bien, monsieur, répondit la secrétaire.

Je cherchai le micro et le haut-parleur dans la pièce, mais ils étaient bien cachés. L'interphone était-il toujours ouvert ou Barrett l'activait-il par la voix comme l'assistante virtuelle sur mon bureau ?

— Vous devrez passer en revue les documents couverts par le secret professionnel – je suppose que vous savez faire ça ?...

— Bien sûr, dis-je d'un ton sec.

Je retournais dans l'enfer de la Production Document 101.

— ... les indexer...

J'avais déjà commencé à le faire mon premier jour, quand j'avais passé en revue les cartons mal rangés dans mon bureau.

— Bien sûr, dis-je à nouveau.

— ... et les organiser selon les demandes de documents auxquelles ils se rapportent...

Je me sentais offensée par la simplicité de ces tâches. Je ne pouvais pas croire qu'on me payait un salaire pareil pour réaliser le travail d'un assistant juridique voire d'un simple archiviste. Mais penser à mon salaire me fit justement garder mon calme. J'étais bien payée, même très bien et je le ferais parfaitement. Peut-être qu'après ce projet, Barrett comprendrait qu'il gaspillait mon talent et me confierait une mission plus stimulante.

— Une dernière chose. Il peut y avoir un certain nombre de documents concernant nos employés à PsT, leur statut médical, etc. Nous avons le devoir de protéger ce type d'informations privées. Vous les mettrez donc à part.

Un coup retentit à la porte.

— Voici Lester, annonça Marcia Post en faisant un pas de côté pour laisser entrer un grand homme noir en blazer bleu marine.

Il marcha jusqu'au canapé et je me décalai pour lui faire de la place. Mais il resta debout et prit une posture de repos militaire, les mains derrière le dos.

— Shay Lambert, Lester Willard.

Barrett fit les présentations en nous désignant d'un geste du doigt.

— Lester sera votre assistant juriste sur ce projet, dit-il en me regardant.

Je levai les yeux vers lui. Très haut. Il devait mesurer facilement deux mètres. Mais ce n'était pas sa taille qui me surprenait le plus : les assistants juristes étaient généralement des jeunes femmes blanches, pas des Afro-Américains entre deux âges. J'étais impressionnée par la façon dont CDMI brisait les stéréotypes.

Je me levai et lui tendis la main, et après un léger mouvement de recul, Lester défit les siennes de derrière son dos pour me la serrer.

— Lester, vous lui montrerez tout ?

— Oui, monsieur.

— Je vous laisse vous en occuper alors. Marcia ? appela Barrett en direction du plafond alors qu'il se levait, mettez-moi en communication avec Yves, à Tours.

Notre réunion semblait terminée. Je me retournai pour murmurer une formule de politesse, « merci » ou « à bientôt » ou n'importe, mais Barrett était déjà en train de déambuler devant les baies vitrées, le dos tourné et les mains dans les poches.

— Les documents sont au vingt-neuvième étage, dit Lester.

Je le suivis à travers l'antichambre, passant devant Marcia puis remontant le couloir jusqu'aux ascenseurs.

— Depuis combien de temps travaillez-vous ici ? lui demandai-je alors que nous attendions devant les portes.

Il ne me répondit pas. J'en fus d'abord déconcertée mais je m'aperçus rapidement qu'il écoutait en fait quelqu'un d'autre, dans une de ces oreillettes filaires que portent les agents des services secrets.

— Désolé, vous disiez ? dit-il lorsque les portes de l'ascenseur s'ouvrirent.

Je répétai ma question alors que nous montions.

— Ici, au siège, depuis deux ans. Avec CDMI, ça fait maintenant huit ans, dit-il en appuyant sur le bouton du vingt-neuvième étage.

— Et ailleurs ?

Si le service juridique avait des bureaux annexes, par exemple à Paris, peut-être pourrais-je un jour y être mutée. La perspective était tentante. Pas pour le glamour, simplement pour l'idée de repartir de zéro, dans un endroit où tout me paraîtrait nouveau et scintillant, comme avant.

— Surtout en Asie du Sud-Est, dit Lester alors que les portes s'ouvraient et qu'il me guidait à l'extérieur.

— Ah ?

Je devais allonger ma foulée pour le suivre. Je ne pensais pas qu'il y avait du travail d'assistance juridique à faire là-bas.

— Je suis dans la sécurité, dit-il en s'arrêtant devant une porte au centre du bâtiment.

C'était encore plus déconcertant. S'il travaillait sur les dossiers à remettre aux Sécurités et échanges[1] et ce genre de

1. La Securities and Exchange Commission (SEC) est à peu près l'équivalent de l'Autorité des marchés financiers (AMF) en France. *(NdT)*

choses, il devrait être soit à Washington, soit au siège administratif.

Il passa un badge pour ouvrir la porte et, à cet instant, je compris qu'il n'avait pas dit « dans les Sécurités », mais « la sécurité ».

— Pourquoi la sécurité de l'entreprise serait-elle mise à contribution pour la production de documents ?

Il appuya sur un interrupteur, et des lumières blanches et froides s'allumèrent dans un vaste espace sans fenêtres et presque vide. Tout était éblouissant de blancheur. Murs blancs, plafond blanc, sol en béton blanc. Des tables de travail blanches, dont la surface était recouverte d'énormes piles de feuilles, longeaient les murs de la pièce.

— Je n'en sais rien, madame, dit-il avant de refermer la porte derrière nous.

15

Un homme en transe entra dans le bureau de Barrett. C'était Elliott Gutman. Il portait une veste en tweed sur ce qui ressemblait à une chemise de pyjama, et ses cheveux étaient encore plus frisés que d'habitude. Barrett passa un bras autour de ses épaules et le fit asseoir sur le canapé.

— Elliott, que puis-je vous servir ? Café, thé ?

— Euh… Un café, merci.

Gutman posa ses coudes sur ses genoux et se prit la tête à deux mains.

— Marcia, un café pour Elliott, demanda Barrett au plafond. Vous devriez manger un peu. Des croissants ?

Gutman ne répondit pas.

— Marcia, ajoutez des croissants.

— Tout de suite, monsieur Barrett.

Gutman chuchota quelque chose.

— Comment ?

Barrett se pencha pour l'entendre.

— J'ai dit : j'ai dû l'identifier.

— Oh, Elliott. Vous n'auriez pas dû faire ça tout seul. Je vous avais dit de m'appeler d'abord si la police vous contactait. Pour quoi que ce soit.

— Je n'ai pas eu le temps. Ils sont arrivés sans prévenir.

— La prochaine fois – s'il y en a une –, vous les faites attendre et vous m'appelez. C'est compris ?

— Elle avait l'air… parfaite. On n'aurait même pas deviné que…

Barrett lui laissa un moment avant de reprendre la parole :

— Elliott, maintenant, réfléchissez. Que vous ont demandé les enquêteurs ?

Gutman releva le visage de ses mains.

— Barry. Ils pensent que c'est un suicide.

Barrett en eut le souffle coupé.

— Pourquoi penseraient-ils ça ?

— Ils ont son téléphone. Ils m'ont dit de le déverrouiller…

— Et vous l'avez fait ?

— Eh bien, je ne pouvais pas vraiment refuser. Comment ça aurait été perçu ?

Barrett grimaça.

— Non, vous avez bien fait.

De toute façon, même si Gutman ne l'avait pas déverrouillé, la police aurait fini par y arriver. Culligan l'avait averti qu'ils y travaillaient.

— Continuez. Pourquoi pensez-vous qu'ils penchent pour le suicide ?

— Ils voulaient savoir pourquoi j'étais aussi inquiet pour elle hier soir. Pourquoi je lui ai envoyé tant de textos et passé tant d'appels.

Barrett le regarda.

— On parle de combien de fois ?

— Oh, je ne sais pas. Tenez.

Gutman glissa la main dans sa poche poitrine et en sortit deux feuilles pliées.

— Ils ont tout imprimé.

Barrett prit les pages et les déplia. La première était une impression des textos de Gutman à Lucy restés sans réponse :

Dimanche 19 h 27

« Tout va bien ? »

Dimanche 20 h 12

« Appelle-moi »

Dimanche 20 h 48

« Rentre, stp »

Dimanche 21 h 18

« Lucy ? »

Elle n'avait répondu à aucun. Le seul texto sortant apparaissait en bas de la page. Barrett était déjà au courant pour celui-là, car c'est à lui qu'elle l'avait envoyé.

Il passa à la deuxième page, qui listait les appels manqués sur le téléphone portable de Lucy. Entre 20 h 30 et minuit la veille, Elliott avait passé six appels. Grâce au système téléphonique interne de la boîte, Barrett savait déjà qu'Elliott en avait passé six autres sur la ligne du bureau de Lucy.

— Mais bon sang, Elliott… !

Il jeta les pages sur la table basse.

— Je m'inquiétais, d'accord ? Elle était tellement sur les nerfs hier. Depuis des semaines en réalité, mais hier… je ne sais pas. La façon dont elle se comportait, ça m'a fait peur. Je lui ai dit de rester à la maison, de se détendre, de regarder la télé, mais elle tenait à aller au bureau. Et comme elle ne répondait pas, j'étais encore plus inquiet. Alors j'ai insisté, en espérant qu'elle finirait par répondre. Jusqu'à ce que vous m'appeliez, dit Gutman en inspirant profondément. Et j'ai su qu'il ne fallait plus rien espérer.

Il se couvrit la bouche et le nez de la main pendant si longtemps que Barrett se demanda s'il allait s'étouffer. Et si c'était vraiment son intention, pourquoi il ne l'avait pas fait quelques heures plus tôt.

— Vous leur avez dit pourquoi elle était sur les nerfs comme ça ?

— Ils ont dit que nous avions dû nous disputer !

Il retira sa main de sa bouche et la passa dans ses cheveux filasses.

— Ils ont même insinué que j'avais une liaison…

— Elliott, qu'est-ce que vous leur avez dit ?

— Eh bien, je n'allais pas laisser raconter un truc pareil ! Alors je leur ai dit qu'elle était un peu déprimée à cause de quelque chose qu'elle avait lu dans le journal le matin même. C'est… C'était une personne au cœur tendre. Quand des malheurs arrivent aux gens, ça la touche.

— C'est tout ?

— Eh bien, ils ont insisté là-dessus. « Elle avait lu quoi exactement, dans le journal ? » Barry, ils avaient son porte-documents là-bas. Il y avait le *Sunday Times* dedans, ouvert à cette page précise. Je ne pouvais pas le nier.

Barrett le fixa. Il savait de quelle page parlait Elliott. Entre autres choses, il y était question d'un typhon en mer de Chine méridionale qui avait fait sombrer toute une flotte de pêche thaïlandaise. Plus de trente bateaux avaient été perdus et environ cinq cents hommes s'étaient noyés.

— Qu'est-ce qu'ils ont dit ?

— Ils voulaient savoir pourquoi une mauvaise météo de l'autre côté de la planète l'aurait rendue à cran au point que j'aie tenté de la joindre plusieurs fois. Alors j'ai expliqué...

Barrett retint son souffle.

— J'ai expliqué que c'était arrivé au large des côtes de Malaisie, donc ce n'était pas l'autre côté du monde du point de vue de Lucy. C'était comme chez elle. Elle se sentait proche de ces gens.

— C'est tout ?

Gutman acquiesça.

— D'accord, dit Barrett qui se remit à respirer. D'accord. Vous avez bien fait, Elliott.

— Mais ensuite Riley, le vieux, a commencé à poser des questions sur vous.

— Sur moi, c'est-à-dire ?

— Sur vous et Lucy, plus précisément. Il a dit que vous travailliez main dans la main. Que vous passiez votre temps à voyager ensemble. Il insinuait les pires choses...

— Il essayait de vous perturber. Ça se voit gros comme une maison.

— Il a dit... Il a dit... De toute évidence, quelque chose se passait dans sa vie qui la faisait se sentir si malheureuse et coupable qu'elle ne pouvait même pas s'apaiser par des médicaments. J'ai dit : « De quoi parlez-vous ? » Et il a dit que le médecin légiste avait trouvé un comprimé non digéré dans son estomac et qu'ils l'avaient envoyé en toxicologie, mais que je savais certainement ce que c'était. Alors je lui ai dit que c'était du Xanax.

— Mais bon sang, Elliott ! Il mentait. Ils n'ont même pas encore fait l'autopsie.

— Comment j'étais censé le savoir ? Donc je lui ai dit qu'elle avait un travail très stressant et qu'un peu de Xanax de temps en temps l'aidait parfois à passer la journée. Et il a dit… Il a dit…

Sa pomme d'Adam remonta dans sa gorge.

— « C'est bien ce que dit la pub que j'entends à la télé, non ? Les effets secondaires peuvent inclure des pensées suicidaires. »

Il gémit et laissa retomber sa tête dans ses mains. Barrett se leva et se dirigea vers les fenêtres, regardant les nuages gris dans le ciel bas jusqu'à ce que Gutman se ressaisisse. Après quelques minutes, Barrett entendit un reniflement sonore et, quand il se retourna, il vit Gutman sortir enfin le visage de ses mains et passer ses doigts dans ses cheveux frisés.

Barrett consacra encore une quinzaine de minutes à le questionner sur le contenu de son interrogatoire dans l'espoir d'en tirer des informations supplémentaires, mais Gutman se révéla aussi inutile qu'il en avait l'air. Lorsqu'il eut terminé, il appela Marcia pour faire venir un chauffeur et ramener Gutman chez lui, puis il l'accompagna jusqu'aux ascenseurs.

— C'est ici, n'est-ce pas ?

Gutman avait le regard fixé sur les dessins gravés dans les portes en acier.

— C'est là qu'elle a attendu. C'est là qu'elle est montée.

— Essayez de ne pas y penser, dit Barrett.

Par chance, les portes de la cabine n° 5 s'ouvrirent à ce moment-là, ce qui le dispensa de trouver d'autres mots réconfortants. Gutman monta, les portes se refermèrent derrière lui, et Barrett retourna à son bureau au pas de course.

— Jack, dit-il quand Culligan répondit. Ils ont son téléphone. Pour le reste, on est prêts ?

— Prêts.

— Alors faisons-les venir ici au plus vite.

Il raccrocha et reprit la feuille où figuraient tous les messages imprimés. En bas de la page se trouvaient les derniers mots de Lucy, envoyés à Barrett à 20 h 45 la nuit précédente :

Je ne peux pas faire ça plus longtemps.

16

1er Février 2014
La veille

Mon réveil se déclencha presque sans bruit, réglé au volume le plus bas, et pourtant je me précipitai hors du lit pour le faire taire. Je retins mon souffle et scrutai l'obscurité jusqu'à distinguer la silhouette de David, affalé dans le fauteuil mou. Le son de l'alarme ne l'avait pas réveillé. Je respirai.

Mes horaires avaient changé radicalement avec mon nouvel emploi. Quand je travaillais au Cubby's, je rentrais rarement chez moi avant 5 heures et je trouvais souvent David déjà endormi. Désormais, j'essayais d'être au lit avant 23 heures, et il n'était jamais chez nous à cette heure-là. La première nuit après ma prise de fonctions, il était rentré à 2 heures du matin et, comme il n'avait réussi à trouver ni ses clés ni le trou de la serrure, il avait crié « Ouvre cette putain de porte ! » en frappant si fort qu'il en avait fait trembler le mur. Je m'étais dépêchée de le laisser entrer, mais c'était trop tard : la plupart des voisins étaient réveillés. Rassemblés dans le couloir dans des tenues plus ou moins débraillées, ils s'énervaient et réclamaient le silence. L'un d'eux avait fini par appeler la police.

Quand les agents avaient sonné, j'avais caché David sous le lit et ouvert la porte en leur présentant mes excuses. Ils m'avaient examinée rapidement, avaient reniflé mon haleine, puis m'avaient avertie qu'il ne fallait pas que ça se reproduise. Après leur départ, j'avais chuchoté à David de sortir mais il dormait déjà. C'est là qu'il avait passé la nuit, sous le sommier, à même le sol.

Notre quartier n'était pas le genre d'endroit où l'on pouvait laisser sa porte déverrouillée pendant la nuit, mais depuis cet incident, c'est ce que je me décidai à faire. La première nuit, j'avais passé des heures les yeux ouverts et les poings serrés, attentive au moindre signe d'intrusion, jusqu'à ce qu'épuisée, je sois finalement tombée dans un sommeil si profond que je n'avais même pas entendu David rentrer enfin.

Notre nouvelle routine ressemblait donc à ça. Mon réveil sonnait à 6 heures, je me retournais sous la couverture et apercevais David endormi dans le fauteuil. Cela faisait des mois que nous n'avions pas partagé notre lit, sans parler de la dernière fois que nous avions fait l'amour. Ou plutôt devrais-je dire la dernière fois que nous avions eu un rapport sexuel, car nous n'avions pas fait l'amour depuis plusieurs années.

Un jour, je m'étais levée sans faire de bruit, avais contourné David et ramassé la cuillère qu'il avait dû laisser tomber. J'avais allumé le four et, quand je m'étais retournée, je l'avais vu affalé dans le fauteuil avec un sourire aux lèvres et une aiguille toujours plantée dans le bras.

J'étais restée figée sur place, sous le choc, dans l'air froid de la cuisine.

Jamais il n'avait rapporté ça à la maison. Même à l'époque où il ne prenait que de la cocaïne. Ça avait toujours été lié au boulot : une béquille pour l'aider à charger ses batteries à bloc afin qu'il puisse assurer sa journée. La cocaïne était la drogue de prédilection des jeunes financiers : elle n'était pas stigmatisée comme l'étaient la méthamphétamine dans les campagnes ou l'héroïne dans les centres-villes pauvres. Au contraire, elle avait presque un côté élitiste et sophistiqué, un peu comme quelqu'un qui buvait du Cristal. David sniffait quelques lignes dans la journée quand les chiffres défilaient dans tous les sens, chaque transaction devenant plus importante et plus incertaine que la précédente.

De mon côté, je n'en avais jamais eu besoin. Le droit était une profession plus contemplative. On valorisait la sérénité plutôt que la rapidité. Bien sûr, ma capacité à réfléchir rapidement était un atout, mais en vérité, une audience au tribunal réservait assez peu de surprises. Je savais à l'avance quelles seraient les preuves présentées, puisque je les avais déjà toutes échangées avec mon adversaire. Les seules fois où je pouvais être surprise, c'était toujours au bureau, ce qui me laissait le temps de tout assimiler, de réfléchir, d'établir une stratégie.

Mais si je ne m'y adonnais pas moi-même, je ne m'opposais alors pas non plus à la consommation de David, à la condition qu'il ne rapporte rien à la maison et qu'il ait une source d'approvisionnement sûre. Et elle l'était : son revendeur était responsable de la conformité dans sa banque d'investissement.

Il avait abandonné la cocaïne après la crise, même si c'est justement à ce moment-là qu'il aurait eu besoin d'un bon surplus d'énergie. À la place, il s'était mis à fumer de l'herbe en grande quantité alors même qu'il passait déjà ses journées à végéter entre le lit et le canapé. C'est ensuite sa consommation d'alcool qui avait augmenté dangereusement, tandis qu'il continuait de passer ses nuits dans le salon.

Je pouvais supporter son alcoolisme. J'avais grandi avec des ivrognes, et toutes les personnes que j'avais fréquentées dans ma vie avaient un alcoolique dans leur entourage. Ils avaient su gérer, et moi aussi. Mais à un moment, David avait commencé à disparaître en plein milieu de la nuit, et j'avais remarqué que des choses se volatilisaient avec lui – un bijou, le tableau que nous avions acheté dans une galerie branchée de SoHo, de l'argent dans mon portefeuille. Pendant longtemps, il m'avait laissée croire qu'il n'abusait que de l'alcool et ne touchait à rien d'autre. Il en versait même un peu sur ses vêtements pour faire illusion, et en buvait une gorgée ou deux pour parfumer son haleine. C'était notre pacte implicite : je fermais les yeux sur ses mauvaises habitudes et il fermait les siens sur ma fausse naïveté.

Il ne faisait désormais plus aucun effort et ne s'en cachait même pas. Mais malgré tout, cela me fit un choc de voir la vérité éclater sous mes yeux.

J'avais soulevé son poignet et vérifié son pouls, qui battait encore. Il était complètement inconscient mais toujours en vie. Du moins, pour l'instant. Avec précaution, j'avais retiré l'aiguille de sa veine et dénoué la sangle en caoutchouc autour de son bras. J'avais fouillé chacune de ses poches sans même qu'il se réveille. Dans la poche arrière de son pantalon, j'avais trouvé sa réserve : trois petites pochettes de poudre fine. Je les avais jetées dans les toilettes et avais enveloppé la seringue et la sangle dans un sac-poubelle que j'avais posé près de la porte.

J'avais trouvé son portefeuille dans l'autre poche arrière. Il ne restait que quelques billets dedans, pas assez pour causer trop de dégâts, mais je les avais pris quand même. J'avais voulu remettre le portefeuille en place quand je reçus le deuxième choc de ma journée.

Mon propre visage me regardait. C'était mon portrait professionnel le plus récent, pris de trois quarts devant une étagère de livres juridiques, pour le site Web de Jackson Rieders. Je revoyais la golden girl que j'étais alors, avec sa chevelure ondoyante et son tailleur Theory, affichant un sourire hautain.

J'ignorais qu'il gardait cette vieille photo sur lui. Cette découverte aurait pu m'enchanter ou me faire monter les larmes aux yeux. Mais ça n'avait pas été le cas. Elle n'avait fait que me rendre envieuse de cette fille disparue – la seule qu'il ait jamais aimée, et qui n'existait plus.

J'avais pris la photo et laissé le portefeuille par terre. En quittant l'appartement, j'avais emporté le sac-poubelle avec moi et l'avais jeté dans une benne à ordures un peu plus loin dans le quartier. Puis, d'un geste, je m'étais débarrassée aussi de la photo.

Un mois plus tard, ma routine était bien établie chez CDMI. Chaque matin, je me rendais d'abord dans mon petit bureau, je consultais mes messages vocaux et mes e-mails pour voir si j'avais reçu une instruction de Barrett ou des annonces générales d'entreprise – c'était forcément l'un ou l'autre –, je prenais un café, puis je descendais l'escalier jusqu'à la salle des archives.

Je l'appelais le « Labo », car c'était un lieu aussi stérile que secret. Selon Lester Willard, l'assistant-juridique-de-sécurité, la pièce devait rester verrouillée en permanence. Seuls lui et moi avions le droit d'y entrer, et il en détenait l'unique clé. Aucun document ne devait sortir de la salle. Une photocopieuse était installée dans un coin de l'immense espace blanc, et toutes les copies devaient être faites sur cette machine et pas une autre. La même serait utilisée pour apposer des numéros d'identification uniques sur les fichiers qui seraient transmis à Mark Ivins.

Sur l'une des tables se trouvait un ordinateur qui me permettait d'indexer les documents. C'était une unité autonome sans Wi-Fi, non connectée au réseau de l'entreprise. Les seuls autres meubles de la pièce étaient une chaise à roulettes avec laquelle je pouvais me déplacer d'une table à l'autre pendant que je passais en revue les documents, et une chaise normale que Lester gardait près de la porte.

Tous les documents, toutes ces piles de papier blanc étaient des photocopies. Le premier jour, j'avais demandé à Lester où se trouvaient les originaux, et il avait répondu un laconique « J'en sais rien du tout, madame », ce qui était devenu rapidement sa réponse systématique à chaque question que je posais. Sa seule activité consistait à utiliser la photocopieuse lorsque je lui remettais une pile de dossiers ; sinon, il passait la journée posé sur sa chaise, à lire le journal et à me regarder travailler. C'était mon garde-du-corps-juridique.

Certains documents m'étaient déjà familiers. C'étaient les copies des originaux que j'avais trouvés le jour de mon arrivée dans les boîtes entassées dans mon bureau. Aucune de ces mesures drastiques n'était alors établie, probablement parce que les cartons étaient arrivés à l'improviste après que Barrett avait été appelé en urgence à KL. Je les avais en fait découverts par inadvertance, et j'étais aujourd'hui bien contente d'avoir pris soin de les refermer ce jour-là. De toute évidence, Barrett les considérait comme hautement sensibles.

Les instructions de Barrett consistaient à identifier dans cette masse tout document confidentiel. Ils étaient faciles à repérer : ils contenaient presque toujours des échanges avec des avocats. En établissant la liste des principaux noms d'avocats, j'avais pu passer rapidement cette étape du travail. Identifier les informations confidentielles parmi les documents concernant les milliers d'employés de l'entreprise était un peu plus difficile, mais dès que j'avais trouvé les dossiers des bulletins de salaire, j'avais pu créer une base de données avec les noms de tous les salariés.

En soi, préparer des documents dans le cadre d'un litige était tout à fait banal. Mais l'existence même du Labo et de Lester n'avait rien d'habituel, et le caractère extraordinaire de cette procédure m'avait mis la puce à l'oreille : il devait y avoir parmi ces documents quelque chose de beaucoup plus sensible que de simples lettres d'avocats et des dossiers d'employés.

Un jour de la semaine précédente, j'avais pensé avoir trouvé quelque chose.

J'étais tombée sur une pile de dossiers médicaux. Apparemment, chaque nouvel employé passait une évaluation à son arrivée à PsT, afin d'écarter toutes les maladies graves ou infectieuses. Les notes des médecins étaient rédigées en anglais, indiquant la date de naissance, la taille, le poids, la pression artérielle, la température, le pouls, la vitesse de respiration, puis une conclusion manuscrite : *Apte à travailler.* C'est la date de naissance qui m'avait sauté aux yeux. Certains d'entre eux n'avaient que dix ans, mais la note du médecin était la même : *Apte à travailler.* Incrédule, j'avais comparé les noms des enfants avec les bulletins de salaire et avais eu la confirmation que je cherchais : les enfants pris en photo dans la salle à manger chez PsT n'étaient pas des membres des familles des employés, comme je le pensais. Ou du moins pas seulement. Ils étaient des employés eux-mêmes.

Bon. CDMI faisait travailler des enfants. Ce n'était pas la première firme occidentale à exploiter des enfants asiatiques, et cette pratique ne violait aucune loi locale. Mais ce serait une énorme tache sur la réputation de la boîte si les médias l'apprenaient, ce qui expliquait l'inquiétude de Barrett.

Plus important encore, les dossiers médicaux n'étaient en aucun cas pertinents pour la demande de documents de Mark Ivins. Il n'y avait aucune obligation légale de les lui transmettre, mais des tonnes de raisons de ne pas le faire.

J'avais donc rassemblé tous les dossiers médicaux, les avais placés dans un carton que j'avais scellé, et avais demandé à Lester de les remettre à M. Barrett en mains propres.

Je pensais que cela marquerait la fin du niveau d'alerte maximale, mais le lendemain, j'avais reçu un e-mail de Barrett : « Shay, bon travail pour ces documents confidentiels du personnel. Il pourrait y en avoir d'autres. Restez vigilante ! Barry ».

Je ne découvris la véritable raison de cette mystérieuse procédure que quelques jours plus tard.

Nous étions samedi mais, comme tous les jours de la semaine, j'étais quand même venue au bureau. Il y faisait chaud et le café et Internet étaient gratuits. Et surtout, je n'avais rien à faire à la maison à part m'inquiéter pour David quand il n'était pas là, et rester silencieuse quand il l'était.

Lester avait accepté de venir au bureau sur son jour de congé, mais seulement après le déjeuner. Je ne pouvais pas travailler sur les documents sans mon escorte officielle dans le Labo, aussi décidai-je de m'occuper autrement. Je lus les infos en ligne, en me concentrant particulièrement sur les articles de mode et tout ce qui provenait d'Asie du Sud-Est. Je rédigeai une partie du texte formel que j'utiliserais pour répondre aux demandes de documents de Mark Ivins, et je mis à jour les formulaires que j'avais développés à l'époque chez Jackson Rieders. J'avais classé les dossiers qui traînaient dans la réserve et organisé les rangements de mon bureau.

Dans le fond d'un tiroir, je retrouvai les copies des documents trouvés dans les cartons mon premier jour, les fameux contrats d'affrètement aérien qui avaient été mal classés parmi les ventes d'actifs. Il y avait également le bloc-notes contenant l'index de l'ensemble des dossiers, que j'avais rédigé à la main ce jour-là. Un effort inutile puisqu'en fin de compte j'avais dû tout recommencer en bas, dans le Labo. Je jetai le bloc-notes dans la corbeille, mais, alors que les pages s'éparpillaient, l'une des entrées attira mon attention.

Je retirai les papiers de la poubelle. La note était un récapitulatif de la vente d'une des parcelles de Paradis sur Terre. J'avais évalué le prix de vente à deux millions quatre cent mille dollars, mais j'étais certaine que celui que j'avais vu sur une feuille au Labo indiquait quatre millions cent mille dollars. Et ma mémoire me faisait rarement défaut. Peut-être avais-je fait une erreur quelque part, ici ou en bas, mais j'en doutais.

Je n'avais pas le droit de sortir des documents du Labo, mais personne ne m'avait interdit d'en apporter. Je photocopiai mon évaluation, et lorsque Lester arriva enfin, je glissai les pages dans la ceinture de ma jupe, sous mon chemisier. Elles craquèrent un peu quand je descendis au Labo, mais Lester ne sembla rien remarquer et me laissa entrer.

Je lui déléguai la tâche d'estampiller quelques milliers de pages que j'avais déjà validées pour la demande de Mark Ivins. Une fois qu'il fut occupé avec la machine dans le coin de la pièce, je sortis les photocopies de ma jupe et les étalai sur la table. Puis je m'assis devant l'ordinateur et ouvris le document récapitulatif que j'avais créé ici, au Labo. Il ne me fallut qu'un instant pour confirmer mon intuition. Mes notes montraient un produit de deux millions quatre cent mille dollars pour cette parcelle immobilière, tandis que, comme je le pensais, l'entrée sur l'écran indiquait un montant de quatre millions cent mille dollars.

Je fis rouler ma chaise de l'autre côté de la pièce et me saisis du document confirmant le règlement de cette transaction : le prix de vente qui y figurait était également de quatre millions cent mille dollars. Bon… J'avais dû commettre une erreur dans mes calculs faits à la main. Mais j'avais du mal à y croire. Dubitative, je fis une comparaison ligne par ligne des deux index, l'un à côté de l'autre. Je passai en revue toutes les ventes d'actifs de PsT – biens immobiliers, équipements, matières premières et produits finis. Dans presque tous les cas, mes notes issues des documents originaux indiquaient un prix de vente bien inférieur aux copies du Labo. Un chariot élévateur vendu quinze mille dollars selon mes notes l'avait été à vingt-cinq mille dollars selon l'ordinateur. *Idem* pour une machine à coudre, qui passait de mille quatre cent quatre-vingt-quinze dollars à deux mille sept cent quatre-vingt-dix-neuf dollars. Et la liste ne cessait de s'allonger. Tables de cafétéria, camions, compresseurs, matelas, machines de découpe – tous indiquaient sur l'écran un prix supérieur à celui qui figurait sur les dossiers originaux.

Je n'avais qu'un seul moyen de m'en assurer : consulter les dossiers de finalisation et les actes de vente afin de comparer une nouvelle fois les chiffres par rapport à ces documents. Ils correspondaient tous à ceux que j'avais entrés dans l'ordinateur ; donc, si j'avais bel et bien fait une erreur, ce n'était pas au Labo.

Mais il ne pouvait pas s'agir d'une simple erreur de calcul. Pas dans l'enregistrement de plusieurs centaines d'actifs. Une erreur, pourquoi pas, je pouvais l'admettre, mais deux cents ? Non.

Les documents du Labo étaient des copies. Ceux que j'avais indexés à partir des cartons étaient des originaux. La conclusion était évidente : quelqu'un avait modifié les copies pour surévaluer les produits de vente de PsT.

Mme de Martineau s'était enorgueillie dans sa lettre annuelle aux actionnaires de la formidable – et inespérée ! – plus-value réalisée par CDMI lors de la vente de ses actifs. N'avait-elle pas « transformé des bouts de charbon en mines de diamants » ? Quelqu'un, à sa demande ou à celle de Barrett, avait dû trafiquer les documents de vente pour justifier cette vantardise.

En réalité, CDMI ne pouvait pas simplement inventer des chiffres. C'était une société cotée en Bourse avec des experts-comptables certifiés effectuant des audits réguliers. Si un écart avait été constaté entre les produits de vente déclarés et les sommes réellement perçues par l'entreprise, les auditeurs l'auraient immédiatement repéré. Et les documents ne pouvaient pas avoir été modifiés uniquement dans le cadre du procès : Mark Ivins avait accès aux audits financiers et il aurait repéré toute invraisemblance.

Cela voulait dire que l'entreprise avait effectivement reçu le montant total qu'elle revendiquait – mais que ce n'était pas en vendant ses actifs qu'elle l'avait obtenu. Alors qu'avait-elle bien pu vendre pour générer cette « mine de diamants » ?

La réponse était évidente : de la drogue. Au fin fond des jungles du Myanmar, CDMI s'était tourné vers le trafic de drogue pour remonter la pente.

L'idée n'était pas totalement farfelue. C'était exactement ce dont John DeLorean avait été accusé des années auparavant, pour sauver en désespoir de cause son entreprise automobile en faillite. CDMI avait très bien pu utiliser l'argent de la drogue pour renforcer son bilan, mais il lui avait fallu en dissimuler la source. Pour cela, on avait gonflé les montants de ses ventes d'actifs.

Je comprenais maintenant l'existence du Labo, toutes ces mesures de sécurité et la présence de Lester. Je jetai un coup d'œil dans sa direction : il était toujours occupé à la photocopieuse, mais il me regarda du coin de l'œil lorsque je fis rouler ma chaise vers l'ordinateur. Je pris un dossier au hasard et fis semblant de l'étudier. Il fallait que j'aie l'air d'agir normalement. Je ne pouvais pas lui laisser deviner ce que je venais de découvrir. D'ailleurs, il n'était pas impossible qu'il ait participé au trafic quand il était en poste en Asie du Sud-Est. Cela expliquerait en tout cas sa mission auprès de moi : il savait qu'il devait être particulièrement vigilant, notamment en ce qui concernait les chiffres falsifiés.

L'évidence me sauta enfin aux yeux : toute cette affaire expliquait pourquoi j'avais été embauchée, moi et pas une autre. Barrett avait dû comprendre à quel point je désespérais de trouver un emploi, et combien je voudrais le garder. Il savait qu'il pouvait compter sur moi pour me taire.

Je ne m'approchai pas de ces dossiers sensibles pour le reste de la journée, mais toute cette histoire me pesait. Je travaillais pour un trafiquant de drogue. Et je participais à sa couverture.

J'essayai de me rassurer en me convainquant que tout cela ne me concernait pas. Après tout, n'avais-je pas déjà fermé les yeux lorsque j'avais découvert que l'entreprise exploitait des enfants ? Je n'avais pas touché à ces documents, et ma mission n'était pas d'examiner les chiffres. Je n'aurais même jamais soupçonné qu'ils avaient été falsifiés si je n'étais pas tombée par accident sur les cartons de dossiers lors de mon premier jour. Ma mission consistait simplement à rassembler les documents privilégiés et confidentiels et à préparer le reste pour la partie adverse. C'étaient mes seules prérogatives. On me payait pour ça, et c'est ce que je ferais, ni plus ni moins.

Les trottoirs étaient recouverts d'une fine couche de neige lorsque je quittai la Marketplace Tower ce soir-là. Travailler toute la journée dans une pièce sans fenêtres m'avait fait oublier la météo jusqu'à ce que la froide réalité me rattrape. Je relevai la capuche de ma parka, mais mes pieds pataugeaient déjà dans mes chaussures trempées lorsque j'atteignis la gare. Mon train avait du retard, et je grelottai sur le quai pendant vingt minutes. Évidemment, le chauffage ne fonctionnait pas dans le wagon et je claquai des dents pendant tout le trajet. Je me promis de prendre un bain chaud dès que je rentrerais, en priant pour que la chaudière ne soit pas encore en panne.

Je descendis du train et courus le reste du chemin, puis pris les escaliers menant jusqu'à chez nous. Je déverrouillai la porte avant d'allumer l'interrupteur. Et je m'arrêtai net sur le seuil.

L'appartement avait été mis à sac. Les tiroirs étaient retournés et les assiettes en morceaux. Le matelas avait été retiré du lit et lacéré, son rembourrage fuyait par les déchirures. Le placo avait même été enfoncé à certains endroits, laissant voir les montants métalliques, les câbles et les couches d'isolant.

On s'est fait cambrioler ! pensai-je immédiatement, en panique. Mais je compris très vite que ce n'était pas ça. Personne ne pouvait être désespéré au point de cambrioler les personnes les plus pauvres de New York.

Non. C'était David. Il avait cherché sa cachette – ou mon argent. Il l'avait déjà fait à de nombreuses reprises, mais cette fois, c'était différent. Cette fois, on sentait de la rage. La seule chose restée intacte était son gros fauteuil mou. Il avait dû se dire que je n'aurais pas eu l'audace de cacher quoi que ce soit là où il dormait. Ou peut-être voulait-il simplement s'assurer d'avoir un endroit où dormir quand il reviendrait – s'il revenait.

Quand il reviendrait. Allais-je le retrouver dans le même état de colère destructrice ? Jusqu'à présent, même dans ses pires moments, je ne m'étais jamais sentie en danger avec lui. Je me demandais si nous avions franchi cette limite. S'il fallait verrouiller la porte ou aller dormir ailleurs.

Mais je n'avais nulle part ailleurs où aller. Et lui non plus.

Je ramassai la vaisselle cassée, remis les tiroirs dans la commode et les armoires, tirai le matelas sur le lit et rentrai le rembourrage à l'intérieur du mieux que je pouvais.

Au moment d'aller me coucher, je laissai le verrou de la porte ouvert.

17

« Un esprit sain dans un corps sain. » Les conseils de Mme Casco n'étaient pas toujours originaux, mais ils étaient précieux. Au collège, plus je brillais dans mes études, moins j'avais envie de quitter mes livres et la bibliothèque. Mme Casco m'avait poussée à sortir au grand air pour courir, jouer, essayer différents sports et travailler aussi dur mes exercices physiques que mes cours. Elle m'avait aidée à financer les uniformes, les frais d'inscription et les trajets pour les entraînements, elle était dans les gradins pour m'encourager tout au long de la saison, du hockey à la natation en passant par le lacrosse[1]. Grâce aux gymnases des campus de Brown et de Columbia, j'avais pu continuer à m'entraîner pendant mes études universitaires et mon école de droit, avant de finalement m'inscrire à la salle de sport la plus branchée de Manhattan.

J'étais au top de ma forme ce fameux 19 décembre où l'on m'avait signifié mon licenciement. L'année suivante, j'avais

1. Le lacrosse (ou la crosse) est un sport collectif d'origine amérindienne qui ressemble à du hockey sur gazon, en tenue de football américain.

pris dix kilos du fait d'une mauvaise alimentation, et perdu toute ma tonicité musculaire faute de sport. Ce n'était pas un hasard si l'obésité touchait d'abord les pauvres.

Mon salut était venu quand j'avais commencé à courir. Je parcourais des kilomètres tous les jours, sillonnant en tous sens trois des cinq arrondissements de la ville, traversant des quartiers huppés ou pauvres à toute heure du jour et de la nuit. Je ne craignais jamais pour ma sécurité, car je savais que je pouvais distancer n'importe qui.

Mais pas ici. Pas tant que je resterai volontairement emprisonnée dans la salle d'entretien A du poste de police, à faire du surplace pour me délasser. J'y étais maintenant depuis douze heures, j'avais dormi un moment et passé le reste du temps assise ; mon cerveau et mes muscles étaient lentement en train de s'atrophier. Si je voulais avoir une chance de rivaliser avec Ingram Barrett, je devais garder mon sang et mon esprit en mouvement. J'avais donc couru pendant une heure, fait des jumping jacks et des burpees lorsque Cruz entra dans la pièce.

— Oh ! dit-il en s'arrêtant net. Désolé.

Je me tenais sur une jambe, l'autre étirée derrière moi en arabesque. Il avait l'air aussi embarrassé que s'il m'avait surprise en train de me passer du fil dentaire ou je ne sais quoi. Je laissai reposer ma jambe et me redressai.

— J'essaie juste de me délasser un peu, dis-je.

— Bien sûr. Je comprends.

Quelque chose semblait avoir changé à nouveau. Son regard était redevenu bienveillant et sa bouche ne formait plus une moue désobligeante. Il tenait un grand sac en papier dans une main et un petit dans l'autre. Une odeur de viande grillée s'échappait de l'un d'eux.

— Je vous ai apporté de quoi déjeuner, dit-il. Et des vêtements de votre appartement.

— Oh ! Merci !

Je ne pouvais pas dire lequel des deux sacs me réjouissait le plus. Il me les tendit. J'avais envie de me ruer sur la nourriture, mais pas en sa présence. Je jetai d'abord un coup d'œil à l'intérieur du grand sac.

— Je ne sais pas si j'ai apporté ce qu'il fallait.

Il s'agitait, l'air mal à l'aise.

— Ils étaient dans le couloir devant votre porte.

Je hochai la tête. C'est là que je les avais vus pour la dernière fois. À l'intérieur, il y avait un pull, un jean et des chaussettes, ainsi qu'un soutien-gorge et une culotte. Je levai les yeux sur lui.

Il eut la gentillesse de rougir.

— J'ai aussi apporté des chaussures.

Mes baskets étaient au fond du sac.

— Merci. Merci beaucoup.

— Vous êtes toujours libre de partir, vous savez.

— Je sais. Mais vous savez pourquoi…

— Oui, je sais bien.

Il désigna le sac de vêtements d'un geste du menton.

— Désolé, je n'ai pas pu trouver de manteau.

— Ça ira.

Le seul manteau que je possédais était mis sous scellés.

— Il fait assez chaud ici.

— Vous ne serez peut-être pas là encore longtemps.

Mon regard se tourna vers lui.

— Ah ?

— Votre version paraît plausible. La carte d'accès était bien dans votre sac, comme vous l'avez dit.

— Merci d'avoir vérifié.

— Et puis, bon, vos empreintes digitales ne sont pas sur les CV. Ni les vôtres ni celles de personne.

— Je vois, dis-je. Comme si on avait porté des gants.

Il acquiesça.

— On doit encore trouver la provenance de l'arme, et on pourra clore le dossier.

— D'accord.

Je réfléchis un instant.

— Vous ne pouvez pas l'entrer dans la base de données fédérale ? Comment elle s'appelle, déjà ?

— Ibis, et on l'a fait. L'arme n'a jamais été impliquée dans aucun incident jusqu'à maintenant.

— Ah.

— Et le fabricant du kit en a vendu des milliers, mais aucun à Lucy Barton-Jones.

— Ni à moi.

— Ni à vous.

— Alors que pouvez-vous faire d'autre ?

Il hésita, comme s'il se demandait s'il avait le droit de partager davantage d'informations avec moi, puis il continua :

— On doit fouiller sa maison cet après-midi. À la recherche d'un coffre-fort pour ranger une arme ou des munitions, voire des outils d'assemblage.

— Tout ce que vous n'avez pas trouvé chez moi.

— Exact.

— Mais que se passera-t-il si vous ne trouvez rien non plus chez elle ?

Il ne répondit pas, se tourna vers la porte et posa sa main sur la poignée, s'arrêtant dans cette position.

— Même si on ne trouve rien… dit-il sans se retourner – et parlant à voix basse comme s'il me confiait quelque chose qu'il devait garder pour lui : Il semble qu'on ait mis la main sur sa lettre d'adieu.

Il parut regretter ses paroles dès qu'il les eut prononcées. Il ouvrit la porte d'un geste brusque et sortit précipitamment.

Je tombai sur la chaise, abasourdie. Lucy avait donc laissé une lettre d'adieu quelque part.

Elle avait bel et bien eu l'intention de se tuer.

18

« Je ne peux pas faire ça plus longtemps. »

Le texto de Lucy était arrivé la veille au soir pendant que Barrett dînait avec deux autres couples. Il l'avait consulté sur ses genoux pendant que Mélanie harcelait le serveur de questions sur le nombre de glucides dans chaque plat au menu. Il avait ensuite glissé son téléphone dans sa poche et avait repris la lecture de la carte des vins. À aucun moment il ne lui était venu à l'esprit que par « ça », Lucy pouvait signifier sa propre vie. Il avait la conscience tranquille sur ce point. Non, c'était le « plus longtemps » qui l'avait intrigué. Parce que le mal était déjà fait. À présent, il ne lui demandait pas de faire quoi que ce soit de plus que de garder le silence. Il aurait évidemment une conversation avec elle, mais à ce moment-là il n'y avait aucune raison qu'elle ne puisse pas attendre le lundi matin.

Mais maintenant, alors qu'il lisait le message synchronisé sur Ma Belle, il se posait des questions. Avait-il minimisé l'alerte ? Aurait-il pu éviter cette tragédie ?

C'était une terrible perte, et il s'autorisa un bref moment de recueillement. Il avait certes exagéré en disant à la police que Lucy était une amie proche, mais elle était une employée précieuse, à n'en pas douter. Dans une entreprise aux branches si vastes et aux profils si variés, elle était l'interface parfaite. Sa bonne connaissance de la culture asiatique avait créé une certaine familiarité avec les ouvriers ; son accent d'aristo britannique suffisait à intimider les Créatifs et à les faire rentrer dans le rang ; et son efficacité rationnelle correspondait à ce que le personnel administratif attendait d'une directrice des ressources humaines. Si seulement elle avait été un peu moins méticuleuse… Ça aussi, il le regrettait.

Toute l'équipe administrative pleurait sa disparition en ce moment même, lors d'un rassemblement improvisé à la réception. Le P-DG Phil Duvall avait fait une rare apparition à la Marketplace Tower. Comme il avait annoncé par e-mail à l'ensemble du personnel qu'il serait présent à la réception, tout le monde s'était senti autorisé à quitter son poste pour se regrouper autour de lui. Barrett était resté dans son bureau, porte fermée, et suivait les événements *via* les caméras de surveillance.

En toute logique, Duvall aurait dû avoir son bureau ici, au QG administratif : après tout, il était non seulement le P-DG mais aussi le directeur financier de CDMI, et c'est là que se trouvait le service comptable. Mais bien entendu, il préférait maintenir son bureau chez les Créatifs, sur la 7e Avenue – et un autre en France, à Tours, afin de faire le lien avec Madame. Il aimait s'habiller comme eux, un jour en col roulé et béret, un autre en dashiki et sandales gladiateur. Aujourd'hui, pour sa visite dans l'arrière-pays, il portait une veste en tweed et un pantalon bouffant, comme s'il jouait au golf dans les années 1920 ou chassait des faisans dans le Derbyshire.

Barrett regardait l'écran de Ma Belle pendant que Duvall se pavanait parmi les employés, distribuant des poignées de main généreuses et posant son front contre le leur comme s'il pouvait soulager leur chagrin par son toucher. De temps en temps, il affichait un sourire résilient et posait pour des selfies. Se présentant à tout le monde sous le nom de « Philippe », alors que Barrett savait pertinemment que le nom qui figurait sur son certificat de naissance était « Philip », il arborait une petite moustache à la française avec des pointes entortillées à la cire, comme une espèce de maître d'hôtel. La plupart des Administratifs le voyaient comme l'imposteur qu'il était, mais ils le traitaient quand même comme un membre de la famille royale. Il était leur seul lien vivant avec Mme de Martineau. La plupart du temps, elle présidait les réunions du conseil par téléphone (toujours en audio ; jamais de vidéo – « Vanité, ton nom est un ancien top model »), mais elle ne voyait personne, ne parlait à personne, excepté Duvall. Il était son portier officiel. Personne – pas même Barrett, ce qui l'irritait beaucoup – ne pouvait s'adresser directement à Madame. Tout devait passer par Duvall.

La rumeur, que Duvall n'avait rien fait pour dissiper, disait qu'ils avaient été amants par le passé. Quoi qu'il en soit, ça avait fonctionné. Il avait commencé comme comptable pour l'entreprise naissante de design de Madame. Dix ans plus tôt, elle l'avait nommé directeur financier, et cinq ans plus tard, elle l'avait désigné comme son successeur. Aujourd'hui, il détenait les titres de président, P-DG et directeur financier, même si ces titres étaient en réalité honorifiques et figuraient surtout sur les contrats de rémunération. Tout le monde savait chez les Administratifs que c'était Barrett qui faisait tout le travail sur le terrain.

La vidéo sur l'écran de Ma Belle montrait Duvall prenant la direction de son bureau. Barrett devait être la dernière étape de sa tournée papale.

— M. Duvall est ici, annonça Marcia par le haut-parleur alors que la porte du bureau s'ouvrait.

— Barry ! s'écria Duvall avec un grand sourire hypocrite sur son visage grassouillet.

— Phil !

Barrett se leva pour le saluer, dans une poignée de main qu'ils prolongèrent pendant trente interminables secondes.

— Je passais juste dire bonjour.

— Et j'en suis ravi. Un café ?

— Non, non. Je ne peux pas m'attarder.

Sous la veste en tweed, Duvall portait un gilet et une cravate en laine. Barrett jeta un coup d'œil vers le bas, s'attendant à trouver une paire de bottes en caoutchouc à ses pieds. Mais non, seulement de solides brogues en cuir.

— Je voulais juste passer une tête et vérifier que tout allait bien.

— Content que vous l'ayez fait.

— Ce rififi d'hier soir… c'est réglé, n'est-ce pas ?

— En cours, dit Barrett les lèvres pincées. Puisqu'on en parle, les enquêteurs seront ici d'une minute à l'autre pour faire quelques vérifications. Ce serait bien que vous puissiez vous joindre à nous.

— Non, non. Je ne voudrais surtout pas marcher sur vos plates-bandes. De toute façon, je vais devoir m'en aller, j'en ai bien peur. Départ pour Tours ce soir !

— Transmettez mes amitiés à Madame.

— Bien sûr, sans faute, et vous, transmettez toute mon affection à Andrea, voulez-vous ?

Andrea était la première femme de Barrett, dont il avait divorcé huit ans auparavant.

— Je n'y manquerai pas, dit-il.

Barrett fulmina pendant dix bonnes minutes après son départ. « Ce rififi. » Comme si la mort de Lucy n'était qu'une broutille. Il voyait clair dans le jeu de Duvall : en minimisant l'affaire, il espérait jouer la carte de la « dénégation plausible ». Comme si c'était possible. Si Barrett tombait, lui aussi. C'est Duvall qui avait obtenu la bénédiction de Mme de Martineau pour leur projet, lui aussi qui avait manipulé les chiffres pour que tout fonctionne. Barrett possédait toutes les preuves qui le confirmaient. Et pour couronner le tout, ces enregistrements vocaux numériques étaient maintenant en sécurité chez lui, dans son coffre-fort, planqués sous l'argent et les bijoux.

— Les policiers sont arrivés, monsieur Barrett, dit la voix de Marcia dans le haut-parleur. L'assistant de M. Culligan les a conduits dans l'amphithéâtre.

— Ma Belle, montre-moi l'amphithéâtre, ordonna Barrett à la boîte sur son bureau, et instantanément l'écran s'alluma sur une vue de l'auditorium au vingt-huitième étage.

Comme il l'avait demandé, Riley et Cruz étaient assis au premier rang et patientaient, enfoncés profondément dans leurs sièges rembourrés, résistant héroïquement à la tentation de les incliner.

Riley avait les yeux fermés, et tous deux semblaient sur les rotules après quinze heures passées sur ce dossier, sans bénéficier de l'afflux d'adrénaline sécrété par la peur qui tenait Barrett éveillé. À ce stade ils n'avaient qu'une envie : boucler cette affaire. Ils accepteraient n'importe quelle théorie crédible pour cela.

Maintenant, Culligan.

— Ma Belle, montre-moi les coulisses à gauche, dit-il, et la vidéo montra Jack Culligan qui attendait dans les coulisses.

Ses lèvres bougeaient sans produire un son, et des gouttes de sueur perlaient sur son front. Il semblait ruminer ses répliques. Il était trop nerveux, et Barrett craignait qu'il ne puisse être le prochain maillon faible de la chaîne. Il allait devoir le surveiller de près.

— Ma Belle, connecte-moi à Jack Culligan.

Barrett regarda Culligan appuyer sur le fil de son oreillette et prendre l'appel.

— Tout est prêt, Jack ?

— Tout est prêt.

— J'arrive.

Il descendit les escaliers et rejoignit Culligan dans les coulisses.

— Vas-y, dit-il, et Culligan appuya sur un bouton qui abaissa l'écran géant devant la scène.

Puis ils entrèrent par la gauche.

— Messieurs, dit Barrett alors que Riley se réveillait en sursaut.

— Monsieur Barrett, appela Cruz. Nous aimerions nous entretenir un moment en privé avec vous.

— Bien sûr. Tout ce que vous voudrez. Mais d'abord, Jack a quelque chose à vous montrer.

Culligan s'avança.

— Quand nous nous sommes vus ce matin, vous nous avez demandé le reste des images de surveillance interne de la nuit dernière. Et les disques durs de leurs ordinateurs. Nous avons rassemblé tout ça pour vous. Mais il y a quelques points que nous voudrions mettre en évidence. Commençons par les déplacements de Mme Lambert après qu'elle a quitté le bureau de Mme Barton-Jones. Ces extraits permettent de la suivre jusqu'à son propre bureau.

Barrett et Culligan s'écartèrent de chaque côté de la scène tandis que les lumières de la salle s'atténuaient et qu'une vidéo débutait sur l'écran. La première séquence était le même extrait qu'ils avaient déjà montré aux enquêteurs, celui où Shay Lambert sortait du bureau de Lucy en enfouissant son visage en pleurs dans ses mains. Mais là, l'image était agrandie cinquante fois. On pouvait désormais voir que non seulement elle pleurait, mais que tout son corps tremblait.

— On a déjà vu ça, lança Cruz en direction de la scène.

Culligan hocha la tête.

— Maintenant, regardez comme elle arrive à l'angle du couloir.

Une autre caméra fut activée au moment où Lambert apparaissait. L'horodatage indiquait *20.40.32*, soit environ quatre minutes après l'extrait précédent. Dans celui-ci, elle semblait marcher normalement, sans manifester aucun signe de détresse.

— Et la voici, elle arrive dans le couloir qui mène à son bureau.

L'heure indiquait *20.43.06*, et elle avançait avec détermination, les épaules droites et le menton haut. La caméra la suivit jusqu'à une porte de bureau ouverte. Elle entra et, alors même que l'enregistrement n'avait pas de piste audio, on devinait qu'elle venait de claquer la porte.

Culligan montra trois autres extraits horodatés : Lambert sortant de son bureau dix minutes plus tard ; longeant le couloir ; et tournant à l'angle pour se diriger vers les ascenseurs.

— Maintenant, vous allez voir les déplacements de Mme Barton-Jones.

Cette vidéo montrait la porte du bureau de Lucy qui s'ouvrait, et Lucy enfiler son manteau en sortant. Elle se retournait et fermait la porte à clé derrière elle. Un nouvel extrait avec une coupure dans l'horodatage la montrait tournant à l'angle et descendant le couloir, et le dernier la montrait se dirigeant vers la rangée d'ascenseurs.

— Vous avez déjà vu la vidéo de surveillance de l'ascenseur, je suppose, dit Culligan, mais pour rester dans la continuité, je vais la lancer maintenant.

L'écran montra la rangée d'ascenseurs et l'image du dos de Lucy alors que Lambert se plaçait à ses côtés. Lambert prononçait quelques mots silencieux et se tournait face à l'ascenseur. Les portes s'ouvraient et les deux femmes montaient à l'intérieur.

Ils avaient déjà vu également l'extrait suivant : les deux femmes debout dans l'ascenseur. Le visage de Lucy afficha une expression d'horreur, puis l'écran devint blanc.

— Cette expression sur son visage…

Barrett sortit des coulisses pour se tenir à contre-jour devant l'écran blanc.

— Je ne l'ai jamais vue si effrayée. À l'évidence elle était terrifiée par Lambert et par ce qui pouvait lui arriver.

— Alors pourquoi est-elle montée dans l'ascenseur avec elle ? demanda Cruz.

— Qui sait ? La volonté de maintenir une illusion de normalité en toutes circonstances ? En tout cas, elle l'a vite regretté.

— Nous aurons besoin des fichiers bruts.

Barrett fit signe à Culligan, qui descendit l'escalier sur le côté de la scène et remit à Cruz une grande enveloppe beige.

— À l'intérieur, vous trouverez une clé USB avec les vidéos, ainsi que des affidavits établissant leur authenticité et la chaîne de détention, dit Barrett. Vous trouverez également des clés USB contenant les fichiers non protégés de l'ordinateur de Lucy, et la même chose pour Lambert. Pendant qu'on y est, je voudrais attirer votre attention sur ce document que nous avons trouvé sur l'ordinateur de Lucy.

L'écran s'alluma de nouveau avec une image agrandie d'un formulaire. C'était un formulaire CDMI, avec le logo de la colombe blanche dans le coin supérieur gauche. Les mots *Avis de résiliation* figuraient en en-tête. Barrett utilisa un pointeur laser pour mettre en évidence le premier champ, dans lequel le nom de Lambert était tapé. Il pointa ensuite les cases *Sans motif* et *Avec motif* plus bas : la seconde case était cochée. En dessous se trouvait un espace à remplir, où l'on pouvait lire *Falsification de l'historique professionnel.* Barrett fit glisser le pointeur laser jusqu'au bas du formulaire, où se trouvait une ligne pour l'*Accusé de réception de l'employé(e)*. Elle était vide. En dessous, une mention indiquait que *L'employée a refusé de signer*. Il la pointa longuement avant de se tourner à nouveau vers son public.

— Elle était combative. Elle est partie en larmes, mais quand elle est retournée dans son bureau, on peut voir toute sa détermination. Elle n'allait pas se laisser virer sans rien faire.

— J'ai une question, appela Cruz depuis son siège. Qui s'adresse à vous, je pense, monsieur Culligan. La politique de l'entreprise ne stipule-t-elle pas qu'un employé licencié doit être escorté jusqu'à la sortie par la sécurité ?

Culligan jeta un coup d'œil à Barrett avant de répondre :

— C'est exact.

— Alors pourquoi n'aviez-vous pas d'agent de sécurité sur place ?

— C'était dimanche. Le dimanche du Super Bowl. Personne n'était de service...

— Et Lucy a dit que ce ne serait pas nécessaire, intervint Barrett.

— Mmh mmh... répondit Cruz, manifestement sceptique. La politique de l'entreprise ne stipule-t-elle pas également que les employés licenciés doivent remettre leur badge d'accès ?

— Si.

— Et Lambert avait toujours le sien.

Barrett répondit à nouveau :

— L'assistante de Lucy était chargée de récupérer les badges. Elle n'était pas au bureau hier soir, évidemment, et je pense que Lucy a simplement oublié de s'en occuper.

— C'est tout ? Des erreurs ont été commises ?

— Eh bien, je ne sais pas quoi vous dire, ces instructions sont écrites dans l'absolu, c'est de la théorie. Les situations réelles ne sont jamais aussi parfaites. Dans la vraie vie, des erreurs sont commises, en effet. Mais vous pouvez voir ce qui s'est passé. Elle a été licenciée, elle a refusé de signer, elle a refusé de remettre son badge, elle avait une attitude clairement hostile.

— Et Mme Barton-Jones était clairement suicidaire.

Barrett ricana.

— C'est ridicule.

— Pourtant son mari le confirme. Elle était anxieuse à propos de quelque chose depuis un bon moment. Elle prenait du Xanax. Elle était particulièrement bouleversée hier soir. Tellement bouleversée qu'il a désespérément essayé de la joindre. Mais elle n'a répondu ni à ses appels ni à ses messages.

Barrett haussa les épaules.

— Ça peut vouloir dire n'importe quoi.

— Que signifie « Je ne peux pas faire ça plus longtemps » ?

Barrett descendit lentement de la scène.

— Vous faites référence au message qu'elle m'a envoyé hier soir.

— C'est exact. Et si vous préférez que ça reste entre nous...

Cruz fit un signe de tête en direction de Culligan.

— Non, Jack peut tout entendre. Il est déjà au courant. Comme je vous l'ai dit ce matin, j'ai demandé à Lucy de licencier Lambert hier soir. Je tenais à ce qu'elle parte avant l'ouverture du bureau ce matin. Lucy voulait ouvrir une enquête, donner à Lambert une chance de se défendre, de monter un dossier. Mais je ne me suis pas soucié des répercussions. Lambert n'allait quand même pas oser nous poursuivre en justice avec un mensonge aussi éhonté sur son CV. Mais c'est vrai que Lucy n'aimait pas faire les choses de cette façon. Ça ne lui convenait pas. Si elle était bouleversée hier soir, c'était à cause de ça. Maintenant que j'y pense, c'est sans doute pourquoi elle a oublié de récupérer le badge. En tout cas, c'est ce qu'elle voulait dire quand elle a écrit « Je ne peux pas faire ça plus longtemps ».

— Vous n'en savez rien.

— En fait, si. Elle a prononcé exactement les mêmes mots au téléphone un peu plus tôt quand je lui ai demandé de licencier Lambert.

— Mais elle a dit qu'elle ne pouvait pas « plus longtemps ». Comme si ce n'était pas un cas isolé. C'était quelque chose de fréquent ?

Barrett haussa les épaules.

— On ne peut pas dire que c'était fréquent. Mais ça s'est déjà produit une fois, avec un autre jeune avocat que je voulais faire partir. C'était aussi un week-end, et Lucy n'avait pas été satisfaite non plus de la façon dont ça s'était passé.

— Pourquoi l'avez-vous renvoyé ? Encore un cas de fraude sur son CV ?

Barrett fronça les sourcils et encaissa la pique.

— Celui-là n'était pas assez motivé à mon goût. Écoutez, je suis un dirigeant tyrannique, si vous voulez. Je ne présente jamais d'excuses.

Il prit une grande inspiration et tâcha de se détendre.

— Mais j'ai présenté mes excuses à Lucy. Je lui ai dit que je ne lui demanderais plus de faire les choses de cette manière. Que dorénavant je suivrais le protocole. Elle m'a envoyé ce message pour me rappeler à ma promesse.

Les enquêteurs échangèrent un regard.

— Une interprétation intéressante, dit Riley en se levant. Laissez-moi vous en donner une autre.

Barrett écarta les bras, comme pour dire « Allez-y, montrez-moi ».

— Mme Barton-Jones avait une liaison. Avec vous, monsieur Barrett. Et la culpabilité la rongeait.

Barrett éclata de rire. À ce moment-là, il aurait aimé avoir ce superpouvoir : geler la scène jusqu'à ce qu'il puisse trouver une solution. Il se demanda si l'adultère n'aurait pas été une meilleure option, tout compte fait. Elle aurait donné à Lucy une raison de se suicider qui n'avait rien à voir avec le boulot. Personne n'aurait cherché d'autres squelettes dans le placard si toute l'histoire avait découlé d'un scandale sexuel. Et cette solution aurait eu le mérite de lui épargner le sacrifice de Shay Lambert. Mais inventer une liaison de toutes pièces ?

Il ne pouvait pas faire ça à Mélanie, pas dans ce mariage hors contrat, et il y avait en plus le risque que le conseil d'administration n'exige sa démission. Non, il valait mieux s'en tenir à la stratégie initiale.

— C'est absurde, dit-il.

— Elle avalait les cachets comme des bonbons, dit Riley. Elle évitait les appels de son mari. La culpabilité la rongeait.

— C'est ridicule, dit Barrett. Lucy était une grande professionnelle. Elle était irréprochable à tout point de vue. Demandez à n'importe qui.

— Oh, on va le faire, dit Riley. Vous pouvez compter là-dessus.

Barrett haussa les épaules.

— Bien. Mais c'est surtout aux amis et à la famille de Lambert que vous devriez parler.

— Elle n'a pas de famille, intervint Cruz.

Barrett leva un sourcil.

— C'est ce qu'elle vous a dit ?

Les policiers échangèrent un regard.

— Ah, je vois. Jack ?

Barrett claqua des doigts, et Culligan descendit de la scène avec un dossier entre les mains.

— Notre équipe de sécurité fait une vérification des antécédents pour chacun de nos nouveaux employés. Jack va vous remettre une copie de ce qu'il a trouvé sur Lambert. Regardez par vous-mêmes, messieurs, dit-il en tendant le dossier à Cruz. Elle n'est pas qui elle prétend être.

19

2 Février 2014

Les lumières de l'appartement s'allumèrent. David était de retour. Il fouillait dans les tiroirs de la commode, sortant des brassées de vêtements – mes vêtements – pour les jeter dans le couloir.

Je me redressai brusquement dans le lit.

— David ! Qu'est-ce que tu fais ?

Il se tourna vers moi tout à coup.

— Je veux que tu sortes d'ici ! Lève-toi et dégage !

Il s'empara de mon tailleur et le jeta dehors avec le reste.

— S'il te plaît, David, arrête !

Il se pencha pour me ricaner au visage.

— Tu sais quoi, tu me dégoûtes. Rien que de te regarder, ça me donne la gerbe !

Je n'arrivais pas à déterminer s'il était gravement en manque ou s'il avait déjà pris quelque chose. Je m'éloignai de lui au maximum et reculai au bout du vieux matelas.

— Jamais j'aurais dû t'épouser. J'aurais même jamais dû te rencontrer ! T'as gâché ma vie ! J'avais tout pour moi, tout ! Et puis t'es arrivée, en faisant comme si t'allais devenir quelqu'un, comme si tu valais quelque chose, mais non ! T'es qu'une merde. Une vraie. Et tout ce que t'as fait, c'est me tirer vers le bas avec toi.

— David, mon cœur, non…

— Tu faisais comme si t'allais quelque part dans la vie, mais tout ça c'était du vent. T'es qu'une imposture !

— Mais j'ai retrouvé du travail. Tout ira mieux maintenant.

— Ah, du travail, dit-il d'un air sarcastique. Parce que tu te crois supérieure, avec ton travail ? Mais tu n'es qu'une fourmi ouvrière parmi des milliers d'autres, tu n'es qu'un petit insecte insignifiant. Un bon petit esclave du salariat. C'est tout ce que t'es.

— Et alors ? C'est un début. Ça sera peut-être un nouveau départ. On peut s'en sortir.

— Mais putain, mais tu m'écoutes ou pas ? cria-t-il. Y a pas de « on » !

Il bondit sur le lit, me tira par le bras et me traîna sur le sol jonché de vêtements. Alors que je luttais pour me lever, il me saisit par mon tee-shirt et me souleva presque. Je fus étonnée de la force de sa prise, de sentir qu'il avait encore autant d'énergie en lui.

— Dégage, et ne reviens jamais. Tu m'entends ? Jamais !

Il me poussa dans le couloir et me fit chuter sur le tas de vêtements, puis il claqua la porte. J'entendis le bruit sourd de la serrure qu'il verrouillait.

La porte d'en face s'entrouvrit, et un œil me regarda.

— Désolée, chuchotai-je.

— Je dois appeler la police ?

— Non ! Non, tout va bien.

La porte se referma.

Je fouillai dans le tas de vêtements avec frénésie jusqu'à trouver mon sac à main et ma mallette. Mon argent à l'intérieur avait disparu, mais tout le reste y était. Je me mis à genoux devant la porte.

— David ? murmurai-je à travers le trou de la serrure.

Je frappai doucement et murmurai de nouveau son nom, mais il ne répondit pas. J'appuyai mon front contre la porte.

— David, s'il te plaît, laisse-moi entrer.

Pas de réponse.

— David, je t'en prie. On peut affronter ça ensemble.

Sa voix retentit enfin, à travers le trou de la serrure et aussi doucement que la mienne.

— Je voudrais que tu crèves, murmura-t-il, en articulant méticuleusement chaque syllabe.

Je m'affaissai sur le bazar jeté en vrac. Il devait être sous l'emprise de la drogue. Il ne pouvait pas le penser sérieusement.

Je regardai autour de moi, dans la pénombre. Quelle heure était-il ? Très tard ou très tôt. Les gens allaient bientôt se réveiller. Je ne pouvais pas rester ici. Mais je n'avais nulle part où aller.

Et puis, j'eus une idée : tant que j'avais un emploi, j'avais un endroit où aller.

Je me relevai en espérant que personne n'ouvrirait sa porte dans les cinq minutes suivantes. J'enlevai mon tee-shirt et fouillai dans le tas d'affaires éparpillées pour trouver des sous-vêtements et un chemisier, puis j'enfilai ma jupe et ma veste de tailleur. Ma carte de transport était toujours dans mon portefeuille. Mon badge aussi. Je n'avais de toute façon qu'une option : le bureau, seul endroit au monde où me réfugier.

C'était un dimanche, si tôt que j'avais les locaux pour moi seule. Je préparai une cafetière tout en cherchant des restes de nourriture du vendredi, mais il n'y avait plus rien. Le distributeur automatique était rempli de barres de chocolat, de paquets de chips et de biscuits, mais, sans argent, impossible de céder à ces tentations.

La journée s'annonçait très longue. Lester n'était pas censé venir, et je n'avais aucun travail à faire en dehors du Labo. Alors je jouai au solitaire sur mon ordinateur, fis la grille de mots croisés du *Times* et lus les actualités en ligne. De nombreux articles évoquaient l'énorme opération « Super Bowl » où plus de trente proxénètes avaient été arrêtés et soixante-dix travailleuses du sexe sauvées. D'autres papiers mentionnaient le typhon en mer de Chine qui avait causé la mort de toute une flotte de pêcheurs thaïlandais. Je tentai désespérément de m'occuper, pour éviter de penser à lui. Pour éviter d'entendre ses mots affreux : « Insecte insignifiant », « Esclave du salariat », « Jamais dû t'épouser », « Je te déteste ! », « Je voudrais que tu crèves ». Ces mots tournaient en boucle dans ma tête.

Une phrase en particulier ne cessait de me hanter : « Tu faisais comme si t'allais quelque part dans la vie, mais tout ça c'était du vent. » Il avait raison. Je faisais ça depuis toujours.

Je terminai une grille de mots croisés, traînai sur un autre site d'actualités, fis une promenade autour du trentième étage, puis j'enlevai mes chaussures et me mis à courir. Je fis des tours et des tours jusqu'à l'étourdissement, mais rien à faire : je ne pouvais pas m'ôter ces mots de la tête.

Ne restait plus que le travail. Lui seul m'occuperait l'esprit plus que toute autre distraction. J'ouvris le tiroir de mon bureau et en sortis mes notes sur les ventes d'actifs PsT. Je commençai à entrer les chiffres dans un tableau Excel, avant de réaliser que n'importe qui dans l'entreprise pouvait y accéder *via* le serveur. Je supprimai le document et recopiai les données sur un bloc-notes. Dans la première colonne, j'écrivis une description abrégée de l'actif vendu ; puis j'enregistrai le prix réellement reçu dans la deuxième ; et enfin, dans la dernière colonne, j'indiquai le prix falsifié qui figurait sur les documents du Labo.

Après quelques heures de travail et des pages entières noircies de données, je calculai la différence entre les prix réels et les prix enregistrés. L'écart était supérieur à vingt millions de dollars. Vingt millions de dollars provenant de la vente de drogue déguisée en opérations commerciales. Vingt millions de dollars de produits stupéfiants injectés dans le corps de toxicomanes et détruisant leur vie.

Et moi, je travaillais pour les responsables d'un tel désastre. Et leur en étais reconnaissante par-dessus le marché. David avait raison : j'étais pathétique.

Il fallait que je parte. Je me connectai à Lawjobs.com, un site que j'avais eu pour habitude de visiter deux fois par jour, en actualisant continuellement la page dans l'espoir qu'une nouvelle offre s'afficherait, que je serais la première à tomber dessus et à postuler. J'avais espéré que tout ça était de l'histoire ancienne et pourtant je m'y retrouvais une nouvelle fois, scrutant les offres d'emploi pour trouver quelque chose, n'importe quoi qui me permettrait de quitter cet endroit.

Il commençait à se faire tard quand je repérai le job idéal. À ce moment-là, j'étais affaiblie par la faim et les yeux me brûlaient à force d'avoir fixé l'écran toute la journée. Au début, je pensai à une hallucination. Je ne pouvais pas croire à ce que je voyais, je clignai des paupières pour essayer de retrouver une vision nette. Mais non, il était toujours là. Mon job de rêve. J'étais parfaite pour lui. Je le savais parce que c'était le poste que j'occupais actuellement. L'annonce était identique à celle pour laquelle j'avais postulé l'automne dernier.

CDMI avait reposté l'annonce de mon emploi. Ingram Barrett me remplaçait. Pour lui, j'étais seulement un mouchoir à usage unique, dont on se débarrassait en se pinçant le nez. Barrett ne voulait pas prendre le risque de me garder lorsque ma mission serait terminée. Même dans le cas où je n'aurais pas fait le lien avec le trafic de drogue, je pourrais toujours laisser échapper une information par inadvertance. Il valait mieux me licencier et compter sur la clause de confidentialité pour me faire taire. Il avait donc demandé à Lucy Barton-Jones de trouver un remplaçant, et elle avait republié l'annonce.

Tout ce que David avait dit était vrai. Je n'étais rien. Même moins que rien. Un insecte insignifiant. Une esclave interchangeable, jetable. Du capital humain à exploiter. Une ressource humaine qu'on utilisait jusqu'à épuisement du filon.

Après ça, j'eus comme une sorte de trou noir. Je m'étais peut-être endormie sur ma chaise, ou évanouie de faim, ou bien j'étais simplement perdue dans mes pensées. Quand je revins à moi, il était déjà 20 heures passées, et le sommet de la Marketplace Tower était enveloppé de brouillard.

J'allais rater le dernier train si je ne partais pas bientôt, mais je ne savais pas où aller.

Je plongeai la main dans le tiroir du bureau pour prendre mon sac, en dessous duquel se trouvaient les contrats de location d'avion que j'avais mis de côté, des semaines auparavant. Quelque chose m'avait dérangée à leur sujet, mais je n'étais pas parvenue à saisir quoi. Je les parcourais à nouveau lorsque soudain, je compris : ils étaient tous signés par Lucy Barton-Jones, directrice des ressources humaines, et les listes de passagers indiquaient un total de mille huit cents noms répartis sur six vols. Je retrouvai certains des noms, même beaucoup d'entre eux, figurant dans la base de données des salariés que j'avais créée au Labo.

L'un des vols affrétés transportait des travailleurs mineurs que j'avais repérés plus tôt, et cette découverte m'incita à parcourir tous les noms des listes de passagers. Rapidement, je remarquai que ces derniers étaient répartis par âge et par sexe. Deux vols transportaient seulement des hommes, deux autres seulement des femmes de plus de quarante ans et les deux derniers uniquement des femmes plus jeunes et des enfants. Étrange. Était-ce une question de religion ?

Je regardai de nouveau les graphiques montrant les ventes d'actifs trafiquées, puis les listes de passagers. Les chiffres et les noms des passagers défilaient devant mes yeux en deux colonnes parallèles comme les bobines d'une machine à sous, puis celles-ci se mirent à ralentir petit à petit pour finir par s'aligner sur un même symbole, dévoilant enfin le mystère qui se cachait derrière tout ça.

Ma respiration fut coupée net, comme si je venais de recevoir un coup en pleine poitrine. Ce n'étaient pas les revenus de la drogue qui gonflaient les ventes de CDMI. Toute cette affaire n'avait rien à voir avec le trafic de stupéfiants. C'était bien pire. Mille huit cents fois pire.

Je restai figée par l'effroi. Impossible de dire combien de temps. Les mots de David me revenaient avec insistance dans la tête : « Insecte insignifiant », « Esclave du salariat », « Interchangeable », « Jetable ». Nous étions tous pareils.

Je disposais maintenant de preuves, et je dus prendre un moment pour rassembler mes esprits et établir une chronologie qui donnerait une cohérence à toute l'histoire. J'étiquetai les contrats avec des Post-it numérotés de 1 à 6, puis avec le tableau des chiffres de ventes qui devint le n° 7. Ensuite, je glissai les documents dans mon vieux cartable et attrapai mon manteau. Les couloirs du dernier étage étaient plongés dans le silence, troublé seulement par le bourdonnement sourd de la machinerie du bâtiment. Je ne savais pas où j'allais, ni même où je pouvais aller, mais mes pieds continuaient d'avancer comme si j'étais somnambule ou en plein rêve. Ou en plein cauchemar.

J'arrivai devant la rangée d'ascenseurs. Quelqu'un d'autre attendait là. En m'approchant, je reconnus Lucy Barton-Jones, la directrice des ressources humaines. La directrice du trafic humain.

Je la fixai du regard, hagarde.

— Je sais ce que vous avez fait, lui murmurai-je.

L'ascenseur central arriva. Les portes s'ouvrirent. Nous montâmes à l'intérieur. Je plongeai la main dans mon cartable, et son visage se figea dans une expression d'horreur quand elle vit ce que j'en sortais.

Puis tout s'arrêta. Et l'obscurité nous tomba dessus.

20

Quatre heures s'écoulèrent avant que la porte de la salle d'entretien A s'ouvre à nouveau, et je pus voir au premier coup d'œil que quelque chose avait encore changé. Riley portait maintenant une barbe naissante d'un blanc éclatant sur la pâleur grise de sa peau. La barbe Van Dyke de Cruz avait l'air fraîchement taillée ; il devait garder un rasoir dans son bureau. Mais c'était dans leurs expressions faciales que le changement était le plus flagrant.

— Quoi ? dis-je. Qu'est-ce qui s'est passé ?

Leurs recherches dans la maison de Lucy n'avaient peut-être rien donné, mais ils avaient toujours la lettre d'adieu ; elle aurait dû suffire.

Cruz ne répondit pas et ne m'adressa pas le moindre regard. Il s'assit et alluma l'enregistreur, puis il récita à nouveau toutes les formalités : date et heure, personnes présentes dans la pièce, consentements et renonciations dûment signés.

Riley ignora lui aussi ma question, et interrompit la litanie protocolaire de Cruz :

— Attends, dit-il à Cruz. Tu viens de dire que Shay Lambert est dans la pièce.

— Ah oui, tu as raison, répondit Cruz. Je vais corriger. J'aurais dû dire « Sharona Chance ».

Il me regarda enfin.

— C'est bien ça ? dit-il, puis il ouvrit un dossier et fit glisser une feuille sur la table jusqu'à moi comme un palet de hockey.

Je n'avais pas besoin de le regarder. Je savais ce que c'était. Dès qu'il avait prononcé les mots « Sharona Chance », j'avais su qu'ils avaient mis la main sur mon acte de naissance. Ce nom était une petite pique de Barb envers l'homme qui l'avait engrossée. « My Sharona » était leur chanson, et « Fat Chance » était le nom qu'elle lui avait donné après qu'il l'avait quittée et qu'elle avait découvert qu'il n'était finalement pas aussi fortuné que J. Paul Getty.

— C'était un nom stupide, dis-je. Je ne l'ai jamais utilisé.

« Tu peux avoir le nom que tu veux », m'avait dit Mme Casco, si bien qu'à partir de la troisième j'avais commencé à signer toutes mes copies du nom de « Shay Chance ». L'école avait fini par modifier mes relevés de notes, puis à mon entrée en école de droit, j'avais entamé une procédure de changement. Plus tard, j'avais légalement abandonné « Chance » pour « Lambert ». Je restai tétanisée : un acte de naissance n'était pas un document public dans l'État de New York. Personne n'était censé pouvoir le consulter.

— Ça fait cogiter, hein ? dit Riley. Sur le genre de personne qu'il faut être pour faire croire à tout le monde que sa mère est morte…

— Nous n'avons jamais été proches, dis-je à voix basse. Nous n'avions aucune relation.

— Ouais, on a bien compris, dit Cruz. Quand vous l'avez appelée le jour de Noël, c'était la première fois qu'elle entendait parler de vous depuis des années.

Ils avaient fouillé mon téléphone. Ils avaient interrogé Barb.

— Elle nous a dit beaucoup plus que ça, dit-il. Des choses qui nous font douter de la véracité de tout ce que vous nous avez dit jusqu'à maintenant.

— J'ai…

— « Pauvre moi, pauvre enfant unique », dit-il en poussant sa voix vers les aigus.

Elle leur avait parlé de Roger et de Tommy.

— Ce sont mes demi-frères, dis-je. Ils sont beaucoup plus âgés que moi. Je ne les connaissais presque pas.

— Ou peut-être que vous avez délibérément caché leurs noms parce que Roger purge une peine dans une prison fédérale.

— Non, je ne le savais même pas. On n'a plus aucun contact depuis des années.

— Vous ne devinerez jamais de quoi il a été reconnu coupable.

Pendant les quelques années où je l'avais connu, il avait été arrêté pour ivresse publique, vol à l'étalage, vol de voitures et agression.

— Aucune idée, dis-je.

— Vente illégale d'armes à feu, dit Cruz. Et vous ne devinerez jamais de quel genre.

Je le regardai.

— Des armes fantômes. Faites maison. À partir de kits achetés en ligne.

— Mais je ne savais même pas ce que c'était jusqu'à ce que vous…

— Du même fabricant que l'arme qui a tué Lucy Barton-Jones.

Je secouai la tête.

— Je ne l'ai ni vu ni entendu depuis presque vingt ans. Je ne connais strictement rien aux armes fantômes.

— Vous avez apporté l'arme dans cet ascenseur, dit Cruz.

— Non…

— Vous veniez tout juste d'être virée, dit Riley.

Ma tête se tourna vers lui.

— Non…

Cruz :

— Votre mariage était fini.

Riley :

— Et tout à coup, vous vous retrouvez coincée avec la femme qui vient de vous renvoyer.

Cruz :

— Quand les lumières s'éteignent.

Riley :

— Ce n'est pas Barton-Jones qui a craqué.

Cruz :

— C'est vous.

Mon regard passait de l'un à l'autre et je secouai vigoureusement la tête à chaque accusation.

— Non. Non, c'était Lucy…

Cruz fit un pas en arrière.

— Levez-vous.

— Quoi ?

Il fit le tour de la table et passa derrière moi.

— Non, vraiment, vous faites une terrible erreur !

Sept minutes plus tard

Il m'attrapa, me mit debout et tira mes bras derrière moi.

— Sharona Chance Lambert, vous êtes en état d'arrestation pour le meurtre de Lucy Barton-Jones.

Je sentis le métal froid des menottes se serrer autour de mes poignets.

INTERLUDE

21

Dans la mythologie nordique, le Valhalla est l'endroit où les guerriers vikings se retrouvent pour savourer leur récompense céleste après leur mort. Dans le comté de Westchester, c'est là qu'on envoyait les prévenus en attente de leur procès quand ils ne pouvaient pas payer leur caution.

C'est donc là qu'on me conduisit, dans un fourgon pénitentiaire imprégné d'une odeur d'urine âcre. Une grille en acier me séparait du conducteur. On aurait dit un utilitaire de vétérinaire, si ce n'étaient les poteaux métalliques plantés dans le sol auxquels mes chaînes aux pieds étaient attachées. Le froid glacial remontait du plancher le long de mon torse et de mes bras dénudés. À travers le pare-brise, je pouvais voir la neige tomber en diagonale dans le faisceau des phares.

Le Valhalla était aussi pour les guerrières et je devrais en devenir une. Roger et Tommy avaient multiplié les séjours en prison pendant mon enfance, et à l'époque ils aimaient me faire peur avec leurs récits de coups de poing dans les reins et de brosses à dents taillées en couteaux. Ils prenaient plaisir à me parler de sodomie et des meutes de détenus. Alors, il fallait que je me façonne un visage de guerrière, exactement comme me l'avait appris Mme Casco : « Affiche le visage que tu veux que le monde voie. » Je voulais être vue comme une guerrière et je m'exerçai pendant le trajet vers Valhalla, figeant mon regard hostile, serrant la mâchoire dans une grimace menaçante, toisant mes codétenues du moment avec un air qui disait : « Vas-y, essaie pour voir. »

Mais elles ne me regardaient pas. Trois d'entre elles étaient regroupées et chuchotaient dans une langue que je ne connaissais pas. Des prostituées sans doute, qui ne semblaient pas dans leur meilleure forme, si tant est qu'elles l'aient jamais été. Ma quatrième codétenue était une jeune fille blanche tremblant si violemment que ses dents claquaient. À cause de la peur, du froid ou des drogues qu'elle avait prises, au choix.

À notre arrivée à l'unité des femmes, traînant des pieds, on nous fit entrer dans une cellule de détention où la jeune fille blanche se mit à vomir tout à coup sur le sol en béton et commença à pleurer en réclamant sa mère. Avec succès, il faut bien le dire : moins de trente minutes plus tard, un gardien vint la chercher pour la ramener à ses parents – sa caution avait été payée. Les trois Asiatiques furent également emmenées peu après. Ne restaient que moi et la flaque de vomi.

Une heure plus tard, on traita enfin mon dossier. Le terme faisait penser à un bout de viande sous plastique. Je subis un examen médical sommaire – « Tirez la langue, dites "aah", gardez ce thermomètre dans votre bouche jusqu'à ce que nous finissions enfin par le retirer dix minutes plus tard ». Il fut suivi par une fouille corporelle plus complète. D'habitude, je riais quand mon coach sportif utilisait l'expression « squats du prisonnier », mais je parle là d'une époque où je portais encore des leggings Lululemon. C'était tout de suite beaucoup moins amusant quand je ne portais rien.

J'eus droit ensuite à une douche bienvenue après ma longue journée au bureau et ma seconde longue journée au commissariat. Ils me donnèrent un carré de serviette pour me sécher, mais pas de peigne et encore moins de sèche-cheveux. Mes cheveux allaient sécher tout emmêlés, me faisant ressembler à Méduse. C'était peut-être mieux comme ça, après tout : j'ajoutais une touche supplémentaire à mon air de guerrière.

J'attendis avec la serviette serrée autour de moi qui me recouvrait à peine, tandis qu'une employée prenait mes mesures d'un simple coup d'œil. Elle me donna un soutien-gorge et une culotte en coton blanc, une combinaison orange, une paire de baskets en toile, et enfin un tee-shirt blanc et un pantalon bleu en guise de pyjama. Je me changeai comme on me l'indiqua en enfilant les sous-vêtements et la tenue orange, et ils mirent mes vêtements dans un sac. Ils glissèrent également mon alliance dans un autre. Je n'avais aucune autre possession personnelle : mon manteau, mon sac à main et mon cartable étaient toujours gardés sous scellés par la police.

On m'attribua un numéro de détenue, on prit mes empreintes et ma photo, puis on me conduisit à une autre secrétaire qui tapa à toute vitesse mes informations dans un ordinateur, usant régulièrement de la touche « Effacer » avec un soupir. Nom complet, adresse, date de naissance. « Personne à contacter ? » J'hésitai avant de nommer David Lambert, même adresse. Mais quand je fus incapable de fournir un numéro de téléphone, l'employée poussa un nouveau soupir et supprima son nom en tapant sur la touche

« Effacer ». Je regardai le nom de David disparaître à l'écran, lettre par lettre, jusqu'à ce qu'il soit rayé de mon profil.

Je n'avais pas d'argent à déposer sur mon compte de cantine, une lacune qui fit soupirer la secrétaire une fois de plus. Puis vint le moment de mon appel téléphonique autorisé, ma seule chance de trouver quelqu'un pour payer ma caution. Qui pouvais-je appeler ? Pas ma mère : non seulement elle était fauchée, mais c'était elle qui m'avait fait atterrir ici. Pas mes anciens amis : je les avais rayés de ma vie des années plus tôt pour qu'ils ne sachent pas à quel point j'avais sombré. Je n'imaginais pas qu'ils puissent me voir dans cet état. Quant à Mme Casco, c'était simplement hors de question : elle ne se remettrait peut-être jamais du choc et de la déception d'apprendre ce que sa protégée la plus prometteuse était devenue.

— Non, il n'y a personne, dis-je à l'employée.

Une gardienne arriva, une femme d'âge moyen, robuste, au visage fermé. Elle me conduisit dans le bloc C de l'unité des femmes, en me faisant passer par un long couloir donnant sur des cellules de chaque côté. Elles avaient une grille d'acier, des portes coulissantes et deux lits superposés chacune, tous inoccupés. Je suivis la gardienne avec sur mes bras tendus des draps, une couverture, un oreiller et le reste de mes vêtements de détention.

La gardienne parlait par-dessus son épaule pendant que nous marchions, énumérant les règles et les horaires quotidiens. Appel à 6 heures du matin, petit déjeuner, puis travail – tout le monde était obligé de travailler, à la cuisine, à la blanchisserie ou dans l'une des industries de la prison. Ensuite, déjeuner, promenade, un autre appel et retour au travail jusqu'au dîner.

Elle s'arrêta devant une cellule, puis me jeta un regard méprisant en me signifiant d'entrer. Toute la journée je m'étais demandé où je dormirais. J'avais enfin ma réponse : cette cellule était ma nouvelle maison.

« Cellule », pensai-je en entrant. Pourquoi les appelaient-ils « cellules » ? Ils devraient les appeler par leur vrai nom : des « cages ».

— Extinction des feux dans trente minutes, dit-elle. Tu peux rester ici ou aller dans la salle commune en attendant.

Je restai là où j'étais. Je ne savais pas où était la salle commune, et je n'étais pas prête à affronter la vie carcérale si vite. Mon visage put enfin se détendre quand la gardienne s'en alla, et je fis lentement demi-tour pour regarder la petite pièce. Deux lits métalliques étaient fixés au mur, comme de grandes étagères en inox. Du mur opposé sortait une plaque en métal plus petite faisant office de bureau, avec une chaise attachée. Vissés au mur du fond se trouvaient des toilettes et un lavabo en inox.

Aucun des lits n'était fait. Aucun papier, aucune photo ni aucun autre effet personnel ne réchauffaient l'ambiance glaciale de cette cellule vide. J'avais l'espoir qu'on ne m'infligerait pas une colocataire. Ou plutôt, une « codé », pour « codétenue ». Je devais rapidement apprendre le jargon pour ne pas me faire remarquer.

Je fis le lit du bas avec les draps rugueux et une couverture élimée. Lorsque je m'allongeai, je me rendis compte que c'était la première fois que j'étais en position horizontale depuis le dimanche au petit matin. J'essayai de ne pas penser aux punaises de lit ni aux fluides corporels qui pouvaient imprégner le matelas bosselé. J'essayai de me détendre et de laisser mes muscles s'enfoncer dans le lit. Mais je sentais la plaque métallique. C'était le petit pois et j'étais la princesse, comme dans le conte pour enfants. Des larmes chaudes embuèrent mes yeux. Je m'étais déjà sentie comme une princesse, quand je vivais dans mon magnifique appartement avec mon prince charmant de mari. Et je me retrouvais maintenant en prison, accusée de meurtre, et mon junkie charmant m'avait accablée devant les flics.

Je frissonnai et tirai la couverture jusqu'au menton. Le lit métallique n'était pas le petit pois du conte. C'était plutôt comme une table mortuaire. Ils m'ont tuée, pensai-je, et des larmes d'apitoiement coulèrent sur mon visage.

Ou alors je m'étais tuée. Parce que, en vérité, je m'étais mise toute seule dans cette situation. « Ma mère est morte. » « Je suis fille unique. » « Mon mari travaille de nuit. » Que de mensonges stupides, facilement découverts ; mais c'étaient mes réponses aux toutes premières questions des policiers. À ce moment-là, enfermée dans cette petite pièce vitrée près du hall, avec le coup de feu résonnant encore dans ma tête, je n'étais pas prête pour un interrogatoire. Nier l'existence de ma famille était un simple réflexe, aussi involontaire que celui de respirer. Je n'avais rien anticipé, car jamais je n'aurais imaginé être considérée comme une suspecte. Ni être piégée par mon propre employeur.

Ensuite, il y avait eu les mensonges sur mon parcours professionnel : le Projet Innocence, le programme informatique… Ce n'étaient que des embellissements cosmétiques inventés uniquement pour réussir un entretien d'embauche, mais ils m'étaient revenus en pleine face eux aussi. Ma crédibilité ne valait plus rien. Les flics ne croiraient jamais ce qui s'était réellement passé.

Non. C'était bien ma famille qui m'avait mise dans cette situation, elle qui m'avait tirée vers le bas toute ma vie, et voilà qu'elle recommençait. Barb et sa grande gueule. Roger et son commerce stupide d'armes en kit. (« Dis-moi, toi, Miss

Avocate de luxe, avait dit Barb lors de mon appel de Noël réglementaire. Comment ça se fait-il que c'est légal d'acheter les kits et légal de fabriquer les armes, mais pas légal de les vendre ? Et le deuxième amendement, alors ? Hein ? » « Tu as raison, maman, avais-je répondu. La Constitution garantit bien le droit de posséder et de vendre des armes. »)

Je me souvins de Mme Casco me ramenant chez moi après un atelier de pratique du débat quand j'avais environ treize ans, et je les voyais là, Barb et Roger et Tom, alignés sur le seuil de la maison avec des canettes de bière à la main, mes frères torse nu, bedonnants et tatoués, ma mère avec son habituel trait de rouge à lèvres orange et un kaléidoscope de cheveux bariolés. Je m'étais figée sur le siège passager alors que des larmes de honte inondaient mes yeux. « Oublie-les, avait dit Mme Casco. Ils ne représentent rien pour toi. Même moins que rien. Tu seras bientôt loin d'ici, vivant ta propre vie de la manière qui te convient, et ce sera comme s'ils n'avaient jamais existé. »

Ça avait fonctionné pendant un temps. Pendant longtemps, même. David n'avait jamais douté du fait que j'étais seule au monde. Les policiers ne l'auraient jamais su s'ils n'avaient pas mis la main sur mon acte de naissance et suivi Barb grâce à mon téléphone. Une fois qu'ils l'avaient trouvée, c'en était fini. Elle ne pouvait pas garder sa bouche fermée plus de cinq minutes.

Mais ça ne servait à rien d'accabler ma famille. Vouloir se venger aurait été aussi inutile que de poursuivre un sans-abri en justice. Ça ne me rapporterait rien.

Non, j'avais une bien meilleure cible : J. Ingram Barrett, Jr. C'était lui le vrai responsable de tout ça, et si je trouvais une façon de le faire tomber, je pouvais retourner la situation à mon avantage.

Au moins, j'avais du temps devant moi pour réfléchir à la manière dont j'allais m'y prendre.

J'essuyai mes larmes. Je m'étais assez lamentée. Je devais être une guerrière, pas une princesse passant son temps à se morfondre et à s'apitoyer. Je serais une guerrière, et je devais planifier mon attaque. Ou, dans mon cas, ma défense. La vengeance viendrait plus tard, une fois mon innocence rétablie.

Un signal sonore puissant retentit, et les couloirs du bloc C se remplirent soudain d'une cacophonie de cris, de pleurs, de rires et de grognements. Mes camarades de détention étaient ramenées dans leurs cellules avant l'extinction des feux. Je restai parfaitement immobile sur mon lit inférieur, espérant qu'elles ne me remarqueraient pas en passant devant la porte ouverte de ma cellule. Leurs voix étaient gutturales et leur langage vulgaire.

— Qui qu'c'est, celle-là ? entendis-je en me préparant déjà à l'affrontement, mais personne n'osa entrer.

Le tumulte se calma un peu. Une fille commença à chanter, et une autre lui cria de « boucler sa putain de gueule ». Puis les portes des cages se fermèrent avec un bruit sourd d'acier dans tout le couloir. Une minute plus tard, tout devint sombre. Les bruits de la nuit dans le bloc C étaient plus doux : sanglots, ronflements et coïts. Mais il y avait un bruit dans ma cellule que moi seule pouvais entendre : les rouages de mon cerveau qui s'activaient pendant que je réfléchissais à la suite des événements.

D'abord l'acquittement. Puis la vengeance.

Je fis mes vrais débuts en prison le lendemain matin, après l'appel, lorsque les portes s'ouvrirent et se refermèrent dans tout le bloc. Les femmes se précipitèrent hors de leurs cellules, leurs voix bourdonnant bruyamment alors qu'elles se dirigeaient vers le réfectoire. C'était une marée de visages basanés, afro-américains et latino-américains. Pas un seul visage blanc à l'horizon, et je compris rapidement pourquoi : les Blanches payaient leur caution.

Je les laissai passer avant de sortir et de rejoindre l'arrière de la file qui se pressait dans le réfectoire. Je gardai mon visage fermé, réprimant chaque émotion, et ne manifestant aucun signe d'intérêt envers quiconque. Je voulais afficher un air blasé radical. Mais alors que certaines se retournaient pour me dévisager, je devais durcir l'expression que j'avais façonnée dans le fourgon pénitentiaire : féroce, redoutable, exprimant une force dont il fallait se tenir éloigné.

Le réfectoire, ou la cantine – le terme de « caserne » aurait sans doute été plus approprié – était une salle longue au plafond bas avec des rangées régulières de tables et de chaises métalliques fixes. Les voix ricochaient sur le sol en béton et rebondissaient sur le mobilier en métal jusqu'à ce que le niveau sonore atteigne celui d'une boîte de nuit à Tribeca. J'attendis mon tour dans la file puis remplis mon plateau d'œufs brouillés jaunes et secs, de galettes de saucisses flottant dans une flaque de graisse et de salade de fruits en conserve. Je cherchai ensuite une place où m'asseoir. Il n'y avait pas de table vide, mais j'en repérai une avec deux sièges libres à son extrémité, et j'en pris un.

Il y avait quatre autres femmes à la table, et elles s'arrêtèrent toutes de manger pour me fixer. Je repris mon air d'indifférence blasée et enfournai un morceau d'œuf dans ma bouche.

La femme à l'extrémité de la table se pencha soudain vers une autre à côté d'elle et pointa sa fourchette dans ma direction. Les trois autres femmes arrêtèrent de manger pour me regarder. La fourchette était en plastique et m'inquiétait peu, mais la femme qui la tenait, beaucoup plus. C'était une latina petite et sombre, avec un bandana violet noué sur les cheveux et un corps sec et nerveux, plein d'énergie. Sur le moment je n'avais pas remarqué la déférence que lui témoignaient les autres femmes, mais il était évident qu'elle était la leader du groupe.

— T'es qui ? demanda-t-elle, la fourchette pointée vers moi comme un fusil.

Plus tard, j'apprendrais que c'était une question courante signifiant : « Pourquoi t'es là ? Drogue, prostitution, meurtre de qui, vol de quoi ? » Mais je ne le savais pas encore. Je me définissais toujours par mon travail, pas par mon prétendu crime.

— Je suis avocate, dis-je en rétrécissant les yeux et en adoptant un ton brutal, comme si j'étais une tueuse en série ; comme si j'avais été condamnée pour être avocate, et que c'était un crime particulièrement odieux.

Une rumeur se répandit autour de la table, puis se diffusa à la table voisine et à celle d'après. Des dizaines de femmes se tournèrent sur leurs sièges pour me regarder fixement. Mais elles n'avaient pas l'air hostiles. Une lueur d'intérêt brillait dans leur regard. Étaient-elles si surprises que ça de voir une avocate de ce côté-ci des barreaux ? Les prisons étaient remplies d'avocats purgeant des peines fermes, mais c'était sans doute beaucoup plus rare en maison d'arrêt, tout simplement parce qu'ils pouvaient payer la caution ou avaient des amis qui le faisaient pour eux. En tant qu'avocate et femme blanche, j'avais deux bonnes raisons de n'avoir rien à faire ici.

Mais ce n'était pas seulement la nouveauté qui attisait leur curiosité : c'était mon utilité potentielle. Les femmes se levèrent de leurs sièges et m'entourèrent, m'accablant de questions. « Combien de temps avant que je sois jugée ? » « Pourquoi ils me laissent pas partir si mon copain dit que c'est lui qui l'a fait, et pas moi ? » « Est-ce que ma mère peut pas amener mes enfants venir me voir ? »

Elles devaient toutes avoir des avocats à l'extérieur, mais les avocats commis d'office étaient notoirement surchargés de travail, sous-payés et avares de leur temps. Avoir une avocate parmi elles était un véritable atout. Elles se pressaient autour de moi, se bousculant pour attirer mon attention, criant leurs questions de tous les côtés.

Je dus plaquer mes mains sur mes oreilles pour atténuer le tumulte.

— Je n'entends rien quand vous parlez toutes en même temps, criai-je.

La latina au bandana violet mit deux doigts dans sa bouche et siffla un grand coup. Instantanément, tout le monde se tut.

— Reculez, putain ! cria-t-elle.

Elle pointa de nouveau sa fourchette sur moi.

— T'y connais vraiment quelque chose à cette merde ? T'es pas avocate en immobilier ou ces trucs à la con ?

Je pris une bouchée de saucisse, mâchai lentement, puis avalai.

— Je connais cette merde sur le bout des doigts.

Elle leva le menton et ses yeux se rétrécirent. J'appris plus tard qu'elle s'appelait Nina et qu'elle dirigeait le bloc C. Elle ordonna à tout le monde de retourner à table et annonça que l'avocate répondrait à leurs questions une par une, seulement sur rendez-vous, à partir de ce soir dans la salle commune. Elle, Nina, serait en charge du carnet de rendez-vous.

— Combien de temps pour chaque ? me demanda-t-elle.

— Tout dépend de la question.

Nina secoua la tête.

— Non. On doit faire ça bien carré.

— Alors des rendez-vous de quinze minutes.

— OK, les filles, hurla-t-elle. Venez me voir si vous voulez un rendez-vous.

Les autres femmes semblaient savoir qu'il ne fallait pas s'agglutiner autour de Nina. Elles formèrent une file et attendirent patiemment jusqu'à ce qu'elle ait terminé son petit déjeuner et fasse signe à la première de s'avancer. Elle écrivit son nom sur une serviette en papier, puis fit signe à la suivante.

Je finis mon assiette et passai en revue mentalement tout ce que je savais sur la procédure pénale préalable au procès. Bien sûr, je n'avais jamais été employée par le Projet Innocence, mais j'y avais consacré suffisamment d'heures de bénévolat pour avoir acquis une connaissance pratique du droit pénal. Suffisamment d'heures en tout cas pour que le directeur du bureau local m'autorise à le mentionner comme un emploi sur mon CV. De toute façon, il n'était pas nécessaire de connaître les réponses pour être un bon avocat : il fallait seulement savoir quelles questions poser. C'était dans mes cordes.

À ce moment-là, j'eus comme une révélation : je n'avais pas besoin de faire semblant d'être une guerrière pour survivre à Valhalla. Une avocate *était* une guerrière.

Une nouvelle sonnerie retentit à la fin du petit déjeuner, et les détenues se dirigèrent vers leurs postes assignés en cuisine, à la blanchisserie ou à l'atelier. Un gardien se tenait à la porte, scannant la foule. Pas un gardien, un maton. Ses yeux se posèrent sur moi, et il me fit signe du doigt.

— Toi, cria-t-il. Viens avec moi.

C'était un homme blanc au cou maigre et à la pomme d'Adam protubérante. Je me levai et le suivis avec méfiance. Il me prit par le coude, ses doigts osseux s'enfonçant dans ma chair, me conduisit hors du bloc C puis dans un long couloir. Il s'arrêta devant une porte sans inscription. Un placard à balais ? pensai-je en me demandant aussitôt si je m'apprêtais à connaître mon premier viol carcéral. Je détaillai le maton des pieds à la tête. J'étais persuadée de pouvoir le battre à un contre un.

Il ouvrit la porte. Ce n'était pas un placard obscur : c'était un petit bureau éclairé par des tubes luminescents au plafond. Trois femmes en civil étaient assises à trois des quatre bureaux métalliques. L'une d'elles était au téléphone et les deux autres regardaient les écrans de leur ordinateur dernier cri. Contre un mur se trouvait une rangée d'armoires grises.

— La voilà, annonça le maton.

La femme au téléphone mit sa main sur le combiné.

— Tu sais taper ?

— Oui, répondis-je d'un air étonné.

— Alors assieds-toi là.

Elle me désigna le bureau vide.

Le surveillant s'en alla et je pris place. Mon affectation consisterait donc à aider ces employées administratives en tapant, classant et photocopiant. Pendant que les autres détenues faisaient le sale boulot de la prison, je passerais mes journées ici, dans le fauteuil confortable d'un bureau propre, avec le thermostat réglé à une température idéale de vingt-deux degrés. Mon privilège de femme blanche n'avait pas suffi à réunir une caution de sortie, mais je savais que c'était la seule raison pour laquelle j'avais obtenu ce poste avantageux.

En définitive, la prison était une entreprise comme une autre, avec des dossiers commerciaux à traiter. Elle émettait des bons de commande, recevait des factures et tenait des inventaires de fournitures. Et comme les ateliers de la prison fabriquaient des objets destinés à la vente, il y avait aussi des inventaires de produits finis et des documents d'expédition ainsi que les enregistrements des paiements versés au comté. Il fallait aussi gérer la paie des prévenues – bien grand mot pour désigner un salaire moyen de quarante-cinq centimes de l'heure. Mon salaire à moi était fixé à soixante-deux centimes de l'heure, en reconnaissance de mes compétences supérieures. À la fin de la journée, près de cinq dollars seraient donc crédités sur mon compte : assez, espérais-je, pour me permettre d'acheter une brosse à dents. Le lendemain, je pourrais peut-être obtenir un peigne.

On fit une pause pour le déjeuner. Après ça, des exercices sportifs étaient prévus dans la cour. On m'avait donné un manteau en polyester mais pas de bottes, et il y avait bien quinze centimètres de neige à l'extérieur. Je me blottis contre le mur, tapant des pieds, et j'essayai de ne pas inhaler les nuages de fumée de cigarette qui dérivaient dans la cour.

Ensuite, retour au bureau pour mon service de l'après-midi, où je pus éblouir mes patronnes avec quelques fonctions qu'elles n'avaient jamais maîtrisées sur Excel. Puis un dîner de viande hachée, de purée de pommes de terre et de petits pois en conserve. C'était fade mais rassasiant. J'avais eu trois repas chauds aujourd'hui, chose à laquelle j'avais rarement eu droit ces dernières années.

Je passai la soirée dans la salle commune. C'était un espace aménagé pour jouer aux cartes et aux dames sur des tables en acier avec quatre sièges attachés autour de chacune. Je me rendais compte qu'à travers toute la chaîne du système pénal, depuis la salle d'entretien A jusqu'ici à Valhalla, les chaises étaient toujours fixées aux tables. Utiliser une chaise comme une arme ne m'avait jamais traversé l'esprit, mais visiblement quelqu'un avait déjà dû tenter le coup.

L'une des tables m'était réservée, avec un stylo et un bloc-notes posés dessus. Nina m'indiqua ma place, appela un nom, et une jeune femme noire se précipita sur le siège en face de moi. La première des huit « clientes » que je conseillerais au cours de la soirée.

Il fut un temps où je n'aurais jamais dispensé des conseils juridiques aussi facilement. Chaque fois que des amis ou des inconnus essayaient de me soutirer une opinion, à la salle de sport ou lors d'un cocktail, je leur disais de prendre rendez-vous et de signer une lettre de mandat, et que je serais heureuse de répondre à leurs questions. On m'avait martelé à Jackson Rieders de ne pas donner de conseils ni de recevoir de confidences en dehors d'une relation avocat-client en bonne et due forme. Le but n'était pas seulement de garantir mes honoraires, mais surtout de me protéger. Sans ça, n'importe quelle remarque à l'emporte-pièce de ma part, même gratuite, pouvait être interprétée comme un conseil juridique et considérée comme une faute professionnelle donnant lieu à des poursuites.

Il y avait de tristes similitudes dans les histoires de ces femmes. Qu'il s'agisse de racolage, de possession de stupéfiants, de trafic, de vol ou même de conduite en état d'ivresse, il y avait toujours un homme derrière tout ça. Un mari ou un petit ami qui les avait jetées dans la rue, ou qui leur avait donné un paquet à livrer, ou qui les avait envoyées acheter une arme à feu à leur place ou leur avait demandé de conduire le véhicule après un braquage. À chaque fois, leurs mecs les avaient entraînées dans leur chute. Dans un monde sans hommes, aucune de ces femmes n'aurait été ici.

Ma dernière solliciteuse était une jeune femme de dix-neuf ans enceinte, qui avait déjà deux enfants placés en famille d'accueil. Elle voulait obtenir des visites conjugales avec leur père, et elle n'apprécia pas vraiment la réponse que je lui donnai. Dépendante affective, me dis-je en voyant son visage se tordre en une grimace avant qu'elle ne se précipite sur moi par-dessus la table. Nina s'interposa et obligea la fille à reculer. Je ne savais même pas quel était son crime, mais il semblait évident qu'un homme était au cœur de son affaire, comme pour toutes les autres.

En fin de soirée, le signal sonore se déclencha pour nous renvoyer dans nos cellules. Je saisis le stylo et le papier et rejoignis la file qui se dirigeait vers la salle commune. Après une soirée à écouter leurs histoires, je me sentais comme l'une d'elles. J'étais peut-être le seul visage blanc parmi elles, et certainement la seule dotée d'un diplôme universitaire, mais j'avais moi aussi été tirée vers le bas par les hommes dans ma vie. Dans un monde sans David, sans Roger et surtout sans Ingram Barrett, je ne serais pas non plus ici. Je passai le trajet jusqu'au bloc C à visualiser un monde sans Ingram Barrett.

Mais il fallait que je me concentre sur l'essentiel : l'acquittement avant la vengeance. Je devais écrire à David afin de comprendre exactement ce qu'il avait fait pour m'envoyer ici.

Au début, nous nous écrivions tout le temps. C'était juste un petit jeu entre amoureux, puisque nous vivions ensemble et nous voyions matin et soir. Mais il y avait quelque chose d'excitant à ouvrir mon sac au bureau et à y trouver une lettre de David, une ode à notre amour de la nuit ou un éloge de ma silhouette, en des termes qui auraient été vulgaires s'il n'avait pas été un écrivain si talentueux. Mais David s'y prenait aussi bien avec les mots qu'avec son corps. Je relisais sa lettre pendant le déjeuner, puis encore une fois pendant mon trajet du soir, et en rentrant à la maison, je le désirais de nouveau.

Quand avait-il écrit sa dernière lettre ? J'essayai de me le rappeler. Peut-être bien le 15 septembre 2008. Le jour de la fin du monde. Et quand avais-je écrit la dernière des miennes ? Probablement un an plus tard, lorsque j'avais trouvé l'une d'elles encore scellée à la poubelle et que j'avais compris qu'il n'y avait plus d'intérêt à continuer.

J'atteignis ma cellule et m'arrêtai net. Quelqu'un était là, en haut du lit superposé, tirant un drap-housse sur le matelas. Tout ce que je voyais d'elle, c'était sa croupe tournée vers moi dans son uniforme orange. Puis elle sauta du lit et atterrit comme une gymnaste.

— Oh, salut, dit-elle en se retournant.

Elle était toute petite, asiatique, avec de longs cheveux noirs attachés en queue-de-cheval haute. Elle avait fait un nœud avec les bords de sa chemise d'uniforme devant sa poitrine pour découvrir son nombril. Elle aurait pu avoir treize ou trente ans, avec son allure de pop star adolescente.

— Je pense tu es ma codé ? dit-elle.

Je suis Shay.

— Mon nom Jingjing.

Je m'assis au bureau et pris le stylo. Il me restait quinze minutes avant le couvre-feu. J'écrivis : « Cher David. Tu as peut-être entendu… »

— Je suis pas une criminelle, dit la fille.

— Moi non plus, répondis-je.

« … ce qui s'est passé dans l'ascenseur. »

— En fait, je suis inculpée de rien. Juste témoin matériel.

— Ah ?

C'était intéressant. Je relevai les yeux de la page. Je pouvais apprécier ce nouveau privilège de femme blanche en prison : avoir une codétenue qui n'était rien d'autre qu'un témoin.

— Témoin de quoi ?

Jingjing prononça sa réponse avec une précaution particulière, comme si elle avait été préécrite, et sans la moindre trace d'accent cette fois :

— Traite internationale d'êtres humains.

Mon seul visiteur était mon avocat commis d'office, Harold Watkins. Un quadra qui traînait un surpoids inquiétant et semblait toujours à bout de souffle. Il était plus expérimenté que les avocats commis d'office assignés à la plupart des autres prévenues – une accusation de meurtre justifiait un avocat d'expérience –, mais comme il était question de meurtre au second degré seulement, je le soupçonnais de n'être guère plus qu'un exécutant. Malgré tout, je le trouvais impliqué. Notamment pour essayer de me convaincre de plaider coupable : le procureur pourrait alors modifier à mon avantage l'accusation en meurtre plutôt qu'en assassinat, ce qui, selon lui…

Je le coupai net :

— Aucun arrangement, dis-je, et je lui tendis une page dactylographiée.

À ce moment-là, j'avais suffisamment gagné la confiance de mes superviseurs de bureau pour pouvoir utiliser l'équipement informatique, et je m'en étais servie pour préparer une liste de tâches pour Watkins. La loi me donnait le droit de mandater un cabinet d'avocats payé par le gouvernement, et j'avais bien l'intention de l'utiliser. J'avais fait du chemin depuis mes vingt-cinq ans, à l'époque où j'avais encore trop d'orgueil pour réclamer les allocations-chômage qui m'étaient dues.

Watkins parcourut la page et releva les yeux avec un froncement de sourcils.

— Engager un expert en analyse vidéo ?

— Ils ont trafiqué la vidéosurveillance, je le sais. Un expert peut le prouver.

— Peut-être. Contre rémunération. Une grosse rémunération.

— Oui, vous devez demander au tribunal de débloquer des fonds pour engager un expert.

Je lui remis une requête que j'avais déjà rédigée en ce sens.

Il lut les pages en diagonale.

— Les chances sont assez minces.

— Ça ne coûte rien de demander. Et vous, vous n'aurez aucun surcroît de travail, j'ai déjà fait tout le boulot.

Il fronça les sourcils d'une manière qui laissait penser que j'étais son pire client. Mais je m'en fichais. Je n'étais pas là pour me faire des amis, seulement pour influencer les bonnes personnes. Plus précisément, j'espérais influencer le procureur désigné, un substitut du nom de Max Harper. Watkins avait raison, je ne devais pas aller jusqu'au procès. Je voulais faire en sorte que les accusations soient abandonnées bien avant. Je semais des petits cailloux comme autant d'indices et comptais sur Harper pour en suivre le chemin.

Watkins continua de parcourir la liste des tâches.

— Une déposition de votre frère, dit-il en manquant de s'étouffer. À Leavenworth, au Kansas.

— Il témoignera qu'il ne m'a jamais vendu ou donné d'arme.

— Évidemment qu'il le fera. Personne ne s'attendrait à autre chose, ni de votre frère ni d'un criminel condamné.

Il prit son stylo et barra cette tâche.

— Un voyage au Kansas ? C'est ce que j'appelle un surcroît de travail.

Je serrai la mâchoire, mais passai à la tâche suivante de la liste : faire retirer ma mallette des objets sous scellés.

Il leva les sourcils, soulevant des plis charnus sur son front.

— Et pourquoi ça ? Il y a quoi dedans ?

— Des documents confidentiels de l'entreprise.

— Qui disent quoi ?

— Désolée. Secret professionnel.

— Vous ne travaillez même plus pour eux.

Je haussai les épaules.

— D'ailleurs, vous récupérerez votre cartable à la fin de l'affaire.

— Je veux que vous déposiez une requête maintenant.

— Pourquoi ?

— Pour attirer leur attention.

Il éclata d'un rire sec qui ressemblait davantage à une prise d'air urgente.

— Je pense que vous l'avez déjà.

— Je veux la rediriger.

Il me regarda longuement.

— J'aimerais bien savoir ce que vous me cachez.

— Rien que vous ayez besoin de savoir.

Je passai au dernier point de ma liste : interroger David. Je lui avais déjà écrit plusieurs fois, sans réponse. En l'absence de possibilité d'avoir une conversation conjugale, je demandais à mon avocat d'aller lui parler pour moi.

— On a déjà essayé, plusieurs fois, dit Watkins. Personne n'est jamais chez lui.

— Essayez encore, dis-je en me levant pour mettre fin à l'entretien.

Watkins soupira, ou peut-être respira-t-il simplement trop fort en se soulevant de sa chaise.

Après son départ de la salle de visite des avocats, je me déplaçai à la table d'à côté, où Jingjing attendait le sien. Mais ce n'était pas un avocat de la défense : c'était une assistante du bureau du procureur qui venait s'entretenir avec elle régulièrement, ainsi qu'avec les autres travailleuses du sexe secourues lors de l'opération « Super Bowl », pour préparer leur témoignage en vue du procès des proxénètes. Lors de leur deuxième rencontre, Jingjing me présenta comme son avocate et insista pour que j'assiste à chaque entretien.

— C'est complètement contraire à la procédure, se plaignit la substitut, mais elle finit par m'autoriser à rester.

Vis-à-vis des agents du procureur, Jingjing marchait sur un fil. Elle devait leur fournir suffisamment d'informations pour qu'ils continuent de la considérer comme un témoin potentiel et maintiennent sa protection – mais pas trop non plus pour que ses proxénètes ne puissent pas deviner d'où venait la fuite. Aujourd'hui, la substitut avait une série de photos à présenter à Jingjing.

Parmi elles, les portraits judiciaires de dizaines d'hommes, à la fois proxénètes et clients. La substitut voulait que Jingjing identifie ceux qu'elle reconnaissait.

— Travail difficile, dit Jingjing en parcourant les pages plastifiées.

— Vous nous avez dit que vous voyiez les chefs tous les jours. Vous devez bien savoir à quoi ils ressemblent.

— Vous comprenez pas. Tous les Blancs ressemblent pour moi.

La substitut du procureur roula des yeux tandis que je réprimais un sourire.

— Attendez.

Jingjing s'arrêta soudainement sur l'une des photos.

— Je connais cet homme. Je connais très bien !

La substitut retourna la planche de photos vers elle pour voir où Jingjing pointait le doigt et leva les yeux sur elle avec un éclat d'excitation dans le regard.

— Vraiment ? Vous pouvez l'identifier clairement ?

— Oui oui.

Jingjing s'enfonça sur sa chaise et croisa les bras.

— Je vu tous ses films.

La photo était celle de Luke Rafferty, acteur à temps plein, client à temps partiel.

Après le départ de la substitut du procureur, je me rendis à la cantine accompagnée de Jingjing. À chaque visite, la substitut renflouait son compte, que Jingjing allait vider aussitôt. Elle en riait sur le chemin du retour vers nos cellules, en partageant avec moi un paquet de chips.

— Ils croient c'est une chose horrible pour moi de me garder ici, dit-elle. Mais c'est bien pire dehors.

Depuis huit ans, elle dormait par terre dans une pièce à l'arrière d'un des salons de massage où elle travaillait. En guise de repas, elle faisait bouillir de l'eau au micro-ondes et y ajoutait du riz et du bouillon en poudre.

— Ici, j'ai un matelas et de la bonne nourriture. Et pas d'hommes dégoûtants.

Elle sourit.

— Et une nouvelle meilleure amie !

Parfois, je ressentais presque la même chose. À Valhalla, je dormais au chaud, je profitais de douches bouillantes et je me remplissais l'estomac tous les jours. Je pouvais faire du sport gratuitement à la salle. Grâce à Nina et à notre bureau d'aide juridique, je ne me sentais pas menacée par les autres détenues, et j'avais une « codé » agréable. En un mois, nous étions devenues inséparables.

De vraies amies. La première que je m'étais faite depuis plus de cinq ans. Finalement, le seul véritable inconvénient de ma situation était l'enfermement.

Ça ne dérangeait pas Jingjing. Elle n'avait pas été libre à l'extérieur non plus. Et son unique alternative, selon le bureau du procureur, était un centre de rétention administrative, puis l'expulsion du pays. Elle me confia qu'elle préférait passer le reste de sa vie à Valhalla plutôt que de retourner dans son village du Yunnan. Elle ne savait pas si sa famille y était toujours, et elle s'en fichait. C'étaient eux qui l'avaient vendue aux trafiquants.

L'ennui était la seule chose dont elle se plaignait. Parce qu'elle était retenue ici en tant que témoin matériel et non en tant que détenue provisoire, elle était dispensée du travail qu'on imposait aux autres. Sans affectation et sans compagnie, puisque j'étais au bureau la majeure partie de la journée, elle ne savait pas quoi faire de son temps. Trois autres victimes de proxénétisme étaient hébergées dans l'unité des femmes en vertu des mêmes ordonnances de témoins, et elles étaient également dispensées de travail, mais Jingjing ne voulait rien avoir à faire avec elles.

— Elles sont de Malaisie, dit-elle d'un air méfiant.

Elle mangeait avec moi, faisait du sport avec moi et s'asseyait à mes côtés pendant les consultations du soir, prenant même des notes.

— Peut-être je peux venir travailler avec toi ? avait-elle suggéré après sa première semaine.

— Tu t'ennuierais aussi là-bas, lui dis-je. À regarder des gens avoir la tête dans les chiffres toute la journée.

— Peut-être je pourrais aider. Je suis douée en mathématiques.

Et en effet, elle se révéla particulièrement douée, surtout en comptabilité, s'en sortait très bien pour l'organisation, la classification de documents, et, si elle avait un script à lire, elle pouvait tenir une conversation téléphonique en y mettant les formes. Au début, nos superviseurs étaient sceptiques, mais assez vite ils furent tout heureux de faire installer un autre bureau pour Jingjing.

— Comment tu as appris tout ça ? lui avais-je demandé un soir quand nous étions seules dans notre cellule.

Nous discutions souvent après l'extinction des feux alors que le vacarme descendait progressivement dans le bloc et que la neige tombait doucement sous notre fenêtre.

— Promis de ne pas le dire ? chuchota Jingjing depuis son lit du dessus.

— Bien sûr, je ne dirai rien.

— Parce que ça pourrait être de gros ennuis si la police découvre.

— D'accord, voilà ce qu'on va faire. Laisse-moi tomber un Snickers.

— O… OK.

Jingjing semblait sceptique, mais une barre de chocolat atterrit sur ma couverture.

— Voilà, tu m'as payé une avance, je suis devenue ton avocate et tu es ma cliente, donc tout ce que tu me dis est couvert par le secret professionnel.

— Qu'est-ce que ça veut dire, « secret professionnel » ?

— Ça veut dire que c'est un secret que je ne peux jamais révéler à personne sans ton consentement.

— Ah. Bonne affaire, dit-elle.

Elle me raconta que pendant les premières années de sa captivité, elle n'était qu'une prostituée classique, confinée dans une petite pièce où elle couchait avec une vingtaine de clients par jour. Mais progressivement, elle avait eu l'occasion de montrer son talent en mathématiques à ses chefs. Elle calculait le chiffre d'affaires de la journée dans sa tête et leur donnait son estimation, qui s'approchait à chaque fois si près du chiffre réel que les chefs avaient décidé de lui faire tenir la caisse quand aucun d'eux ne pouvait être présent. Un gardien était toujours posté à la porte, mais il était là pour ses muscles, pas pour son cerveau. C'est donc Jingjing qui accueillait les clients, leur présentait la carte des services et leurs tarifs, puis encaissait l'argent avant de les diriger vers une chambre. Les chefs étaient satisfaits ; elle les libérait de cette tâche et leur permettait de se concentrer sur le recrutement de nouvelles filles. Elle n'avait presque plus besoin de faire des passes.

— Alors ça veut dire je suis aussi proxénète ? demanda-t-elle.

— Non, dis-je pour la rassurer. Tu n'as pas à t'inquiéter. Même si la police le savait, ils ne t'accuseraient pas. Tu étais toujours sous leur emprise. Et les chefs tiraient toujours profit de toi.

Jingjing hésita.

— Mais si je fais l'argent aussi ?

— Comment ?

Son chuchotement devint encore plus faible :

— Les hommes, ils viennent, ils demandent combien pour une finition main, oui ? Et c'est vingt dollars. Mais des fois je leur dis quarante. Je sais lesquels vont payer. Ceux qui viennent déjà excités, ils veulent très fort une chambre, ils disent pas non.

— Donc tu ne donnais que vingt dollars aux chefs ?

— Oui.

— Et les vingt dollars supplémentaires ?

— J'ai un endroit spécial où je les cache. Après, un ami vient les chercher et met à la banque pour moi.

Son chuchotement devint profond et rauque :

— J'ai vingt mille dollars à la banque.

— Wow, dis-je avant de demander : Tu fais confiance à ce type ?

— Bien sûr. Il est fou de moi.

— Alors pourquoi il ne paie pas ta caution pour te sortir d'ici ?

— Je lui ai dit de pas le faire. Les chefs voudraient me retrouver s'ils pensent que je témoigne contre eux. Je suis en sécurité plus ici que dehors.

— Jingjing, dis-je après un moment. Tu es la personne la plus intelligente que j'aie jamais connue.

Un rire satisfait retentit depuis le lit d'en haut.

— Mais ce petit ami, dis-je, comment tu l'as rencontré ?

La tête de Jingjing surgit par-dessus le rebord de son lit, et elle me lança un regard dédaigneux.

— À ton avis ?

Il s'écoula six semaines avant que je reçoive du courrier à Valhalla. Il arriva dans une épaisse enveloppe en papier kraft qui avait déjà été ouverte et maladroitement refermée avec du scotch. Mon nom et l'adresse de Valhalla étaient imprimés sur le devant. Je ne reconnaissais pas l'écriture, mais l'adresse de retour était celle de ma rue dans le Bronx. Ça ne pouvait être que David.

Je portai l'enveloppe jusqu'à ma cellule, arrachai l'adhésif et la secouai pour en extraire le contenu qui forma un tas sur mon lit. Toutes les lettres que j'avais envoyées à David.

— Mauvaises nouvelles ? me demanda Jingjing en observant mon visage.

— Il m'a renvoyé toutes mes lettres.

— Crétin, dit-elle.

— Non, attends.

Je triai les enveloppes. L'une d'elles n'était pas adressée à David mais à moi, dans la même écriture que celle de la grande enveloppe. À l'intérieur, il y avait une facture pour notre dernier mois de loyer avec le détail des dégâts causés à l'appartement, en plus du montant de notre caution. La copie d'un préavis d'expulsion, daté du 2 mars, était également jointe.

— Ce n'est pas David, dis-je. C'est notre proprio.

— Donc David est pas un crétin ?

— Pas sûr.

S'il avait été expulsé, il n'avait pas pu recevoir mes lettres. Mais je me demandais si, même quand il y était encore, il ne les avait pas laissées par terre sans les ouvrir pour que le propriétaire les ramasse lui-même et me les fasse suivre. Ou bien était-il déjà parti avant même que la première lettre arrive ? Peut-être avait-il déménagé le jour même de mon arrestation.

Jingjing prit le préavis d'expulsion.

— Alors, il vit où maintenant ?

Je haussai les épaules.

— Et avec quel argent ?

Elle était vraiment la personne la plus intelligente que je connaissais. Elle avait mis le doigt sur la seule question qui valait d'être posée.

Cet après-midi-là, nous étions toutes les deux convoquées au bureau de visite des avocats en même temps, moi pour voir mon commis d'office et Jingjing pour voir la substitut.

— Ça ira, toute seule ? lui demandai-je en entrant dans la pièce.

Harold Watkins était assis à une table à l'opposé de celle où s'était installée la substitut.

— Je peux me débarrasser du mien si tu veux que je vienne avec toi.

— Non, va parler avec M. Grolard. Je me débrouille bien avec Mme Lagarce.

Elle s'éloigna, et je m'assis en face de Watkins.

— J'ai des nouvelles.

Un sourire suffisant se dessina sur ses joues rondes.

— La requête pour les fonds d'expertise a été refusée.

Son annonce ne provoqua aucune réaction. Je ne m'attendais évidemment pas à gagner cette requête. Ce n'était pas le but.

— Moi aussi, j'ai des nouvelles, dis-je.

Je posai le préavis d'expulsion sur la table sous ses yeux.

— Il était forcément affiché sur la porte. Donc votre équipe est censée l'avoir vu.

Watkins fronça les sourcils en regardant le papier.

— Ils m'ont seulement dit que personne n'était sur place.

— Ils n'y sont même pas allés, lui dis-je à voix basse.

Il eut la décence de se mettre à rougir.

— Je vais enquêter là-dessus, d'accord ?

— Est-ce que vous avez déposé une requête pour la restitution de ma mallette ?

— Il n'y a pas de réel intérêt…

— Tenez.

Je posai une nouvelle feuille sur la table.

— Je l'ai rédigée pour vous. Ajoutez-la au dossier.

— Écoutez.

Il joignit les mains sur la table et se pencha en avant.

— Ils ont été conciliants. On va vers un arrangement.

Je regardai la chair de son annulaire que son alliance faisait enfler. Ses autres doigts étaient roses mais celui-ci était blanc. L'anneau coupait la circulation du sang. Il allait droit vers une amputation.

— Pas d'arrangement, dis-je. Je vous l'ai dit.

— Vous savez, il y a beaucoup de sympathie pour vous, dans cette affaire. Les gens comprennent ce que c'est d'être coincé dans un ascenseur. En plus de tout ce qui se passait dans votre vie par ailleurs ! N'importe qui aurait pu craquer. Le procureur est disposé à prendre tout ça en considération.

— Dites-lui plutôt de prendre ceci en considération, dis-je. Je n'ai pas été licenciée, la vidéo était trafiquée et le CV était modifié.

Il soupira bruyamment comme un soufflet de forgeron.

— La société vous a piégée, c'est ce que vous dites.

— Oui ! C'est ce que je dis depuis le début.

— Ils se seraient donné tout ce mal juste pour étouffer un suicide.

Il roula des yeux.

— Ils ont leurs raisons. Des raisons qui n'ont rien à voir avec moi.

Il leva en l'air ses mains grasses.

— Alors dites-moi de quoi il s'agit !

— Déposez la requête. Récupérez ma mallette. Trouvez David. Ensuite, je serai heureuse de vous le dire, à vous, au procureur et à tout le monde.

Je me levai et cherchai Jingjing du regard, mais elle avait déjà quitté la pièce.

— Il faut que vous la fassiez enlever, dis-je à Watkins.

— Quoi ?

Je pointai son alliance, qu'il continuait de fixer du regard au moment où je quittai la salle de visite.

Ma propre alliance était conservée avec mes vêtements civils dans un casier de la prison, mais tout au long de l'après-midi, pendant le travail, je pouvais sentir sa pression autour de mon doigt comme la douleur étrange que les amputés ressentent dans leur membre absent. Je tapais furieusement sur les touches de mon clavier. J'étais incarcérée depuis six semaines, et aucune de mes stratégies pour me sortir de là ne fonctionnait. Si David restait introuvable, je ne pouvais pas prouver que la pile de CV était une contrefaçon. Ma requête pour les fonds d'expertise avait été rejetée, mais plus important encore, elle n'avait pas incité le procureur à examiner de plus près les vidéos de CDMI.

C'était la ligne de conduite que j'avais choisie dès que j'avais compris que ma crédibilité était réduite à néant : s'ils ne croyaient pas à ma vérité, alors je laissais des indices pour qu'ils la découvrent par eux-mêmes. Mais ils ne remarquaient rien. Ma stratégie était un échec.

J'éteignis l'ordinateur à la fin de mon service. Jingjing n'était pas revenue au bureau l'après-midi, et quand je retournai dans notre cellule, elle n'était pas là non plus. Les lettres que j'avais envoyées à David étaient toujours éparpillées sur mon lit. Je les regardai, me demandant où était Jingjing, me demandant où était David, mes pensées tourbillonnant dans ma tête jusqu'à ce que je me jette finalement sur mon lit mortuaire, et que j'enfouisse mon visage dans le tas d'enveloppes et que mes larmes se confondent avec leur encre noire.

Je n'entendis pas Jingjing revenir, mais je sentis ses bras autour de moi et sa voix murmura doucement :

— Tu manqueras aussi. Beaucoup. Mais on sera toujours amies. Je t'écris des lettres tous les jours.

Je me retournai et la regardai.

— Comment ça ?

— Je vais te donner mon numéro de téléphone et tu m'appelles. On parlera comme ici.

J'essuyai mes larmes avec mes mains pleines de taches d'encre.

— Tu pars ?

Il me fallut quelques minutes pour lui tirer les vers du nez et remettre les pièces de son histoire dans l'ordre. Le gouvernement avait décrété que le témoignage de Jingjing ne serait pas nécessaire au procès des proxénètes. Son ordonnance de témoin avait été annulée et elle était libre de partir, avec la gratitude du gouvernement.

— Mais… et les Services de l'immigration ?

— Mon petit ami vient déjà me chercher. Je serai partie avant qu'ils sachent que je suis libre.

— Et tes anciens chefs ?

Elle sourit.

— Je m'inquiète pas pour ça.

Le gouvernement avait déposé sa liste de témoins, et le nom de Jingjing n'y figurait pas. Elle n'était plus une menace pour les trafiquants. Elle était simplement un actif manquant, et elle avait bien l'intention de le rester.

— Je m'inquiète seulement pour toi, mon amie, dit-elle d'un air triste.

Chaque fois que je pensais avoir touché le fond dans ma vie, quelque chose venait me rappeler que je pouvais tomber encore plus bas. Au point qu'une ancienne esclave sexuelle ait pitié de moi. Je me forçai à sourire.

— Ne t'inquiète pas pour moi, dis-je, puis je lui donnai une dernière étreinte et l'aidai à rassembler ses affaires.

22

Barrett était en communication avec les auditeurs pour discuter de la « matérialité » et des responsabilités potentielles de l'entreprise qui devraient être précisément divulguées. Depuis que les choses s'étaient calmées autour de l'incident de l'ascenseur – c'est ainsi qu'il pouvait maintenant le désigner, un « incident » –, il avait davantage de temps pour les occupations plus terre à terre. Il avait même réussi à organiser une escapade avec ses enfants. Ils réclamaient chacun son « moment papa », comme ils l'appelaient, mais il ne pouvait pas effectuer quatre séjours séparés, avec un tête-à-tête pour chacun. Ils allaient donc passer les sept prochains jours tous ensemble. Ce serait la première fois depuis le divorce.

Barrett s'opposait aux comptables pointilleux et à leur insistance pour bien signaler la moindre réclamation lorsqu'une alerte de Ma Belle retentit sur son bureau. Il recevait des dizaines de ces alertes chaque jour et il n'y jeta qu'un vague coup d'œil. Ce n'était qu'une notification concernant l'un des nombreux dossiers civils qu'il suivait. Puis il regarda de nouveau. Celle-là était une notification concernant un dossier pénal : *État contre Lambert*.

L'affaire n'avait pas fait de remous pendant des semaines, et une fois Lambert à l'ombre dans la maison d'arrêt du comté, il l'avait oubliée peu à peu. Mais lorsqu'il se connecta au site des affaires publiques, il vit que l'avocat commis d'office avait déposé une requête pour la restitution de sa mallette. La requête soutenait que celle-ci contenait des documents qui n'étaient pas pertinents pour les accusations portées contre Lambert, mais qui avaient de la valeur pour elle. La requête ne précisait pas de quels documents il s'agissait.

Il passa en revue les différentes possibilités. Elle était restée au bureau toute la journée ce dimanche-là, mais elle n'était pas allée au Labo, et d'ailleurs Lester Willard était certain qu'elle n'avait jamais fait sortir la moindre feuille d'un de ces dossiers. Ce n'était probablement rien : des lettres de recouvrement de ses nombreux créanciers, peut-être, ou des poèmes qu'elle écrivait dans le train. Mais quand même…

— On en reparle demain, dit-il aux auditeurs, puis il raccrocha. Marcia, faites venir Culligan, dit-il d'une voix forte vers le plafond.

— Tout de suite, monsieur Barrett.

— Non, attendez. Dites-lui de me rejoindre au service tech dans cinq minutes. Avec la vidéo.

— Quelle vidéo dois-je lui demander ?

— Il saura.

Culligan arriva avec cinq minutes de retard, le visage rougeaud et brillant.

— Quoi de neuf ? dit-il en reprenant son souffle.

Barrett balaya la pièce du regard. Une demi-douzaine de jeunes hommes étaient assis devant leur ordinateur, les yeux rivés à leur écran mais écoutant probablement chaque mot qu'il prononçait.

— Il y a un gars à toi là-dedans, c'est lequel ?

— Jason, dit Culligan en claquant des doigts.

Un jeune chauve en pantalon chino et baskets montantes se leva pour les rejoindre.

Barrett les réunit en cercle et expliqua à voix basse :

— Nous devons regarder les images de cette nuit-là et voir ce qu'elle a mis dans sa mallette avant de partir d'ici.

Culligan se gratta le menton.

— Je doute que ça apparaisse.

— Ça pourrait, dit le jeune geek.

Il retourna à son poste et inséra la clé USB que Culligan lui avait remise. Barrett se pencha pour regarder l'écran pendant que le fichier se chargeait et que la lecture commençait. Culligan se pencha également, et Barrett sentit une odeur de scotch se dégager de lui. Il était 11 heures du matin.

— Voilà, dit le jeune.

Il mit une image en pause, sur laquelle on voyait à travers la porte ouverte du bureau de Shay Lambert. Elle était debout à son bureau et glissait des papiers dans la sacoche en toile usée qu'elle appelait sa « mallette ».

Barrett plissa les yeux devant l'écran. Ce devait être les documents qu'elle voulait récupérer, ceux qui étaient censés avoir une valeur pour elle. Impossible de savoir de quoi il s'agissait.

— Vous pouvez faire un agrandissement ?

— Voyons voir.

Le jeune homme se mit à fredonner. Il bascula sur un autre écran, appuya sur quelques boutons, puis revint à l'écran initial.

— Et voilà.

Barrett se pencha à nouveau. L'image fixe montrait un gros plan des documents que Lambert tenait en main. La page du dessus ressemblait à un formulaire imprimé ou dactylographié, mais le texte était bien trop flou.

— Bon, ça sert à rien, dit Culligan.

Barrett poussa le jeune homme et approcha son visage tout près de l'écran. Il y avait un Post-it collé sur la première page, et il put à peine distinguer la notation manuscrite : *Tous les employés masculins.*

— Mais qu'est-ce que…

Il s'interrompit quand le logo en haut du formulaire imprimé lui apparut plus nettement. À première vue, il avait cru qu'il s'agissait de la colombe blanche de la société. Mais non, ce n'était pas le même oiseau. Sous le choc, il réalisa que c'était un faisan thaïlandais – l'oiseau national du pays.

— Oh, merde, murmura-t-il.

— Quoi ?

— Regarde.

Culligan se pencha à son tour.

— L'oiseau ?

— C'est le logo d'APU Transport.

Culligan se tourna vers Barrett, stupéfait.

— Elle a les contrats des charters ?

— Elle *sait.*

— Peut-être qu'elle ne sait rien, dit Culligan quand ils furent de retour dans le bureau de Barrett. C'est vrai, ces vols auraient pu servir à n'importe quoi.

— Bien sûr qu'elle sait, grogna Barrett.

Il avait encore foiré dans les grandes largeurs en embauchant quelqu'un d'aussi futé. Ce n'était pas comme si le job demandait un génie. N'importe quel assistant juridique de base aurait pu s'occuper de ces documents. Mais voilà, c'était encore sa manie de rehausser sa propre valeur en ayant toujours sous ses ordres la crème de la crème. Une habitude stupide et potentiellement autodestructrice.

— Pourquoi elle aurait fait sortir les documents de ce putain de bâtiment ?

D'ailleurs, en y réfléchissant bien, tout ça était la faute de Culligan.

— Comment tu as pu laisser faire tout ce bordel ? Tu étais censé avoir un système en place. Elle n'était pas supposée sortir de la pièce la moindre feuille de papier.

— Elle l'a pas fait ! Ces documents n'ont jamais été dans la pièce !

Barrett se leva et se rapprocha jusqu'à se trouver nez à nez avec lui. L'odeur de scotch s'était mélangée à celle de la sueur.

— Et alors quoi, elle ne les a pas sortis de nulle part !

Le front brillant de Culligan se tendit.

— Elle a pu voir une référence à APU dans les comptes fournisseurs. Puis… je sais pas… elle a fait des recherches par elle-même.

— « Je sais pas », railla Barrett. Putain de merde, je te paie pour savoir !

— Je vais aller lui parler. Je vais voir ce qu'elle sait.

— Ouais, fais ça, Jack.

Il pointa un doigt sur la poitrine de Culligan.

— Et tu ferais mieux d'apprendre qu'elle ne sait rien du tout.

L'homme avala sa salive avec difficulté.

— Et si c'est pas le cas ?

— Alors nous n'aurons plus le choix. Nous devrons payer sa caution et la faire sortir.

Culligan écarquilla les yeux. Puis il baissa la tête et se précipita hors de la pièce.

23

Des jonquilles sortaient des plaques de neige entassées au bord de la cour de promenade. Je n'en croyais pas mes yeux. Les murs en béton devaient emmagasiner de la chaleur et créer un microclimat qui accélérait leur croissance, en tout cas c'est la seule explication que je trouvais. Ce que je ne comprenais pas, c'est qui avait pu planter les bulbes. Valhalla était réservé aux détenues de courte durée. Presque toutes les filles qui étaient dans le bloc C à mon arrivée étaient parties. Certaines pour leur procès, la plupart après avoir négocié des accords ; certaines pour retrouver la liberté, la plupart pour Bedford Hills ou je ne sais quelle autre institution pénitentiaire pour femmes. Nina était partie ; son lieutenant, Danita, avait la charge du bloc et organisait mes consultations du soir. Deux des trois Malaisiennes avaient été libérées, vraisemblablement considérées comme témoins non pertinents, tout comme Jingjing.

Celle qui avait mis ces bulbes en terre devait savoir qu'elle ne resterait pas assez longtemps pour les voir fleurir. C'était comme un vieil homme plantant un arbre en sachant qu'il serait mort bien avant qu'il ne lui fasse de l'ombre : il le

faisait pour les générations futures. Une détenue devait avoir planté ces bulbes pour les femmes qui viendraient après elle.
Ou peut-être qu'un oiseau les avait laissés tomber là.

La dernière Malaisienne restée à Valhalla était ma nouvelle codétenue, Bulan. Trois ans plus tôt, elle avait participé à un forum pour l'emploi à Padang. Elle parlait un peu anglais et espérait décrocher un travail de bureau. Au lieu de ça, elle s'était retrouvée dans un conteneur avec deux douzaines d'autres jeunes femmes, toutes destinées à se prostituer aux États-Unis. Depuis, elle avait été transportée d'un endroit miteux à l'autre, de motel en motel, ou dans des salons de massage aussi glauques qu'éphémères. Comme Jingjing, elle était heureuse d'avoir été libérée des hommes qui la contrôlaient, mais contrairement à mon ancienne codé, Bulan voulait simplement rentrer chez elle. Seulement, c'était impossible tant que les avocats du gouvernement considéraient qu'elle devait témoigner contre ses proxénètes.

Bulan s'attacha beaucoup à moi : elle me suivait dans la file de la cantine, s'asseyait près de moi pendant les repas et ne me lâchait pas dans la cour. Elle restait à mes côtés pendant mes consultations du soir. Mais je ne parvenais pas à m'attacher à elle autant qu'à Jingjing. À mesure que la température montait dehors, je devenais de plus en plus froide à l'intérieur. À mon arrivée, j'avais tout fait pour ne pas me faire d'ennemies à Valhalla. Maintenant, j'essayais surtout de ne me faire aucune amie.

Bulan ne semblait pas comprendre les sous-entendus. Après l'extinction des feux, elle s'allongeait sur le lit du dessus et parlait sans arrêt jusqu'au milieu de la nuit. Elle était comme une enfant de douze ans lors d'une soirée pyjama, dévoilant des secrets dans l'obscurité. Jingjing ne s'attardait jamais sur les abus que son corps avait subis, mais Bulan les racontait avec une précision morbide, sans omettre aucun détail. Elle parlait des proxénètes, des clients et des autres filles, et elle avait une histoire pour chacun d'eux. Je l'ignorais autant que je pouvais. Dans le cas contraire, je plaquais mon oreiller sur ma tête pour étouffer sa voix.

L'enfermement me dérangeait depuis le début, mais ce fut encore pire quand le printemps arriva. Je pouvais tolérer d'être cloîtrée quand il y avait de la neige partout et des vents glacés qui traversaient mon manteau trop mince, mais maintenant qu'il faisait plus doux, je détestais chaque instant que je devais passer à l'intérieur. Chaque fois que j'étais autorisée à sortir, je restais plantée, le visage tourné vers le soleil, absorbant chacun de ses rayons par tous les pores de ma peau.

Les lettres de Jingjing n'aidaient pas. Son petit ami avait tenu parole : il lui avait rendu tout son argent et lui avait offert le gîte et le couvert. Et son lit aussi, mais ça ne la dérangeait pas. La seule chose dont elle se plaignait était qu'elle ne pouvait pas trouver d'emploi, du moins rien de légal, tant qu'elle n'avait pas de permis de travail. À part ça, ses lettres étaient toujours ensoleillées. Elle parlait de promenades sur la plage, de barbecues sur la terrasse de George, des fleurs jaunes qui poussaient dans son petit jardin, et tout ça me donnait à chaque fois le sentiment d'être enserrée dans une camisole de force, mes bras et mes jambes entravés si fort que je me sentais au bord d'exploser.

Ça avait été mon idée de ne pas insister pour hâter mon procès. J'étais persuadée que le ministère public allait suivre l'un de mes indices et rouvrir l'enquête. Pour ça, j'étais prête à attendre. Mais c'était à l'époque où mon espoir était encore à toute épreuve, comme ces jonquilles bravant la neige.

L'instruction n'avait pas suivi. Je m'étais lourdement trompée dans mes calculs.

Le monde bruissait dehors et je brûlais d'envie d'en être. Je fus d'autant plus agacée quand une gardienne me fit sortir de la file en route vers la promenade, alors que j'étais à seulement dix mètres de la cour. C'était la même gardienne qui m'avait conduite à ma cellule, la première nuit.

— T'as une visite, grogna-t-elle.

Il n'y avait qu'un nom sur ma liste de visiteurs autorisés : Harold Watkins, mon avocat, mais nous n'avions pas rendez-vous. S'il avait fait le déplacement, ça voulait dire que quelque chose avait enfin avancé. Je fis brusquement demi-tour et entraînai la gardienne derrière moi d'un pas rapide pour rejoindre la salle d'entretien.

— Pas là-bas, dit-elle en râlant. Ici.

Elle pointa du doigt le couloir menant à la salle de visite normale, où les détenues recevaient leur famille et leurs amis. Je n'avais jamais été dans cette pièce auparavant.

— Qui c'est ? demandai-je.

La gardienne me tendit une carte de visite, et je faillis avoir un mouvement de recul en voyant la colombe blanche. Je pris la carte du bout des doigts : *John F. Culligan, directeur de la Sécurité d'entreprise*. Je ne l'avais jamais rencontré, mais je reconnaissais le nom. Je longeai le couloir et regardai à travers la vitre de la porte. Il y avait une douzaine de personnes dans la pièce ; une moitié d'entre elles étaient des détenues, les autres étaient des femmes et des enfants en visite. Les enfants étaient rassemblés dans un coin de la pièce parsemé de jouets en plastique de toutes les couleurs, jouant sans enthousiasme pendant que les adultes chuchotaient et se disputaient.

Culligan était assis seul à l'une des tables, mal à l'aise, avec son nœud de cravate de travers et desserré.

— Comment est-il entré ici ? demandai-je à la gardienne. Il n'est pas sur ma liste de visiteurs officielle.

— Le directeur de la prison a personnellement approuvé sa venue.

Évidemment. Culligan avait toutes sortes de passe-droits pour tout ce qui touchait aux forces de l'ordre. Je secouai la tête.

— Eh bien, je ne veux pas le rencontrer.

C'était l'un des rares droits dont disposaient les détenues à Valhalla. Nous n'étions pas obligées de voir qui que ce soit, et je ne voulais voir personne qui travaillait pour Barrett.

La gardienne fronça les sourcils et me bloqua le passage quand je me retournai pour partir.

— OK. Voilà ce qu'on va faire, dis-je. Passe-moi ton stylo.

Elle me le tendit en grommelant, et j'écrivis un mot au dos de la carte : « Je parlerai à Lester. Personne d'autre. »

J'observai à la porte tandis qu'elle transmettait le message. Culligan le lut, puis il leva les yeux et me regarda à travers la vitre. Il me fit un signe de la main pour me dire qu'il aurait besoin de cinq minutes. Puis il se leva et partit.

Dix minutes plus tard, Lester Willard prit sa place et cette fois, j'autorisai la gardienne à me conduire jusqu'à lui. Lester était de loin la personne la plus imposante dans la pièce, mais il avait l'air encore plus nerveux que Culligan. Il ne croisa pas mon regard quand je m'assis en face de lui.

— Bon, qu'est-ce que vous me voulez ? lançai-je.

Il répondit d'une voix étouffée :

— Ils veulent savoir ce que vous savez.

Même lorsqu'il baissait la tête, je devais lever les yeux pour le regarder.

— À propos de quoi ?

— Les documents que vous avez mis dans votre sacoche cette nuit-là.

— Oh.

Je m'appuyai contre le dossier de ma chaise. Ma démarche n'avait pas atteint la bonne cible : plutôt que d'attirer l'attention du procureur, j'avais attiré celle de Barrett. Maintenant, il savait que je savais. Et il pouvait se servir de ma présence ici.

— Vous savez pourquoi j'ai accepté de vous voir, Lester ?

— Non, madame.

— Parce que je suis curieuse. Qu'est-ce que vous saviez à propos de tout ça ?

— À propos de quoi ?

— Le « miracle de la jungle ». Comment ils ont transformé un tas de boue en gisement d'or.

Il secoua la tête.

— J'en sais rien, madame.

Ça avait toujours été sa réponse à toutes les questions que je lui avais posées.

— Fermer les yeux, c'est ça l'idée, Lester ?

Son menton se releva légèrement.

— Je fais mon boulot. C'est tout.

— Peu importe à quel point c'est un sale boulot, n'est-ce pas ?

Il ne répondit pas.

Deux enfants dans l'espace de jeu se mirent à pleurer. J'ignorais à qui ils étaient, mais personne ne s'arrêta de parler pour s'en inquiéter.

Je me levai.

— Eh bien, vous pouvez dire à vos maîtres que j'ai refusé de répondre. Parce que c'est le cas.

Il secoua la tête.

— Vous ne voulez pas que je dise ça.

— Non, vous avez raison. Dites-leur plutôt d'aller se faire foutre.

— Madame, dit-il d'un ton sec en se levant brusquement, ses deux mètres se dressant devant moi. Vous devez faire attention.

Je laissai échapper un ricanement.

— Ils ont déjà fait le pire de ce qu'ils pouvaient me faire. Ils m'ont accusée de meurtre. Qu'est-ce qu'ils vont me faire d'autre ?

Il ne répondit pas, mais il me regarda enfin droit dans les yeux. Il y avait de la crainte dans son regard, et je sentis un frisson me parcourir.

— Ce ne sont pas des mafieux, dis-je. Ils ne vont pas mettre un contrat sur moi ici.

— Ici, peut-être pas, dit-il.

Cette nuit-là, dans le noir, je ruminai la conversation dans ma tête pendant que Bulan babillait au-dessus de moi. Le seul but de ma requête pour la restitution de ma mallette était de pousser l'instruction à jeter un coup d'œil à l'intérieur. Je n'avais pas prévu que Barrett s'y intéresserait aussi. Il ne m'avait jamais traversé l'esprit qu'il surveillerait le registre du tribunal. Grossière erreur de ma part. Aurais-je abattu toutes mes cartes sans le vouloir ?

Et puis il y avait la remarque énigmatique de Lester – « Ici, peut-être pas ». C'était aussi déconcertant que le commentaire de mon commis d'office sur le fait qu'il y avait beaucoup de sympathie pour moi « à l'extérieur ». Parce qu'il n'y aurait pas de « à l'extérieur » pour moi tant que l'accusation de meurtre serait maintenue. Je serais enfermée ici jusqu'à ce que je sois disculpée. Barrett ne pourrait rien contre moi après ça, alors à quoi Lester faisait-il allusion ?

Bulan continuait à épiloguer sur son calvaire. J'en venais à rêver d'une codétenue qui réprimerait ses souvenirs, comme les victimes de stress post-traumatique étaient censées le faire. Ce soir-là, elle ne parlait même pas de son trauma à elle, mais d'un groupe de filles arrivées l'automne dernier. Elles étaient toutes très jeunes, complètement perdues et terrifiées. La seule expérience professionnelle qu'elles avaient, c'était un boulot d'ouvrières dans une usine de couture.

Je m'assis alors dans mon lit et écoutai Bulan attentivement. Quand le trop-plein d'informations m'empêcha de me souvenir de tout, je me levai et commençai à tout retranscrire sur papier, éclairée seulement par la faible lueur de la lune que filtrait la fenêtre étroite.

Le lendemain matin, le soleil brillait si fort à travers la fenêtre de la cellule que les barreaux projetaient des ombres rayées sur le sol en béton. J'avais hâte d'aller en promenade. Les amas de neige durcie devaient avoir fondu, et les jonquilles avoir grandi d'un centimètre. Jusqu'à présent, leurs fleurs étaient restées enfermées dans leurs petits boutons en forme de poing, mais elles allaient enfin pouvoir s'épanouir sans crainte, et parsemer la cour de touches de jaune ensoleillé.

Je me traînais en direction de la porte et m'approchais de la sortie quand la même gardienne appela encore mon nom. Je refusai de me retourner. Je crevais d'envie d'aller dehors.

— Je me fiche de qui c'est, dis-leur que je ne suis pas intéressée ! criai-je.

Elle me sortit de la file en me tirant par le biceps.

Tout à coup, je vis rouge, comme dans l'ascenseur. Je ressentis une telle vague de haine que mon cœur se mit à battre fort, ma tête à surchauffer, et ma vue à vaciller. Je me retournai vers elle, les mains levées, toutes griffes dehors, prête à tuer s'il le fallait.

— C'est pas un visiteur, abrutie, grogna-t-elle. T'es libérée sous caution.

Je reculai en adoptant une mine renfrognée. C'était forcément une mauvaise blague. Un poisson d'avril.

— Ah, dis-je d'un air ironique.

Mais comme elle ne me répondit qu'avec un lent clignement des yeux, je compris qu'elle ne plaisantait pas.

— Je… quoi ?

— Ta caution est payée, imbécile. T'es libre de partir.

Je ne comprenais pas. Je n'avais aucun ami susceptible de payer ma caution. Je n'avais que des ennemis. Et puis, l'avertissement de Lester me revint à l'esprit. Je venais de saisir. Je secouai mon bras pour me libérer.

— Non. Je ne veux pas partir.

— T'as pas le choix !

Les autres détenues entendirent notre dispute et commencèrent à se regrouper autour de moi, me lançant des injures. « T'es débile. » « Espèce d'abrutie. » Elles avaient raison. Il n'y avait qu'une imbécile finie pour refuser d'être libérée. Et la gardienne avait raison : je n'avais pas le droit de refuser. Valhalla n'était pas un hôtel. Je ne pouvais pas appeler la réception et demander à prolonger mon séjour. Même si je disais que ma vie était en danger, et même si le personnel me croyait, il s'en ficherait. Ce n'était plus la responsabilité de la prison du comté de Westchester.

La sortie se faisait beaucoup plus rapidement que l'entrée. Une employée tapa mes formulaires à toute vitesse, puis une gardienne me retira mon uniforme de détention et me lança un sac en plastique contenant les vêtements que je portais le jour de mon arrivée. Je m'habillai puis laçai mes baskets de running. Je retrouvai mon alliance que je glissai dans la poche de mon jean.

Un gardien m'escorta jusqu'à la porte d'entrée. Un signal sonore retentit, un verrou s'ouvrit, et je sortis dans la lumière du jour.

Personne ne m'attendait dehors. Je lançai un regard au gardien. Il haussa les épaules. Ce n'était plus son problème. Il referma la porte et un verrou électronique s'enclencha avec un bruit métallique qui résonna dans la rue.

Le parking était en face de moi, et des rangées de voitures étaient alignées, leurs pare-chocs vers la porte comme si elles n'osaient pas tourner le dos aux criminels. Derrière le parking passait une autoroute à deux voies, et au-delà encore, je pouvais voir une petite forêt. Je mis ma main en visière et balayai les voitures du regard. Il y avait beaucoup de berlines anciennes, quelques SUV, et à ma gauche, une vieille Chevrolet rouillée conduite par une dame âgée avec une ribambelle d'enfants à l'arrière.

Aucune des voitures ne ressemblait à la limousine CDMI, mais Barrett ne serait évidemment pas venu lui-même. Il aurait envoyé Culligan payer ma caution, et même lui serait parti une fois la tâche accomplie. Ils avaient confié leur sale boulot à quelqu'un d'autre. Le « travail de terrain », comme ils l'appelaient. Je devais apprendre le jargon. Quelle voiture pourrait bien conduire un tueur à gages ? me demandai-je, puis je me dis – ou plutôt j'espérai – qu'il n'était pas encore là. Peut-être que ma sortie avait été trop rapide pour eux.

J'avais vingt-deux dollars dans la poche de mon jean, le solde de mes revenus en prison. Je pouvais héler un taxi si j'en voyais passer un, ou prendre le bus. La prison était desservie par une ligne – je le savais pour l'avoir indiquée à David dans une de mes lettres –, mais je ne connaissais pas les horaires et je ne savais même pas quelle heure il était.

J'aurais pu marcher, mais je n'avais pas de manteau et je n'étais pas sûre de tenir bien longtemps, surtout après le coucher du soleil. Et pire, je ne savais toujours pas où aller. Je n'avais plus ni appartement ni bureau. Jingjing m'aurait accueillie, du moins pour quelques jours, mais elle était à Cape May, dans le New Jersey, et il m'aurait fallu davantage que vingt-deux dollars pour m'y rendre. Je décidai alors de trouver le prêteur sur gages le plus proche pour y vendre mon alliance. Avec les vingt-deux dollars, ça devrait me permettre d'aller quelque part.

La grand-mère dans son tas de rouille quittait sa place de parking en marche arrière. J'envisageai de lui faire signe pour lui demander de me prendre, mais je pouvais voir qu'il n'y avait pas un centimètre d'espace libre dans l'habitacle. Elle enclencha la marche avant, et une demi-douzaine d'enfants pressèrent leurs visages contre la vitre alors qu'ils passaient devant moi. À ce moment, un SUV noir s'engouffra dans l'emplacement qu'elle venait de libérer.

Le moteur d'une voiture stationnée à ma droite tournait au ralenti, et je jetai un coup d'œil discret dans sa direction. C'était une grosse Mercedes métallisée, avec un nuage cotonneux qui sortait de son échappement. Un homme en chemise et cravate était au volant, et à côté de lui se trouvait une jeune femme. Les vitres arrière étaient teintées, si bien que je ne pouvais pas voir s'il y avait d'autres passagers. Le conducteur était-il le tueur à gages ? Est-ce qu'un tueur à gages voyageait accompagné ? Ou peut-être que la femme était la tueuse à gages.

Je scrutai les bois de l'autre côté de l'autoroute. Je n'avais pas couru depuis deux mois, mais il semblait que c'était ma seule issue. Je commençai à me frayer un chemin entre les voitures stationnées. La circulation était dense dans les deux sens sur l'autoroute. J'allais devoir zigzaguer pour la traverser.

J'entendis une portière s'ouvrir. Je jetai un coup d'œil vers la droite à la Mercedes, mais ses portes étaient fermées, et le conducteur et la femme n'avaient pas bougé. Je me tournai sur ma gauche tandis que s'ouvrait la portière conducteur du SUV tout juste arrivé. L'éblouissement du soleil rendait le pare-brise opaque, mais une silhouette émergea, et dès qu'elle se redressa et que sa tête dépassa le toit de la voiture, je reconnus Lester Willard.

J'eus un moment d'hésitation, plantée entre deux voitures. Lester était celui qui m'avait dit d'être prudente et avait laissé entendre que Barrett pourrait payer ma caution pour me nuire. Je le regardai par-dessus les toits des voitures. Il me fixa en retour. Je n'arrivais pas à savoir s'il était là pour me sauver ou pour m'éliminer définitivement.

Une autre portière s'ouvrit et ma tête se tourna de l'autre côté. C'était la porte arrière de la Mercedes. Quelqu'un en sortait à son tour.

Je me retournai. Lester attendait près de la portière ouverte du SUV, et alors que le soleil passait derrière un nuage, l'éclat sur le pare-brise disparut, et je pus voir à travers jusqu'au siège passager où se tenait Jack Culligan, immobile.

Un cri s'échappa alors de la Mercedes.

Derrière moi, la prison. À ma gauche, Jack Culligan, à ma droite, l'équipe de la Mercedes pour le sale boulot. Mon seul espoir de fuite consistait à traverser l'autoroute en courant et à me réfugier dans les bois, mais Lester était bâti comme un joueur de football américain et je savais qu'il m'attraperait avant que j'aie parcouru cinquante mètres. J'étais piégée.

J'avais effectivement surestimé les cartes que j'avais en main.

PARTIE 2

24

Sur la terrasse, Barrett se crispait sur sa cigarette tandis que le vent soufflait dans son dos et que les vagues s'écrasaient sur les rochers en contrebas. C'était bien trop tôt pour ouvrir la maison d'été. Il y avait encore eu des averses de neige pas plus tard que la veille, et ce jour-là la température dépassait à peine zéro. La maison était grande, vieille et mal isolée, un délice pendant les doux étés du Maine, mais en avril, le froid était toujours bien ancré dans les murs, le sol et les meubles, et même avec la chaudière fonctionnant sans interruption, il ne s'était pas encore dissipé. L'intendant et la gouvernante qui s'occupaient habituellement de l'endroit étaient en Floride pour l'hiver – Barrett devait regarder de plus près combien il les payait –, il avait donc dû engager une équipe d'intérims qui se révélaient totalement incompétents. Trois jours qu'il n'avait pas bu une tasse de café correcte.

Mais les enfants s'étaient tous mis d'accord pour cette première semaine d'avril, et cette maison était le seul endroit où ils acceptaient de se réunir. Ils prétendaient que la maison à Rye leur rappelait trop de mauvais souvenirs, malgré le fait qu'ils n'y avaient passé que quelques week-ends depuis que Barrett avait acheté l'endroit. Mais voilà, c'était la maison de Mélanie, et Barrett savait pertinemment que le fait que les enfants aient choisi pour cette réunion la semaine où Mélanie se trouvait à Canyon Ranch ne tenait pas du hasard.

Et malgré tout, ils n'avaient encore passé qu'un bref moment tous ensemble. Trey – *Tripp* – et Chloé avaient chacun amené un rencard sans prévenir, et quand ils n'étaient pas enfermés dans leurs chambres, ils sillonnaient la côte dans les petites décapotables que Barrett avait louées pour eux. Courtney était recluse dans sa chambre à elle, occupée à soigner un chagrin d'amour et ayant donné comme instructions claires de la laisser tranquille et de lui livrer ses repas sur un plateau. Quant à Christian, ce gros bébé de vingt-quatre ans, il était partout et nulle part, traînant dans la maison enveloppé d'un nuage de marijuana, un casque vissé sur les oreilles.

Quant à Barrett lui-même, il avait passé les trois derniers jours au téléphone dans son bureau ou dehors en train de fumer frénétiquement une cigarette après l'autre. Depuis le fameux appel de Culligan, quand il avait appris que Lambert faisait de la résistance, il était en gestion de crise permanente. Jusque-là, elle n'avait été qu'un bouc émissaire bien pratique, et il avait même eu de la peine pour elle. Mais désormais, elle n'était rien d'autre qu'une menace. Une menace plus grande que les tarifs douaniers, plus grande que les impôts et les taxes. Plus grande même que Mark Ivins. Elle était la plus grande menace que cette entreprise ait jamais affrontée.

Il avait passé les trois derniers jours à organiser la logistique. Une liasse de billets remise à Culligan pour payer la caution ; une autre liasse pour persuader Lambert de monter dans l'avion ; un passeport d'urgence à son nom ; un billet pour Kuala Lumpur ; et enfin Tony Low qui l'attendrait là-bas.

Tony était l'intermédiaire qui avait géré les ventes d'actifs spéciaux de PsT à l'automne, et il avait fait du bon travail à l'exception de ce dernier chargement, celui qui avait fait craquer Lucy. Or, rien ne devait jamais se produire dans cet hémisphère, la règle avait toujours été la même, et Tony l'avait bien compris désormais. Toute cette opération serait donc menée de l'autre côté de la planète. Il réceptionnerait Lambert à la sortie de l'avion à Kuala Lumpur, récupérerait sa liasse de billets et la livrerait à son client.

À bien des égards, c'était la meilleure solution possible, et Barrett regrettait de ne pas avoir retenu cette option dès le départ. Lambert serait présumée coupable du simple fait d'avoir fui la justice, sans qu'un procès soit nécessaire, ce qui la dispensait aussi de révéler les dessous de l'entreprise. *De facto*, son dossier serait clos. L'enquête sur la mort de Lucy serait terminée. C'était l'issue idéale.

Ce ne serait pas nécessairement un mauvais dénouement pour Lambert non plus : les jolies Blanches étaient très demandées sur le marché. Tony lui trouverait probablement une place de choix et elle finirait concubine d'un oligarque de Hong Kong. Au lieu de passer les plus belles années de sa vie en prison, elle les passerait dans le luxe et l'opulence. À bien y réfléchir, Barrett se disait qu'il lui rendait service, en réalité.

Mais cela supposait que tout se déroule comme prévu. Il attendait toujours l'appel de Culligan pour en avoir la confirmation. Il jeta un coup d'œil à sa montre. Il espérait qu'ils étaient en route vers l'aéroport à cette heure-ci, bien qu'il n'ait à vrai dire aucune idée du temps que prenait le paiement d'une caution. Peut-être que Lambert devait passer par une chambre de désinfection avant d'être libérée. Il essaya encore le numéro de Culligan, mais il tomba de nouveau directement sur la messagerie. Si son téléphone était éteint, ça voulait probablement dire qu'il l'avait remis à la sécurité de la prison. Ou qu'il était encore en train de remplir les formulaires pour libérer Lambert.

Barrett tira une grande bouffée sur sa cigarette et se redressa pour regarder par-dessus le mur de la terrasse. La mer et le ciel étaient d'un gris terne, et les vagues qui s'écrasaient contre la côte rocheuse ressemblaient à des draps froissés et sales. Il avait un goût âcre de goudron et de cendre dans la bouche. Dès que tout serait fini, se promit-il, dès que Lambert serait envoyée à l'autre bout du monde, il arrêterait à nouveau de fumer. Et pour de bon, cette fois.

La porte-fenêtre s'entrouvrit derrière lui.

— Papa ? dit la voix de Courtney depuis l'intérieur de son bureau. On peut parler ?

Il se retourna. Sa benjamine venait enfin de sortir de sa chambre.

— Bien sûr, ma chérie.

Il désigna les deux chaises en bois au bord de la terrasse.

Elle leva les yeux au ciel.

— À l'intérieur, dit-elle d'un ton acerbe avant de disparaître dans le bureau.

Elle portait une robe de chambre rose et avait les cheveux attachés en queue-de-cheval, ce qui la faisait ressembler à une fillette de douze ans.

Il écrasa sa cigarette et la suivit à l'intérieur. Quand il ferma la porte, il entendit des bruits de casseroles qui s'entrechoquaient dans la cuisine et des voix qui parlaient en espagnol. Il se demandait quelle nouvelle tambouille les intérimaires pouvaient bien leur concocter pour le repas du soir.

Il devrait probablement emmener toute la smala dîner dehors une fois encore, et de nouveau, il verrait Tripp examiner la carte des vins jusqu'à ce qu'il trouve la bouteille la plus chère de la cave.

— Qu'est-ce qu'il y a, ma puce ?

Elle mit ses mains sur ses hanches.

— Nous n'avons pas fini notre conversation.

À un moment de leur adolescence, ses deux filles avaient pris l'habitude de parler d'une voix grave et grésillante, comme elle venait de le faire. Ce tic générationnel, que les linguistes américains appelaient *vocal fry*, leur donnait un air supérieurement ennuyé, comme si le monde entier ne leur inspirait que dégoût et mépris.

— À propos de l'appartement.

— Je pensais qu'on en avait fini avec ça, dit-il.

L'année dernière, elle et son ex-petit ami avaient acheté ensemble un loft à San Francisco, Barrett ayant avancé la moitié de la somme, soit un million de dollars, pour Courtney. Maintenant qu'ils s'étaient séparés, elle voulait racheter la part de son ex, et elle avait besoin d'un million et demi de dollars pour le faire.

— Je te l'ai dit, obtiens-moi deux évaluations de sa valeur marchande actuelle, et j'y réfléchirai.

— Pourquoi tu ne peux pas nous croire sur parole ? Aujourd'hui il vaut trois millions.

Il haussa un sourcil.

— Vraiment ? Ou est-ce qu'il ne te facturerait pas des frais de rupture d'un demi-million de dollars ?

— Je m'en fous ! Je veux juste que ça se termine. Je ne peux plus supporter de l'avoir dans ma vie. C'est trop douloureux.

Courtney n'avait pas eu la chance de sa sœur en termes d'apparence physique. Chloé l'appelait « Face de patate », et il fallait bien admettre qu'il y avait quelque chose d'empâté chez elle. Par moments, ses yeux ressemblaient à deux groseilles enfoncées dans une pâte en train de lever. Quand elle était très en colère, comme maintenant, son visage devenait rouge et tacheté, et encore plus ingrat.

— Tu m'as dit qu'il avait emménagé avec une autre fille, dit-il. En quoi est-ce qu'il est toujours dans ta vie ?

— Il est sur le titre de propriété, non ? Donc il a le droit d'aller et venir quand il veut. Comment je suis censée l'oublier, moi, s'il peut se pointer à n'importe quel moment ?

— Alors mets l'appartement en vente, partagez les recettes, et tu n'auras plus à le revoir.

— Pourquoi je devrais abandonner ma maison ? J'aime cet endroit ! C'est la seule chose que j'aime dans ce monde.

— Pas étonnant, dit-il. Un appartement dont la valeur passe de deux à trois millions en à peine un an doit être assez attachant.

Elle leva les bras.

— Donc c'est l'argent qui te pose problème !

— Bien sûr que c'est l'argent. Quoi d'autre ?

— Tout tourne toujours autour de l'argent avec toi. C'est la seule chose qui t'importe !

— Encore heureux. Étant donné la façon dont toi et les autres le gaspillez.

Elle le regarda avec horreur, comme s'il venait d'étrangler un chaton sous ses yeux.

— Je n'en reviens pas que tu puisses dire une chose pareille, dit-elle de sa voix rauque.

Son téléphone vibra dans sa poche. Il se précipita pour prendre l'appel. C'était Culligan, enfin.

— Oh, bien sûr, dit Courtney. Ignore-moi. Ton travail passe toujours avant nous. Ça a toujours été comme ça.

— Jack.

Il tourna le dos pour répondre.

— C'est fait ? Elle est sortie ?

La réponse de Culligan arriva avec un léger décalage.

— Ah oui, elle est sortie.

Sa voix avait quelque chose d'étrange. Encore plus étrange que celle de Courtney. Barrett ouvrit l'application Ma Belle sur son téléphone et activa la caméra embarquée dans le SUV de la société. Elle était cachée à l'intérieur de la clim et lui donnait une vue en contre-plongée de Lester au volant et de Culligan sur le siège passager. Culligan tenait une flasque argentée dans sa main droite.

— On est arrivés trop tard, dit Culligan.

— Comment ça, trop tard ?

Barrett s'imaginait déjà que Lambert avait dû être tuée, peut-être poignardée lors d'une bagarre entre détenues, si de telles choses arrivaient aussi dans les prisons pour femmes. Ce serait bien sûr une terrible tragédie, mais une solution plus propre que celle qu'avait proposée Tony Low.

Culligan prit une gorgée de la flasque et avala difficilement.

— Elle a été libérée sous caution avant notre arrivée.

— Quoi ?

Barrett haletait. C'était encore plus choquant qu'un coup de couteau sous la douche.

— Par qui, bon sang ?

Quand Culligan le lui dit, ses mains devinrent fébriles.

— Je me mets en route, dit-il.

Il raccrocha aussitôt et appela Marcia dans la foulée :

— Mettez-moi Harrington en ligne. Et faites venir l'hélico. Tout de suite.

— Oh, bien sûr, cria Courtney alors qu'il courait faire ses bagages. Vas-y, abandonne-nous. Encore une fois.

25

— Shay ! appela une voix de l'autre côté du parking. Par ici !

Ma tête pivota dans sa direction. Un homme se penchait par la portière arrière de la Mercedes métallisée. Il avait une abondante chevelure grise que le vent faisait ondoyer et un sourire éclatant qui tranchait avec son visage bronzé. Il agitait le bras en faisant de grands gestes.

— Shay ! appela-t-il de nouveau.

Je m'arrêtai et le dévisageai. Je le connaissais. C'était le plus célèbre des avocats en recours collectif, la bête noire des cabinets de conseil de tout le pays. Autrefois mon adversaire, aujourd'hui mon sauveur. Mark Ivins.

Il se tenait appuyé contre la portière avec un grand sourire. Je jetai un coup d'œil derrière moi vers Lester et Culligan. Eux non plus ne quittaient pas Ivins des yeux, et la stupeur et la colère se lisaient sur leurs visages. Je me dirigeai tranquillement vers la Mercedes.

— Monsieur Ivins ?

— Mark. S'il vous plaît.

— Dois-je comprendre que vous avez payé ma caution ?

Il hocha la tête.

— Je suis surtout navré de ne pas avoir appris toute cette histoire plus tôt. Ça me rend malade d'imaginer que vous avez été ici pendant… quoi ? Deux mois ?

À l'avant, le conducteur regardait toujours droit devant lui, mais la femme sur le siège passager se tourna pour nous observer.

— Je ne comprends pas, dis-je.

— Parlons plutôt dans la voiture, d'accord ?

J'hésitai. Il avait payé ma caution, il me proposait de me conduire quelque part, mais je n'avais pas d'adresse à lui donner.

— Je… Je n'ai nulle part où aller.

— Je vous ai aménagé un logement.

Il posa une main rassurante sur mon coude.

— Vous serez à votre aise là-bas jusqu'à ce que vous vous remettiez sur pied.

— Je ne comprends pas.

— Parlons dans la voiture, répéta-t-il.

Je lançai un dernier regard derrière moi tandis que Lester s'installait au volant du SUV et claquait la portière.

Je me glissai dans la Mercedes. Le revêtement était doux et souple comme la peau d'une jeune fille. Ça sentait le neuf, et dans l'air flottaient le parfum de la femme et d'un café noir de bonne qualité. Les odeurs du luxe. Je m'enfonçai dans mon siège.

Ivins s'installa à côté de moi, le chauffeur mit la voiture en marche et la femme du siège passager se retourna pour m'adresser un sourire. Elle avait environ mon âge et c'était une vraie beauté, avec des pommettes ciselées et de longs cheveux noirs brillants comme une plaque de verglas sur l'asphalte neuf.

— Shay, voici mon associée, Phœbe, et Lonnie, mon chauffeur.

Le chauffeur fit un signe de la tête dans le rétroviseur, pendant que la femme me tendait la main. Ses doigts se terminaient par des ongles effilés, vernis dans une teinte bleu-noir brillant. La main que je serrai était douce comme du velours.

La voiture roulait à bonne allure et tandis que la femme se tournait vers l'avant, je jetai un coup d'œil derrière nous. Le SUV nous suivait hors du parking. Eux aussi étaient venus me libérer, mais Mark Ivins les avait devancés.

— Je dois me rendre au tribunal, dit Ivins. Mais je vous laisse entre les mains de Phœbe jusqu'à ce que je revienne au bureau.

— Monsieur Ivins…

— Mark.

— Si vous pensez que je peux vous aider avec l'affaire Palmer… eh bien, vous devez comprendre que je ne peux pas.

— Bien sûr que vous ne pouvez pas. Jamais je ne vous demanderais de trahir un secret professionnel ni de violer le code de déontologie.

— Il y a ça, c'est vrai. Mais j'ai aussi signé un accord de non-divulgation.

Son visage s'assombrit.

— En échange de votre embauche ?

— Je ne peux pas vous le dire. À l'évidence.

— Les salauds, murmura-t-il. Mais personne ne s'attend plus à ce que vous respectiez la clause, après tout ce qui s'est passé.

— Non, mais je me l'impose à moi-même.

Il regarda par la vitre un moment. Quand il se retourna, son expression était celle d'un homme tenaillé par le regret.

— Ça me rend malade de penser que vous avez croupi ici tout ce temps. J'aurais dû vous libérer bien plus tôt. Mais je l'ai appris seulement hier. J'étais en déplacement quand l'affaire a éclaté, et mon service de presse a merdé.

— J'ai fait ce qu'il faut pour les remplacer, dit Phœbe dans le reflet du pare-brise.

— Et j'ai fermé tous mes réseaux sociaux il y a un moment – trop de trolls sur ces machins-là –, donc je n'étais pas au courant de toutes ces choses sur Internet.

— Quelles « choses sur Internet » ?

— Je l'ai dit, je suis désolée ! dit Phœbe d'une voix chantante. Je ne savais pas que vous ne les voyiez pas !

— Mais heureusement, enchaîna Ivins, j'ai croisé votre ancien collègue, Joël Edders, à une réception hier soir, et il m'a tout raconté.

— Oh, dis-je, mais je n'étais pas convaincue.

La coïncidence était trop grosse. Qu'il vienne tout juste d'entendre parler de moi et s'empresse de payer ma caution, quelques minutes seulement avant que les hommes de main de Barrett ne fassent de même ? Je n'avais pas l'habitude de ce genre de coups de chance.

— Évidemment, je me suis souvenu de vous tout de suite, dit-il. Vous avez écrit les conclusions dans l'affaire Rand.

Il rit.

— Vous m'avez vraiment battu à plate couture.

— Donc vous pensez que je suis une bonne avocate, dis-je. Bien, mais ça n'explique pas tout.

— Je *sais* que vous êtes une *excellente* avocate. Et je sais qu'Ingram Barrett est un salopard de menteur. Je ne sais pas pourquoi il vous a fait ce qu'il vous a fait, mais je sais qu'il l'a fait, et vraiment, ça me consterne. Je ne peux pas tolérer ça.

— Vous pensez qu'il m'a tendu un piège.

— Pas vous ?

Je fus dispensée de répondre par une vibration qui venait de la poche intérieure de sa veste. Il sortit son téléphone et pendant qu'il regardait l'écran, je jetai un coup d'œil par le pare-brise arrière. Le SUV était à trois voitures derrière, toujours en train de nous suivre.

— Excusez-moi, je dois répondre, dit Ivins en prenant l'appel.

Il écouta, puis dit :

— Phœbe, mettez-vous en ligne, et elle saisit son téléphone.

Un échange téléphonique d'une demi-heure s'ensuivit, concernant son audience à venir. J'écoutai attentivement et essayai de comprendre de quoi il s'agissait. À la fin de l'année dernière, Ivins avait intenté un recours des actionnaires contre une société qu'il appelait « NSP ». Récemment, il avait déposé une requête pour entériner l'action collective ainsi qu'une demande pour qu'il en soit l'avocat officiel. Mais un autre cabinet d'avocats avait déposé une plainte similaire et présentait maintenant une demande concurrente pour mener la défense. Le juge devait décider quel cabinet serait autorisé à représenter les actionnaires. Des millions de dollars de frais d'avocats potentiels étaient en jeu. L'avocat concurrent était au téléphone, proposant de régler le différend en acceptant de travailler en tant que coconseil dans l'affaire. Phœbe écoutait et prenait des notes sur sa tablette, tandis qu'Ivins adoptait un ton amical, voire charmant, et ne s'engageait à rien.

— Désolé de vous avoir fait attendre, dit-il lorsque l'appel prit fin.

Nous étions arrivés dans le sud de Manhattan à ce moment-là, et les notes de Phœbe sortaient d'une imprimante mobile posée sur ses genoux.

— C'était mon adversaire pour l'audience d'aujourd'hui. Ned Bartman.

— Un arriviste de dernière minute qui cherche à gratter sa part de gains ?

Il rit.

— Non, il me faisait la danse du ventre habituelle. En réalité, il veut avoir toute l'affaire pour lui. Malgré le fait que nous avons mené toutes les enquêtes, déposé la première plainte et tenons une position qui conduira l'affaire à une issue particulièrement favorable.

— C'est ce que vous allez plaider aujourd'hui ?

Il hocha la tête.

— Qui représente Northstar ? Si je peux me permettre.

Il sourit, amusé mais pas étonné que, par déduction, j'aie deviné le nom de l'accusé par le sigle qui le symbolisait à la Bourse.

— Le cabinet Harrington.

— Ah. Le même cabinet qui représente Ingram Barrett dans votre affaire Palmer.

— Donc vous les connaissez.

— Je les connaissais déjà avant.

Je regardai par la vitre alors que les arbres en bordure de la route défilaient devant moi. Les bourgeons verts se tenaient prêts à éclater sur les branches brunes. Mon cerveau devait fonctionner d'une étrange façon. J'étais censée consacrer mon énergie cérébrale à réfléchir à ma propre affaire. Il me fallait échapper à Barrett et à ses hommes de main, et me tenir sur mes gardes quant aux éventuelles manigances d'Ivins. Et pourtant, mon esprit turbinait déjà sur toutes sortes de stratégies juridiques. Je pouvais presque sentir l'électricité circuler entre les synapses de mon cerveau. Une sensation très agréable.

— Quoi ? dit Ivins en me regardant.

Je haussai les épaules.

— À mon avis, Harrington a fait une enchère inversée. Et Ned Bartman est le moins cher.

Phœbe se tourna vers moi.

— Comment ça ?

Je lui expliquai :

— Northstar veut évidemment que l'avocat nommé accepte de se contenter du tarif le plus bas possible. La méthode de Harrington consiste à négocier en privé avec chacun des avocats concurrents, et de conclure un accord avec le moins-disant. Ensuite, il divulgue des bribes d'informations aux uns et aux autres pour avoir l'avantage dans la lutte entre les cabinets. Ce qui laisse croire que Ned Bartman aurait fait les véritables investigations. Donc qu'il mérite la nomination.

Phœbe se tourna vers Ivins.

— Cette disparité au quatrième trimestre…

Ivins plissa le front.

— On se demandait comment Bartman avait pu trouver ça.

— Peut-être qu'il a été dirigé vers cette information, dis-je.

Phœbe se mordit la lèvre.

— Devrions-nous demander un report en attendant de recueillir plus d'éléments ?

Nous étions arrivés à Foley Square, et lorsque le chauffeur s'arrêta devant le palais de justice, Phœbe remit à Ivins une cravate en soie déjà nouée, qu'il passa autour de son cou et ajusta sous son col de chemise. Elle referma un attaché-case sur ses genoux et le lui tendit également.

— Bonne chance, dit-elle.

— Merci.

Il lui toucha l'épaule du bout des doigts et elle lui sourit en retour, et c'est alors que je compris qu'ils couchaient ensemble.

— Merci, dit-il encore, cette fois à mon intention.

Puis il sauta sur le trottoir et grimpa deux à deux les marches du palais de justice.

— C'était quoi, cette histoire des « choses sur Internet » ? demandai-je à Phœbe pendant que le chauffeur faisait demi-tour et partait vers le nord.

— Vous ne savez pas ?

Elle sourit.

— Vous êtes presque devenue une icône. Il y a tout un tas de forums de discussion qui débattent de votre affaire, et le camp pro-Shay est en train de gagner. Vous avez votre propre hashtag : #FreeShay. Et quelqu'un a même lancé une campagne GoFundMe pour récolter de l'argent pour votre défense.

— Quoi ? Qui ?

Elle haussa les épaules.

— Probablement un geek dans son sous-sol qui fantasme sur vous. Mais ça a pris une ampleur dingue, cette affaire. Je pense qu'ils ont récolté près de cinquante mille dollars.

— Quoi ? m'exclamai-je encore plus fort. Pourquoi ?

— Parce que votre histoire est captivante. Ça pourrait arriver à n'importe qui – être coincé dans un ascenseur avec quelqu'un de suicidaire. Et ensuite être accusé à tort.

Elle frissonna devant cette injustice.

— Et bien sûr, être aussi photogénique, ça aide.

— Quoi ? dis-je encore.

— Il ne faut jamais sous-estimer la puissance d'un bon *mug shot*. Il est devenu viral, vous savez.

— Non. Je ne savais pas.

— Tourne ici à gauche, Lonnie, dit Phœbe au chauffeur, et il hocha la tête et tourna le volant. J'ai pensé que vous aimeriez passer chez le coiffeur et vous faire faire les ongles avant toute chose. En tout cas c'est la première chose que je ferais si je…

Elle s'arrêta net.

— … venais de sortir de prison ?

Elle fit un signe de tête avec des yeux grands ouverts. Elle avait un eye-liner en ailes parfait, si précis qu'il aurait pu être appliqué par une machine à imprimer dans une usine de porcelaine.

— C'était horrible comment ?

Je haussai les épaules.

— Je me suis fait quelques amies.

Elle ne savait pas quoi faire de cette information.

— Ah bon, dit-elle.

Puis, enjouée :

— Nous y sommes !

Le chauffeur s'arrêta à côté d'un auvent rose qui abritait les vitrines d'un salon de coiffure et d'un spa assez classieux. Je descendis après Phœbe. Un coiffeur-visagiste attendait à la porte avec un sourire.

— Vous devez être Shay. Bienvenue !

Une esthéticienne était là aussi.

— Je suis une grande fan !

Deux heures durant, je fus drapée et rincée, balayée et taillée, trempée et séchée, coupée et polie, et on me servit une salade Cobb et un verre de pinot gris. Tout ça pendant que mes anges gardiens discutaient joyeusement de l'épreuve que j'avais traversée, et de combien j'avais l'air resplendissante, compte tenu des circonstances, et d'à quel point j'allais être incroyable quand ils en auraient fini avec moi.

C'était étrange d'être touchée d'une manière qui n'était pas hostile. Cela faisait deux mois que je n'avais pas reçu de caresses d'une telle douceur. Même plus longtemps.

— Relaxez-vous, dit le coiffeur, ses mains sur mes épaules. Vous êtes tellement tendue.

Depuis le tabouret à côté de nous, Phœbe leva les yeux de son téléphone.

— Je vous réserve un massage pour demain, dit-elle en tapotant sur l'écran.

Quand le coiffeur enleva ma cape, je me sentis ridicule. J'avais les ongles brillants et les cheveux fraîchement éclaircis, un balayage sur mon carré plongeant, et en même temps je portais un jean trop large, un vieux pull bouloché et une paire de baskets usée.

— Ne vous inquiétez pas.

Phœbe brandit une carte de crédit au-dessus du comptoir. Je n'arrivais pas à distinguer les chiffres sur l'écran de la caisse. Mes repères en la matière dataient de plus de cinq ans, mais je calculai que la note devait atteindre les cinq cents dollars. Sans compter le pourboire.

— Nous allons vous trouver de nouveaux vêtements, dit-elle. Prochain arrêt : Saks.

— Gap irait très bien.

Elle secoua la tête.

— On a plus ou moins un code vestimentaire au bureau. Pas pour être restrictifs, mais juste parce que nous aimons tous avoir belle allure. Vous vous fondrez parfaitement dans le décor.

— Au bureau ? demandai-je, mais elle était déjà dehors.

Lonnie attendait sur le trottoir. Cette fois, Phœbe s'installa à l'arrière avec moi, et nous repartîmes vers le nord, direction Saks.

Le paradis du shopping pour les accros de la mode. À une époque, je passais au moins un samedi par mois à me promener dans ses étages. J'explosais mon budget pour acheter chaque nouvelle collection. Mais cela faisait cinq ans que je n'avais pas franchi ses portes sur la 5e Avenue. L'odeur du luxe qui m'avait enveloppée dans la Mercedes fut encore décuplée alors que je suivais Phœbe à travers les étalages de cosmétiques du premier étage.

Elle s'arrêta à un stand de maquillage où j'étais visiblement attendue.

— Ta peau est si sèche, dit la maquilleuse, et elle étala sur mon visage une crème hydratante. Tu es trop pâle, dit-elle ensuite en appliquant généreusement un bronzer avant de passer au blush.

Puis vinrent le rouge à lèvres et mon propre eye-liner parfaitement tracé.

Cela fait, je m'étudiai dans le miroir. Je retrouvais enfin une apparence soignée, professionnelle. Privilégiée. J'aurais presque pu me sentir à nouveau celle que j'étais avant ; mais le temps avait laissé ses marques. Était ce à cause des deux derniers mois ou des cinq dernières années ? Les traits s'étaient durcis, les ombres creusées.

— Nous prendrons tout, dit Phœbe, et tout ce que la maquilleuse avait utilisé sur moi fut scanné et mis dans un sac.

Nouvelle facture à cinq cents dollars.

Phœbe reprit son rôle de guide, montant toujours plus haut dans les étages où rivalisaient les boutiques de créateurs de prestige. J'avais eu mes marques préférées, mais certaines semblaient être passées de mode et de nouveaux noms avaient émergé en cinq ans. Autrefois, je pouvais me déplacer les yeux bandés dans ce bâtiment, mais je devais maintenant me fier à Phœbe. Elle allait jusqu'à m'accompagner dans la cabine d'essayage.

— Oh, comme j'aimerais avoir votre silhouette, soupira-t-elle lorsque je me déshabillai pour essayer des sous-vêtements.

— En prison, ce n'est pas le temps qui manque pour faire des abdos.

— Exactement ce dont j'ai besoin.

Phœbe rougit en réalisant sa gaffe.

— Enfin… je veux dire…

Je vins à son secours :

— Vous vous souvenez à quel point Martha Stewart était magnifique quand elle est sortie ?

— Oui !

Elle eut l'air soulagée. Le sujet de la prison devenait d'un coup moins embarrassant quand il concernait les célébrités.

— Nous emporterons ceci, dit-elle à la vendeuse en désignant le soutien-gorge et la culotte que je portais. Emballez le reste pour la livraison.

Un jean et un pull figuraient aussi sur la liste de Phœbe, presque dix fois plus chers que chez Gap.

— Nous emporterons ceux-ci également, dit-elle en fronçant le nez, puis elle tendit mes vieux vêtements à la vendeuse : Débarrassez-vous de ça, voulez-vous ?

Mes baskets subirent le même sort après notre passage au rayon chaussures. Talons aiguilles, escarpins, bottines à talons hauts… Le montant de la facture était faramineux.

Ensuite vinrent les articles les plus chers : des tailleurs, des tuniques en soie et des robes fourreaux qui s'ajustaient à mon corps comme une seconde peau.

— C'est trop, protestai-je, d'une voix de plus en plus faible à chaque fois. Je ne pourrai jamais rembourser tout ça.

— Ne vous inquiétez pas. Mark sait reconnaître un bon investissement quand il en voit un.

Phœbe brandit à nouveau sa carte de crédit, ou plutôt celle de Mark, et nos achats furent emballés puis expédiés en livraison rapide pour qu'ils soient remis en moins d'une heure.

Les bureaux de Mark Ivins & Associés n'étaient pas situés dans un gratte-ciel du centre-ville mais dans une rue bordée d'arbres de l'Upper East Side, à un pâté de maisons seulement de Central Park. Lonnie s'arrêta sur le trottoir devant une maison de ville de quatre étages. Un large escalier en marbre menait à de magnifiques doubles portes, tandis qu'un second escalier plus étroit menait à un bureau ou un appartement en sous-sol.

Phœbe me prit par la main et me fit monter les escaliers et passer par les doubles portes. À l'intérieur, il y avait un vaste hall avec des sols en marbre, des plafonds vertigineux et un grand escalier menant aux étages supérieurs. Une jeune latina, encore plus belle que Phœbe, était assise derrière le bureau d'accueil au pied de l'escalier. Elle avait des yeux sombres et brillants, et une épaisse crinière de cheveux noirs qui tombait dans son dos et sur ses épaules. Elle se leva.

— Vous devez être Shay, dit-elle en souriant. Comment allez-vous ? Je m'appelle Luisa.

— Des colis sont arrivés ? lui demanda Phœbe.

— Oui, ils sont tous en bas.

— Et Mark ?

— Dans son bureau.

— Appelle-le pour moi, tu veux bien ? Je vais installer Shay au sous-sol.

Phœbe me tira par la main à travers le hall. L'opulence était stupéfiante et je tournais la tête de tous côtés pour m'en imprégner au maximum. Parquet ciré étincelant, passementeries rouge et or, lustres en cristal qui faisaient danser dans l'air des arcs-en-ciel miniatures. L'espace était chargé de dorures et de miroirs au point que je pouvais presque imaginer Louis XIV y déambulant en escarpins. Au lieu de ça, un essaim de femmes splendides circulait en talons aiguilles, chacune d'elles se déplaçant avec une telle assurance que je me demandai si Mark Ivins faisait appel à une agence de mannequins pour lui fournir du personnel.

Cet endroit représentait l'indécence à lui tout seul, d'autant plus quand on se rappelait qu'il avait probablement été un jour la résidence personnelle d'un riche industriel ou de quelque baron local malhonnête. Tout ce faste pour une seule famille qui ne devait pas y passer la moitié de l'année.

Phœbe s'arrêta devant une porte richement lambrissée et l'ouvrit. La porte ne menait pas à une autre pièce mais cachait un ascenseur étroit, sous la forme d'un cylindre en verre comme ces tubes pneumatiques à l'extérieur des banques. Alors que Phœbe entrait dans le cylindre, je m'arrêtai net. Comme je ne la rejoignais pas, elle se retourna et me regarda d'un air perplexe.

— Oh !

Elle plaqua sa main sur sa bouche.

— Je suis tellement désolée ! Je n'y ai même pas pensé… ! Nous prendrons les escaliers, bien sûr.

— Ça ira, chuchotai-je, sans bouger pour autant.

— Non, venez.

Elle me prit de nouveau par la main. Cette fois, elle me conduisit à l'extérieur devant la porte d'entrée, puis descendit les marches jusqu'au trottoir. Je jetai un coup d'œil dans la rue. Un SUV noir était garé le long du trottoir, et je pus tout juste distinguer Lester derrière le volant. Phœbe fit un rapide virage à droite et descendit une autre volée de marches. Elle s'arrêta devant la lourde porte blindée qui donnait sur le sous-sol et passa une carte magnétique dans la serrure électronique, qui s'ouvrit avec un signal sonore.

Je la suivis dans une pièce décorée d'œuvres contemporaines et de mobilier épuré aux tons gris et bleus. Ça ressemblait à l'appartement de quelqu'un ou à la salle d'attente d'un professionnel, avocat ou psychiatre. Au centre trônait un bureau moderne, avec un plateau en verre et une chaise ergonomique, qui faisait face à deux canapés en suédine ainsi qu'à un ficus en pot dans un coin.

— Nous gardons cet appartement pour les témoins qui viennent de loin.

Phœbe referma la porte et me tendit la carte magnétique.

— Surtout pour les témoins que nous voulons garder secrets pour nos adversaires.

— J'en fais partie ?

— Eh bien, évidemment, vous n'êtes pas un témoin, donc pas vraiment. C'est juste que Mark veut que vous vous sentiez à l'aise jusqu'à ce que vous vous remettiez sur pied.

Elle me fit visiter les lieux en agitant les bras pour mettre en valeur leurs principales caractéristiques, comme un agent immobilier lors d'une visite. Après le salon se trouvaient une cuisine et une salle à manger.

— Nous vous avons fait quelques courses, mais voici le numéro que vous devrez appeler pour faire livrer ce que vous aimez. Dites-leur juste le nom de Mark.

Au-delà de la cuisine se trouvaient une chambre et une salle de bains. Le lit était *king size*, avec une tête de lit et une couverture en daim recouverte des sacs de shopping.

— Je vais vous aider à ranger tout ça, dit Phœbe.

— Non, ça va aller.

Mais elle ouvrait déjà les paquets et les sacs de robes. Je m'éloignai pour jeter un coup d'œil à la salle de bains – carrelage en marbre, douche à cascades et un authentique bidet –, puis je retournai dans le séjour. Une série de portes-fenêtres, que fermaient également des serrures électroniques, donnait sur le jardin derrière la propriété. Dehors, une table à manger en teck était installée sous une pergola recouverte de glycine. Des jonquilles éclataient partout, comme dans la cour de la prison. Je repérai les caméras de sécurité pointées sur la porte et d'autres vers le jardin.

Un téléphone sonna et j'écoutai Phœbe répondre dans la chambre. Sa voix était basse et intime, et elle murmura ces derniers mots :

— Moi aussi.

Quand elle revint dans le séjour, elle rayonnait.

— Bonne nouvelle ! Le juge a reporté les décisions pour soixante jours, nous allons pouvoir mener des recherches sur les affaires de Ned Bartman avec Northstar ou le cabinet Harrington.

— Très bien.

— Mark vous transmet toute sa gratitude.

Je n'étais pas dupe. Il était impensable qu'Ivins ne connaisse pas déjà le coup des enchères inversées. Il n'était pas le roi des procès d'actionnaires pour rien. Il voulait me flatter, et je pouvais deviner pourquoi.

— Je suis navrée de ne pas pouvoir dîner avec vous ce soir, dit Phœbe. J'ai un engagement. Et Mark a encore du travail. Il y a des menus quelque part pour se faire livrer…

Elle les trouva sur le comptoir de la cuisine et me les tendit.

— Utilisez le nom de Mark. Oh, et cette carte !

Elle fouilla dans son sac et en sortit une carte de crédit noire et brillante. Je la pris et lus le nom en relief inscrit dessus : *Shay Lambert.*

— Au fait, Mark veut que vous le rejoigniez pour un verre sur le toit. Juste pour la frime, ajouta-t-elle avec un sourire affectueux. Il aime impressionner ses invités avec cette vue.

Je ne pouvais pas être plus impressionnée que je ne l'étais déjà.

— Comment je m'y rends ?

Elle commença à montrer du doigt une porte lambrissée comme celle du rez-de-chaussée, qui devait cacher l'ascenseur, mais elle se reprit :

— Passez donc par la porte d'entrée, dit-elle. Utilisez votre carte magnétique. Ensuite, prenez l'escalier. Mark a un appartement privé au quatrième. Pour quand il travaille tard. De là vous pourrez accéder au toit.

Elle prit son sac à main sur la table.

— Nous avons essayé de penser à tout, mais si vous avez besoin de quelque chose, n'importe quoi, appelez-moi.

Elle ouvrit la porte de l'ascenseur et appuya sur le bouton d'appel.

— Laissez-moi vous donner mon numéro.

Elle eut un rire gêné.

— Oh, attendez, je vais d'abord vous donner votre téléphone. Il est déjà configuré avec les paramètres du cabinet.

Je pris le smartphone qu'elle me tendait. Si j'avais eu le même dès février, les policiers n'auraient sans doute pas été aussi suspicieux avec moi.

— Merci, dis-je. Vous avez été très gentille.

L'ascenseur arriva et le cylindre de verre s'ouvrit.

— Ah, au fait, dit-elle en montant à l'intérieur, il y a une salle de sport de l'autre côté du sous-sol, donc ne vous inquiétez pas si vous entendez l'ascenseur descendre jusqu'ici. Vous pouvez verrouiller la porte de votre côté.

Elle se pencha pour me montrer.

— D'accord.

— Eh bien, bonne nuit, dit-elle, et l'ascenseur se referma et disparut en une seconde.

Je poussai la porte lambrissée et la verrouillai, puis je me rendis à l'entrée et vérifiai qu'elle était fermée à clé. Il y avait un verrou supplémentaire, que j'actionnai. Je fis de même avec les portes-fenêtres à l'arrière de l'appartement. J'étais à nouveau enfermée dans une cage.

Mais cette fois, c'était une cage dorée. Je me promenai dans les pièces, passant mes mains sur les carreaux lisses et la suédine souple. L'appartement était encore plus luxueux que celui que nous avions à Chelsea, et les vêtements accrochés dans le placard plus chers que ceux que je portais autrefois. C'était trop. Tout simplement trop. Rien n'était gratuit dans ce monde.

Je devais parler à Mark Ivins et connaître enfin son prix.

Je pris une longue douche avec le pommeau en mode averse de pluie. Elle me procura un bien-être tel que le sacrifice de mon brushing impeccable me parut sans importance. Puis je restai nue devant mon placard tout neuf avec tous mes nouveaux vêtements. Comment m'habiller pour prendre un verre avec Mark Ivins ? Trop de possibilités. Une fois encore, cette pensée me traversa l'esprit : si j'avais eu autant de tenues différentes à me mettre en février, les policiers n'auraient pas été aussi suspicieux à mon égard. Mais cela ne servait à rien de réécrire le passé. Ce que je devais faire maintenant, c'était reprendre le contrôle de mon avenir.

J'arrêtai mon choix sur le même jean et le même pull que je portais en sortant de Saks, avec une paire de bottines qui me donnait quatre centimètres de puissance supplémentaire. Puis je sortis dans la rue. Le SUV noir était toujours là, mais personne n'en sortit tandis que je montais l'escalier et me réfugiais chez Mark Ivins & Associés.

Il était 18 heures passées. Le bureau de la réception était vide, et la plupart des lustres en cristal étaient tamisés. Mes talons résonnèrent sur le marbre jusqu'à l'escalier recouvert d'un tapis rouge et doré, retenu à chaque marche par une barre d'escalier brillante. Le palier du premier étage me donna un aperçu d'une salle de réunion d'un côté et d'une bibliothèque de droit de l'autre, toutes deux inoccupées. Le deuxième étage abritait un espace de bureau plus conventionnel, avec une série de postes informatiques et de carrels d'étude où quelques femmes travaillaient encore. Le troisième étage présentait seulement un long couloir de portes closes où la plupart des associés de Mark devaient avoir leurs bureaux. Les abeilles dans leur ruche émettaient un faible bourdonnement de voix.

Le palier du quatrième étage était le plus petit, avec une porte marquée *Privé* et une autre donnant sur l'ascenseur. De là, un escalier étroit sans tapis conduisait au toit. Je montai et ouvris la porte en haut de l'escalier. Une bourrasque me décoiffa pour de bon. Un jardin s'étendait devant moi, avec des arbres piquetés partout de bourgeons printaniers, et une fontaine qu'un chérubin faisait gargouiller gaiement. Enfin, du mobilier de jardin en teck massif était dispersé un peu partout. Au nord et à l'est, la vue était composée d'autres *rooftops* comme celui-ci, tandis que des gratte-ciel s'élevaient au sud, et que vers l'ouest s'étendait l'espace gigantesque de Central Park.

— Par ici, appela Ivins.

Il était au bord du toit, les bras et les chevilles croisés alors qu'il s'adossait à la longue paroi de verre. Il portait un costume différent de celui qu'il avait pour aller au tribunal plus tôt dans la journée. Celui-ci était d'un gris pâle élégant, la veste coupée plus court, le pantalon plus élancé, et il le portait avec un tee-shirt turquoise vif.

Je m'approchai en passant devant un long rectangle éclatant d'herbe verte, si parfaitement entretenue qu'elle devait avoir été égalisée aux ciseaux. Il tenait un verre et se saisit d'une bouteille pour en servir un second, qu'il me tendit.

— Trinquons, dit-il.

J'acceptai le verre.

— Nous célébrons la décision du juge concernant Northstar ?

— Exactement, et c'est grâce à vous.

— Il n'y aura pas grand-chose à célébrer, cela dit, si vous rentrez les mains vides après soixante jours de recherches.

— Oh, on trouvera quelque chose, dit-il en souriant. Phœbe vous a mise à l'aise ?

J'acquiesçai.

— Elle a été très gentille. Et vous êtes très généreux. Trop généreux.

Il fit tinter son verre contre le mien.

— À la liberté, dit-il.

— Mais est-ce vraiment la liberté ? Entre nous…

Il secoua tristement la tête.

— Vous avez travaillé du côté de la défense pendant trop longtemps. Vous avez oublié qu'il y a des avocats qui sont motivés par autre chose que l'argent. Qui font ce qui est juste simplement parce que la cause est bonne.

Je lui ris au visage.

Son sourire se transforma en un rictus ironique.

— Vous ne croyez pas à ça, hein ?

— Pas une seconde. Le barreau des plaignants est aussi avide d'argent que celui de la défense. La seule différence, c'est que le côté de la défense prend moins de risques, tandis que le vôtre est plus joueur.

— Ah ?

Une nouvelle rafale de vent souffla sur le toit et emporta ses cheveux épais et argentés dans un tourbillon.

— Et je parierais sur quoi, en l'occurrence ?

— Sur le fait que je vous sois tellement reconnaissante pour votre aide que je vous aide en retour. Sur l'affaire Palmer.

— Je vous l'ai déjà dit…

— Je sais. Je n'y ai pas cru non plus.

Il me regarda par-dessus le bord de son verre tout en prenant une gorgée d'un geste lent. Je levai mon propre verre et bus aussi. C'était un vin rouge corsé et dense.

— Mettons que vous avez raison, dit-il. Peut-être que c'est ce que j'espère. Mais ce n'est qu'un espoir. Ce n'est pas mon prix. Je vous prie de m'accorder ça.

— Alors, quel est votre prix ?

— Venez travailler pour moi.

Je ris d'étonnement.

— Je suis sérieux. Rejoignez-nous. Vous êtes toujours autorisée à pratiquer. J'ai vérifié.

— Vous avez vérifié le registre des criminels ? Car vous auriez remarqué que je vais bientôt être jugée pour meurtre.

— Oui, et en parlant de ça… êtes-vous satisfaite de votre avocat ?

Je laissai échapper un ricanement.

— Non.

— Alors changeons-le. Je règle l'addition.

— J'ai entendu dire qu'il y avait un GoFundMe ?

Il fit un geste de la main pour rejeter cette idée.

— Seulement cinquante mille. Considérez ça comme votre argent de poche. Ce n'est pas assez pour une vraie défense. Que pensez-vous de Bill Centrello ?

— Le meilleur avocat en droit pénal du pays ? Non merci.

Ivins pencha la tête.

— D'accord, expliquez-moi ça.

— Mis à part les frais ? Ce qui me mettrait en dette éternelle envers vous ?

Il commença à protester, mais je ne le laissai pas poursuivre :

— Je veux mener ma barque à ma façon. Quelqu'un comme Centrello ne le permettrait jamais.

— Ah.

Il hocha la tête.

— Dev Kapoor, alors. Il a été formé par Centrello, mais il est plus jeune et plus souple.

Je pris une gorgée de vin tout en y réfléchissant.

— Cela ne règle pas le problème des frais.

— Venez travailler pour moi, dit-il de nouveau. Rendez-moi la pareille. Vous êtes une avocate brillante. Je le savais déjà avant aujourd'hui. Vous pouvez gérer les recherches sur Northstar pour moi. Après tout, c'est grâce à vous si nous en sommes là.

— Servitude pour dettes, dis-je.

— Comme la plupart des gens. Ils travaillent tous pour l'humanité. Mais vous…

Avec un sourire, il tapota son tee-shirt turquoise au niveau du torse.

— … vous ne travaillerez que pour un homme.

Sept minutes plus tard

Je me tournai vers le parc. La brise faisait onduler mes cheveux, et le parfum des arbres en fleurs flottait sur le toit. J'étais une avocate brillante – du moins je l'avais été autrefois. Mais une question se posait : pouvais-je être suffisamment maligne aujourd'hui pour faire tourner les choses en ma faveur ? Ivins avançait ses pions avec une idée derrière la tête, c'était évident. Je devais trouver un moyen d'avancer les miens pour le contrer. C'était du jiu-jitsu – je devais comprendre ce qu'il considérait comme sa plus grande force et l'utiliser pour le renverser. Toute à mes réflexions, je regardais le soleil couchant disparaître progressivement derrière le parc.

Son téléphone émit une sonnerie, et je me tournai vers lui tandis qu'il le sortait de sa poche et lisait le message.

— Ah ! dit-il. Les avocats d'Ingram Barrett viennent de déposer une requête d'urgence pour me récuser en tant qu'avocat des plaignants dans l'affaire Palmer.

— Sur quel motif ?

— Celui de ma prétendue relation personnelle avec un ancien avocat de CDMI.

Son sourire s'étira en un large rictus.

— Attendez de voir la tête de Barrett quand il apprendra que vous travaillez pour moi !

C'est ce qui entérina ma décision. Je levai mon verre.

— J'accepte, dis-je.

Ses dents brillèrent d'un blanc éclatant lorsqu'il fit de nouveau tinter son verre contre le mien, sous le ciel rose orangé.

26

Une rumeur accompagna l'entrée de Barrett dans la salle d'audience, et instantanément, il vit qu'Ivins avait rempli les travées d'actionnaires de CDMI. Pas les actionnaires institutionnels, bien sûr ; pas ceux qui avaient un droit de vote et qui comptaient. Non, il s'agissait de jeunes femmes à qui leurs parents avaient offert quelques actions en récompense de leur diplôme universitaire parce qu'elles adoraient les marques de l'entreprise. Puis il y avait les hommes d'âge moyen qui avaient passé leur jeunesse à se masturber devant la célèbre affiche de Madame et qui avaient acheté leurs actions par nostalgie érotique. Tous ces gens formaient la clientèle d'actionnaires typique d'Ivins, des nuisances qui possédaient juste assez d'actions pour engager des poursuites et devenir des cailloux dans la chaussure de la société.

Ivins était là, bien sûr, frayant à travers la foule, serrant des mains comme un homme politique. Pendant ce temps, l'avocat de Barrett, Dick Harrington, était assis seul à la table de la défense, tête baissée. Barrett prit place à côté de lui.

— Comment ça se présente ? demanda-t-il.

Harrington secoua la tête et continua de lire ses notes. Cette requête n'était pas son idée. Il pensait que le juge ne disqualifierait pas Ivins dans l'affaire Palmer. Il avait résisté, mais Barrett avait insisté – c'était la dynamique de cette relation avocat-client particulière. On disait que les avocats faisaient les pires clients, mais seulement parce qu'ils refusaient de se laisser intimider.

Barrett se tourna pour scruter la salle. Phil Duvall aurait dû être là et ne l'était pas. L'agent de police Riley ne devait pas être là et pourtant il y était, assis seul au dernier rang. Barrett se leva immédiatement et se dirigea vers lui.

— Monsieur l'agent, dit-il. Je suis étonné de vous voir ici. Étant donné que votre affaire est close.

Riley leva sur lui ses yeux brillants.

— Elles ne sont jamais closes tant qu'il n'y a pas de condamnation, monsieur Barrett. Et que toutes les voies de recours ont été épuisées. Sans parler de l'Habeas Corpus.

— Mais votre travail est terminé. Assurément.

— Ça ne coûte rien de vérifier.

Barrett le regarda. Il se rappela que Riley était proche du départ à la retraite. Il ne faisait que passer le temps jusqu'à ce que sa pension soit débloquée. Il était probablement venu ici pour se planquer un peu tout en prétendant travailler. C'était Cruz qui s'occupait réellement de l'affaire, et puisque lui n'était pas là, il ne devait pas y avoir de quoi s'inquiéter.

L'huissier s'écria :

— Veuillez vous lever, et Barrett retourna à sa place pendant que la juge s'installait.

Margaret Delacorte. Une femme de cinquante ans au visage anguleux, avocate de seconde zone qui avait réussi à faire jouer les relations politiques de son mari pour obtenir une nomination à vie sur les bancs fédéraux. Elle avait flirté presque ouvertement avec Mark Ivins lors de leur dernier entretien dans cette affaire, et Barrett se prépara à revivre la même chose, en pire.

La requête initiale pour disqualifier l'avocat, déposée le jour même où Lambert avait été libérée de prison, ne se basait sur aucun autre élément que celui-là. Ivins, n'ayant aucune relation antérieure avec Lambert, comptait évidemment avoir accès à des informations privilégiées par ce biais. Mais Ivins avait retourné l'accusation en enfonçant encore le clou, admettant non seulement qu'il avait payé la caution de Lambert, mais qu'il l'avait également engagée comme collaboratrice chez Mark Ivins & Associés. Qu'il l'avait fait libérer précisément dans ce but mais seulement parce qu'elle était une avocate particulièrement talentueuse, non parce qu'il cherchait à lui soutirer des informations. Harrington avait ensuite modifié la requête, arguant d'un motif de disqualification plus conventionnel : il y avait un conflit d'intérêts autour de Lambert qui devait être imputé à Ivins et au reste de son cabinet.

Barrett fut appelé à la barre le premier. Il témoigna qu'il avait embauché Lambert pour travailler spécifiquement sur l'affaire Palmer, ce qu'elle avait fait pendant le mois de son emploi. Au cours de son travail, elle avait été en contact avec de nombreuses informations confidentielles et privilégiées de l'entreprise. Des informations qui, dans le litige qui les opposait, étaient protégées contre la divulgation. Des informations auxquelles Mark Ivins n'avait certainement pas le droit d'avoir accès.

Barrett était prêt à témoigner sur beaucoup plus de choses : le 1er février, il avait découvert la fraude de son CV ; le 2 février, il avait ordonné à la directrice des ressources humaines de la licencier, ce qu'elle avait fait le soir même ;

elle avait ensuite été tuée par balle dans un ascenseur occupé seulement par Mme Lambert et elle-même ; et la police l'avait ensuite arrêtée et inculpée de meurtre.

Mais Ivins opposa une objection à la première question de Harrington.

— Votre Honneur, ce volet de l'affaire n'a aucune pertinence concernant la question de la disqualification. De plus, les faits sont vivement contestés. À moins que Votre Honneur ne souhaite juger l'affaire pénale et décider de la culpabilité ou de l'innocence de Mme Lambert…

— Certainement pas, dit la juge. Par ailleurs, je suis, comme la plupart du public américain, déjà bien au courant des allégations portées contre Mme Lambert. Monsieur Ivins, votre objection est retenue. Monsieur Harrington, veuillez limiter votre interrogatoire à la règle 1.10 et au sujet des informations privilégiées et des connaissances imputées.

Harrington abandonna sans combattre. Il n'avait plus de questions pour Barrett, et Ivins n'en avait aucune à poser. Bouillonnant de colère, Barrett quitta le banc des témoins et retourna à sa place.

Ivins gagna ensuite le banc des témoins. Il détonnait, même dans un costume gris rayé assez sobre. C'était sa chevelure, trop longue, brillante comme une crinière de lion, le totem de sa virilité. Il sourit à la juge et elle fronça les sourcils. Une jeune femme, simple faire-valoir du cabinet d'Ivins, mena son interrogatoire. Elle lisait un script qu'il avait préparé pour elle, chaque question amorçant seulement le monologue qui suivait.

Il commença par contester l'affirmation selon laquelle il n'avait eu aucune relation antérieure avec Mme Lambert. Au contraire, déclara-t-il, il avait appris à la connaître lorsqu'elle était une star montante chez Jackson Rieders. À vrai dire, elle l'avait battu dans une affaire importante et avait gagné son grand respect et son admiration. Puis il avait perdu sa trace au fil des ans, mais il s'était souvenu d'elle instantanément quand il avait eu connaissance de son arrestation et de son emprisonnement ; il avait examiné de près les preuves contre elle et avait été convaincu de son innocence.

— Objection, imbécile, chuchota Barrett, et Harrington s'exécuta.

Mais la marionnette d'Ivins était bien préparée : puisque le motif de l'embauche de Mme Lambert par M. Ivins était mis en cause, argua la jeune femme, il était pertinent de savoir ce qu'il avait appris et la conviction qu'il s'était faite à son sujet.

Objection rejetée.

Ivins reprit. Il avait fait d'autres recherches et avait appris la résilience incroyable de Mme Lambert. On lui avait dit qu'elle était une détenue modèle et une assistante précieuse au bureau des affaires de la prison.

— Et elle a même mis en place un bureau d'aide juridique dans l'unité des femmes à Valhalla ! s'exclama-t-il. Elle a tout fait pour aider ces jeunes femmes. Tout le monde aurait été abattu après une incarcération pour de fausses raisons, mais Shay s'est montrée si courageuse. Ce qui n'est pas surprenant quand on pense à la force avec laquelle elle a lutté pour empêcher ce suicide tragique dans l'ascenseur.

Barrett chuchota à nouveau, et Harrington se leva pour objecter sur les mêmes motifs de pertinence soulevés plus tôt par son adversaire. La juge, soucieuse de paraître équitable, retint cette objection et ordonna à la marionnette d'Ivins de se limiter aux questions relevant de la règle 1.10.

La jeune femme obtempéra. C'était apparemment prévu dans son script également.

— Avant de payer la caution de Mme Lambert, saviez-vous qu'elle avait travaillé sur l'affaire Palmer ?

— Absolument pas. Son nom n'est jamais apparu dans aucun des dépôts ou correspondances. C'est une grande multinationale. Ils doivent avoir des centaines de procès en cours en permanence. Il n'y avait aucune raison de soupçonner qu'elle avait travaillé sur Palmer.

— Comment avez-vous découvert la vérité ?

— Elle me l'a dit. Dès qu'elle est montée dans ma voiture à Valhalla.

— Quelle a été votre réaction ?

— Je lui ai dit que je comprenais qu'elle avait un devoir de confidentialité, que nous avions nous aussi un devoir, et que nous ferions les choses strictement dans les règles. Et avant même son premier jour de travail, nous avons dressé une muraille de Chine entre nous. Une barrière éthique requise par la profession.

Il avait engagé un professionnel, un expert en éthique juridique, pour mettre en place cette règle de confidentialité. Un décret diffusé à l'ensemble du cabinet avait été envoyé, interdisant à quiconque de communiquer avec Mme Lambert au sujet de CDMI ou de l'affaire Palmer. Tous les fichiers électroniques du cabinet relatifs à CDMI ou à l'affaire Palmer étaient protégés par mot de passe, et tous les dossiers physiques étaient verrouillés de sorte que Mme Lambert ne puisse y accéder. Elle n'avait apporté aucun de ses dossiers avec elle, il n'y avait donc aucun risque de ce côté-là. Et on lui avait attribué un bureau très éloigné de toute personne travaillant sur l'affaire Palmer, il n'y avait donc même pas de risque d'écoute fortuite.

Lors du contre-interrogatoire, Harrington marqua un petit point concernant la taille relativement réduite du cabinet d'Ivins, tant en termes de personnel que d'espace physique. Ivins admit également qu'il y avait une grande convivialité et des activités sociales en dehors du bureau entre lui et ses employés. Mais il refusa d'admettre que ces circonstances pouvaient entraîner une violation des règles de confidentialité mises en place au cabinet.

— Monsieur Ivins, demanda la juge, veuillez dire exactement à la cour ce qui vous a incité à embaucher Mme Lambert.

— Je suis toujours à la recherche de jeunes avocats talentueux. Et j'ai bien l'intention d'exploiter pleinement ses talents.

— Mais est-ce là votre seule motivation ? Son précédent emploi chez CDMI n'a-t-il joué aucun rôle dans votre décision d'embauche ?

Ivins tourna un regard désarmant vers la juge.

— Je dois admettre que si. Voyez-vous, je suis convaincu que Mme Lambert a été faussement accusée. Et je veux faire tout ce que je peux pour l'aider à prouver son innocence.

L'estomac de Barrett se serra en voyant l'expression du visage de la juge. Elle gobait tout le baratin qu'Ivins lui servait. Le dernier témoin était l'expert en éthique indépendant engagé par Ivins pour mettre en place la barrière de confidentialité. Il témoigna qu'il était membre du barreau de l'État de New York ; qu'il avait siégé pendant de nombreuses années au Comité d'éthique professionnelle du barreau et au Comité de discipline des avocats ; et qu'il avait conçu, mis en œuvre et supervisé la barrière éthique établie entre Shay Lambert et tout le personnel travaillant sur l'affaire CDMI chez Mark Ivins & Associés. Selon lui, cette barrière éthique chez Ivins satisfaisait à tous les standards en la matière et même les dépassait, et assurait la protection des informations privilégiées de CDMI.

Harrington l'interrogea sur les honoraires qu'il avait facturés, mais ce n'était qu'une perte de temps. Il n'y avait pas de jury, et la conviction de la juge n'allait certainement pas être retournée par la question des honoraires astronomiques facturés par les experts.

La partie probatoire de l'audience prit fin. La juge écouta de brefs échanges d'arguments juridiques entre Harrington et Ivins, puis rendit la conclusion à laquelle on s'attendait : la requête visant à disqualifier Mark Ivins & Associés en tant qu'avocat de l'action collective dans l'affaire Palmer était rejetée.

— Je vous l'avais dit, murmura Harrington en rangeant ses dossiers.

Barrett, n'ayant pas l'intention d'entendre plus de reproches, se fraya un chemin à travers la foule des groupies d'Ivins qui obstruaient l'allée centrale. Riley était toujours au dernier rang sur la gauche, et Barrett fit un virage délibéré dans l'autre direction. Et là, au dernier rang sur la droite, se trouvait Shay Lambert.

Il eut du mal à la reconnaître. Elle n'avait plus ses cheveux d'un brun terne attachés en queue-de-cheval. Elle avait abandonné le tailleur beige bon marché et la chemise boutonnée jusqu'au cou. Aujourd'hui, elle portait une élégante robe noire et ses cheveux étaient longs, détachés, illuminés de mèches dorées. Elle avait l'air glamour et, quand elle se redressa sur ses jambes, redoutable. Elle croisa son regard, et dans le coup d'œil froid qu'elle lui adressa, il vit soudain qu'elle ne cherchait pas seulement l'acquittement. Elle voulait obtenir vengeance.

Il se sentit tout à coup à bout de souffle. Il fendit le dernier groupe de personnes dans l'allée et sortit en haletant par les doubles portes. Lester Willard était adossé au mur dans le couloir, essayant en vain de passer inaperçu. Barrett bouscula une femme près de la porte et s'approcha de Lester.

— Monsieur, dit Lester en se redressant. Elle est dans…

— Je sais bien où elle est, grogna Barrett. Où est Culligan ?

— Je ne saurais pas vous dire, monsieur.

Il y avait certaines choses que Lester préférait ne pas savoir, et Barrett devinait que la dernière cuite de Culligan en faisait partie. Il attrapa la nuque de Lester, abaissa sa tête à sa hauteur et lui parla à l'oreille :

— Il faut la coincer. Dès que tu en as l'occasion. Fini les conneries, on n'attend plus.

— Bien, monsieur. Mais…

Lester jeta un rapide coup d'œil dans le couloir.

— Elle est protégée, maintenant.

Barrett suivit son regard jusqu'à une femme qui se tenait près de la porte de la salle d'audience. Elle avait les cheveux courts et portait un pantalon tailleur mal ajusté et une paire de Rockport qu'elle voulait faire passer pour des richelieus. Elle devait être soit un garde du corps, soit une avocate lesbienne. Ou les deux.

— Merde, dit-il. C'est la seule ?

— Pour le moment.

Il réfléchit un instant.

— À moins qu'elle ne porte une couche comme les vieilles, elle doit bien aller aux toilettes au moins une fois par jour. Reste sur Shay. Trouve l'ouverture.

— Je ferai de mon mieux, monsieur.

Le regard froid de Lambert avait causé à Barrett un frisson qui dura toute la journée. Il fuma la moitié d'un paquet en ruminant sur le balcon de son bureau. Il essaya de joindre Culligan à tous ses numéros, mais le chef de la sécurité ne répondait à aucun ; son assistante tenta de le couvrir, disant qu'il ne se sentait pas bien et avait probablement éteint son téléphone, mais Barrett savait soit qu'il était ivre, soit qu'il évitait délibérément ses appels.

Ces derniers temps, Culligan avait montré peu d'entrain pour l'ensemble de l'opération. Alors que ça n'avait pas eu l'air de lui poser problème du moment que tout se passait de l'autre côté de la planète. Ou, encore plus important pour lui, que ça ne touchait pas des personnes blanches. Son attitude avait changé dès que Shay avait été impliquée. Il avait même essayé de s'opposer à l'opération « Tony Low ».

Barrett tenta également de joindre Phil Duvall et échoua. Son assistant à Manhattan prétendait qu'il était à Tours ; son assistant à Tours prétendait qu'il était à Manhattan.

Au départ, l'opération avait été un projet commun. Chaque membre du groupe était convenu que c'était la seule chose à faire. Ils avaient même obtenu la bénédiction de Madame. Puis Lucy avait quitté le navire, Duvall avait feint l'ignorance, Madame était devenue encore plus secrète. Et maintenant Culligan l'ignorait. Barrett se retrouvait désormais seul dans la ligne de mire de Shay Lambert et de sa soif de vengeance.

Une angoisse lui dévorait le ventre comme un rat enfermé à l'intérieur de lui-même. Il se demanda s'il était possible de développer un ulcère en une seule journée. Il avala la moitié d'une bouteille de Pepto et quitta le bureau avant 17 heures. À la maison, il fit sursauter la nouvelle femme de ménage, lui flanqua son manteau et sa mallette dans les bras, et monta péniblement les escaliers jusqu'à la chambre à coucher.

Il s'arrêta net. Un bruissement s'échappa du dressing de Mélanie, suivi d'un long « Ooooh » satisfait, qui lui fit se souvenir de leurs premières années ensemble. Impossible, pensa-t-il, mais après cette journée, il savait que plus rien ne l'était. L'estomac serré, il passa silencieusement sur le tapis Aubusson jusqu'à la pièce adjacente.

Mélanie était bien là, mais pas avec un autre homme. Non, avec quelque chose de presque aussi désespérant. Elle se prélassait devant son miroir de plain-pied, seule, excepté le reflet de trois autres Mélanie qui lui retournaient son sourire, chacune portant une robe de bal distinguée, faite d'une soie vert émeraude, avec un corsage ajusté et une jupe qui tourbillonnait autour de leurs hanches et de leurs jambes comme un tire-bouchon.

Elle vit le reflet de Barrett à côté du sien.

— Tu as tout gâché, dit-elle avec un sourire coquet. Je voulais attendre et te faire la surprise le soir du Gala.

Le Met Gala. Il venait de comprendre et ce fut le coup de trop, et le rat dans son estomac le déchira jusqu'à griffer ses entrailles, déversant acide et excréments dans son sang. Le Met Gala était l'événement le plus sélect de la ville et malgré ça, il lui avait promis qu'il lui obtiendrait une invitation. Mais sur le moment, il l'avait fait par simple réflexe, comme une manœuvre défensive pour calmer sa rancœur après qu'il avait échoué à lui obtenir un billet pour le défilé Graziella. Il était insensé de faire des promesses pareilles, mais elle était tout aussi folle de croire qu'épouser un avocat, même aussi éminent que lui, pourrait lui ouvrir les portes d'un monde si fermé.

— Renvoie-la, dit-il. Nous n'irons pas.

— Quoi ?

Le sang quitta tout à coup son visage, donnant à sa peau blanche un aspect maladif tranchant avec le vert de la soie.

— Nous n'irons pas, répéta-t-il, et il s'éloigna.

— Tu as promis ! Barry !

Le crépitement de sa voix le poursuivait. Elle ressemblait à du petit bois sec qui prenait feu. Une minute encore et tout partirait en flammes.

— J'ai menti.

Il desserra sa cravate en traversant à nouveau le tapis Aubusson vers son propre dressing.

— Renvoie-la.

— Je ne peux pas ! C'est de la haute couture ! Ils l'ont faite spécialement pour moi !

— Dis-leur que tu vas la mettre en vente sur eBay. Ils la reprendront, tu verras.

— Je ne le ferai pas ! Je vais aller au Gala. Avec ou sans toi.

C'était son petit jeu préféré, faire des allusions à tous les autres hommes qui feraient la queue pour prendre sa place. Il n'avait pas la patience de jouer à ça avec elle ce soir. Il entra dans son dressing et lui ferma la porte au nez, avant de la verrouiller sans prêter attention à son cri d'étonnement.

Il passa à la salle de bains et ferma également cette porte, puis s'assit sur le bord de la baignoire. Il pressa son poing contre son estomac tourmenté tandis que le regard glacial de Lambert lui revenait en mémoire. Il y avait quelque chose de mortel dans ses yeux pâles, et cette impression lui glaça les os de haut en bas.

Un bruit de verre brisé lui parvint de leur chambre, où Mélanie s'était mise à lancer des objets.

Une pensée lui traversa l'esprit, si soudaine et inattendue qu'elle fut comme un éclair déchirant le ciel. C'était une chose à laquelle il n'avait jamais songé, mais elle lui semblait désormais si évidente qu'il ne comprenait pas comment il avait pu passer à côté jusqu'à présent.

Peut-être que la mort de Lucy n'était pas un suicide.

Peut-être qu'il avait fait porter le chapeau à Lambert pour un meurtre qu'elle avait réellement commis.

Elle réapparut dans sa mémoire. La robe fourreau noire, aussi lisse et luisante que la peau d'un requin. La lueur surnaturelle de ses cheveux. Ses yeux pâles brillants comme des éclats de verre.

Elle voulait le voir mort. Il le savait. Et si elle avait tué une fois, elle pouvait recommencer sans aucun doute.

Il sortit son téléphone. Le numéro ne figurait pas dans ses contacts – le sauvegarder à cet endroit aurait suggéré une relation plus continue qu'il n'était prêt à l'admettre –, mais il fit défiler son journal d'appels jusqu'à le retrouver. Il le regarda pendant un moment alors que Mélanie tambourinait à la porte du dressing. Quelle heure était-il à Kuala Lumpur – 7 heures du matin ? Mais en quoi était-ce un souci après tout ? Quand on était sur le point de s'engager dans une affaire comme celle-là, les prévenances et la courtoisie n'avaient plus beaucoup d'importance. Son doigt hésitait au-dessus du numéro.

— Barry, laisse-moi entrer ! Espèce de salaud ! hurlait Mélanie.

Il finit par appuyer dessus.

— Eh, patron, répondit Tony Low. Vous avez envoyé le colis ?

Barrett s'éclaircit la voix.

— Hum, non. On a du mal à se le faire livrer de ce côté-ci. Donc, il nous faut un plan B.

— OK.

— Vous avez des gens vers chez nous, n'est-ce pas ?

— Bien sûr. Plein. De quel genre de gens vous avez besoin ?

Sept minutes plus tard

Barrett cherchait un euphémisme, une façon de prolonger la métaphore du colis.

— Eh bien, au lieu d'une livraison, une vente sur place ?

Il grimaça en le disant. Personne ne pouvait comprendre ce qu'il voulait dire.

Low resta silencieux pendant un long moment.

— OK, patron, finit-il par dire, avec un ricanement dans la voix. Mais ça va coûter plus cher. Beaucoup plus cher.

Il avait compris.

27

J'avais l'habitude de penser que ma vie avait changé en un instant – celui où j'avais perdu mon travail chez Jackson Rieders –, mais avec le recul, je savais que ce n'était pas vrai. Les graines de la Grande Récession avaient été semées des années auparavant, et la firme n'avait pas atteint ses objectifs de bénéfices par associé pendant un bon bout de temps. La hache qui avait tranché ma vie en un avant et un après avait tourné longtemps au-dessus de ma tête avant de frapper.

Mais cette fois, ma vie avait vraiment changé du tout au tout, à partir du moment où j'étais sortie de l'unité des femmes de Valhalla et où j'étais montée dans la voiture de Mark Ivins.

Trois semaines plus tard, ma nouvelle vie ressemblait à ça.

Je me réveillais tôt, bien reposée dans mon lit *king size*, je préparais une tasse de café dans la DeLonghi et je la buvais debout près des baies vitrées, d'où je pouvais voir les premiers rayons de soleil se glisser dans le jardin. Les jacinthes étaient en fleur dans les parterres et j'ouvrais la porte pour savourer leur parfum luxuriant et enivrant. Elles avaient la particularité d'être toujours en fleur. Tout ce qui composait le jardin était cultivé sous serre ailleurs et replanté ici seulement au moment où sa beauté atteignait la perfection, puis était remporté dès que les fleurs commençaient à faner. Dans le jardin de Mark, il n'y avait pas d'entre-deux. Un peu comme pour les femmes qui travaillaient pour lui. Elles semblaient toutes être au sommet de leur beauté et étaient probablement mises à la retraite quand leur apparence physique commençait à décliner. Malgré ça, toutes l'adoraient. L'un de mes passe-temps préférés consistait à deviner avec laquelle il couchait, en plus de Phœbe. Peut-être toutes.

Après le café, je m'habillais d'un tee-shirt et d'un legging et me rendais à la salle de sport de l'autre côté du sous-sol. Deux de mes collègues étaient déjà là, en train de pédaler sur les basses saccadées de la musique techno. Je les saluais d'un signe de tête, puis je montais sur le tapis de course et regardais les infos du matin pendant que je courais mes huit kilomètres. Phœbe arrivait alors que je descendais du tapis, et pendant que nous nous entraînions ensemble aux haltères, elle me mettait au courant des potins du bureau, à la fois professionnels (l'arrangement de Mark avec Genco lui donnerait cinq sièges au nouveau conseil d'administration ; il contrôlerait donc cette entreprise tout comme il en contrôlait une douzaine d'autres) et personnels (Mark et sa femme traversaient une mauvaise passe ; elle avait hérité d'une fortune importante, mais celle accumulée par Mark avait dépassé la sienne, et toute la dynamique de leur mariage en était changée).

Nous nous séparions après nos séries d'abdos, et Phœbe montait sur le tapis de course pendant que je traversais la cage d'ascenseur pour regagner mon appartement.

Ensuite, le programme de ma nouvelle vie était le suivant : une bonne douche, suivie d'une heure de travail devant mon ordinateur pour répondre aux e-mails et examiner les requêtes. Mon bureau était aménagé dans mon appartement. C'était la solution qu'avait trouvée Mark pour maintenir la « muraille de Chine » entre l'équipe de l'affaire Palmer et moi, mais cela m'allait très bien. Comme je n'avais pas l'intention de faire long feu ici, je ne tenais pas à fraterniser avec le reste de l'équipe.

Je passais également du temps à fouiller dans les dossiers numériques du cabinet. À l'exception des fichiers protégés par mot de passe, je bénéficiais d'un accès complet, et parcourir les différents comptes financiers, requêtes et correspondances était une bonne manière de prendre le pouls de cet endroit. C'est là que j'avais notamment découvert comment Mark avait réussi à me sortir de prison quelques minutes seulement avant que les hommes de Barrett ne le fassent : il avait glissé un dessous-de-table au greffier des cautions à Valhalla, dès la première semaine de mon incarcération. Pendant tout ce temps, il avait su que j'étais là-bas, mais tant que le greffier ne l'avertissait pas que ma caution allait être payée par Jack Culligan, il n'avait aucune raison d'agir en ma faveur. Je ne lui en voulais pas pour autant : après tout, il ne pouvait pas être certain de mon utilité tant qu'il ignorait quelle menace je représentais pour Barrett.

Ensuite, je passais quinze minutes sur Internet pour voir quelles nouvelles histoires les gens inventaient à mon sujet. Je ne cessais de m'étonner de ma célébrité. Comme si j'avais accompli quelque chose de plus que d'avoir été dans le mauvais ascenseur au mauvais moment. L'ironie de l'histoire était que j'allais bientôt réaliser quelque chose pour de vrai, quelque chose de très concret, à la condition que mes plans aboutissent, mais rien qui pourtant me ferait jamais autant connaître que ce sinistre épisode. Ma renommée était destinée à être éphémère, et c'est maintenant que je devais en profiter.

J'enfilai un élégant tailleur rouge, fis venir Lonnie pour qu'il me conduise dans le centre-ville et prévins Alice, qui attendait devant ma porte d'entrée. C'était une blonde de quarante ans avec une coupe courte sans fioritures et un corps sculpté à me faire désespérer de mon programme sportif matinal. Après avoir fait partie de la sécurité du gouverneur en tant que policière, elle était désormais ma garde du corps, engagée par Mark dès qu'il avait su que j'étais suivie. Par la même occasion, il me permettait d'utiliser sa voiture et son chauffeur. Maintenant, je ne quittais plus l'immeuble qu'à bord de la Mercedes gris métallisé avec Lonnie au volant et Alice à la place du mort. Enfin, façon de parler : Alice était équipée d'un Glock 17 qu'elle portait dans un étui sous sa veste de costume. Elle avait également un fil enroulé à son oreille, relié à Lonnie dans la voiture.

Premier arrêt : un café sur Union Square. Alice y entra pour une brève inspection, puis elle donna le feu vert à Lonnie, qui me le transmit. Le journaliste était déjà là. À mon arrivée, il se leva et me fit signe de m'asseoir à sa table.

— Bonjour, merci d'être venue, dit-il alors que je m'installais.

Il se pencha en avant, les coudes sur la table, désireux de faire son pitch avant même que j'aie pris le menu.

Il faisait partie des quatre journalistes qui se disputaient mon histoire. J'avais beau avoir fait savoir que je ne pouvais pas parler de mon affaire, l'accusation de meurtre qui pesait sur ma tête avait un potentiel d'accroche évident. Mais chacun d'eux proposait un angle différent, et je n'avais pas encore arrêté mon choix sur celui qui obtiendrait l'exclusivité. Pour le moment, je penchais plutôt en faveur du pigiste qui proposait un article de fond dans *Vogue*. Ce n'était peut-être pas le choix le plus judicieux pour plaider ma cause, mais je ne pouvais m'empêcher de penser à la séance photo qui s'ensuivrait.

Celui-ci proposait d'orienter son article sur les réseaux sociaux – comment le débat sur l'affaire avait enflammé la Toile et la façon dont il pourrait influencer le verdict. Il fut un peu désarçonné quand je lui confiai que je n'avais jamais été une utilisatrice des réseaux. Mais il changea rapidement son fusil d'épaule et décréta que l'ironie de la chose serait un argument de vente supplémentaire.

Un homme qui s'apprêtait à quitter l'établissement s'arrêta alors à notre table.

— Excusez-moi, dit-il en nous interrompant. Vous ne vous souvenez probablement pas de moi.

Le journaliste secoua la tête, mais c'est à moi que l'homme s'adressait.

— Nous étions sur un panel CLE il y a un moment. Sur un litige multidistrict, je crois bien ?

— Bien sûr.

Je lui tendis la main.

— C'est Don, n'est-ce pas ? Comment allez-vous ?

Il semblait content d'être reconnu.

— Je voulais juste dire bonjour. Et vous souhaiter bonne chance.

Je le remerciai chaleureusement.

— Est-ce que ça arrive souvent ? demanda le journaliste après le départ de l'avocat.

— Au moins une fois par jour. C'est vraiment incroyable de constater à quel point vous êtes peu stigmatisé quand on vous accuse de meurtre.

— C'est parce que n'importe qui peut se reconnaître dans votre affaire. Tout le monde redoute de se retrouver coincé dans un ascenseur. Ajoutez à ça une arme et une suicidaire ? Leur pire cauchemar.

Je terminai ma crêpe aux épinards et aux champignons, promis au journaliste une décision sous peu, et le laissai avec l'addition. Puis je remontai dans la limousine pour me rendre plus loin, aux bureaux de la firme Harrington.

Mark m'avait chargée de trouver des preuves indiquant que Northstar ou ses avocats avaient organisé une enchère inversée et conclu un accord secret avec Ned Bartman. J'avais déjà pris les dépositions de deux cadres supérieurs de l'entreprise. Aujourd'hui, j'avais programmé la déposition de son P-DG, un homme du nom de Nelson Ledbetter.

Dick Harrington avait envoyé un subalterne aux dépositions précédentes, mais aujourd'hui, il était présent en personne pour défendre le P-DG de son client. Ned Bartman, le rival de Mark pour la défense de l'action collective, était également présent, ainsi qu'un jeune associé du cabinet de Bartman, un garçon nerveux nommé Joshua Matson, qui s'était assis dans l'ombre de son patron et prenait des notes.

Ledbetter était un transfuge de Houston dont le statut élevé dans l'entreprise semblait le dispenser de savoir ce qui s'y passait. Avec son accent traînant du Texas, il affirma ne pas savoir si les avocats de la société avaient organisé une enchère inversée entre les cabinets en lice pour obtenir la défense de l'action collective ; il nia connaître Ned Bartman ou l'avoir vu avant aujourd'hui ; il nia connaître quiconque appartenant au cabinet de Bartman ; il nia savoir si Northstar avait conclu un accord avec Bartman pour limiter l'exposition financière de l'entreprise ; et il nia même savoir ce qu'était une enchère inversée.

Les deux autres cadres de Northstar que j'avais interrogés étaient tout aussi avares en informations. Mais je pouvais faire avec. Je m'engageais avec eux dans une course d'endurance, et désormais leurs noms étaient intégrés au dossier.

Alors que tous les participants rangeaient leurs documents dans leur attaché-case pour partir, je remis ma carte à la sténographe judiciaire et commandai la transcription de nos échanges pour le lendemain. Puis je glissai une autre carte dans la poche de pantalon du jeune Joshua Matson. Au dos, j'avais écrit : « Un verre ce soir ? »

Je partis déjeuner, cette fois au Four Seasons. Depuis que j'étais sortie de Valhalla, j'avais déjeuné ou pris un verre presque chaque jour avec des avocats que j'avais connus autrefois ou que je souhaitais rencontrer. Je renouais avec d'anciens contacts et me faisais de nouveaux amis partout en ville. Tous ceux que j'appelais étaient suffisamment curieux pour accepter mon invitation, et à mesure que le bouche-à-oreille s'activait, je m'étais bientôt vu solliciter à mon tour pour des dîners. C'était plus que de la curiosité : de la fascination. Comment quelqu'un pouvait-il traverser ce que j'avais traversé et s'en sortir… aussi bien ? Non seulement j'avais survécu, mais j'avais surmonté l'épreuve. Du moins, c'est ce que tous affirmaient.

Les mots de Mme Casco étaient une nouvelle fois mes plus grands alliés : « Affiche le visage que tu veux montrer au monde, et c'est ainsi que le monde te verra. »

L'invitation du jour venait de Joël Edders, mon ancien associé superviseur chez Jackson Rieders. Lui aussi avait évolué depuis. La vague de licenciements de 2008 n'avait pas suffi à redresser les finances de notre employeur, si bien qu'il s'était laissé débaucher par un autre cabinet en 2009.

Il avait commandé un bon vin pour fêter ça – parlait-il de ma libération ou de mon nouveau travail d'avocate ? Peut-être un peu des deux.

— Quand toute cette histoire sera finie, j'espère que tu envisageras de venir dans mon cabinet, dit-il, son verre levé haut. Ce serait génial de travailler à nouveau avec toi.

Je souris.

— Quand tout sera fini ? Tu parles comme si se faire acquitter d'un meurtre était aussi facile que de réussir l'examen du barreau.

— Pour toi ce n'est qu'un jeu d'enfants, ça ne fait aucun doute.

Ni lui ni moi ne voulions laisser l'addition à l'autre : je voulais le remercier d'avoir parlé de mon cas à Mark Ivins, et lui se racheter de m'avoir abandonnée il y a cinq ans. Je le laissai finalement régler.

L'étape suivante était le bureau de Dev Kapoor. Il se situait au dixième étage, et alors que nous montions les marches, j'entendais Alice souffler derrière moi. Elle était très en forme, mais elle commençait à se fatiguer de ces escaliers à répétition. Tout comme moi.

Le bureau de Dev était un lieu sobre, sans prétention. Il y avait des meubles utilitaires et rien d'autre qu'un palmier en pot et quelques estampes encadrées pour la décoration. Dev n'avait pas besoin d'en faire des tonnes. Il était avocat en droit criminel et ses clients étaient bien trop préoccupés par les accusations qui pesaient sur eux pour prêter attention à la déco.

Il vint lui-même me saluer quand j'arrivai à la réception. C'était un homme discret à la peau foncée, d'une quinzaine de centimètres plus petit que moi – mais mes talons en faisaient dix –, et d'apparence aussi modeste que ses locaux. Américain de fraîche date, il avait des manières à l'ancienne et une attitude respectueuse – une caractéristique inattendue chez la plupart des avocats et encore plus chez quelqu'un qui avait connu une ascension aussi fulgurante. Il n'avait pas quarante ans et était déjà célèbre dans les tribunaux de tout le pays.

— Bonnes nouvelles, bonnes nouvelles, dit-il en souriant, alors qu'Alice prenait place dans la salle d'attente.

Il me conduisit dans la salle de réunion. Deux hommes se levèrent à notre arrivée. Le plus âgé était Paul Spechler, un universitaire à lunettes que Dev avait engagé pour analyser les vidéosurveillances et les documents des ressources humaines de CDMI. À ses côtés se trouvait un jeune informaticien du nom de Jon Banoff, habillé dans le style typique des informaticiens : un tee-shirt à logo et des Converse All Star. Spechler serait le témoin à la barre, mais Banoff était celui qui avait travaillé sur le dossier, et c'est lui qui prit la parole lors de notre réunion.

Sa conclusion : les horodatages avaient été modifiés sur chacun des trois extraits vidéo produits par CDMI ainsi que sur ma prétendue lettre de licenciement. Il pouvait l'affirmer en raison de ce qu'il appelait une « troncature de précision ». Avant leur manipulation, les horodatages avaient une résolution de cent nanosecondes, mais le logiciel utilisé pour les trafiquer avait réduit la précision de leur horloge interne. Il ne pouvait pas dire quand les vidéos avaient été enregistrées, ni quand le formulaire RH avait été rempli, mais il pouvait affirmer avec un degré raisonnable de certitude scientifique que leur datation avait été modifiée.

Son explication longue et détaillée me sembla ne jamais devoir finir. Je savais déjà que les horodatages avaient été trafiqués et il m'importait peu de savoir comment, pourvu que le témoignage soit recevable devant le tribunal. Dev avait l'air clairement ravi, lui, ce qui m'indiquait qu'il n'était pas sûr de mon innocence auparavant. Mais c'était sans importance.

Un message arriva sur mon téléphone et je le lus sous la table. C'était Joshua Matson, le jeune associé de Ned Bartman. « Où et quand ? »

Banoff avait rédigé un rapport de cinquante pages étayant sa conclusion, que Spechler avait signé. Ce dernier était prêt à témoigner en échange d'un supplément. À la fin de la réunion, ils distribuèrent des copies numériques du rapport à Dev et à moi. Je le fis suivre immédiatement à Mark Ivins. Après tout, c'est lui qui avait payé pour ça.

Dev raccompagna les deux hommes et revint dans la salle de réunion. Il souriait toujours.

— Je vais étudier le rapport ce soir, et si tout est OK, je le transmettrai au procureur demain matin.

Je secouai la tête.

— Pas encore.

Son sourire s'effaça.

— Pourquoi attendre ? Une fois qu'ils auront vu ça, ils abandonneront les charges. En une semaine, ce sera réglé.

— Et après ?

— Et après, quoi ?

Il semblait perplexe face à mon apparente naïveté.

— Eh bien, après, ce sera fini.

— Non, ça ne le sera pas. J'aurai toujours cette histoire au-dessus de la tête. Toute ma vie, il se murmurera des choses à mon sujet et les gens spéculeront sur ce qui s'est réellement passé.

— Ce n'est pas à nous de prouver ce qui s'est passé.

— Et pourtant si, c'est le cas, dis-je. Nous devons penser sur le long terme, Dev.

Il céda une nouvelle fois devant moi, affichant seulement un imperceptible froncement de sourcils en passant aux éléments suivants sur la liste des choses à faire. Son enquêteur s'était rendu au pénitencier fédéral du Kansas pour interroger mon demi-frère Roger.

— Il a dit qu'il signerait sans hésitation une déclaration affirmant qu'il ne vous a jamais donné ni vendu une arme à feu et qu'il ne vous a même pas parlé au cours des vingt dernières années. Mais seulement en échange de cinquante mille dollars. Ce qui, bien sûr, invaliderait totalement la déclaration.

— Ce vieux Roger, marmonnai-je.

Je n'étais pas surprise.

— La bonne nouvelle, c'est qu'il ne coopère pas non plus avec le procureur. Il a accepté de lui donner une déclaration – disant le contraire, je suppose –, mais seulement en échange d'une grâce présidentielle.

— Aucun risque, alors ? demandai-je.

— Aucun, m'assura Dev. Même si le procureur était d'accord, les fédéraux ne le seraient jamais. Donc en résumé, concernant l'arme à feu, oui, votre lointain demi-frère a acheté une douzaine de kits de montage venant du même fabricant que l'« arme de l'ascenseur ».

L'« arme de l'ascenseur » était l'euphémisme que Dev utilisait pour éviter de dire « arme du crime ».

— Mais des milliers de ces kits ont été vendus, et il n'y a aucun moyen de relier l'arme de l'ascenseur aux kits vendus à votre frère.

— Mais aucun moyen non plus de remonter jusqu'à Lucy.

— Certes, mais souvenez-vous…

Il s'interrompit avant de me rappeler encore une fois à qui revenait le fardeau de la preuve.

— Dernier point, dit-il en changeant de sujet. Votre mari.

Je me crispai d'un coup.

— Vous l'avez retrouvé ?

— Pas tout à fait. Mais nous avons appris qu'il avait été arrêté pour détention de stupéfiants le mois dernier.

— Où ça ?

L'enquêteur de Dev avait cherché David dans tous nos anciens repaires du Bronx – notre immeuble, le Cubby's, l'épicerie du coin, le centre de don du sang.

— Devant une boîte de nuit à Tribeca, dit Dev. Il a donné une adresse au Hyatt House à Chelsea, mais il avait déjà décampé quand la police a suivi cette piste.

Tribeca et Chelsea. Ses terrains de jeu favoris à l'époque de notre apogée.

— On dirait bien qu'il a touché de l'argent, dis-je.

Dev acquiesça d'un signe de la tête.

Alice se leva quand je revins à la réception. Elle ouvrit la porte d'entrée pour vérifier le couloir extérieur et soudain ses yeux s'écarquillèrent. Elle s'écarta pour laisser passer un homme. Malgré la faible luminosité dans le couloir, il portait des lunettes de soleil et baissa la tête en nous frôlant.

— Quoi ? chuchotai-je alors qu'Alice m'emmenait en toute hâte vers l'escalier.

Je me demandais si Barrett m'avait encore fait filer.

— Vous n'avez pas vu qui c'était ?

— Qui ?

— Mais la star de cinéma. Luke Rafferty.

J'éclatai de rire.

— C'est donc pour ça que vous avez l'air si émerveillée.

Elle rougit, et je continuai à la taquiner jusqu'au rez-de-chaussée.

J'allais m'engager dans les portes tournantes pour sortir dans la rue quand j'aperçus un visage plus familier : Lester était garé un peu plus loin dans une berline bleue cette fois, sa tête touchant le plafond trop bas, ce qui le rendait aussi peu discret que d'habitude.

— Alice ? dis-je.

— Je le vois.

Elle parla dans son oreillette et en quelques secondes, Lonnie s'arrêta et se gara en double file juste devant l'immeuble. La porte arrière s'ouvrit en grand, et Alice me guida à toute vitesse jusqu'à la voiture. Elle s'engouffra à ma suite, et Lonnie démarra en faisant crisser les pneus.

Je regardai par la vitre arrière alors que nous dépassions la voiture de Lester. Je le saluai d'un signe de tête, auquel il répondit de la même façon.

Je reçus un message de Mark tandis que nous roulions vers le nord. Il avait lu le rapport de l'expert vidéo et voulait fêter ça. « Super nouvelle ! Venez boire un verre à votre retour. »

J'avais vite compris qu'il vivait à plein temps dans son appartement du quatrième étage. Je l'avais vu un soir marcher pieds nus pendant que je travaillais tard dans la bibliothèque. Depuis mon appartement du sous-sol, je l'entendais souvent se déplacer dans l'immeuble. La nuit, j'entendais des voix féminines venant du quatrième. Une fois, j'avais reconnu le rire de Phœbe. D'autres fois, des voix différentes et tout aussi hilares.

« Pas longtemps, répondis-je à Mark. J'ai déjà des choses prévues ce soir. »

« OK, disons 18 heures, à tte. »

Lonnie s'arrêta devant notre immeuble et Alice scruta rapidement la rue avant d'ouvrir ma portière et de m'escorter jusqu'à mon appartement. Elle resta près de moi pendant que je passais ma carte d'accès dans la serrure magnétique.

— Je serai de retour à 19 heures, dit-elle.

Alors que je me retournais pour la remercier, je m'arrêtai brusquement : l'inspecteur Riley sortait du bureau, un étage plus haut.

— Monsieur l'agent, appelai-je, alors qu'Alice revenait se positionner devant moi.

Je me penchai par-dessus son épaule.

— Vous vouliez me voir ?

Il avait l'air aussi surpris que moi. Il descendit lentement les escaliers jusqu'au niveau de la rue.

— J'espérais pouvoir discuter un instant avec votre patron.

Il était vêtu du même costume délavé qu'il avait porté pendant ma longue journée de garde à vue, et je pouvais imaginer à quel point il avait dû se sentir mal à l'aise dans la grande salle de réception de Mark Ivins & Associés.

— Mais il semble qu'il ne soit pas disponible.

— Peut-être que je pourrais vous aider ? dis-je.

Alors que je montais à mi-chemin de mon escalier, Alice se plaça entre moi et la rue. Elle était sur le qui-vive, scannant les voitures garées sur le trottoir, scrutant les toits environnants.

— Eh bien, euh… Je ne peux pas vraiment vous parler, dit Riley. Vu que vous êtes représentée par un avocat.

Je souris.

— Cette règle est conçue pour protéger les personnes non averties. Je ne pense pas être dans ce cas.

Il hésita.

— Mais quand même…

— Pourriez-vous continuer à l'intérieur ? dit Alice à voix basse.

Cela sembla le décider. Il me suivit en bas de l'escalier vers mon appartement. Habituellement, Alice me laissait sur le palier, mais cette fois elle entra et referma la porte derrière elle avec son dos. Elle se tint là en sentinelle tandis que je conduisais Riley à l'intérieur.

— Belle piaule, dit-il en tournant la tête pour tout examiner.

Baissant la voix, il ajouta :

— C'est qui, ce garde du corps ?

Je posai ma mallette sur le comptoir de la cuisine.

— Il semblerait que je sois suivie.

Riley leva ses sourcils broussailleux.

— Par Barrett ?

Comme je ne répondais pas, il dit :

— Vous auriez dû appeler la police.

— Oh, bien sûr. Notre dernière rencontre s'est si bien passée.

À son crédit, il détourna le regard.

Je le regardai faire quelques pas pour s'enfoncer plus profondément dans l'appartement avant de lui lancer :

— C'est maintenant que vous allez me demander un verre d'eau ou d'utiliser la salle de bains ?

— Eh !

Il se tourna vers moi, l'air offensé.

— C'est vous qui m'avez invité à entrer.

— Je plaisantais.

Malgré tout, je pris un verre et le remplis à l'évier, puis je le plaçai entre nous sur le comptoir.

— Buvez un peu d'eau quand même.

Il sourit et saisit le verre.

— De quoi vouliez-vous parler avec M. Ivins ?

— J'avais pensé que nous pourrions comparer nos notes. J'ai supposé qu'il avait rassemblé des preuves pour son procès contre votre ancienne boîte.

— Et vous voulez comparer ses preuves avec… quoi au juste ? Vos preuves contre moi ?

Je le regardai d'un air amusé.

— Et pourquoi ça ? Vous réexaminez votre affaire ?

Il haussa les épaules.

— C'est juste histoire de vérifier tous les détails.

— Sans Cruz ?

— Il est occupé sur une affaire en cours.

— Et vous ne l'êtes pas.

Il ne répondit pas. Il leva son verre et me regarda par-dessus le bord tout en prenant une gorgée d'un geste lent.

— Je voulais demander à Ivins s'il avait entendu parler de certains vols charters en provenance du Myanmar.

Un soulagement me traversa comme un courant chaud. Enfin. Il avait enfin regardé les documents dans ma sacoche.

— Ces documents sont confidentiels, dis-je.

— Et nébuleux, dit-il. Je n'y comprends rien.

Mon soulagement s'estompa.

— Eh bien. Je ferais mieux de partir.

Il vida le verre et le posa sur le comptoir.

— Les toilettes sont de ce côté.

Je lui indiquai la direction.

Il sourit et passa devant Alice qui se tenait toujours devant la porte, impassible.

Je quittai mon tailleur pour une robe d'été décontractée, et à 18 heures, je gravis les escaliers jusqu'à l'appartement de Mark. Après que j'ai frappé à la porte il me cria d'entrer, et un fabuleux effluve de viande qui grésillait sur le feu emplit mes narines. Mark avait un chef personnel nommé Kévin Ho qui était plus ou moins à son service en permanence. Il était là dans la cuisine en train de couper des légumes sur le comptoir. Mark était invisible.

J'errai dans le salon. L'appartement était décoré avec les mêmes lignes épurées et les couleurs gris-bleu que mon appartement au sous-sol. C'était un contraste saisissant avec les rouges flamboyants et les dorures des espaces collectifs. Ces pièces étaient comme la crinière d'un lion ou la queue d'un paon, destinées à impressionner – plutôt à intimider, en réalité – ses visiteurs. Mais il n'avait besoin d'impressionner personne dans son espace privé. Les gens qu'il invitait ici savaient déjà à quel point il était redoutable.

— J'arrive tout de suite, cria-t-il depuis une autre pièce. Préparez-vous un verre.

Il avait travaillé. Son ordinateur portable était ouvert sur la table basse, à côté d'un document qu'il avait annoté. Je contournai le bar et le parcourus rapidement, en toute discrétion. C'était un projet d'accord dans l'affaire Genco. Une section donnait aux actionnaires qu'il représentait le droit de nommer cinq nouveaux membres du conseil d'administration. Je tournai quelques pages de plus et constatai qu'il comptait neuf membres. Par cette manœuvre Mark aurait le contrôle de l'entreprise.

Il sortit alors que j'admirais une petite statue en acier sur une étagère. Il était habillé d'une manière aussi décontractée que moi, sinon plus, puisqu'il était pieds nus.

— Vous avez raison, dit-il en remarquant mes mains vides. Nous ne devrions pas boire d'apéritif. Ça mérite du champagne.

Il ramassa ses papiers et consulta brièvement Kévin dans la cuisine. J'entendis le *pop* du bouchon, et Mark revint avec deux flûtes.

— À votre innocence, dit-il en me tendant un verre.

Il souriait toujours lorsqu'il prononça les paroles suivantes :

— Ces espèces de fils de pute.

— Mmm.

Je pris une gorgée. Le champagne pétillait sur ma langue et m'évoqua une vague de souvenirs : David trinquant dans la salle VIP d'une boîte de nuit ; David portant un toast à notre réception de mariage ; David secouant une bouteille avant de faire sauter le bouchon et de laisser un geyser de champagne lui asperger la tête – c'était la nuit où il avait reçu son chèque de bonus, le dernier qu'il allait recevoir. Et enfin, un souvenir particulier : la bouteille de magnum, oubliée au fond du réfrigérateur depuis le jour de mon licenciement, que David avait vidée presque cul sec, directement au goulot, alors qu'il cherchait des affaires à revendre avant de s'éclipser de l'appartement au milieu de la nuit. Je l'imaginais aujourd'hui, faisant la fête à Tribeca, traînant dans notre ancien quartier. Faisant semblant de croire qu'il pourrait retrouver son ancienne vie un jour.

— Après ce qu'ils ont essayé de vous faire, Shay… disait Mark. Enfin, qu'est-ce que je raconte ? Ce qu'ils vous *ont fait* – vous avez quand même passé deux mois en prison –, votre procès contre cette firme va être épique.

— Oui. J'y ai réfléchi.

— Je serais ravi de vous représenter. Croyez-moi.

Je le regardai du coin de l'œil.

— Mais bien sûr, vous ne pouvez pas.

— Pourquoi pas ?

Il écarta les bras et prit un air orgueilleux.

— Je peux très bien gérer autre chose que des litiges entre actionnaires, vous savez.

— Mais vous représentez les actionnaires de CDMI. La valeur de leurs actions plongerait si j'obtenais une grosse indemnisation de la part de l'entreprise.

Après un moment de silence, il haussa les épaules.

— C'est vrai.

— Ça doit être difficile de se rappeler qui sont vos clients, dis-je. Quand ce ne sont que des noms sur une liste.

Il s'offusqua un peu de cette pique.

— Ce n'est pas vrai. Je ne fais que défendre leurs intérêts légitimes. C'est pour ça que j'ai intenté le procès Palmer. La direction a trop longtemps puisé dans la mangeoire des actionnaires. Je veux les faire tomber, Shay. Je veux détruire tous ces enfoirés, un à un.

— Vous n'êtes pas censé en discuter avec moi, lui rappelai-je.

Quelque chose sifflait dans la cuisine, et une autre odeur se répandait, celle, douce et piquante, de l'ail frais.

— Nous pourrions le faire. Vous et moi ensemble.

Cette fois, je ne répondis pas. Il fit une moue pour montrer qu'il comprenait, puis changea de sujet :

— Où en êtes-vous avec Northstar ?

— J'ai interrogé Nelson Ledbetter aujourd'hui.

Il inclina la tête.

— Rafraîchissez-moi la mémoire ?

— Le P-DG.

— Ah oui, c'est vrai. Vous en avez tiré quelque chose ?

Je grimaçai.

— Mêmes réponses que tous les autres cadres de Northstar. Il n'a jamais parlé de Bartman à personne chez Harrington ni à personne chez Northstar. Il n'a jamais rencontré personne du cabinet de Bartman. Il n'a jamais non plus évoqué avec quiconque la possibilité de fausser la concurrence entre cabinets d'avocats pour engager le moins cher. Il était même horrifié par cette idée.

Mark haussa les épaules.

— Eh bien, qui sait ? Peut-être que ça ne s'est jamais produit.

Il sourit.

— Je devrai peut-être gagner le procès sur mes seuls mérites.

— N'abandonnons pas si vite !

Je ris.

— J'ai encore quelques idées qui mijotent.

— Je m'en doutais bien. Eh, si nous montions sur le toit ?

Je n'étais pas habillée pour l'extérieur, mais il me lança une veste en daim à enfiler. Lui resta tel quel, pieds nus.

— Kévin, nous serons en haut, cria-t-il en sortant.

— Vous recevez des invités ce soir ? demandai-je en gravissant l'escalier étroit jusqu'au jardin suspendu.

— Eh bien, vous m'avez dit que vous seriez absente, fit-il d'un air faussement triste. J'ai donc dû trouver quelqu'un d'autre pour combler ma nuit solitaire.

Sur le toit, les lumières de la ville brillaient autour de nous comme une forêt de lucioles. Mark appuya sur un bouton à côté de la table à manger, et des flammes jaillirent de la cheminée à gaz. Je pris la chaise la plus proche du feu, et Mark tira la sienne près de la mienne. Assez près pour que je puisse sentir son bras presser le mien à travers la manche en daim de sa veste.

Je ne m'écartai pas. Je ne m'inquiétais pas de ses intentions, sachant exactement ce qu'elles étaient. Il comptait rester assis là et attendre que je fasse le premier pas. C'était sa technique habituelle. Cela m'avait sauté aux yeux au cours des trois dernières semaines, non seulement dans son comportement envers moi, mais envers toutes les autres femmes du bureau : il se croyait si désirable aux yeux de toutes qu'il ne prenait jamais l'initiative de la séduction. Ses conquêtes devenaient celles qui voudraient le conquérir. C'était ce qu'il considérait comme sa plus grande force – son magnétisme sexuel, son charme à toute épreuve. D'après moi, c'était surtout une faiblesse que je pourrais peut-être exploiter.

Il remplit à nouveau mon verre pendant que Kévin montait les escaliers en courant.

— J'ai pensé que vous aimeriez des accompagnements, dit le chef en brandissant une assiette de canapés salés.

— Ah, mes préférés ! s'exclama Mark. Merci, Kévin.

Il en prit un tandis que le chef galopait de nouveau vers la cuisine.

— Goûtez-moi ça, dit-il, et il me fit croquer dedans en le tenant entre ses doigts. C'est bon, vous ne trouvez pas ?

— Mmm.

Fromage de chèvre et fenouil, avec un zeste de beurre fondant sur la langue.

— Bon sang ! s'écria-t-il soudain. Ça me tue de penser à ce qu'ils vous ont fait. Et pourquoi ! C'est ça qui me rend dingue.

J'avalai ma bouchée.

— J'aimerais pouvoir vous le dire.

Il enfonça une tartelette dans sa bouche et réfléchit pendant qu'il mastiquait.

— C'est intéressant, la façon dont vous tournez ça, dit-il enfin. On peut le comprendre comme « J'aimerais le savoir moi-même », ou alors « Je voudrais ne pas être soumise à une clause de confidentialité ». Je suppose que vous ne pouvez pas me dire ça non plus ?

Je le regardai un moment, comme en pleine délibération avec moi-même.

— Je pense que vous savez très bien ce que j'entends par là.

— J'en étais sûr ! Bordel. Ils cachent quelque chose de si terrifiant que cette femme a fini par se suicider. Ils ne pouvaient pas prendre le risque que quelqu'un découvre quoi que ce soit, alors ils ont fait passer ça pour un meurtre.

Je me contentai de sourire, sans un mot.

— Ça paraît incroyable. Mais vous l'avez vécu. Ils vous ont fait endurer ça, Shay. Les types qui ont écrit les règles de confidentialité entre avocat et client à l'époque, ils n'auraient jamais pu imaginer une situation comme celle-ci.

Je détournai le regard.

— Je suis désolée, Mark. Je ne peux pas en parler.

Il resta silencieux un moment avant de renoncer et de changer de sujet. Il voulait savoir quels journalistes se battaient pour obtenir mon histoire et vers lequel se dirigeait mon choix.

— Vous savez, réfléchissait-il après que je lui ai fourni les détails, pourquoi donner l'histoire à l'un d'entre eux ? Personne ne pourrait la raconter mieux que vous. Vous devriez écrire un livre. Je connais quelques éditeurs. Préparez un pitch, ensuite vous n'avez plus qu'à regarder les enchères grimper.

— Seulement si je suis acquittée.

— Vous le serez. Bien sûr que vous le serez. Vous savez…

Il réfléchissait encore.

— Nous pourrions collaborer sur le livre, non ?

Il se redressa avec enthousiasme.

— Comment vous avez été piégée, et comment nous avons révélé toute l'affaire et grillé les salauds qui vous ont fait ça. Qu'est-ce que vous en dites ?

— C'est trop tôt pour dire quoi que ce soit.

Il se rassit avec un haussement d'épaules, concédant le point pour le moment.

— Eh bien, c'est aussi trop tôt pour donner l'exclusivité à quelqu'un. Quoi que vous fassiez, assurez-vous de garder le droit de publier votre propre histoire.

— C'est un bon conseil. Merci, Mark.

Je me levai.

— Je vais devoir descendre.

Il regarda sa montre et acquiesça, puis se leva et me suivit dans les escaliers. Au palier du quatrième étage, il appuya sur le bouton d'appel de l'ascenseur.

— Non, je vais marcher, dis-je.

Je lui rendis sa veste et commençai à descendre les escaliers.

Il me retint par le bras avec un air de sincère inquiétude sur le visage.

— J'ai du mal à comprendre, Shay. Comment pouvez-vous n'avoir peur que de cette chose-là ? Vous avez tout ce putain d'État de New York au train, et vous êtes imperturbable. Mais vous ne pouvez pas monter dans un ascenseur.

Je pris une grande inspiration anxieuse.

— J'ai juste besoin d'un peu plus de temps.

— Il faut que vous remontiez en selle, Shay.

— Bientôt, Mark, dis-je en me dégageant doucement et en descendant les escaliers. Je vous le promets.

Au palier du premier, j'entendis un brouhaha venant de la salle de réunion principale. Je traversai le couloir et jetai un coup d'œil à l'intérieur. Une demi-douzaine de jeunes hommes et femmes étaient plongés dans tout un tas de documents étalés sur la table.

— Désolée, dis-je lorsqu'ils levèrent les yeux. Je ne voulais pas vous déranger.

Un garçon maigre à la cravate étroite se leva d'un bond.

— Eh, mais c'est bien vous ? Shay Lambert !

Je fis un signe de la tête alors que les autres murmuraient autour de la table.

— Nous travaillons sur vos dossiers, dit un autre.

— Mes documents ?

— Enfin, ceux de CDMI.

— Oh.

Je parcourus du regard les piles de papiers qui s'amoncelaient devant eux. Ce devait être les documents sur lesquels j'avais travaillé au Labo.

— J'ai bien peur de ne pas être autorisée à vous parler. La « muraille de Chine », vous savez ? Je vous prie de m'excuser.

Je descendis jusqu'au rez-de-chaussée. Phœbe discutait avec Luisa à l'accueil, et elle me fit un grand sourire.

— Je vois que nous avons des nouvelles recrues, dis-je.

Elle parut perplexe.

— Dans la bibliothèque ! En train de trier des documents…

— Ah, d'accord. Non, ce ne sont pas des recrues. Ce sont des étudiants en droit qui font un stage.

— Payés ?

— Eh bien, non.

Elle pinça les lèvres.

— Mais on ne va pas se mentir, c'est un honneur pour eux de pouvoir travailler ici.

Joshua Matson était déjà là lorsque j'arrivai au bar à vins de Manhattan. Il attendait à une petite table ronde dans un coin ; quand je passai la porte, il se leva maladroitement, heurta son verre avec son coude et se précipita pour le remettre droit avant qu'il ne se renverse. Il se reprit *in extremis* et me tendit la main quand je m'approchai de lui. Je l'ignorai et optai pour une bise sur chaque joue. Lorsque je me reculai, son visage était rouge. Avec un sourire timide, il tira une chaise pour moi.

Je m'approchai davantage pendant qu'Alice se positionnait discrètement près de la porte.

— Merci beaucoup d'avoir accepté cette rencontre, Joshua.

— Vous pouvez m'appeler « Josh ».

— Josh, dis-je avec un sourire. Je sais que c'est un peu irrégulier, vu que nos cabinets se disputent l'action collective. Mais je voulais mieux vous connaître.

Ses yeux brillaient derrière ses lunettes.

— Vraiment ?

Pas vraiment. Je savais déjà ce que je devais savoir sur lui, n'ayant eu qu'à piocher des infos sur Internet. Il avait étudié les sciences humaines à Oberlin, était diplômé de Berkeley Law et rêvait de pratiquer le droit au service de bonnes causes. Comme beaucoup d'étudiants à leurs débuts. Ils pensaient aux mouvements des droits civiques, au droit de l'environnement ou à des affaires de peine de mort. Cinq ans plus tard, ils faisaient tous du droit fiscal et défendaient les pollueurs. Mais Josh était resté fidèle à ses convictions et travaillait pour Ned Bartman qui, comme Mark, se targuait d'être en croisade contre les grandes entreprises capitalistes. Pour le reste, Josh avait vingt-six ans, avait manifestement abandonné le sport, devait faire avec un nez proéminent, et ses réseaux sociaux ne montraient aucune présence féminine à l'horizon.

— J'ai lu votre article dans une revue juridique, sur la protection des lanceurs d'alerte, lui dis-je. J'ai été très impressionnée.

— Oh !

Il sembla si embarrassé par le plaisir qu'il tirait du compliment qu'il dut avaler une grande gorgée de son verre pour le cacher. Sa gêne s'aggrava lorsqu'il s'aperçut que je n'avais encore rien à boire.

— Oh ! dit-il à nouveau. Que puis-je vous offrir ?

Je demandai un spritzer au vin blanc, et pendant qu'il allait au bar, je rapprochai ma chaise de la sienne. Il revint avec un verre pour moi, et je le fis tinter contre le sien.

— Votre article. Il montre une telle érudition, soufflai-je. Je sais que Mark adorerait avoir ce genre d'intellect dans notre équipe.

— Wow. Merci, dit-il.

— Je me demandais… Comme vous avez beaucoup réfléchi à toutes ces questions, avez-vous déjà envisagé le dilemme auquel serait confronté un lanceur d'alerte qui serait avocat ?

— C'est-à-dire ?

— L'avocat a un devoir de loyauté envers son client. Mais que faire si un client a fait quelque chose que l'avocat réprouve au point de sentir l'obligation morale de le signaler ? Comment concilier ces contradictions ?

— Eh bien, les règles sont assez claires, dit-il. Si le client s'apprête à faire quelque chose d'illégal, l'avocat peut le révéler. Mais pas si ça a déjà été fait.

— Et si l'acte répréhensible a déjà été commis, mais que le client continue à en tirer profit ? C'est là que j'ai du mal à y voir clair.

Il cligna des yeux derrière ses lunettes sales.

— Euh, eh bien…

— Disons qu'un avocat dans un cabinet, ou au service juridique d'une entreprise, découvre quelque chose de néfaste. Une malversation qui devrait vraiment être mise au jour. Mais il lui faudrait violer la confidentialité et son devoir de loyauté pour le faire. Comment concilier d'un côté son devoir de faire le bien et de l'autre ses devoirs d'avocat ?

Il avait la bouche grande ouverte, qu'il referma d'un coup.

— Je le savais. Vous avez découvert quelque chose chez CDMI. C'est pour ça qu'ils vous ont piégée. Pour vous discréditer si vous rendez ça public.

Je soupirai et détournai le regard juste assez longtemps pour qu'il soit sûr d'avoir deviné correctement.

— Vous savez que je ne peux rien dire. Mais je me demandais si vous seriez prêt à plancher sur cette question, dis-je enfin. Et si vous trouvez quelque chose, n'importe quoi, faites-le-moi savoir ? Je n'attends pas que vous vous exposiez personnellement. Je garderai évidemment pour moi tout conseil que vous pourriez me donner.

Je posai ma main sur son genou et sentis un muscle tressaillir sous ma paume.

— J'aimerais que nous ayons quelqu'un comme vous chez Mark Ivins & Associés.

Je mis une pointe de nostalgie dans ma voix.

— Si jamais vous vouliez changer d'air, Josh, je sais que Mark en serait ravi.

— Oh.

Il toussota.

— Wow.

— Je suis désolée de ne pas pouvoir rester plus longtemps.

Je reculai ma chaise.

— Mais peut-être que nous pourrions refaire ça ? Un de ces jours ?

— Bien sûr ! Quand vous voulez !

Il se leva d'un bond, puis je me levai à mon tour et l'embrassai de nouveau sur les deux joues.

— Bonne nuit, dis-je. Soyez sage.

Il n'était que 20 heures mais j'avais dit à Alice que je n'avais rien d'autre de prévu après ça. Elle me ramena à la maison et attendit que je me mette au lit.

Dès qu'elle fut partie, je me faufilai hors de la chambre et sortis dans le jardin par les portes coulissantes pour observer l'arrière de la maison. Les éclairages de sécurité illuminaient faiblement chaque étage, excepté le quatrième. Là, les lumières étaient allumées, et je pouvais distinguer la silhouette de Mark par la fenêtre de la salle à manger. Il parlait à quelqu'un que je ne voyais pas.

Je pris les escaliers extérieurs jusqu'à la terrasse et glissai ma carte dans la serrure magnétique de la porte. À l'intérieur, je m'arrêtai. N'entendant personne, je me dirigeai vers le grand escalier jusqu'à la salle de réunion du premier étage.

J'éclairai la longue table avec mon téléphone. Je soupçonnais que nos stagiaires bénévoles n'avaient pas été informés des règles strictes de confidentialité mises en place par Ivins, et j'avais raison. Les fichiers de CDMI étaient censés être sécurisés et protégés par un mot de passe, et pourtant ils étaient tous là, libres d'être consultés.

Je passai rapidement d'une pile à l'autre jusqu'à ce que je trouve les dossiers sur les ventes d'actifs de Paradis sur Terre, afin de confirmer mon pressentiment : les chiffres étaient toujours artificiellement gonflés. Barrett n'avait pas fait machine arrière. Il comptait bien aller jusqu'au bout de son plan, quelles qu'en soient les conséquences.

C'était tout ce que je voulais savoir. J'éteignis la lumière et me faufilais dans le couloir quand j'entendis la voix de Mark descendre des escaliers depuis le palier du quatrième. Je ne pouvais pas distinguer ses mots, mais je reconnaissais le ton de sa voix. Il riait de ce petit air coquin qu'il affectionnait. Je me demandais avec quelle jeune femme il passait du bon temps cette fois-ci.

Puis une seconde voix retentit enfin, mais ce n'était pas celle d'une femme. C'était un homme parlant d'une voix traînante et profonde, que je reconnus instantanément. Aucun doute possible, puisque je l'avais écoutée pendant deux heures le matin même : c'était Nelson Ledbetter, le P-DG de Northstar, l'homme qui ne savait rien sur rien.

Je souris en descendant discrètement les escaliers. Si ma stratégie à long terme se jouait sur un échiquier, je venais de voir – ou plutôt d'entendre – les premiers coups d'un échec et mat.

Trois semaines après ma sortie de détention, voici à quoi ressemblait ma nouvelle vie. J'avais un poste prestigieux, un appartement luxueux, une garde-robe fabuleuse et cinquante mille dollars provenant de GoFundMe. Un sacré contraste avec ma vie à Valhalla. Avec le recul, mon séjour là-bas semblait n'avoir été qu'une accalmie dans la tempête, l'interlude d'une pièce en deux actes. Maintenant, l'acte II était en cours, et il était temps d'accélérer le rythme. J'avais l'impression d'être une artiste de cirque ayant lancé une douzaine d'assiettes en l'air, les faisant toutes tourbillonner à toute vitesse au bout de leurs tiges. Allongée dans mon lit cette nuit-là, l'esprit en ébullition, je cherchai la meilleure façon de les faire redescendre l'une après l'autre, sans casse, pour les placer soigneusement sur ma table imaginaire.

J'étais encore éveillée lorsque j'entendis le faible sifflement de l'ascenseur. Mes yeux s'ouvrirent et je comptai les étages pendant qu'il descendait. Troisième, puis deuxième, puis premier, puis le rez-de-chaussée où il aurait dû s'arrêter. Mais ce ne fut pas le cas : il continua jusqu'au sous-sol.

Je sortis du lit et me dirigeai vers la porte lambrissée. À ce niveau, l'ascenseur pouvait s'ouvrir d'un côté ou de l'autre, et peut-être Mark était-il en route pour une séance de sport tardive. Mais c'est de mon côté que l'ascenseur s'ouvrit.

La poignée de la porte de l'appartement tourna lentement jusqu'à buter contre le verrou. Je ne doutais pas que la carte magnétique de Mark ouvrait toutes les serrures du bâtiment, mais je n'avais pas peur qu'il l'utilise. Je savais qu'il ne faisait que vérifier si j'avais déverrouillé ma porte. Si je n'avais pas choisi cette nuit pour laisser enfin libre cours à mon désir.

Bientôt, Mark, je te le promets, pensai-je alors que le souffle de l'ascenseur remontait vers les étages supérieurs.

28

Avant cette année, Barrett passait rarement du temps sur le balcon de son bureau. Il avait beaucoup trop de travail pour s'offrir le luxe de respirer le parfum des roses, de contempler l'horizon ou ce genre de choses triviales. Jusque-là, la seule utilité qu'il trouvait à ce balcon était d'impressionner ses invités.

Mais dernièrement, il s'était mis à y passer quotidiennement des heures entières, principalement pour fumer. Il en était arrivé à deux paquets par jour et avait définitivement abandonné toute illusion sur le caractère temporaire de la rechute. Désormais, il faisait partie de ces gens qui contemplaient l'horizon. Il aimait se dire que, par temps clair, il pouvait apercevoir l'immeuble qui abritait son ancienne firme. Le bâtiment qui l'avait bâti, en quelque sorte. Une époque de travail acharné, mais une vie plus simple : le code de déontologie égrenait toutes les règles qui régissaient la conduite des avocats exerçant en cabinet privé. Il était si facile de résoudre un dilemme éthique à l'époque. Il suffisait de consulter les règles, et si un doute persistait, de demander anonymement l'avis du comité d'éthique. Et selon la réponse obtenue, d'adapter sa conduite.

Mais il n'y avait pas de règles dans le monde de l'entreprise, ou peut-être y en avait-il trop. Dans tous les cas, tout y était plus complexe. Maximiser la valeur pour les actionnaires était autrefois le principe directeur, mais maintenant de nouvelles contraintes semblaient s'ajouter tous les jours : réduire son empreinte carbone, promouvoir la diversité, éliminer le plafond de verre, s'engager ou se désengager, amuser la galerie et toutes autres sortes d'absurdités. Ça le rendait malade.

Il espérait que passer du temps loin d'ici lui ferait du bien. Il partait pour Paris ce soir-là. Ce seraient de pseudo-vacances pour apaiser Mélanie, encore aigrie par leur absence au Met Gala. Marcia avait fait en sorte qu'elle soit bichonnée et chaperonnée par les meilleurs couturiers de la ville. Pour Barrett, le voyage était l'occasion de parler directement à Madame des événements récents, de se faire confirmer son soutien et de sécuriser sa couverture. Sans oublier l'avantage principal : il se trouverait loin de la scène de crime au moment où le problème Lambert serait enfin réglé. C'était un alibi, pour ainsi dire.

La voix de Marcia résonna à travers le haut-parleur du balcon :

— Monsieur Barrett, votre voiture est là, et vos bagages ont été descendus.

Il prit une dernière bouffée de cigarette.

— Et la sécurité ?

— C'est Colby aujourd'hui, et il est arrivé, répondit-elle.

Barrett écrasa son mégot dans la jardinière et gagna le bureau de son assistante. Un grand Afro-Américain portant la veste de l'entreprise se tenait au garde-à-vous. Aujourd'hui, presque tous les gardes du corps semblaient être des Noirs, pensa Barrett. Pareil pour les policiers et les soldats. S'il devait y avoir une guerre raciale un jour, il était quasiment sûr de se retrouver du côté des perdants.

Marcia lui tendit son attaché-case. Un peu de travail pour le trajet en avion.

— Vous avez les rapports du premier trimestre, dit-elle. Plus la dernière version du nouveau contrat avec Luke Rafferty.

— Et le… euh… badge d'identification ?

— Il est à l'intérieur, dit-elle froidement, sans rien laisser paraître. J'espère que vous et Mme Barrett passerez un merveilleux moment.

Dans la rue, le chauffeur habituel chargeait les bagages dans le coffre de la limousine de la société. Mélanie prenait une seconde limousine car ses valises ne rentraient pas dans la première, sans compter celles qu'elle emportait vides en prévision de ses achats parisiens.

Colby ouvrit la porte passager et Barrett sursauta en voyant que quelqu'un était assis à l'arrière : Jack Culligan.

— J'espère que ça ne vous dérange pas, dit Culligan. Je pensais qu'on pourrait parler en allant à l'aéroport.

— Pas trop tôt, dit Barrett en s'installant.

— Ouais.

Culligan appuya sur un bouton pour relever la vitre de confidentialité tandis que Colby prenait place à côté du conducteur.

— C'est de ça que je voulais vous parler. Je veux m'excuser pour la façon dont j'ai déserté ces derniers temps. La vérité, c'est que j'ai eu un peu de mal à encaisser tout ça.

Barrett fronça les sourcils en attachant sa ceinture.

— Certains d'entre nous n'ont pas le luxe de pouvoir se morfondre.

— Je sais. C'est juste que la mort de Lucy, et maintenant avec Lambert dehors…

— Je m'occupe du cas Lambert.

La limousine se mit en route.

— Comment ?

— Tony Low connaît quelqu'un. Ici, aux États-Unis.

Le front de Culligan se plissa.

— Quelqu'un qui…

— … mettrait fin au problème.

L'heure de pointe était passée, et la circulation était fluide sur l'autoroute où s'engageait le chauffeur.

— Je ne sais pas trop, Barry. C'est une chose de fabriquer…

— Manipuler. C'est tout ce qu'on a fait. Au passage, et si Lambert l'avait vraiment fait ?

— De quoi ?

— Que nous ayons remanié les preuves ne veut pas dire qu'elle n'a pas vraiment tué Lucy.

Plus il y pensait, plus cela lui semblait plausible, et plus il se sentait rassuré sur toute la ligne.

— Allons bon.

— Elle pourrait s'en prendre à moi ou à toi ensuite, Jack. Nous devons neutraliser la menace.

Culligan regarda par la vitre et ne parla pas pendant plusieurs minutes. Barrett consulta son téléphone et lut un message de Mélanie. Elle l'attendait dans le salon VIP de l'aéroport. Elle avait commandé une bouteille de Dom Pérignon.

— Il n'y a pas que ça, dit finalement Culligan. C'est toute cette affaire au Myanmar. Je sais que j'ai suivi le mouvement à l'époque. Mais plus j'y pense… Surtout après la noyade de ces types pendant le typhon.

— Je peux comprendre, dit Barrett.

Pendant les longues heures passées sur le balcon, il y avait beaucoup réfléchi et était satisfait des réponses qu'il avait trouvées. Assez en tout cas pour les partager avec Culligan.

— Jack, regarde. Tu dois tout remettre dans son contexte. Et le contexte, ce sont les normes qui prévalent à une époque et dans un endroit donnés. Vois les choses comme ça. George Washington possédait des esclaves, mais personne ne demande de retirer son visage du billet d'un dollar ou de renommer la capitale. Parce que l'esclavage était la norme. Thomas Jefferson a écrit que « tous les hommes sont créés égaux », mais il possédait des esclaves aussi. Pire que ça, il couchait avec, et pourtant il est toujours vénéré comme un des Pères fondateurs. On ne va pas se leurrer, ce putain de pays tout entier a été fondé sur l'esclavage. Parce que c'était la culture de l'époque. Eh bien, devine quoi ?

Barrett s'enflammait.

— Dans certaines régions d'Asie aujourd'hui, l'esclavage fait toujours partie de la culture. Des multinationales comme la nôtre sont toujours sommées de respecter les traditions locales et de se conformer aux normes du pays, eh bien nous n'avons pas fait autre chose quand nous avons monétisé ces actifs.

À l'évidence, il s'agissait d'une rationalisation *a posteriori*. Quand ils avaient pris cette décision, ils ne pensaient qu'à sauver l'entreprise et donc leurs emplois. Mais en quoi était-ce si mal ? Les ouvriers avaient bien le droit de se battre pour leurs emplois, y compris quand leur combat dégénérait en violence. Alors pourquoi pas les cadres ?

— Le capitalisme repose sur l'exploitation du capital, dit-il. Et ça inclut le capital humain.

Culligan plissait les yeux, l'air peu convaincu.

— Je ne sais pas, Barry…

Sept minutes plus tard

— Tout est une question de degré. Un curseur à placer. D'un côté, on a peut-être ces hommes sur les bateaux de pêche, et de l'autre, on a un jeune avocat qui travaille vingt heures par jour dans l'espoir de devenir associé. Ils sont tous exploités. Les travailleurs au Smic, les stagiaires non rémunérés, tous le sont d'une façon ou d'une autre.

— Mais pour ces hommes, retenus captifs sur un bateau au milieu de l'océan pendant plus de trois ans…

— Oui, oui, c'est déplorable. Mais garde à l'esprit que sans ces hommes sur ces bateaux de pêche, les Américains devraient payer deux fois plus cher pour nourrir leurs animaux. Dans tous les cas, la plupart de ces gens, hommes et femmes, auraient été victimes de la traite même s'ils n'avaient jamais travaillé chez PsT. C'est comme ça que ça marche, là-bas.

— Mais pas ici. Et beaucoup de ces filles ont fini par…

— Non, ça, c'était une erreur. Tony admet qu'il a merdé là-dessus. Mais pour se rattraper, il nous fait une ristourne pour le prochain coup.

— Le prochain coup étant… ?

Barrett ne répondit pas.

— Tu la surveilles toujours, pas vrai ?

Culligan ne répondit pas non plus.

— C'est prévu pour quand ? demanda-t-il à la place.

— Je ne sais pas. Je ne sais ni quand, ni qui, ni où. Mais je sais une chose.

Barrett mit une tape sur le genou de Culligan au moment où la limousine s'arrêtait à l'entrée du terminal.

— Nous dormirons tous beaucoup mieux une fois que ce sera fait.

29

Un soir, alors que je rentrais tard chez moi, je trouvai une enveloppe en papier kraft scotchée à ma porte d'entrée. Alice s'en empara, la secoua, la renifla, puis l'emmena dans la rue pour l'ouvrir. Elle revint et me la remit.

— Un simple document. C'est sans danger.

Il n'y avait ni lettre ni aucune indication concernant l'expéditeur. Rien d'autre qu'une copie d'un e-mail de Nelson Ledbetter, P-DG de Northstar, à Ned Bartman, le rival de Mark. Dans cet e-mail, Ledbetter confirmait « notre discussion » et faisait allusion à une pièce jointe montrant « cette petite anomalie dont nous avons parlé ». La pièce jointe n'était pas incluse, mais je pouvais deviner ce que c'était : un tableur établissant l'écart dans les bénéfices du quatrième trimestre que Bartman avait soi-disant mis au jour par lui-même, découverte sur laquelle il comptait pour être nommé avocat « dans l'affaire qui nous oppose ». Maintenant, nous avions la preuve qu'il avait reçu l'information des mains de Ledbetter.

Cette découverte m'avait quand même coûté trois rencards avec Joshua Matson, et lors du dernier j'avais dû me montrer beaucoup plus directe : « Ça pourrait arriver n'importe où, lui avais-je dit. Un jeune avocat travaillant sur un procès décisif découvre que son patron a conclu un marché douteux en secret. Un marché qui pourrait lui rapporter des millions de dollars. Doit-il le révéler à l'autre partie ? » Manifestement, il avait fini par comprendre.

Quand j'entendis Mark entrer dans l'immeuble, je lui téléphonai pour lui annoncer la nouvelle.

— Montez, dit-il, alors je ressortis de chez moi, passai par la porte d'entrée et montai les quatre étages.

Il attendait à côté de la porte ouverte, pieds nus comme toujours après sa longue journée de travail, mais habillé en queue-de-pie et nœud papillon blanc. Il s'était rendu à une soirée caritative cette nuit-là, un événement présidé par sa femme.

— Où est-ce que vous avez trouvé ça ? demanda-t-il en lisant l'e-mail.

— Une livraison anonyme. Probablement d'un lanceur d'alerte du cabinet de Bartman ou de celui de Harrington.

— Allez, qu'est-ce que vous ne me dites pas ?

Il sourit.

— Un flagrant délit en bonne et due forme. Alors c'était vraiment ça. Ils ont vraiment fait une enchère inversée.

— Nous n'avons pas de témoin pour l'authentifier, fis-je remarquer.

Il agita la main.

— Pas besoin. Je mettrai Ledbetter face à cet e-mail sur le banc des témoins et je pointerai tous les mensonges de sa déposition. Il avouera.

— Alors vous serez désigné avocat pour le recours des actionnaires.

Il écarta les bras.

— Il ne pouvait en rester qu'un. Beau boulot, Shay. C'est un sacré service que vous m'avez rendu là.

— J'ai besoin d'une nouvelle mission. Pourquoi pas le dossier Genco ? Je pourrais aider Phœbe.

— Non. Ce serait gâcher votre talent. Restons sur Northstar. Maintenant que nous sommes assurés d'avoir l'affaire, vous allez avoir beaucoup de travail. Et sinon, je trouverai autre chose.

— N'importe quoi sauf CDMI, lui rappelai-je.

— C'est vrai.

Un voile de contrariété traversa son visage, mais il l'effaça aussitôt d'un sourire.

— Vous voulez entrer ? Prendre un verre pour fêter ça ?

— Merci, mais je vais redescendre. Bonne nuit.

Je me tournai et me dirigeai en toute conscience vers l'ascenseur. Je pouvais sentir son regard sur moi depuis sa porte quand j'appuyai sur le bouton d'appel. La cage arriva, elle s'ouvrit, mais mes jambes chancelèrent. Je fis rapidement demi-tour en direction des escaliers.

— Non.

Mark s'approcha de moi en trois grandes enjambées et me prit par le coude.

— Vous pouvez le faire, Shay.

Il me guida vers l'ascenseur.

— Non…

— Vous pouvez tout faire. Vous l'avez prouvé.

— Je ne suis pas prête.

— Je vous accompagne, dit-il, et il monta dedans et m'entraîna avec lui dans le cylindre étroit.

La porte se ferma, et lorsque l'ascenseur descendit, je vacillai et trébuchai contre lui, et tandis qu'il me rattrapait, je me blottis dans ses bras et l'embrassai.

Il n'était pas surpris. Il l'attendait, le désirait, le considérait comme son dû. Il ne précipita pas les choses, mais ne résista pas non plus. Lorsque l'ascenseur atteignit le sous-sol, j'utilisai ma carte pour déverrouiller la porte et je le guidai par la main jusqu'à la chambre.

Personne ne pourrait l'accuser de m'avoir fait des avances non désirées sur son lieu de travail.

— Tu es sûre ? dit-il avant de me déshabiller, et je compris que c'était un de ses rituels de séduction, une question rhétorique à laquelle il s'attendait à ce que je réponde dans un souffle affirmatif.

Ce que je fis.

Il s'allongea sur le lit pour que je m'asseye sur lui, mais très vite il laissa tomber le scénario selon lequel c'était moi qui étais aux commandes. Il me retourna sur le dos, et je fixai le plafond pendant qu'il se dressait au-dessus de moi. Articulé comme un pantin au niveau des hanches, il s'élevait sur ses bras tendus et s'abaissait sur ses coudes pliés, alternativement. L'image d'un levier s'ancra dans mon esprit. Il était un levier cherchant à extraire de moi des informations. Puis l'image changea quand il accéléra le rythme, et il m'évoqua alors un forage de pétrole sur une prairie du Texas balayée par le vent, puisant profondément dans mes connaissances sur CDMI pour y trouver la façon dont il pourrait les exploiter. Le sexe était pour lui un outil, qu'il considérait comme son plus grand atout.

Quelle métaphore correspondait le mieux à mon propre comportement sexuel ? Pas besoin de chercher bien loin, pensais-je tandis que j'enroulais mes bras et mes jambes d'araignée autour de lui et l'attirais dans ma toile.

Après coup, ma joue posée sur son torse, je murmurai :

— Tu restes pour la nuit ?

Il embrassa le sommet de mon crâne.

— J'adorerais. Mais nous devons être discrets. Tu comprends, hein ?

Il me croyait sous le charme. Mon ardeur devait être tenue sous contrôle. Je lui donnai le soupir qu'il attendait.

— Bien sûr. Je comprends.

Il revêtit son costume de gala et je m'accrochai à lui avant qu'il reparte pieds nus vers l'ascenseur. Son gilet et sa chemise étaient entrouverts – les boutons de nacre étaient dans sa poche – et je glissai mes mains à l'intérieur, contre sa peau.

— Je suis si contente qu'on ait partagé ce moment, Mark.

Je levai mon visage vers le sien.

— Je te suis tellement reconnaissante, pour tout.

Il sourit et m'embrassa à nouveau.

— Je le pense vraiment, dis-je en respirant tout près de ses lèvres. Je voudrais pouvoir te rendre tout ce que tu m'as donné. Je voudrais pouvoir te donner ce que tu veux.

Il se pencha en arrière dans le cercle de nos bras pour mieux me regarder, attendant la suite.

— Je ne peux pas trahir le secret professionnel entre un avocat et son client, ni violer ma clause de confidentialité. Tu le sais.

Ses yeux se rétrécirent ; il entendait déjà le « mais » dans ma voix.

— Mais… il y a certaines informations que j'ai obtenues par une autre source, extérieure à CDMI, et j'ai vérifié, je pense que rien ne m'interdit de les partager avec toi. Non, pas je *pense* : je *sais*.

Je me hissai sur la pointe des pieds pour l'embrasser encore.

— Quoi ? murmura-t-il contre mes lèvres.

— Quatre femmes sont détenues en ce moment au centre d'Elizabeth, dans le New Jersey. L'une est thaïlandaise, une autre est cambodgienne, et deux sont indonésiennes. Prends des traducteurs avec toi et va là-bas pour recueillir leurs témoignages. En les filmant. Et fais vite, avant qu'elles ne soient expulsées.

Des rides montrant sa profonde perplexité se creusèrent sur son front.

— Pourquoi ? Qui sont ces femmes ?

— Je t'enverrai leurs noms par message.

— Qu'est-ce qu'elles ont à voir avec CDMI ?

— Je ne peux rien dire de plus. Mais s'il te plaît, fais-le.

Je le poussai dans la cabine et passai mon bras derrière lui pour appuyer sur le bouton du quatrième.

— Bonne nuit, dis-je alors que la porte se fermait.

Quand il fut parti, je me rendis dans la salle de bains et restai un long moment sous la douche.

À l'heure de m'endormir cette nuit-là, une pensée agréable occupait mon esprit : je n'aurais plus à monter les escaliers. Je pouvais au moins mettre un terme à cette comédie.

30

Barrett disposait d'une voiture et d'un chauffeur lors de ses venues en France, ainsi que d'un garde du corps qui, en plus d'ouvrir les portes et de dégager la voie, lui servait généralement d'homme à tout faire. Mais pour sa mission du jour, il se passa de tout cela. Il prit un taxi jusqu'à la gare Montparnasse et monta dans un TGV pour Tours. La société avait une petite succursale en ville, mais il ne s'y arrêta pas et ne prit pas non plus la peine de prévenir Yves de sa présence dans la région. À la place, il loua une voiture et conduisit lui-même jusqu'au cœur de la vallée des châteaux de la Loire.

Comme ce n'était pas sa voiture, il se permit de fumer en route, et tant pis pour les odeurs sur les sièges. Respirer profondément cette fumée toxique l'aidait à décompresser, ne serait-ce que du stress causé par la nicotine.

Sa mission comportait deux objectifs. À court terme, il lui fallait informer Madame des développements récents de l'affaire et obtenir une couverture pour tout ce qui s'était déjà passé et allait encore se produire. Ils devaient se serrer les coudes. À long terme, son but était de démontrer l'échec de Phil Duvall à couvrir leurs arrières, et semer les graines pour amorcer un remplacement de sa garde rapprochée. Ou plutôt, faire germer les graines qu'il avait déjà semées. Cette campagne serait un exercice de patience.

Tout comme cette route. Le château de Madame se trouvait loin de tout, et Barrett devait emprunter des départementales traversant des villages aux murs décrépis, puis passer par des paysages de vignes, de forêts et de prairies de fleurs sauvages frémissant sous la brise printanière. Mais Barrett restait insensible au charme rustique de l'endroit. Il pestait en bougonnant qu'une présidente de multinationale devait résider au siège de son entreprise, et non dans une tour d'ivoire cernée de mesures de sécurité drastiques et sous la protection d'un gardien unique. Cela dit, s'il devenait lui-même ce gardien du temple comme il en avait l'ambition, tout cela se révélerait certainement très avantageux.

Quand le GPS lui indiqua qu'il approchait, il se gara sur le bas-côté, le long d'un champ parsemé de bottes de foin dorées comme autant de brioches pour géant. Il tourna le rétroviseur vers lui et colla avec soin deux bandes adhésives de fausse moustache sur sa peau, juste au-dessus de sa lèvre supérieure. Il portait déjà un costume safari Burberry identique à celui dans lequel Phil Duvall se pavanait souvent. Puis il enfila un casque colonial et des lunettes de soleil, et lorsqu'il s'observa dans le miroir, il trouva qu'il ressemblait à un imbécile. Exactement comme Phil Duvall. Il se remit en route.

Un chemin à sens unique menait à la maison de garde du château de Madame. C'était une structure en pierre avec deux tourelles et une arche centrale pour passer en voiture. Ou plutôt pour s'arrêter, car un gardien en sortit et se positionna au milieu du chemin.

Barrett abaissa sa vitre et lui tendit la carte d'identité qu'il avait dupliquée à partir des fichiers de sécurité de l'entreprise.

— *Bonjour, monsieur Duvall*[1], dit le gardien.

Il lui rendit sa carte d'identité et s'écarta en faisant un geste du bras qui l'invitait à poursuivre son chemin sous l'arche.

— *Continuez, je vous prie.*

Coup de chance inespéré : le gardien connaissait mieux le nom et le costume que le visage du seul visiteur autorisé.

La lumière du soleil s'atténua alors que le chemin passait sous un bosquet d'arbres touffus, puis s'intensifia de nouveau lorsqu'il déboucha d'un virage sur une pelouse parfaitement entretenue, laquelle entourait un étang avec une fontaine en forme de fleur de lys. Puis, après un dernier virage, le château apparut enfin.

Il était de style classique, mélangeant une architecture gothique et Renaissance, avec un toit à forte pente surmonté de cheminées en encorbellement et percé de lucarnes jacobines, le tout sculpté dans la pierre avec une ornementation raffinée. Au centre se trouvait une grande tour ronde surmontée d'un toit conique.

Barrett se gara près de l'arche, à l'entrée. Une gouvernante ouvrit la lourde porte en bois lorsqu'il sortit de la voiture. Elle portait une tunique et un pantalon blancs ainsi que des chaussures blanches à semelles souples, et il fut un peu déçu qu'elle ne porte pas un costume de soubrette à la française. Il s'avança avec ses lourdes bottes de safari comme s'il était à la poursuite d'un gros gibier. Elle lui dit quelque chose, mais ses maigres notions de français ne lui permirent de comprendre que le « *Bonjour, monsieur Duvall* » réglementaire.

1. En français dans le texte, ainsi que les répliques suivantes en italique. *(NdT)*

— En anglais, *s'il vous plaît*, dit-il.

Elle s'inclina et lui ouvrit le passage pour le faire entrer dans un hall cylindrique dont les murs courbes étaient peints de fresques chinoises.

— Vous avez de la chance, dit-elle dans un anglais aussi soigné que prudent. Madame passe une bonne journée aujourd'hui.

Il leva un sourcil.

— A-t-elle été malade ?

Elle lui lança un regard décontenancé.

— Vous pouvez monter, dit-elle en pointant l'escalier.

Il comprit qu'elle s'attendait à ce qu'il connaisse le chemin. S'il demandait à se faire guider, sa couverture serait compromise. Il observa l'escalier en pierre et suivit son chemin en spirale jusqu'à la galerie du haut. Le manoir était grand mais pas immense non plus. Il devrait être en mesure de trouver le salon de Madame.

— *Merci*, dit-il, et il s'engagea dans l'escalier comme s'il s'agissait du Kilimandjaro.

Alors qu'il atteignait le palier supérieur, il se félicita que sa ruse ait fonctionné. Il avait réussi à duper deux gardiens et était sur le point d'avoir un entretien privé avec Madame. Il retira ses lunettes de soleil et décolla la moustache de sa lèvre supérieure. Il avait déjà rencontré Madame plusieurs fois après son arrivée dans la société, et elle avait toujours été chaleureuse avec lui. Mais peut-être se mettrait-elle en colère en le voyant débarquer à l'improviste sans qu'elle ait eu le temps de se préparer. Il décida donc que sa meilleure défense serait l'attaque. Il invoquerait d'emblée le cas d'extrême urgence. Foin des politesses, il fallait agir vite ; voilà ce qui motivait sa visite.

À l'étage, il s'engagea dans le couloir central. De grands miroirs habillaient les murs, lui donnant des airs de galerie de Versailles en version réduite, et Barrett pouvait imaginer Madame y défilant comme sur un podium. Les portes étaient entrebâillées le long du corridor, et il jeta un œil à chaque chambre. Toutes étaient vides. Il se demanda s'il était au bon étage. Le salon de Madame pouvait se trouver à l'étage au-dessus.

C'est là qu'il entendit un bruit étrange, comme un gémissement cadencé et aigu. Le vent à travers une des cheminées sans doute, pensa-t-il. Sauf qu'il n'y avait pas la moindre brise à l'extérieur. Serait-ce Madame qui utilisait une sorte de machine à coudre ? Faisait-elle toujours ce genre de chose ? Il pencha la tête et évalua la direction à prendre, puis il se dirigea finalement dans un couloir plus étroit. Le gémissement devenait de plus en plus fort, et il aperçut une lumière venant de la pièce au bout du couloir. Il la suivit jusqu'à la porte.

À l'intérieur se trouvait une autre femme de chambre portant la même tenue blanche que la première. Elle donnait à manger à un enfant aux cheveux clairs qui lui tournait le dos. La mâchoire de Barrett manqua de se décrocher. Il n'avait jamais entendu parler d'un enfant dans la vie de Madame, encore moins d'un enfant en bas âge, mais cela expliquait la présence des domestiques en blanc, en réalité des nourrices ; et éclairait du même coup la raison pour laquelle Madame avait choisi de vivre cette vie reculée à la campagne.

La nourrice leva les yeux et fit un large sourire.

— Ah, monsieur Duvall !

La cuillère qu'elle tenait en main s'immobilisa en l'air, et le gémissement devint encore plus fort.

— Ravie de vous revoir, dit-elle, sa voix couvrant le bruit ambiant. Madame apprécie tant vos visites.

Barrett entra dans la pièce et la nourrice se leva pour le saluer. Tout à coup, elle s'arrêta brusquement.

— Attendez. Qui êtes-vous ? Vous n'êtes pas M. Duvall !

Le regard de Barrett passa de la nourrice à l'enfant. Cette dernière serrait une poupée nue dans ses bras et se balançait d'avant en arrière dans un fauteuil roulant. Ses cheveux n'étaient pas blonds, mais blancs, et son visage – celui qui avait autrefois orné une centaine de couvertures des plus grands magazines – était squelettique.

— Madame ? murmura-t-il.

— Sortez ! Sortez immédiatement ! hurla la nourrice.

Il s'approcha. Le regard de la femme en fauteuil était vide, et une traînée de salive orange coulait sur son menton.

— Je vais appeler la sécurité !

La nourrice – ou plutôt l'infirmière – se précipita vers le téléphone, à l'autre bout de la pièce. Barrett songea à se présenter en déclinant son nom et sa fonction dans l'entreprise, laquelle lui donnait le droit et le devoir, en tant que conseiller juridique, de rencontrer la présidente du conseil d'administration. Mais il restait sans voix. Il ne pouvait détacher son regard de la coquille vide qui le fixait, les yeux hagards.

— Depuis combien de temps…

Il s'arrêta, contraint de s'éclaircir la gorge.

— Depuis combien de temps est-elle dans cet état ?

L'infirmière criait dans le téléphone, à toute vitesse et en français. La détresse de la vieille femme semblait grandir. Elle se balançait frénétiquement en serrant la poupée contre sa poitrine inexistante tandis que ses gémissements se transformaient en cris.

— Comment êtes-vous entré ici ? lui lança l'infirmière, répétant la question que venait sans doute de lui poser son interlocuteur à l'autre bout du fil. Vous êtes seul ?

— Oui, répondit Barrett.

En le disant, il réalisa à quel point c'était vrai. Il n'y avait personne pour le couvrir. Personne avec qui se serrer les coudes. Il était complètement seul.

31

Le lendemain matin, je trouvai Phœbe à l'accueil en plein conciliabule avec Luisa. Je marquai une pause et haussai un sourcil face à leurs chuchotements inquiets.

— Qu'est-ce qui se passe ?

— Nous ne savons pas où est Mark, dit Phœbe.

Luisa avait les yeux écarquillés.

— Il m'a laissé une note disant : « Videz mon emploi du temps du jour. Annulez tout. »

— Il a pris Lonnie et la limousine, dit Phœbe, et maintenant il ne répond pas au téléphone.

— Bizarre, dis-je.

Il fallut procéder à une répartition des tâches : Phœbe couvrirait l'audience à Mercer, je m'occuperais de la réunion téléphonique à Ralston et Luisa annulerait tout le reste.

Je retournai dans mon bureau au sous-sol, me connectai au serveur du cabinet et passai trente minutes à étudier le dossier de l'affaire Ralston, puis le reste de la matinée à parcourir l'ensemble du dossier de l'affaire Genco. Comme l'affaire Palmer contre CDMI, il s'agissait d'une action collective attaquant la direction en place. Selon les termes de l'accord bientôt finalisé, Mark devait nommer cinq nouveaux membres au conseil d'administration, qui nommeraient ensuite une nouvelle direction exécutive. J'étudiai ce mécanisme avec une grande attention.

Puis j'enfilai ma tenue de sport et à 11 h 30, je rejoignis la réunion téléphonique de Ralston. Je présentai les arguments de Mark et obtins une concession mineure de la part de l'avocat adverse. À midi, l'appel se termina, mais la ligne resta ouverte jusqu'à l'heure initialement prévue et je laissai ma session active. Ainsi, toute personne surveillant le standard téléphonique ou examinant l'historique des appels penserait que j'étais toujours en ligne.

Alice aurait certes été heureuse de courir avec moi, mais elle aurait également été tenue de signaler mes déplacements à Mark. Je me glissai donc par les baies vitrées dans le jardin, puis je m'arrêtai à la porte de derrière. L'allée était dégagée et les terrasses des étages supérieurs étaient vides. Je courus subrepticement jusqu'au coin de la rue et fis signe à un taxi. Il me conduisit à travers Central Park jusqu'à l'Hudson, puis je m'installai près du Boat Basin Café en attendant que Nelson Ledbetter apparaisse.

S'il y avait une chose que j'avais comprise au fil des années en prenant des dépositions, c'était que bien souvent, on en apprenait autant sur le témoin à partir de ses conversations informelles et anodines que de son témoignage officiel. Et il y avait une chose que j'avais comprise la semaine précédente alors que Nelson Ledbetter discutait avec Dick Harrington : chaque jour à cette heure-ci, il quittait son bureau chez Northstar pour aller courir le long de la promenade de l'Hudson.

C'était un homme de grande taille et je le repérai de loin, sa tête dépassant nettement de la foule. Je le laissai passer devant moi, et quand il fut largement devant, je coupai par le sentier et courus pour le rattraper. Je lui jetai un rapide coup d'œil par-dessus mon épaule au moment de le dépasser, puis je simulai l'étonnement.

— Oh, bonjour ! appelai-je en ralentissant mon allure pour me mettre à sa hauteur. Vous êtes Nelson Ledbetter, n'est-ce pas ? Shay Lambert. J'ai pris votre déposition la semaine dernière.

Il me toisa un instant. Son visage était rouge et ruisselant de sueur.

— Oh. Bonjour, souffla-t-il.

— Comment allez-vous ? demandai-je joyeusement, continuant de courir à ses côtés.

— Je ne pense pas que je sois censé vous parler.

Il pouvait à peine parler de toute façon.

— Étant donné que nous sommes adversaires.

Je ris.

— Ce n'est plus le cas. Mark m'a retirée de l'affaire Northstar. J'ai fait le job, comme on dit.

Ledbetter sembla se détendre à cette nouvelle, malgré sa difficulté persistante à reprendre son souffle.

— Ouais. J'ai entendu dire que vous aviez trouvé cet e-mail.

— Vous ne m'avez vraiment pas facilité la tâche, cela dit.

Il eut une hésitation.

— Mais je comprends. Tout a un prix, n'est-ce pas ? dis-je.

Il rit péniblement.

— Quoi qu'il en soit, il m'a mise sur Genco. Donc maintenant, nous ne sommes plus adversaires mais alliés.

Je lui fis un clin d'œil.

— Oh, donc vous savez pour… ?

Je hochai la tête.

— Et j'en suis ravie. La direction actuelle est un désastre.

— J'ai… une bonne… équipe toute prête, dit-il, haletant. Nous… redresserons la barre. D'ici à… la fin de l'exercice 2015.

Et voilà. Mon pressentiment était confirmé. Il s'appuyait principalement sur des annotations cryptiques figurant dans le projet d'accord, mais tout s'éclairait. Mark allait installer une nouvelle direction chez Genco, alors pourquoi ne pas offrir la présidence vacante à quelqu'un qui pouvait l'aider à assurer sa nomination comme avocat dans l'affaire Northstar ? Il avait fait une proposition à Ledbetter : mener une enchère inversée avec Ned Bartman, divulguer un document compromettant, puis devenir président d'une société plus grande et prestigieuse que Northstar. Toute l'affaire était un coup monté contre Ned Bartman, qui de toute façon manigançait déjà une enchère inversée. C'était comme accuser quelqu'un d'un crime qu'il avait effectivement commis.

C'était la cartouche que j'espérais obtenir. Ledbetter voudrait probablement rapporter notre petite conversation à Mark, mais puisque ce dernier était toujours injoignable, il n'aurait pas l'occasion de le faire avant que j'en aie déjà tiré avantage.

— Ah, j'ai un appel, dis-je à Ledbetter en ralentissant le pas. C'était sympa de discuter un peu.

J'avais prévu cette phrase comme prétexte pour m'éclipser, mais il s'avéra que mon téléphone vibrait réellement. Je le sortis de ma poche latérale tandis que Ledbetter continuait de courir après m'avoir saluée. L'appel venait du bureau. Quittant la promenade, je décrochai et me dirigeai vers le centre.

— Désolée de vous interrompre pendant votre réunion, dit Luisa. J'ai quelqu'un au téléphone, un certain Joseph Riley. Il dit que c'est urgent.

Au nom de Riley, mon rythme cardiaque augmenta plus vite que pendant la course. La police devait enfin avoir déchiffré les documents dans ma mallette et avoir tout compris.

— Passez-le-moi, dis-je.

À ce moment, je repérai Lester Willard. Il m'observait depuis une berline bleue stationnée à contresens le long du trottoir, dans une rue qui partait vers l'est. La rue n'avait aucune issue latérale. Je pris douloureusement conscience tout à coup que je n'aurais pas dû venir ici sans Alice.

— Madame Lambert ? dit Riley lorsque l'appel fut transféré.

— Inspecteur.

Je me remis à courir et passai devant la voiture de Lester en sprintant. Je pris la direction de l'artère perpendiculaire au bout de la rue. J'entendis la portière de sa voiture s'ouvrir derrière moi.

— C'est à propos de votre mari.

Mon souffle se coupa mais je continuai de courir, slalomant entre les poubelles et les platanes sur le trottoir. Je cherchai un taxi du regard mais, du coin de l'œil, je vis Lester se mettre à courir après moi.

— Il est à l'hôpital, dit Riley.

Un éclair jaune apparut enfin à l'intersection, et je levai mon bras bien haut pour l'arrêter. Le chauffeur de taxi dériva jusqu'au trottoir, et je me jetai à toute vitesse sur la banquette arrière.

Riley m'attendait à l'entrée de l'hôpital.

— Où est votre ange gardien ? demanda-t-il en regardant la rue derrière moi.

J'avais eu l'intention d'appeler Alice depuis le taxi, mais quand j'avais vu que Lester ne me suivait pas, j'y avais renoncé. Mark n'avait pas besoin de savoir que j'avais accouru au chevet de mon mari, pas plus qu'il n'avait besoin d'être mis au courant de l'embuscade que j'avais tendue à Nelson Ledbetter.

— Je lui ai donné un jour de congé, dis-je.

Fronçant ses sourcils broussailleux, Riley m'accompagna dans le hall de l'hôpital.

— Ils l'ont transféré au sixième étage, dit-il en me conduisant vers l'ascenseur.

— Que s'est-il passé ?

— Overdose.

Je hochai la tête. Pas étonnant.

— Mais pourquoi vous a-t-on prévenu ?

— Je ne l'ai pas été.

Il appuya sur le bouton d'appel.

— C'est moi qui l'ai trouvé.

Les portes s'ouvrirent et je lui emboîtai le pas.

— Il ne répondait pas. Respiration superficielle. Lèvres et doigts bleus. Tous les symptômes.

Je hochai de nouveau la tête. Je connaissais aussi tous ces signaux, les ayant mémorisés au cas où.

Riley appuya sur le bouton du sixième.

— Les médecins urgentistes l'ont ranimé avec de la naloxone et des intraveineuses. Ils disent qu'il va s'en tirer.

J'entendis le scepticisme dans sa voix. Je partageais son avis. Mais je ne comprenais toujours pas.

— Vous l'avez simplement reconnu, comme ça.

Ils ne s'étaient jamais rencontrés.

Riley secoua la tête.

— Je le cherchais. Depuis un moment déjà.

Le signal sonore résonna dans la cabine. Les portes de l'ascenseur s'ouvrirent au sixième étage, et il passa le bras pour les empêcher de se fermer.

— Chambre 615, dit-il.

David était étendu sur le dos, si mince sous la couverture de coton bleu que son corps évoquait une vaguelette sur une mer d'huile. Un drap blanc était replié sur le bord supérieur de la couverture et serré sous ses aisselles. Il avait les yeux fermés, et des tubes passaient autour de ses oreilles jusque dans ses narines. Un autre tube partait d'une aiguille dans sa main jusqu'à une poche en plastique tenue en l'air par un support métallique. Un oxymètre était attaché à son doigt et un brassard autour de son bras surveillait sa tension. Sa poitrine se soulevait à peine à chaque respiration. Sa peau était grise sous le duvet de sa barbe, et ses pommettes se dressaient comme des montagnes au-dessus de ses joues creuses.

Je traversai la pièce jusqu'à la fenêtre et m'appuyai contre le rebord, observant le mouvement de sa poitrine qui montait et descendait doucement. J'avais le sentiment d'entrer dans la chambre d'un étranger. J'essayai de me souvenir de lui tel qu'il était, de nous tels que nous étions, et d'un coup notre moment le plus heureux me revint en mémoire – c'était après la première nuit dans notre nouvel appartement, quand nous nous étions levés nus à l'aube et que nous étions restés main dans la main à la fenêtre, prêts à affronter le monde et à le conquérir. Je pouvais me voir très nettement dans ce souvenir, tout comme les couleurs éclatantes de Manhattan étalées devant moi, mais quand dans mon esprit je me tournais pour regarder David, il n'était rien qu'une image imprécise, aussi vaporeuse qu'un nuage.

Il semblait à peine plus solide quand je le contemplais dans son lit d'hôpital. Il n'était plus que l'ombre de ce qu'il avait été. Ou peut-être avait-il toujours été une coquille vide que j'avais tâché de remplir pour fabriquer l'homme parfait dont je rêvais. J'avais pris le conseil de Mme Casco – « Affiche le visage que tu veux que le monde voie, et c'est ainsi que tu seras » – et avais essayé de l'appliquer à David. Mais ça ne fonctionnait pas comme ça. J'avais apposé sur lui le visage que moi, je voulais voir. J'avais créé un fantasme de toutes pièces et j'attendais de lui qu'il l'incarne. La déception était fatale.

— David, dis-je.

Il eut un léger sursaut au son de ma voix, mais il n'ouvrit pas les yeux. Des larmes apparurent le long de ses paupières.

— David, dis-je de nouveau.

Il murmura :

— Je suis désolé. Je suis tellement, tellement désolé.

Je me tins silencieuse, et il finit par ouvrir les yeux et promena son regard dans la pièce jusqu'à ce qu'il me trouve près de la fenêtre.

— Ne me déteste pas, Shay, je t'en prie.

— Je ne te déteste pas, dis-je, et c'était vrai.

Je n'éprouvais plus de haine, de colère ni même de déception. Je le regardais et ne ressentais rien du tout.

— C'est pas ma faute, dit-il, et les larmes coulèrent le long de ses tempes jusque sur l'oreiller sous sa tête. Je n'ai pas pu m'en empêcher. Je ne suis pas comme toi, Shay. Je ne suis pas fort comme toi.

— Tu as raison, dis-je. Nous n'avons rien en commun.

— Je pensais que ça durerait toujours.

Il se mit à sangloter. Je savais qu'il ne parlait pas de nous ou de notre mariage. Il parlait de l'argent que Barrett lui avait versé pour me trahir.

— Tu as touché combien ?

— Trente mille, murmura-t-il.

Je faillis éclater de rire. Barrett avait dû se croire dans la Bible au moment de fixer cette somme. Trente mille dollars, trente pièces d'argent. Le prix de la trahison.

Un médecin entra en trombe par le couloir et s'arrêta en me voyant là.

— Ah, vous êtes sa femme ?

Je haussai les épaules.

C'était une femme noire dans la quarantaine avec une coiffure stricte et une bouche pincée. Elle me donna rapidement le pronostic de David en des termes brefs et précis. Il devait rester hospitalisé jusqu'à ce qu'il soit stable et que sa désintoxication soit terminée. Elle pouvait nous recommander plusieurs centres réputés pour le traitement de la toxicomanie. Les tarifs étaient variables. Elle me laissa avec une poignée de brochures et un avertissement :

— Il ne peut pas continuer comme ça encore longtemps. La prochaine fois pourrait être la dernière.

— Je comprends, dis je.

Elle quitta la pièce et une infirmière y entra. Il y avait des papiers à signer et un historique médical à fournir, et comme la main de David tremblait trop pour écrire et que sa voix était trop faible, je signai les papiers et répondis aux questions moi-même.

Une équipe médicale arriva peu après pour faire un nouvel électro-encéphalogramme, et je partis pour leur libérer l'espace. Je fus étonnée de trouver Riley dans le couloir appuyé contre le mur, les bras croisés. Ses yeux étaient fermés et il avait l'air de dormir debout, comme un vieux cheval dans son étable.

Je passai devant lui pour aller au bout du couloir, puis je sortis mon téléphone pour joindre Dev Kapoor. Il savait déjà quoi faire avant même que je ne le lui dise.

— Je serai là dès que possible avec un substitut du procureur et une sténo, dit-il.

Puis il ajouta :

— Ce serait aussi le bon moment pour envoyer le rapport de l'expert vidéo.

J'hésitai un bref instant.

— En effet, décidai-je finalement.

Il était temps de rattraper toutes les assiettes tournoyant dans les airs et de les remettre en place.

— Et Dev, ces documents dont nous avons parlé ?

— Ils sortent de l'imprimante en ce moment même, répondit-il.

Une nouvelle infirmière s'occupait de la perfusion de David quand je revins dans sa chambre, alors je restai dans le couloir à côté de Riley.

— À propos, dit-il.

Il ne dormait pas finalement, malgré ses yeux encore à moitié fermés.

— J'ai enfin compris ce que contenaient ces documents dans votre mallette.

Je fermai les yeux à mon tour, dans un soupir de soulagement silencieux. Mais je me contentai de dire :

— Ce sont des documents de travail confidentiels, inspecteur.

— Mais oui, bien sûr, dit-il d'un air moqueur. C'est pour ça que vous nous avez compliqué la tâche à ce point ? J'ai eu l'impression d'être entraîné dans une chasse au trésor, avec plein de petites énigmes sur des bouts de papier.

— Vous m'auriez crue si je vous avais tout balancé directement ?

Il réfléchit un moment et haussa les épaules.

— Probablement pas. Sûrement pas assez pour refiler le dossier aux fédéraux. Mais maintenant tout est entre leurs mains.

— Ah ?

— L'Unité de lutte contre la traite des êtres humains. Ils peuvent gérer tout ce qui est multijuridictionnel. Et j'ai entendu dire qu'ils avaient un informateur. Sur écoute.

— Vraiment ?

Je me demandais qui ça pouvait être.

— Comme ça, vous n'aurez pas à enfreindre votre si précieux devoir de confidentialité.

Riley avait prononcé la fin de sa phrase avec un petit air méprisant.

L'infirmière sortit de la chambre de David en poussant son chariot de matériel, et je pus retourner à l'intérieur. Mais je m'arrêtai devant la porte.

— Je suppose que je devrais vous remercier. De l'avoir trouvé et amené ici.

— J'ai eu de la chance.

Je secouai la tête.

— C'est lui qui a eu de la chance.

David était endormi ou faisait semblant de l'être, alors je m'assis près de la fenêtre et attendis. Dev m'envoya un message pour m'indiquer l'heure de son arrivée, dont j'accusai réception. À 16 heures, Mark Ivins m'envoya un premier message puis enchaîna avec quatre autres en rafale. Comme je ne lui répondais pas, il commença à appeler toutes les cinq minutes. J'éteignis mon téléphone.

David se réveilla à 17 heures. Je me levai et me tins près de son lit.

— Voilà ce qui va se passer, lui dis-je. Des avocats viennent pour prendre ta déposition. Ils vont te poser des questions sur l'argent et sur le paquet de CV, et tu vas dire la vérité.

Il acquiesça de la tête.

— Tu devras rester ici quelques jours. Mais ensuite tu auras le choix. Tu pourras entrer en cure de désintox – une bonne cure – que je paierai pour toi.

— Comment ?

— J'ai cinquante mille dollars à ma disposition.

Ses yeux s'écarquillèrent.

— Si tu choisis la cure et que tu la suis avec succès, alors nous trouverons un endroit où nous installer ensemble et nous ferons de notre mieux pour travailler sur notre mariage. Ou bien…

Il m'observait attentivement.

— … tu peux signer les papiers du divorce que mon avocat apporte et je te donnerai l'argent. Cinquante mille dollars. Net.

Il ferma les yeux pendant un long moment, sa poitrine montant et redescendant dans le silence de la chambre. Puis il détourna le visage avant de parler :

— Je prends l'argent, dit-il.

Je hochai la tête.

— Deal.

Dev arriva accompagné d'une femme du bureau du procureur. Riley la connaissait, et les deux se mirent à chuchoter dans le couloir pendant que la sténo judiciaire installait sa machine et que Dev expliquait la procédure à David. Puis Riley et la substitut du procureur nous rejoignirent, et David leva la main droite et raconta tout ce qui s'était passé le matin du 3 février. Il y avait eu un coup à la porte de chez nous, un grand homme noir était entré, tenant trente mille dollars en cash dans une main et une pile de feuilles dans l'autre. Puis il y avait eu un deuxième coup plus tard dans la matinée quand la police était arrivée pour la perquisition. Et enfin, David avait ouvert un tiroir et leur avait dit : « Tenez, regardez ça. »

— Pas d'autres questions, dit Dev.

— Rien pour le parquet non plus, dit la substitut du procureur, et c'en était fini.

Après le départ de cette dernière, Dev sortit les papiers du divorce. Cette fois, David devait signer de sa propre main. Il réussit et, d'un coup de stylo, c'en était fini de notre mariage également.

Il était presque 19 heures quand je quittai la chambre, et Riley était toujours dans le couloir.

— N'avez-vous pas d'autres affaires en cours ? dis-je.

— À vrai dire, non.

Il se retourna et marcha avec moi jusqu'à l'ascenseur.

— C'est ma dernière.

— Vous prenez votre retraite ?

Il esquissa un semblant de sourire.

— Il serait plus juste de dire que j'y suis poussé.

— Oh.

— Ça aurait dû arriver il y a un mois déjà. J'ai demandé un délai pour pouvoir terminer cette affaire.

— Qu'est-ce qu'il vous reste à faire ?

— Sauver l'honneur.

Je le regardai avec perplexité quand les portes de l'ascenseur s'ouvrirent. La cabine était pleine, nous obligeant à rester silencieux jusqu'au rez-de-chaussée. Mais ensuite, alors que nous étions de nouveau seuls et que nous marchions dans le hall vers la sortie, je demandai :

— Que voulez-vous dire ?

— Mon baroud d'honneur consistera à rédiger un rapport pour sauver les miches du procureur. Admettant que nous avons fait une erreur en vous inculpant, avec suffisamment de *mea culpa* pour que le procureur puisse abandonner les charges sans se couvrir de honte.

Je m'arrêtai net dans le hall. Il fit trois pas de plus avant de réaliser que je n'étais plus à ses côtés. Il se retourna et fit un signe de tête.

— Nous abandonnons les charges contre vous. Et nous inculpons Ingram Barrett pour entrave et déclaration mensongère. Ce qui ne veut pas dire qu'il va atterrir en maison d'arrêt. Comme les fédéraux sont maintenant sur l'affaire, ce sont eux qui en décideront.

Je laissai échapper un profond soupir de soulagement. Tout ce qui pesait sur mon esprit, tous les fardeaux qui m'accablaient disparaissaient tout à coup. Il ne me restait plus qu'une assiette à rattraper sans casse avant que tout soit terminé. Je me sentais tout à la fois joyeuse et étourdie.

Riley me tenait la porte. Dehors, le crépuscule tombait sur la rue, mais l'air était encore doux. C'était une belle soirée de mai.

— Merci, inspecteur, dis-je. Je vous suis redevable, pour tout ça.

— Vous ne me devez rien du tout. Nous avons fait une erreur. Nous n'avons jamais pu vous relier à l'arme du crime, et nous avons gobé les mensonges de Barrett sur le mobile. *Arme !*

Il venait de hurler le dernier mot et, pensant qu'il parlait encore de l'arme fantôme, je ne compris rien quand il me percuta et me fit tomber à terre. Un coup retentit et les portes en verre de l'hôpital derrière nous éclatèrent en mille morceaux.

J'avais été plaquée violemment contre le trottoir avec Riley étendu à moitié sur moi. Une alarme commença à hurler dans le hall de l'hôpital, et dans la faible lumière du jour, je pus voir devant nous une traînée de fumée s'élever dans l'air. Un homme, de petite taille et asiatique, tenait une arme et courait vers nous avec le canon pointé droit sur ma tête. Il n'était qu'à quelques mètres quand un grand homme noir se précipita sur lui et, d'un violent coup de pied en l'air, le projeta au sol.

L'arme atterrit plus loin sur le trottoir. Je m'extirpai de sous Riley et me relevai en vitesse. L'inspecteur se tourna sur le dos avec son téléphone en main et dit d'une voix haletante « Fusillade », pendant que le deuxième homme enfonçait son genou sur la colonne vertébrale du premier et lui tordait les bras derrière le dos.

Je le reconnus dans la pénombre.

— Lester ?

— Oui, madame.

— Qu'est-ce que…

— Il vous suivait depuis des jours, dit-il. Et moi, c'est lui que je suivais.

Quelque chose d'autre glissa sur le trottoir : une paire de menottes lancées par Riley à Lester, qui les attrapa et les passa aux poignets de l'inconnu.

— La police est en route, dit Riley.

Il était toujours étendu sur le dos, et je m'approchai pour lui tenir la main et le relever. Il se mit debout en gémissant bruyamment.

— Je crois que là, je vous dois quelque chose, dis-je.

Il massa son épaule avec une grimace de douleur.

— Je vous le fais pas dire.

32

J'avais toujours soupçonné que la carte magnétique de Mark ouvrait toutes les serrures de la maison ; je ne fus donc pas surprise quand je rentrai chez moi ce soir-là de le trouver assis à la table du salon. Il se leva d'un bond à mon arrivée.

— Mais où étais-tu, bon sang ?

En voyant ma tenue, il ajouta, incrédule :

— En train de courir ?

— Je suis allée faire une longue course dans le parc. J'ai perdu la notion du temps. J'avais besoin de réfléchir.

— Eh bien, je devais te parler. Viens ici.

Il désigna l'ordinateur portable ouvert sur la table.

— Il faut que tu voies ça.

— OK, laisse-moi juste prendre une douche.

— Non. Maintenant, insista-t-il en tirant la chaise à côté de lui.

Il me raconta qu'il avait passé la journée au centre de détention, à Elizabeth. Une des quatre femmes de ma liste avait déjà été prise en charge – un euphémisme pour dire « expulsée » –, mais il avait pu interroger les trois autres avec l'aide des interprètes qui l'accompagnaient. Il avait les captations vidéo des trois interviews.

— Regarde, dit-il, en appuyant sur une touche du clavier.

La vidéo apparut à l'écran. Une jeune Asiatique était assise à une table, les mains jointes devant elle. On entendait la voix de Mark hors champ, et quand la femme répondait, une deuxième voix hors champ reprenait ses paroles dans une traduction hésitante.

La jeune femme s'appelait Peou et venait d'un village très pauvre du Cambodge. Il n'y avait pas de travail là-bas ni de quoi nourrir sa famille. Elle avait appris qu'il y avait du travail à Kampot, alors elle avait marché plusieurs jours pour se rendre à un centre de recrutement près de la ville. Des gens là-bas l'avaient mise dans un bus jusqu'à une piste d'atterrissage près de la côte. Sur place, des centaines de personnes attendaient déjà, des hommes, des femmes et des enfants, la plupart du Cambodge, d'autres de Thaïlande et du Vietnam. Ils avaient tous entendu dire qu'il y avait des emplois de qualité ici, mais personne ne savait lesquels. Ils avaient attendu longtemps jusqu'à ce qu'un avion apparaisse au loin. Il avait fait des cercles au-dessus de la piste lentement, comme un vautour, et les gens tendaient le cou et mettaient leur main en visière sur leurs fronts pour le regarder. Il avait fini par atterrir, avait déployé son escalier, et une dame élégante en était sortie.

Elle était très pâle, avec des cheveux presque aussi blancs que sa peau. Certains pensaient qu'elle avait un accent américain, d'autres le trouvaient britannique. Elle portait des vêtements que Peou n'avait vus que dans les magazines.

— Ça doit être Lucy Barton-Jones, dit Mark.

Une deuxième femme marchait derrière la dame élégante en tenant un parapluie au-dessus de sa tête, et une troisième les suivait avec de nombreuses bouteilles d'eau dans les bras. Elles étaient entrées dans le hangar – le « garage », dit d'abord la traductrice avant de se corriger – et après quelques minutes de flottement, les gens les avaient suivies à l'intérieur. Une plateforme y avait été installée, devant laquelle deux tables étaient disposées. La dame élégante se tenait sur la plateforme, et les deux autres femmes étaient assises aux tables avec de grandes piles de cartes rouges et vertes. La dame avait un micro en main et elle avait parlé aux gens des emplois qu'elle offrait. Ils fabriqueraient des vêtements dans une usine, leur avait-elle dit, mais une usine plus grande et bien plus belle que tout ce qu'ils avaient jamais connu ; elle avait par exemple la climatisation, avait dit la dame élégante ; les chambres où les ouvriers dormiraient avaient aussi la clim, ainsi que la grande salle où ils prendraient leurs repas.

La voix de Mark arrêta la jeune femme pour demander à l'interprète de l'interroger sur le nom de l'établissement. Mais Peou ne connaissait pas son nom ni son propriétaire.

— Paradis sur Terre, me dit-il. Ça ne peut être que ça.

Je restai silencieuse.

La dame élégante avait dit aux gens de se mettre en ligne devant les tables, et quand leur tour viendrait, ils devraient répondre à quelques questions et recevraient soit une carte rouge, soit une carte verte. S'ils avaient une carte verte, cela signifiait qu'ils avaient un emploi. Peou avait obtenu une carte verte et on lui avait dit de se mettre en ligne à l'extérieur, au bord de la piste d'atterrissage. Elle était tellement heureuse. Les personnes avec des cartes rouges repartaient en affichant des mines désabusées.

La dame élégante était partie dans son avion et les travailleurs avaient attendu longtemps au soleil, se demandant ce qu'ils devaient faire. Enfin, un nuage de poussière s'était formé à l'extrémité de la piste, et une file de bus était apparue à l'horizon. On avait demandé à toutes les personnes avec des cartes vertes de monter à bord. Peou était nerveuse mais aussi très excitée à l'idée de découvrir son nouveau poste. Elle s'imaginait travailler dur et gagner beaucoup d'argent pour l'envoyer à sa famille. Elle pensait qu'elle s'en sortirait si bien qu'elle pourrait un jour obtenir un emploi encore meilleur. Peut-être même qu'un jour elle pourrait distribuer des cartes vertes et rouges et porter le parapluie de la dame élégante.

Elle était restée dans le bus pendant deux jours. Il faisait chaud, le bus était bondé et il n'y avait pas de sanitaires. Trois fois par jour, le bus s'arrêtait au bord de la route pour que tout le monde puisse descendre et aller dans les buissons. On leur donnait de l'eau en bouteille et des barquettes de nourriture sous plastique. Le deuxième jour, ils s'étaient enfoncés loin dans la jungle sur une route si étroite que les branches frottaient les vitres du bus des deux côtés. Tout était vert, dense et impénétrable. Il y avait beaucoup de serpents, et quand ils s'étaient arrêtés, Peou avait eu peur de s'éloigner trop loin dans les buissons. Une fois, ils avaient même aperçu un tigre, ses yeux jaunes brillant à travers les feuilles épaisses.

Et puis enfin, une clairière était apparue dans la jungle. Peou avait collé son visage à la vitre sale et s'était émerveillée devant les bâtiments. Ils étaient neufs et de couleurs vives ; certains avaient un, voire deux étages.

— Paradis sur Terre, répéta Mark. Pas de doute.

Il me regardait toujours pour confirmation, et je ne répondais toujours pas.

Peou avait obtenu un emploi de couturière, cousant des manches sur des chemises. Elle avait fait beaucoup d'erreurs au début, mais son superviseur était gentil et lui disait de ne pas s'inquiéter, que le coût de ses erreurs serait déduit de son compte. Elle avait compris que son compte était l'endroit où l'argent serait retenu jusqu'à ce qu'elle puisse l'envoyer à sa famille, mais elle n'avait jamais vraiment compris comment ça marchait. Quand elle avait demandé à envoyer de l'argent chez elle, on lui avait dit qu'il n'y en avait pas encore assez, et quand elle s'était rendue au magasin pour acheter du savon ou du dentifrice, on lui disait parfois qu'elle n'avait pas assez d'argent pour ça non plus. C'était perturbant. Ce ne fut que la deuxième année, après que tout le monde avait été contraint de doubler sa cadence de travail, qu'elle avait pu envoyer un peu d'argent à son père.

Sur la vidéo, Mark l'interrompit pour qu'on lui clarifie ce qu'elle entendait par « doubler la cadence de travail ». La traductrice dit finalement : « Seize heures par jour, six jours par semaine. Ce rythme dura longtemps. »

Puis, un jour de l'année précédente, un avion était à nouveau descendu du ciel. C'était encore la dame élégante. Peou ne l'avait pas revue depuis ce premier jour à Kampot. Elle était très excitée et avait dû jouer des coudes dans la foule pour pouvoir la voir de près. La dame élégante avait l'air beaucoup plus âgée qu'auparavant. Peou pensait qu'elle devait être malade, et c'était peut-être pour cette raison qu'elle n'était pas venue leur rendre visite plus tôt.

La dame élégante se tenait à nouveau sur une plateforme avec un micro et leur avait dit – en anglais, tandis que trois interprètes différents traduisaient pour les travailleurs – qu'elle avait de mauvaises nouvelles, mais aussi de très bonnes nouvelles pour eux. La mauvaise nouvelle était que l'usine allait fermer. La bonne nouvelle était qu'elle avait de nouveaux emplois pour tous. Un excellent travail, loin d'ici. Cela signifiait que certaines familles devraient être séparées – il y avait des emplois différents pour les hommes, pour les femmes et pour les enfants –, mais les enfants n'étaient plus si jeunes et puis ce n'était que temporaire, et ils se sentiraient tous tellement heureux quand ils seraient réunis. Et voici la partie la plus excitante : ils monteraient dans des avions pour rejoindre leur nouveau lieu de travail.

Peou n'avait jamais pris l'avion de sa vie, et elle était très excitée quand elle avait couru dans sa chambre pour préparer ses quelques affaires. Ensuite, les travailleurs s'étaient rassemblés au bord de la piste d'atterrissage et avaient reçu des cartes de différentes couleurs leur indiquant dans quel avion monter. Certaines mères s'étaient mises à pleurer quand leurs enfants avaient reçu des cartes différentes de la leur, mais les chefs les prenaient à part et leur expliquaient tout à nouveau, puis elles revenaient le visage triste pour embrasser leurs enfants avant de les laisser partir et d'attendre avec leur propre groupe.

Peou avait eu de la chance. Elle avait pu s'asseoir à côté d'un des minuscules hublots ovales, et elle avait pressé son visage contre celui-ci tandis que l'avion frôlait le sommet des arbres avant de monter bien au-dessus des nuages. Quand ces derniers s'étaient dispersés, elle avait vu qu'ils survolaient la mer, mais personne ne savait laquelle.

Personne n'avait su non plus où ils avaient atterri. C'était bien une piste d'atterrissage mais il n'y avait pas de bâtiments, pas même un hangar comme à Kampot. Il y avait deux gros camions qui stationnaient dans des nuages noirs de fumée d'échappement, et des hommes attendaient en bas des escaliers de l'avion quand les passagers en étaient descendus ; ils leur criaient dessus et les bousculaient, en disant « Monte, magne-toi », et les femmes avaient commencé à pleurer tandis qu'on les poussait dans les remorques. Peou pleurait aussi.

Elle avait entendu des histoires, et elle réalisait que ce serait désormais aussi la sienne.

Mark arrêta la vidéo.

— Tu sais ce qui se passe à partir de là.

Je hochai la tête.

Il se leva, enfonça ses mains dans ses poches, se mit à marcher autour de la table jusqu'aux portes-fenêtres et regarda dans le jardin obscur.

— C'est CDMI. Évidemment. L'usine a fermé et les trafiquants en ont profité pour vendre les travailleurs comme esclaves. Si je pouvais seulement prouver que la direction savait que ça arriverait…

Je l'interrompis.

— Et s'ils en savaient plus que ça ? Et si c'était eux qui les avaient vendus ?

Il se retourna et me dévisagea.

— Juste une hypothèse, dis-je. Pour camoufler les pertes chez PsT, se défendre en vue de ton action en justice et conserver leurs postes et leurs avantages.

Ses yeux s'écarquillèrent. Il resta une minute entière sans cligner des yeux.

— Si je pouvais le prouver… dit-il enfin. Je pourrais faire tomber toute la direction. Jusqu'à Claudine de Martineau.

J'acquiesçai.

— Et tu pourrais récupérer des millions auprès de la compagnie d'assurances des dirigeants. Vos clients-actionnaires seraient largement renfloués.

Son visage rougit et ses yeux brillaient. Il était plus excité à cet instant qu'il ne l'avait été au lit la veille.

— Alors, comment je peux prouver ça ?

Je secouai la tête d'un air abattu.

— Pas avec Peou en tout cas. Elle ne sait même pas pour qui elle travaillait, ni où. J'imagine que les deux autres femmes ne peuvent pas aider non plus ?

Il fronça les sourcils.

— Alors je suppose que ça va être compliqué, dis-je.

Il retira ses mains de ses poches et s'approcha de moi en serrant les poings.

— Bon sang, Shay !

Je l'avais d'abord séduit, puis je l'avais excité, et maintenant il était furieux que je l'empêche de grimper aux rideaux.

— Toi, tu sais comment le prouver. Alors fais-le, parce que tu m'aideras non seulement moi, mais tu t'aideras aussi toi-même.

— Comment ? demandai-je.

Il grinça des dents.

— En démontrant le mobile de l'entreprise pour t'avoir accusée dans l'affaire Barton-Jones.

Je haussai les épaules.

— Je n'ai pas besoin de leur trouver un mobile. Seulement de prouver qu'ils ont voulu me piéger, et c'est déjà fait. Le procureur a abandonné les charges contre moi.

— Ah ?

Instantanément, il changea de tactique. Il fit le tour de la table et s'agenouilla à côté de ma chaise.

— Shay.

Il prit ma main dans la sienne et caressa ma paume tout en douceur.

— Dis-moi ce que tu sais. Ça pourrait tout changer pour nous deux.

— Hmm. Plus pour toi que pour moi, je pense.

Je retirai ma main et me levai pour aller à la cuisine et me servir un verre d'eau.

Il vint derrière moi et me saisit par les hanches.

— Ça peut être bénéfique pour nous deux.

Il baissa la voix et prit un ton mielleux en m'embrassant la nuque. Il déployait l'artillerie lourde.

— On pourrait former une équipe incroyable, toi et moi. C'est même déjà le cas.

Sa main gauche remonta pour presser mon sein pendant que ses lèvres effleuraient mon oreille.

Je m'écartai et le regardai à bonne distance tout en buvant mon verre d'eau.

— Si je devais trahir mon secret professionnel, sans parler de violer mon accord de non-divulgation, il faudrait vraiment que ça en vaille la peine.

Une lueur de victoire illumina son regard. Il n'y avait plus qu'à négocier mon prix.

— Bien sûr ! Dis-moi juste ce que tu veux.

— Je veux que tu dégages Ingram Barrett de son poste de directeur juridique… dis-je.

Un immense soulagement se peignit sur son visage.

— Bien sûr ! Cela va de soi.

— … et que tu me fasses nommer à sa place.

Son sourire se figea un instant avant de se désagréger et de disparaître pour de bon.

— Tu plaisantes.

— Pourquoi ? Tu penses que je ne suis pas compétente ?

— Ce n'est pas ça…

— Tu penses que je ne l'ai pas mérité ?

— Si, bien sûr que si…

— Alors quel est le problème, Mark ?

Il écarta les mains dans un geste d'impuissance.

— Être directeur juridique, c'est un boulot pour un homme de cinquante-cinq ans. Pas pour une femme de trente.

— Eh bien. C'est un problème, dis-je.

Je prononçai les mots suivants avec fermeté :

— À toi de le résoudre.

Il me fixa.

— Tout ce que je demande, c'est un poste, Mark. Et au passage, je te donne le contrôle de toute cette putain de boîte.

Il se mordit la lèvre. Je poursuivis :

— Un contrat de cinq ans. Pour, disons, la moitié du salaire que touchait Barrett. Et je publierai un communiqué pour dédouaner l'entreprise de toute responsabilité pour ce qu'elle m'a fait. Ça vaut bien quelques millions de dollars pour les actionnaires.

Il acquiesça timidement.

— Après les cinq ans, il se passe quoi ?

— Après cinq ans, tu me supplieras de rester. En doublant mon salaire.

— Tiens donc !

Il éclata de rire.

— Tu manques pas d'air.

— Et ce n'est pas immérité, dis-je. Après tout, j'ai réussi à manœuvrer contre le grand Mark Ivins.

Son sourire s'estompa aussitôt.

— Laisse-moi imprimer la première mouture du contrat que j'ai rédigé, et nous discuterons des modalités.

Je posai le verre sur le comptoir.

— Et ensuite, je te dirai tout ce que tu dois savoir sur la direction de CDMI et son implication dans la traite d'êtres humains.

Je traversai la pièce jusqu'à mon bureau.

— Oh, et Mark ? ajoutai-je en m'asseyant devant l'ordinateur. Si jamais tu envisages de me doubler…

Il protesta en balbutiant.

— J'ai enregistré Nelson Ledbetter avouant que tu as comploté avec lui pour piéger Ned Bartman. Et que tu le paies en lui offrant un poste haut placé chez Genco. Je pense que tu ne voudrais pas trop que ça se sache.

Il se figea, et je lui décochai un sourire par-dessus mon épaule au moment d'appuyer sur le bouton d'impression.

33

— C'est ridicule, se plaignait Mélanie alors que Barrett l'aidait à monter dans la limousine à l'aéroport. Tu n'as pas passé une seule minute avec moi à Paris, et maintenant tu ne rentres même pas à la maison ?

— Désolé. Je dois aller directement au bureau.

Le chauffeur chargeait ses bagages à l'arrière pendant qu'elle s'asseyait sur son siège en boudant. Toutes ses valises débordaient de nouveaux achats parisiens, dépassant largement les limites de poids imposées par les compagnies aériennes. Mais les pénalités étaient minimes comparées au coût de ce qu'elles contenaient. Barrett s'approcha pour l'embrasser, mais elle détourna le visage et ses lèvres effleurèrent son oreille. Elle le repoussa d'un geste et il recula pour fermer la portière.

La limousine de la société arriva derrière eux. Il monta et alluma son téléphone. Il n'avait été hors ligne que pendant huit heures, mais à la vitesse où les événements s'étaient déroulés, il avait l'impression qu'une année venait de s'écouler. Même la seule minute passée avec Madame semblait durer une éternité dans son souvenir horrifié, comme si le temps était devenu élastique.

Il appela d'abord Tony Low et reçut un message automatique indiquant que l'appel ne pouvait aboutir. Cela était peut-être dû à une saturation locale à Kuala Lumpur, ou bien Tony avait abandonné son téléphone, ce qu'il faisait régulièrement. Barrett appela Jack Culligan pour en savoir plus. Il tomba sur sa messagerie. Son appel suivant fut pour Phil Duvall. Il avait essayé de le joindre plusieurs fois depuis Paris, mais à chaque fois, l'assistante de Duvall avait indiqué qu'il était en réunion et ne pouvait être dérangé. Maintenant, elle déclara qu'il était en déplacement.

Il garda le doigt appuyé sur le bouton de fin d'appel pendant un long moment. La réalité semblait le rattraper : il se retrouvait complètement seul. Tout le monde avait quitté le navire, Lucy et Madame y compris, chacune à sa manière, le laissant seul à la barre. Il devait maintenant contourner les icebergs et ramener la société à bon port, alors même que des pirates comme Mark Ivins essayaient de partir à l'abordage. Mais en était-il au moins capable ? Ça lui semblait mission impossible.

À la Marketplace Tower, il laissa le chauffeur s'occuper de ses bagages et prit l'ascenseur jusqu'au trentième étage. Il y avait de l'agitation dans la volière derrière le bureau de la réception. Les colombes ne roucoulaient pas, elles gémissaient et battaient des ailes nerveusement. Il comprit pourquoi. Un Mexicain était à l'intérieur, passant une raclette sur les parois en verre.

Même Marcia, d'habitude impassible, semblait fébrile quand elle le rencontra dans le couloir et prit son attaché-case.

— Bienvenue à vous, monsieur Barrett, le salua-t-elle avec une cordialité exagérée.

Puis, à voix basse, elle dit :

— M. Gutman est dans votre bureau.

— Qui ?

— Le mari de Mme Barton-Jones ! Je suis désolée. Il insistait beaucoup.

Barrett fronça les sourcils.

— Vous lui accordez dix minutes. Puis inventez un appel que je serai obligé de prendre.

— Très bien.

Elliott Gutman se leva d'un bond quand Barrett entra.

— Qu'est-ce qui se passe encore, Barry ? Pourquoi ont-ils abandonné les charges ?

Barrett s'arrêta, le bras tendu pour une poignée de main aussitôt interrompue.

— Mais de quoi vous parlez ?

— Le procureur a abandonné les charges contre cette femme, Lambert !

Le bras de Barrett retomba.

— Merde, dit-il.

Puis :

— Marcia !

Sa réponse arriva par haut-parleur :

— Oui, monsieur Barrett ?

— Faites-moi venir Machin, l'enquêteur, là. *Wiley.*

— Riley. Tout de suite.

— Ils appellent ça un suicide, dit Gutman en sanglotant. Vous savez ce que ça va faire à mes fils ? Sans parler de l'assurance !

— D'accord, calmez-vous, dit Barrett. Asseyez-vous. On va regarder tout ça de près.

La tonalité de l'appel retentit.

— Monsieur Barrett, dit la voix du vieil officier de police à travers le haut-parleur. Que puis-je faire pour vous aujourd'hui ?

— Je vais vous le dire : vous pouvez m'expliquer ce que vous avez dans la tête en abandonnant l'accusation contre Lambert. Qu'est-ce que c'est que cette histoire ?

Riley fit un bruit qui ressemblait à un rire étouffé.

— Il se trouve que je suis juste en bas de votre immeuble. Et si je montais vous expliquer tout ça en personne ?

— Très bien. Faites donc ça, répondit Barrett d'un ton sec, et alors que l'appel se terminait, il cria à nouveau à Marcia : Faites monter Jack Culligan.

— Ce n'était pas un suicide, dit Gutman. Je le sais maintenant.

— Bien sûr que non.

— Je me suis souvenu de quelque chose qu'elle a dit cette nuit-là, avant de partir au bureau. Elle a dit qu'elle ne laisserait pas nos garçons grandir avec une épée de Damoclès au-dessus de la tête, comme elle. Sa famille… ce sont des gens bien, vraiment. Enfin quand même, elle a un cousin à la Chambre des lords ! Mais elle a toujours eu le sentiment que leur passé jetait une ombre sur elle. Comme une honte familiale. Ça a laissé des traces. Elle a dit qu'elle ne permettrait pas que ça atteigne nos fils. Son suicide aurait jeté une ombre terrible sur les garçons à leur tour. Alors je sais qu'elle ne l'a pas fait. Elle n'a pas pu le faire.

Barrett le regarda un moment avant de saisir le paquet de cigarettes dans sa poche de chemise et de se diriger vers la porte du balcon. Le vent soufflait violemment à l'extérieur et les jeunes arbres dans les bacs de plantes se courbaient sous lui. Les parois de plexiglas qui clôturaient le balcon ne mesuraient qu'un mètre de haut, et il dut s'abriter derrière elles pour allumer sa cigarette. À l'intérieur, Gutman s'affala sur l'un des canapés. Barrett resta dehors, appuyé contre le rebord en inox et tirant de petites bouffées rapides.

La porte du bureau s'ouvrit.

— Inspecteur Riley, annonça Marcia en s'effaçant devant le vieil homme.

Il entra d'un pas tranquille, appréciant les lieux en regardant autour de lui.

— Monsieur Gutman, dit-il en lui adressant un salut de la tête.

Barrett prit une dernière bouffée et jeta le mégot par-dessus la paroi, l'envoyant trente étages plus bas jusqu'à la rue.

— Inspecteur, dit-il en revenant à l'intérieur.

Il alla droit à sa chaise de bureau et s'assit. Riley prit l'une des chaises en face de lui et Gutman, l'air attristé, se leva du canapé et fit de même.

— J'étais à l'étranger, dit Barrett. Elliott m'a mis au courant de ce qui s'est passé pendant mon absence, et je dois dire que nous avons tous les deux beaucoup de questions sur ce que vous êtes en train de fabriquer.

— Vous voulez dire, en abandonnant les charges contre Shay Lambert ?

— En effet, dit Barrett en levant les yeux au ciel pour souligner l'évidence de la remarque.

— Ouais, c'était douloureux, dit Riley. De voir notre dossier s'effondrer comme ça.

— Que voulez-vous dire ? dit Gutman. Vous avez beaucoup de preuves contre elle.

— Ouais, on le croyait aussi.

Riley se tourna vers lui.

— Il s'avère que M. Barrett et M. Culligan ont trafiqué la vidéosurveillance.

— Quoi ?

Gutman fronça les sourcils.

— Allez, ça suffit, ricana Barrett.

— Les horodatages ont été modifiés pour donner l'impression que Mme Lambert s'était rendue dans le bureau de votre femme ce fameux dimanche soir. Mais en réalité, cette visite a eu lieu le 19 décembre de l'année dernière. Il n'y a aucune preuve qu'elle soit allée dans le bureau de votre femme le soir en question.

— C'est ridicule.

Barrett leva une main vers Gutman en un geste d'apaisement.

— Et il n'y a aucune preuve non plus que votre femme ait mis un terme au contrat de Mme Lambert. Les documents de licenciement que M. Barrett a produits ont également été trafiqués.

Gutman regarda Barrett.

— Barry… ?

— Il ment.

Barrett enleva ses lunettes et les posa sur le bureau.

— Ensuite, il y a le supposé CV frauduleux trouvé dans l'appartement de Mme Lambert. Son mari a avoué avoir été payé trente mille dollars pour le placer là.

— Barry !

— C'est un mensonge ! Marcia !

Barrett rugit vers le plafond.

— Où est Jack Culligan, bon sang ? Il est censé participer à cette réunion.

— Je n'arrive pas à le joindre, monsieur Barrett, répondit-elle.

— Oh, c'est parce qu'il est au centre de détention fédéral de Manhattan, dit Riley. En attendant sa sanction, dans le cadre de sa négociation de peine avec le gouvernement.

— Le gouvernement ?

Gutman ne comprenait pas.

— Le gouvernement américain, pour être précis, clarifia Riley. Pour une accusation de conspiration en vue de se livrer à la traite d'êtres humains.

La mâchoire de Gutman se décrocha à ces derniers mots, et Barrett se sentit blanchir tout à coup comme l'écume d'une vague se retirant du rivage.

— Il aura une peine légère, cela dit, compte tenu de sa coopération à l'enquête. Et en particulier…

Riley s'adressa directement à Barrett :

— … pour les enregistrements de ses conversations avec vous.

— Vous mentez, dit Barrett d'un ton acerbe, mais il eut l'impression d'entendre comme un soupçon d'interrogation à la fin de sa remarque.

Riley inclina la tête en arrière comme s'il récitait un poème :

— « George Washington possédait des esclaves. Thomas Jefferson couchait même avec. Ce putain de pays a été fondé sur l'esclavage. »

Barrett en eut l'estomac retourné. Culligan. Dans la limousine. Un micro sur lui.

Gutman regarda fixement Riley, puis se tourna vers Barrett.

— Qu'est-ce qu'il raconte ?

— Des conneries. Voilà ce qu'il raconte. Tout un tas de conneries.

— Les mêmes accusations sont retenues contre vous, monsieur Barrett, dit Riley. En plus d'un complot pour l'exécution d'un meurtre. Vous savez, le tireur du nom de Tony Low, eh bien il vous a nommé, vous.

Barrett se leva brusquement.

— Cette réunion est terminée. Foutez le camp de mon bureau.

Riley se leva de sa chaise, mais il n'en avait pas fini.

— Deux choses se sont produites ce fameux week-end, monsieur Gutman. Des dizaines de femmes ont été tirées des griffes de leurs proxénètes, et une flotte de pêcheurs s'est abîmée en mer.

À ces mots, les yeux de Gutman s'ouvrirent en grand. Barrett comprit qu'il se rappelait le typhon et la réaction de Lucy devant les infos.

— Vous vous souvenez de son message ? « Je ne peux pas faire ça plus longtemps. » La culpabilité a dû être terrible. Elle ne pouvait plus vivre avec ce fardeau.

Gutman cligna des yeux frénétiquement.

— Je ne… Qu'est-ce que tout ça avait à voir avec Lucy ?

— Ces hommes et ces femmes ? Elle les a vendus à des esclavagistes.

— Marcia ! rugit Barrett. Appelez la sécurité. Qu'on me dégage ce connard d'ici !

Riley leva les mains pour faire mine de se rendre, puis se dirigea vers la porte alors que la voix de Marcia sortait des haut-parleurs. Elle était aigre et tendue :

— Hum, monsieur Barrett ? L'accueil vient d'appeler. Des gens sont là. Ils disent qu'ils ont un mandat.

— Ah oui, c'est vrai.

Riley fit demi-tour dans l'encadrement de la porte.

— Ce doit être le FBI, avec un mandat d'arrestation pour vous.

Lui adressant un dernier sourire, l'enquêteur s'éloigna d'une démarche nonchalante.

Barrett retomba dans son fauteuil. Gutman le regardait fixement.

— Ma Belle, dit Barrett d'une voix lourde. Branche-moi à la caméra de la réception.

L'image apparut sur l'écran de son bureau. La réceptionniste était debout, et devant elle se tenaient une demi-douzaine d'hommes, certains en costume, d'autres en coupe-vent bleu marine. Riley entra dans le cadre et serra la main de certains d'entre eux. On le voyait bouger les lèvres, puis il se mit à rire en voyant une ombre blanche traverser l'écran, suivie d'une autre.

Les colombes en liberté volaient à travers le hall, et les hommes se baissaient et riaient pendant que la réceptionniste se cachait sous son bureau. À l'arrière-plan, on pouvait voir le concierge mexicain se faufiler discrètement derrière le groupe d'hommes et se diriger vers l'ascenseur. Il avait dû penser qu'ils étaient des Services de l'immigration, et il avait laissé la porte de la volière ouverte pendant sa fuite.

Mais ils n'étaient pas de l'Immigration. Le dos des coupe-vent indiquait *FBI*.

Barrett tâtonna pour mettre la main sur les cadres photo posés à l'avant de son bureau et les tourna vers lui pour les regarder. Mélanie et ses enfants. Il les regardait fixement, mais eux ne le regardaient pas. Ils regardaient derrière lui son bureau fastueux, son statut, son pouvoir. Et son argent. Bien entendu, l'argent. Il se confondait avec son travail, et son travail se confondait avec lui. Sans le travail, il n'était rien, ni pour eux ni pour lui-même.

— Barry ! s'écria Gutman alors qu'une colombe blanche fonçait dans le bureau et plongeait sur sa tête.

Il la chassa d'un geste qui rappela à Barrett comment Mélanie l'avait repoussé quand il avait essayé de l'embrasser à l'aéroport. La colombe tournoya dans la pièce, atterrit brièvement sur le dossier du canapé, puis s'envola par la porte ouverte du balcon.

Barrett attrapa ses cigarettes.

— J'ai besoin d'une clope, dit-il, puis il sortit à son tour.

Il fit jaillir une flamme du briquet, mais le vent l'éteignit aussitôt. Il réessaya et échoua encore, puis jeta finalement le briquet et la cigarette sur le sol du balcon.

Il embaucherait le meilleur avocat pénaliste du pays. Il recruterait Bill Centrello, qui ferait la misère aux avocats généraux. Il mettrait au point une défense en béton, et réduirait les accusations au minimum. Alors ils concluraient un accord. Amende, travaux d'intérêt général, et terminé.

Mais Barrett savait qu'il ne travaillerait plus jamais. Personne ne lui accorderait la moindre valeur désormais. Le temps de payer l'amende et les frais de justice, il aurait même atteint une valeur négative.

Voilà une pensée qui donnait à réfléchir. Il avait littéralement plus de valeur mort que vivant. Des voix lui provenaient de son bureau. Des hommes criaient. Marcia perdait son sang-froid.

Il posa un genou sur le rebord et se hissa par la force des bras. Il y posa un pied, puis l'autre, et se redressa lentement sur la mince bande d'acier, trente étages au-dessus de la ville. Un cri étouffé retentit derrière lui. Marcia se tenait à la porte, les mains jointes devant son visage, et derrière elle Elliott Gutman, bouche bée devant cette scène d'horreur.

Barrett écarta les bras et s'élança dans le vide.

Une autre colombe le frôla dans sa chute trente mètres plus bas, et il pensa : « Nous voilà libres tous les deux. »

Mais quelques secondes plus tard, une nouvelle pensée lui traversa l'esprit. Il songea au superpouvoir dont il avait toujours rêvé, cette capacité de figer une scène en un claquement de doigts, en se disant qu'il aurait aimé avoir ce pouvoir à cet instant préc…

34

Les techniciens étaient en train de finaliser l'installation de la réception dans le hall quand le journaliste arriva. J'étais présente pour le saluer lorsqu'il sortit de l'ascenseur. Je le reconnus sans difficulté : j'avais parcouru sa bio en ligne et lu ses articles les plus récents avant d'accepter cette interview.

— Bonjour.

Je tendis la main.

— Shay Lambert.

Il était venu seul, sans photographe ; quand le *Wall Street Journal* publiait le portrait d'une personnalité, il ne l'accompagnait jamais de photos. En arrêtant mon choix sur le *Journal* plutôt que sur *Vogue*, je tirais un trait sur mon shooting photo, mais je savais que c'était la bonne décision. Les investisseurs lisaient le *Journal*, et je travaillais désormais pour eux.

Il me serra la main.

— Matt Najarian.

Il était bedonnant et négligé mais d'une façon plaisante, incarnant parfaitement l'image que je me faisais d'un journaliste papier. Il salua d'un signe de tête la petite foule de gens qui s'affairaient autour d'un grand rideau derrière le bureau de la réception.

— Qu'est-ce qui se passe ?

— La présentation de notre nouvelle installation artistique. Venez. Laissez-moi vous présenter quelques personnes.

Lester Willard se tenait au garde-à-vous d'un côté du hall. Alice, vêtue d'une veste bleue assortie, se tenait de l'autre. Entre les deux se trouvaient la plupart de nos employés administratifs et un contingent de Créatifs venus de Manhattan. J'allai serrer des mains avec Najarian à ma suite. Tout d'abord, je lui présentai Nelson Ledbetter, notre nouveau P-DG. Il avait à peine eu le temps d'installer son bureau chez Genco que le conseil d'administration fraîchement nommé de CDMI s'était mis à lui faire des appels du pied.

— Il a une expérience dans la mode ? demanda le journaliste alors que je le guidais à travers la foule.

Question piège : il savait qu'il n'en avait pas.

— Son expertise concerne les finances, dis-je. C'est exactement ce que veulent nos actionnaires aujourd'hui.

Je lui désignai Joseph Riley, notre nouveau chef de la sécurité, élégant dans son costume ajusté.

— A-t-il de l'expérience dans la sécurité privée ? demanda Najarian.

— Il a un long parcours exemplaire dans les forces de l'ordre. Et faire respecter la loi est un point essentiel de notre nouvelle mission à CDMI.

Ensuite vint Cheryl Fitts, l'avocate en droit du travail qui avait été récemment promue du poste de déléguée du personnel à celui de directrice des ressources humaines. Nous quatre – Nelson, Joseph, Cheryl et moi-même – formions la nouvelle garde de CDMI. Les membres de la vieille garde, tous ceux ayant écrit, par leurs ordres et leurs actions, le chapitre le plus honteux de l'histoire de l'entreprise, étaient partis. Deux d'entre eux étaient morts et Jack Culligan et Phil Duvall purgeaient leur peine dans des prisons fédérales.

— Où sont les colombes ? demanda Najarian en regardant autour de la réception. J'ai entendu dire qu'il y en avait dans les locaux.

— Plus maintenant, dis-je. Au vu de notre histoire récente, enfermer une créature vivante dans une cage n'est pas une démarche à laquelle nous souhaitons être associés. Nous avons trouvé quelque chose de beaucoup plus positif pour notre image de marque. Regardez.

Un technicien s'écria :

— C'est parti !

Et Ledbetter avança avec une paire de ciseaux géante. Le nouveau photographe de l'équipe de CDMI s'accroupit devant lui pour capturer l'instant qui figurerait dans le prochain rapport annuel. Ledbetter prit la pose devant l'objectif pendant qu'il coupait un large ruban de cérémonie. Le rideau tomba alors au sol et une rumeur d'émerveillement s'éleva du public.

Derrière la paroi de verre où vivaient autrefois les colombes se trouvait un diorama en hologramme présentant une image de Claudine de Martineau scintillant en 3D. Son visage et son corps avaient la jeunesse de ses années de mannequinat, mais la robe qu'elle portait venait de la nouvelle collection de la marque phare de CDMI, Graziella Atelier. Elle parcourait l'espace d'un bout à l'autre et pivotait à la fin comme au terme d'un podium de défilé, puis, tandis que la robe tournoyait avec elle, elle se transformait tout à coup en une jupe de tailleur d'une autre de nos marques principales. Le public applaudit devant la fluidité du changement de tenue. Claudine se lança dans un second aller-retour sur le podium, et quand elle se tourna de nouveau, elle portait cette fois un pantalon blanc taille haute et une marinière rayée de la ligne de sportswear JustUs. Et les spectateurs de la réception se remirent à applaudir.

Je me tournai vers le journaliste en souriant.

— Quelle meilleure ambassadrice pour la marque que Mme de Martineau elle-même ? Et maintenant qu'elle nous a quittés, voilà ce qui nous semblait être le plus bel hommage à lui rendre.

Quand l'hologramme tourna encore, elle apparut en scintillant dans la même robe fourreau blanche de chez Graziella que je portais actuellement. Le public rit et applaudit en ma direction. Je fis un salut de la main à l'hologramme et une brève révérence en guise de remerciements à l'équipe.

— On dirait que vous êtes vous-même une très bonne ambassadrice de la marque, dit Najarian.

— J'espère l'être, dis-je alors que les bouchons de champagne commençaient à sauter. Voulez-vous aller un peu plus à l'écart ?

Comme je quittais la réception, Lester m'emboîta le pas.

— Pas la peine, Lester, dis-je par-dessus mon épaule. Nous serons dans mon bureau.

Il hocha la tête et se tint en retrait comme un soldat aux ordres.

J'accompagnai le journaliste dans le couloir jusqu'à mon bureau à l'angle du bâtiment. Il poussa un sifflement étonné en entrant.

— Du verre partout ! dit-il en faisant un tour sur lui-même pour admirer la pièce.

— La transparence, dis-je. C'est notre nouveau mot d'ordre.

Il regarda le balcon.

— C'est là que…

Je fis un bref signe de tête.

— Quelque chose à boire ?

— Non, merci.

— Je vous en prie, asseyez-vous.

Je montrai l'une des chaises destinées aux visiteurs tandis que je prenais place dans le fauteuil en cuir derrière le bureau.

— Je vois que vous avez un assistant virtuel.

Le journaliste désigna de la tête le boîtier Ma Belle sur mon bureau.

Je lui répondis avec enthousiasme :

— Oui. C'est un outil incroyable. Nos équipes de la R&D ont fait un travail remarquable sur la robotique en général. La fabrication de vêtements est un secteur parfaitement adapté à la robotique. Bientôt, les ateliers clandestins seront de l'histoire ancienne.

— Laissant beaucoup de travailleurs sur le carreau.

Je secouai la tête.

— Les libérant de conditions de travail pénibles et dégradantes, je dirais. Tenez, quand les machines agricoles sont arrivées, elles aussi ont remplacé une masse énorme de travailleurs. Mais personne n'affirme que nous devrions en revenir au travail manuel. Parce que d'autres emplois, souvent meilleurs et plus valorisants, sont apparus pour combler le vide. Personne n'est plus réduit à l'esclavage dans les champs. Et de la même façon, personne n'aura bientôt plus à fabriquer des vêtements dans un atelier clandestin. C'est le sens du progrès.

Je voyais bien qu'il s'impatientait sur sa chaise, mais je poursuivis mon argumentaire jusqu'au bout. C'était le storytelling que l'entreprise devait mettre en avant désormais. La fin de l'exploitation de la main-d'œuvre. La fin des salariés au salaire minimum. La fin des stagiaires non rémunérés. CDMI était au début d'une nouvelle ère.

Il me laissa m'emballer encore quelques minutes avant de se racler la gorge et de changer de sujet :

— Nos lecteurs sont plus intéressés par la façon dont vous avez personnellement été exploitée. Vous avez passé deux mois en prison pour un crime que vous n'avez pas commis.

Je soupirai. Il était inévitable que l'interview aborde ce sujet.

— Oui, et pour répondre à votre prochaine question, en effet, c'était très difficile à vivre.

— Comment avez-vous réussi à surmonter tout ça ?

— Une épreuve comme celle-là vous fait puiser dans vos ressources les plus profondes et insoupçonnées. J'avais une mentor merveilleuse quand j'étais jeune. Mme Gina Casco, dis-je avant de lui épeler son nom. Elle m'a appris à visualiser ce que je voulais être et à en faire une réalité. En prison, je voulais être solide. Je voulais être une battante. Et c'est ce que j'ai été.

Il prenait tout ça en notes et posa sa question suivante sans lever les yeux :

— Ça doit être terrible de devoir venir travailler ici tous les jours. D'emprunter cet ascenseur.

Je pris une respiration brusque et l'expirai lentement.

— Eh bien, laissez-moi d'abord dire que c'est un honneur et un privilège de venir travailler ici tous les jours. Je ne voudrais pas qu'il en soit autrement. Quant à l'ascenseur ? Oui, c'est difficile. Je veux dire…

Je laissai ma voix faiblir un peu.

— … cette pauvre femme.

Il leva un sourcil.

— Pauvre femme ? Celle qui a vendu près de deux mille êtres humains ?

— Suivant les ordres qui venaient d'en haut, ce qui n'excuse en rien son acte, évidemment. Mais elle avait suffisamment de décence pour ne pas pouvoir continuer de vivre avec ça. Et ça me rend triste pour elle.

— Mais pas pour…

Najarian fit un geste en direction du balcon.

— Non, dis-je d'un ton sec. Pas pour lui.

Il posa son menton dans sa main et me regarda longuement, comme pour lire en moi.

— Pouvons-nous revenir à ce jour-là ? Le 2 février ? Décrivez-moi comment ça s'est passé.

Je pivotai à moitié dans mon fauteuil.

— Je préférerais éviter.

— C'est quelque chose que vous n'aimez pas vous rappeler. Je comprends. Mais vous devez comprendre vous aussi : il y a des gens qui se demanderont éternellement ce qui s'est réellement passé dans cet ascenseur.

— Vous en faites partie ? répliquai-je. Vous vous le demandez ?

— Oh, eh bien…

Il haussa les épaules.

— Il n'y avait que deux possibilités, n'est-ce pas ? dis-je. Meurtre ou suicide. Et l'une d'entre elles a été écartée à la fois par la police et par le procureur. Connaissez-vous l'expression juridique *stare decisis* ?

Il haussa de nouveau les épaules.

— « Déjà décidé », dis-je. Quelle que soit la question, elle a été tranchée. Lucy s'est suicidée.

— Mais certaines personnes…

— Laissez-moi plutôt vous parler de nos nouvelles normes en matière de conditions de travail.

Il soupira et, après un hochement de tête résigné, il griffonna des notes pendant que je lui détaillais la mise en place de nos pratiques vertueuses en matière de salariat.

L'interview – mais c'était plutôt un éloge à ce stade – s'acheva au bout d'une heure. Il rangea son carnet et me remercia pour le temps accordé, puis j'appelai mon assistante pour le faire raccompagner.

Quand il fut parti, je me promenai sur le balcon. Les feuilles des arbres en pot étaient maintenant jaunes et brunes, et l'air vif annonçait l'automne. D'ici, je pouvais voir trente étages plus bas les voitures toutes petites, bloquées dans un embouteillage à l'intersection. Mais le bruit de leurs klaxons était trop faible pour être perceptible, et leurs odeurs d'échappement ne parviendraient jamais jusqu'ici. C'était une journée lumineuse et dégagée. J'apercevais la *skyline* de Manhattan, avec les cimes et les arêtes de buildings abritant les plus grands et les plus prestigieux cabinets d'avocats du monde. Il fut un temps où je n'aurais jamais envisagé de travailler ailleurs, mais plus maintenant. Désormais, ces cabinets travaillaient pour moi.

Et pourtant quelque chose assombrissait mon humeur, par la faute de ce journaliste qui avait évoqué l'incident. Sa question avait réveillé dans mon cerveau des flashs d'images et de sensations. Je pouvais sentir à nouveau la faim me tenailler le ventre et le délire de l'épuisement. Je ressentais la rage qui brûlait en moi au moment de plonger mon regard dans celui de bête sauvage de Lucy. Je ressentais le froid du métal de la détente contre mon index, j'entendais le fracas de la détonation résonner entre les parois, et je pouvais sentir l'odeur âcre et métallique de la fumée s'échappant du canon. Je fermai les yeux pour ne pas me laisser engloutir par le flot de souvenirs.

Non. Je chassai tout à coup les images de mon esprit. Plus jamais je ne voulais revivre cette scène. Visualise, me rappelai-je, en me figurant là où je voulais vraiment être, c'est-à-dire ici, au travail. Je rentrai à l'intérieur et fermai derrière moi la porte vitrée.

— Jingjing ? dis-je en direction du plafond. Mets-moi en communication avec Yves à Tours.

Épilogue

Enregistrement vocal automatique réalisé par le programme d'assistant virtuel Ma Belle, le 2 février 2014 à 21 h 02, *via* l'application mobile enregistrée au nom de Lucy Barton-Jones, et automatiquement sauvegardé sur un serveur distant en Virginie :

— Je sais ce que vous avez fait.
— [Long silence.]
— Que… ? Que s'est-il passé ? Qu'avez-vous fait ?
— Rien. Il n'y a plus de courant.
— Oh, mon Dieu. Appuyez sur l'alarme.
— C'est déjà fait. Allô ? La sécurité ? Vous m'entendez ?
— Personne ne répond. Pourquoi personne ne répond ?
— On dirait que nous sommes coincées. Enfermées dans une cage. Maintenant, vous savez ce que ça fait.
— Arrêtez.
— Mille huit cents personnes. Vendues. Enfermées. Expédiées comme du bétail. C'est vous qui avez fait ça.
S'il vous plaît. Arrêtez.

— Comment vous pouvez dormir la nuit ? Vous lever le matin ? Comment vous pouvez vivre avec vous-même après ce que vous avez fait ?

— Arrêtez. Je vous en prie.

— [Sons de pleurs.]

— Je n'en peux plus.

— De quoi ?

— Vivre avec moi-même. Je n'en peux plus. Après toutes ces filles, ces hommes sur ces bateaux…

— C'est vous qui les avez mis là. Vous.

— C'est une malédiction. Ma famille est maudite. Génération après génération. Ça doit prendre fin. Je… J'étais venue ici pour me suicider ce soir.

— Tiens donc. Alors pourquoi vous respirez encore ?

— Je… Je n'ai pas pu. J'ai une famille. Des enfants.

— Eux aussi avaient une famille. Toutes ces personnes que vous avez vendues.

— Ils ne doivent pas savoir ça. Mes enfants. Ils doivent être libérés de cette malédiction. Ils ne doivent jamais apprendre tout ça. Personne ne doit savoir.

— Quoi ? Oh mon Dieu… Qu'est-ce que c'est ? Mais rangez ça ! Qu'est-ce que vous faites ?

— Je ne peux pas vous laisser sortir d'ici en sachant que vous êtes au courant de tout. Je ne peux pas vous laisser en parler à qui que ce soit.

— Non, Lucy, ne faites pas ça. Non !

— [Sons de lutte et d'essoufflements, suivis d'une explosion et d'un bruit sourd.]

— [Silence.]

— [Trois *bips* électroniques.]

— 911. Quel est l'objet de votre appel ?

Remerciements

Mille mercis à Jennifer Weltz, qui, en plus d'accomplir brillamment son travail d'agent, m'inspire certaines de mes meilleures idées et me préserve de la plupart des pires. Je lui suis toujours reconnaissante, même quand je me plains. Merci également à Ariana Philips, Maddie Ticknor, et à la si talentueuse équipe de l'agence littéraire Jean V. Naggar.

C'est un plaisir et un privilège de travailler avec Sara Nelson, mon éditrice, qui a lu ce manuscrit alors qu'elle était cloîtrée chez elle pendant un ouragan et qui a réussi malgré tout à conclure l'accord qui m'a amenée chez Harper. Je suis tellement reconnaissante envers Sara et son équipe, en particulier Mary Gaule.

Un grand merci à Heather Drucker pour tous les efforts déployés en faveur de ce livre. Quand j'ai appris que Heather serait l'attachée de presse pour *En Cage*, on m'a dit à de multiples reprises qu'elle était la meilleure dans le métier, et maintenant je sais que c'était vrai.

Beaucoup d'amour et de gratitude à Alison, Jordan, John et Will, qui répondent toujours dans les meilleurs délais à mes questions de recherche les plus farfelues et le font sans jugement, ou en tout cas ne me le disent pas.

Enfin, beaucoup d'amour à mon seul et unique, sans doute le pire bêta-lecteur du monde (non, tout ce que j'écris ne peut pas être la meilleure chose qu'on ait jamais écrite), mais un mari formidable, incontestablement.

À propos de l'auteur

Bonnie Kistler est une ancienne avocate pénaliste de Philadelphie. Elle a étudié au Bryn Mawr College, où elle a obtenu son diplôme *magna cum laude* avec mention en Littérature anglaise, puis à la Faculté de droit de l'Université de Pennsylvanie, où elle a passé son diplôme de droit en étant championne de plaidoirie et instructrice en rédaction juridique. Elle et son mari vivent désormais en Floride et dans les montagnes de l'ouest de la Caroline du Nord. Ils ont deux filles.

CET OUVRAGE
A ÉTÉ ACHEVÉ D'IMPRIMER
SUR ROTO-PAGE
PAR L'IMPRIMERIE FLOCH
À MAYENNE EN FÉVRIER 2024

N° d'édition : P31690/01
N° d'impression : 104372
Imprimé en France